长
篇
小
说

箪军之城

Gan

Jun

Zhi

Cheng

刘萧 著

中国青年出版社

（京）新登字083号

图书在版编目（CIP）数据

箪军之城/刘萧著. —北京：中国青年出版社，2013.12

ISBN 978-7-5153-2173-8

Ⅰ.①箪... Ⅱ.①刘... Ⅲ.①长篇小说—中国—当代 Ⅳ.①I247.5

中国版本图书馆CIP数据核字（2013）第308543号

责任编辑	孙文明
装帧设计	张宇海
出版发行	中国青年出版社
社址	北京东四十二条21号　邮政编码：100708
网址	www.cyp.com.cn
门市部	010–57350370
编辑部	010–57350402
印刷	三河市世纪兴源印刷有限公司
经销	新华书店
规格	880×1230　1/32
印张	14
字数	250千字
版次	2014年6月北京第1版
印次	2014年6月河北第1次印刷
定价	45.00元

本图书如有印装质量问题,请凭购书发票与质检部联系调换　联系电话：(010)57350337

曾经是湘西巫风盛行和生长算军的地方,人们称之为古老的镇算。

这个神秘世界的怪力乱神已经消失,奇崛热烈的算军时代已经结束。

但这里依然有它最后的魔咒与天方、面貌与声音、恐惧与希望……

算军的灵魂在这里最后一次出现……

目录

1 _ 石头城 /001

2 _ 风雨中的蛇 /008

3 _ 迷药的气息 /016

4 _ 小头目女人 /028

5 _ 下河佬 /039

6 _ 叛乱者 /049

7 _ 古歌 /057

8 _ 风吹开花蕊 /073

9 _ 兵备道之死 /086

10 _ 鱼水之欢 /095

11 _ 败仗 /104

12 _ 血崩 /113

13 _ 家乡曲 /123

14 _ 预感里的宿命 /132

15 _ 降雨 /140

16 _ 介银 /150

17 _ 鬼节 /160

18 _ 末路王者 /169

19 _ 乌巢河　　　　　　　　　/177

20 _ 灾　　　　　　　　　　　/188

21 _ 温柔的手　　　　　　　　/198

22 _ 青帕苗王　　　　　　　　/210

23 _ 石嘎欢勾　　　　　　　　/221

24 _ 入藏　　　　　　　　　　/230

25 _ 辛亥镇箄　　　　　　　　/246

26 _ 死亡之旅　　　　　　　　/257

27 _ 黑十字　　　　　　　　　/267

28 _ 护国之战　　　　　　　　/277

29 _ 阿原错骨骸　　　　　　　/288

30 _ 城门失火　　　　　　　　/296

31 _ 逮捕　　　　　　　　　　/309

32 _ 真假剿共　　　　　　　　/319

33 _ 花落去　　　　　　　　　/332

34 _ 钥匙　　　　　　　　　　/344

35 _ 炸开的土地　　　　　　　/357

36 _ 金条　　　　　　　　　　/370

37 _ 礼物　　　　　　　　　　/379

38 _ 殇　　　　　　　　　　　/389

39 _ 叛乱　　　　　　　　　　/402

40 _ 截杀　　　　　　　　　　/413

41 _ 尘土的味道　　　　　　　/425

42 _ 自己的英雄　　　　　　　/435

1
石头城

　　这是一座名叫镇筸的城镇,有一条河流穿越城池、傍南华山缓缓而过,这就是沱江。您要是走过由湖南西部到贵州的那一条路,或者追随屈原的足迹沿长年澄清的沅水一直上走源头,您准认得这条江,您准看见这座名叫镇筸的粗糙坚实的小小石头城。

　　这个故事是一节一节的,就像这条沱江,在拐过一个个山弯后,又呈现出它的汹涌波涛或碧绿绵长。

　　历史上,这个石头城出生的男丁,无一例外都被送到朝廷绿营军队里去当兵,磨炼他们的品质和意志。有一种信念一直随着他们成长,那就是为国打仗,立功受奖,舍身成仁。在他们的辞典上,似乎没有退却,没有逃兵,没有孬种,只有"不战则死,不死则战"的一个终极宿命。这支绿营军队因其石头城厅所在地系镇筸,笼统被称为"筸军"。如果说这个城是以另外一个意义独立存在的话,那这支筸军的存在就像当时特别的社会组织的衍生物。他们只为服从朝廷调遣,东征西伐,先是抗击倭寇,后是浴血英军。在筸军一个个捐躯之后的很长一段时间里,朝廷暂停了筸军远征。但作为朝廷所用的一枚棋子,他们对当地果雄·乜族人的战争总是在继续。当冬天的寂静预示着一切快结束的时候,往往春天的衅端又在那边破土。

果雄·乜是当地古老的土族苗人,长居镇箅西北的深山穷谷,有着稻种一样的繁衍能力,石头一样的优秀体质。他们耐饥渴,能劳苦,隆冬时节也包一卷头帕,穿一件单衣;矮墩矫健,跣足而行,酷暑时节能上山捉蛇,下河捉鳖,会烧火畬以草木灰充当肥料,用蚯蚓培植肥土。他们锻铁为剑,揉木为弓,精于火枪矛戟的制造,还发明了利用暴木灰和土磺洞硝制作火药,打磨出光溜的铁筒车……似乎无所不能。他们的女人们会刺绣纺织、事嘉禾,紧要关头还能接枪注药,或出队接仗、助阵呐喊。儿童五六岁就习鸟枪,配短刀弓弩,目的是为防止野兽的攻击;喜欢聚在一起以树的枝干、空中枭鸟为目标,玩打石头的游戏,飞转的石子能击中人的要害。

　　与果雄·乜的战争僵持不下,双方有点厌倦这无休止的残酷军事剿杀。有一次,作为箅军首领的匡嘎米谷对这种没完没了的战争感到醒心,决心熄火休战了。他避重就轻,拉着自己的队伍整天躺到树林里睡觉,甚至对士兵中能讲土族语的小伙子偷偷溜到周边的寨子勾引果雄·乜族人的女儿谈情说爱也睁只眼闭只眼。结果他越来越证实了自己的感觉:战争并不是他们的目的,而是他们为改善生存条件、过安稳幸福生活的一种手段。这是那些晚出晨归嘴唇总是带着舔不完的爱情蜜浆的土族士兵给他的启示。

　　"这样的兵戎相见未免小题大做了。"匡嘎米谷常常自言自语。他为此找了个机会,跟分守带管辰沅兵备道进行了沟通,希望和果雄·乜进行一次结束战争的谈判。

"好啊，如果你能把他们的首领招来的话，我就和谈。"兵备道说。

匡嘎米谷很快把一个名叫陇嘎削的果雄•乜人给找来了。陇嘎削一点也不像首领的样子，沉默寡言，但他身上蕴藏一种特殊的神韵，让人不由自主地信任和敬仰。和他一起来的还有一匹体质较小的马，真不知道他是骑着来的还是牵来的。不过，匡嘎米谷很快就看出了这小而健的马匹是用来解决交通运输的难题而非供作战厮杀。匡嘎米谷因为找不到一点共同处，迟迟不肯与他对话。大概过了半个小时，陇嘎削有点不好意思地张开了嘴巴。他自我介绍说自己有着非常博大的知识体系，比如用一些甚为古怪的药草给人治病，能够从一头小牛犊的耳、牙、眼、腰、尾及长在皮上的毛旋等，判断出这头牛长大后的脾气、生育能力、角力状况以及寿命等……

匡嘎米谷愤怒到了极点，他忍无可忍，拔出剑来。

"可恨的人种，"他吼道，"居然派出猪狗的头头！"

陇嘎削收敛起脸上的神情："这是我们果雄•乜的诚意，大人。"

"什么？"匡嘎米谷咬牙切齿。

"也请拿出你们的诚意吧。"陇嘎削继续道，"我不是我们的头人，我是头人的阿爸。"陇嘎削镇定而庄严地说。

此时，匡嘎米谷终于明白了，果雄•乜在这个节骨眼上耍了一个小聪明。他们送来的仅仅是一个人质，等待的却是一个对等的交易。

"好吧，"匡嘎米谷说，"希望你们不要再耍什么花招。"

匡嘎米谷出于信义送去了自己刚满五岁的儿子匡嘎沃银。但他为此付出的代价却是极其的惨痛，因为那位兵备道言而无信，他把陇嘎削带进镇篁镇教场的大营，当即逮捕并砍头示众了。

"蠢货，"兵备道沾沾自喜地说，"我们要他的人头煮酒！"

"我们不能不讲诚信啊！"匡嘎米谷争辩道。

"诚信值几亩土地？"兵备道反问道。

之后，果雄·乜传出话来，说把充当人质的匡嘎沃银喂了狗。他们加深了彼此间的仇恨，不再听信所谓和谈的任何谎言了。

朝廷为拓疆辟土，借口果雄·乜为不可王化的劣等民族，继续高举剿杀的屠刀。他们把已归顺的果雄·乜称为熟苗，不愿归顺的称生苗，并乐此不疲地与生苗扭起了麻花绞。

"那些生苗吗，"兵备道参政说，"所谓化外之民，都是些癫子歹徒，喜欢起来造反，杀官掠地，扰乱秩序。"

这位兵备道满脸麻子，是个非常粗鲁且无任何情感所言的人，他上书朝廷，请金四万三千两白银修筑了一道苗疆边墙，将掠夺而来的土地登记造册入了自己的囊中。但果雄·乜并不是一个胆小怕事的民族，他们爱憎分明，高度团结。他们中的一些极端分子，致力于捍卫家园、收复故地，逐家逐户搜集来猎枪、砍刀、梭镖，以至厨房里的菜刀。他们中的一个吴姓头人，拥立了一个穷寡妇的婴儿登基，因为那婴儿长着奇异的三撮毛，而且具有将帅甚至皇帝一样的生辰八字，是个龙胎。头人派人暗地里传扬"吴王出世了"，并对外传言吴王托梦，封他为"掌簿先生"。不久，同寨的另一位族人又说得到了一部无字天书，并受仙人指点，力大如山，能统兵百万。头人封其为"统兵将帅"，号召寨子所有族人跟着他"布将帅"跳仙，大肆宣扬将帅跳神，神灵下凡，就可以操练神功。寡妇的两个姑姑是当地远近闻名的仙娘，她们在湘黔一带杠仙跳仙时带去了一种说是吴王化过的仙水，喝了能去病消灾，并四处散布吴王将会替果雄·乜做主打天下，解除深受欺凌的苦难。

吴王出世的消息和各种神秘故事不胫而走，不绝如缕的朝拜者涌来，一成十，十成百，达成了十万之众。他们在湘黔边境搭起草寮，每天等候吴王布施的仙水或仙法。吴姓头人似乎不费什么力就组织了一千人的钢枪队，两千两百人的火枪队，以及三百人的铜号队，并告诉他们自己都有着铁打的身子，刀砍不进，枪打不死。那时快过年了，趁对方没有设防的良好时机，头人宣布一旦果雄·乜的巴岱穿鲜红如血的衣服，吹响银镂牛角，就跟随统兵将帅揭竿而起，摧毁边墙，消灭边墙驻军。

战争序幕拉开后，战火就成燎原之势。那之后，匡嘎米谷和果雄·乜在雾气四合的悬崖仄径中打了整整一年。四围皆山，沟道丛杂，果雄·乜长着一双猱猿的兽蹄，他们腰悬装有火药和米粑的皮袋子，插短刀，握一杆火枪，上蹿下跳，疾如鼠走蛇行，出没无定。他们不仅火枪防不胜防，还有一种适宜仰射的过山鸟炮，射程较远，轻便得两人即可操作，气力大的人一人也行，这种先进的兵器常常让匡嘎米谷手足无措。为抵御果雄·乜的火枪，匡嘎米谷让士兵中的篾匠和皮匠编结毛竹和用生牛皮制作盾牌，结果因粗笨难运而折戟沉沙。一些乡勇自告奋勇打头阵，他们穿起厚厚的棉衣棉裤，临战时用水泼湿。但这样臃肿繁杂的装备，加上头上的红缨帽，腰上佩戴的九龙带腰刀，携带的支架火枪等器械数十斤，无论是进攻或退却都倍感困难，哪里还能施展。果雄·乜且战且退，神出鬼没。匡嘎米谷的六个副将战死，满脸麻子的兵备道落河身亡。

朝廷从京城先后调遣了一名总督和一名巡抚，带领万军一天到晚站在高处向对方放炮。果雄·乜似乎一点儿都不惧怕这样的战略战术，他们挖出可避炮伏匿的土窑土坎，建造了防火的泥屋岩堡，一旦大兵压境，则三五分开，相机而行，择土坎岩窠伏身，瞄准草莽所动的地方打冷枪，尔后像蛇一样迅速后退于山洞悬崖，隐于深山大箐，伺机再战。这种打一枪换一个地方的潜避战术令朝廷的两员大将伤透了脑筋。由于长途行军，进抵后的士兵精神萎靡，更不能习惯此处的环境。溪涧里的水浑，腥秽难闻，人马根本不能入口。那些被他们一哄而饮的较为清冽的井泉，却全是岩浆，极寒而败人脾胃。一段时间后，很多士兵疟痢缠身，痨病黄肿相加，四肢无力，倒床而死，可怕的是总督和巡抚也在所难免，相继一命呜呼了。

总督和巡抚的死震动朝野，皇上也噩梦连连，总感觉自己坐的只是半壁江山。时不我待，朝廷重新遣派了统帅，调集了七省四十万大军合力征讨。一位军官亲手砍下寡妇两个姑姑的脑袋。那时候她们站在寨子的高坎上起劲地煽风点火，妖言惑众，散落的头帕和头发遮住了眼睛,完全不知死期临近。士兵们焚烧了果雄·乜的房屋,凡见活人一律枪打刀杀,以死人的尸体垫底,不仅将新防线修成坚实的铠甲,还请来五百名岩匠筑起了八百四十八座碉卡哨台。

战火又延续了两年。这期间,匡嘎米谷的军需官研制出了专门对付火枪散弹的牛皮铠甲。这种牛革细如雁翎,刀剑不入,能挡火铅。军需官稀眉散发,神经兮兮,却精明灵怪,体贴忠诚。他帮助匡嘎米谷在周边招募了很多土民土著,参照果雄·乜的方法,时时操练,让他们具有同样的本领。那些被培养过的兵勇,善持长刀剑戟,擅长藏伏隐匿,健步如飞。他们诱使敌人将火药用尽,再用长刀砍断对方的脚,或在对方施放火炮鸟枪之后,乘着烟雾的掩护急速攻击,以短刀搏杀。这样以其人之道还治其人之身的办法取得了预期的效果。战争到最后,果雄·乜的女人们也盛装出列,冲在前面,同男人并肩作战。她们吞噬了一种名为神仙草的药引。这种药引只在仲秋圆月之时开放,茎旁的节球变红,里面涌动着无数小虫。尔后,她们佩挂了的所有银饰,手持父亲树削成的大刀,极度兴奋地挥舞一条崭新的白色毛巾,无声息地上下跳跃,一蹦三尺,叮当的银器在不断碰撞。但这种伎俩很快被匡嘎米谷识破,他耐心地等了足足四个小时,在她们极度疲乏时,轻易地攻破了她们最后的防线。

战火总是要熄灭的。果雄·乜吃了败仗,他们的统兵将帅战死,高层将领遭凌迟极刑,三万首级被割下来,耳朵挂在城门上,串成风化的肉干。吴王和那些被擒获的果雄·乜让铁链锁住脚踝,环环相连,拉纤一样送往京城处斩或被充军。女人们则带着驯良后的虚假虔诚,沦为汉人的家奴。

2
风雨中的蛇

匡嘎米谷觉得自己可以休息了,而且深信果雄·乜再也无还手之力。但他的军需官却一反常态地紧张,平时总将那枚总兵的关防大印揣在怀里,为无数静悄悄的黎明黄昏感到可怕。他总是睡不着觉,用丝瓜筋洗澡时感觉是别人在挠他的脊背。

一天,军需官以一种哀叹厄运的口气说:"他们要来了,从土蛮方向。"

匡嘎米谷同往常一样,平静地看了军需官一眼,并为他一贯的神经分分笑了起来。

"谁要来了?那土蛮方向的是何人,是土民还是苗子?"他说。

"我不知道,"军需官说,"我的直觉告诉我,那儿有一群雨中奔驰的蛇。"

果然，不到一天，巴岱来了。巴岱就是汉人所称的苗老司。那天，巴岱托人将一封信送到了匡嘎米谷手中，说有一件东西愿意与他交换。匡嘎米谷将信将疑。他的夫人菊在处变不惊，主动把那顶红缨官帽戴到丈夫头上，交给他一把大刀。

　　"夫人。"匡嘎米谷抓住了她的手，轻轻抚摸。她手腕上有一道疤茧，一个经过若干次吮吸后留下的紫红色唇痕。那是儿子匡嘎沃银留下来的。

　　"夫人。"匡嘎米谷看着她，又愧疚难当起来。这几年来，他一直为自己轻信别人，亲手把儿子匡嘎沃银当人质送走而后悔不已。

　　"走吧。"菊在躲过他的眼睛，说。

　　一个小时后，匡嘎米谷带着夫人和一干随从来到了约定地点。只见巴岱在对面较远的草地已事先立起了足足二十米高的杉木柱，在杉木柱上端依次插了三十六把锋利的长刀。巴岱穿一件大红的衣服，包红帕，他咬破了一只公鸡的冠，将血涂到向上的刀刃，而后戴上冠叉，在背上插了一根马鞭，披上柳旗，手持牛角铜刀，绕场跳跃着歌舞。这时，三十六名包括女人孩子在内的果雄•也一步步爬了上去。而在地上，又有二十四张让铁水呛得不低于一千沸点的腥红犁口，有人在上面浇了一勺桐油，嘭地一声，火苗飙出几尺来高。正当匡嘎米谷感到纳闷时，巴岱念念有词，一声令下，有两个人挟着男孩如拖犯人上刑场一般，让男孩软软的脚从犁头上趟了过去。顷刻间冒起了一团青烟，一股焦糊味和流血般的呻吟在上空此起彼伏。巴岱表情庄重,面颊有一道黑色的伤疤甚是吓人,胸前挂着死人用的纸钱。

"他们在干什么?"匡嘎米谷问,"怎么像在祭祀?"

"不是乞降吗,他们在制造自杀谢罪的惨剧吧。"一个哨官扭了扭脖子,幽默地说道。

"不,这是他们刻意制造的迷乱假象,"军需官担心地说,"有什么事要发生了。"

四周寂然。那种沉闷压抑的气氛快令人窒息了,夫人菊在突然尖叫着冲了出来。

"不,那是我们的儿子!"菊在撕心裂肺地喊道。

匡嘎米谷还来不及反应,夫人就像风一样冲过去了。

"这是他们的圈套呀,这些死苗子!"军需官忽然像梦中清醒,大声吼了起来。

匡嘎米谷一直认为自己的儿子被果雄·乜杀害了。而他的夫人,这个非常坚强的可怜的女人,对儿子的想念入骨入髓,痛生梦死,希望儿子活着是她唯一得以活下去的勇气。当她注意到了那个被架着踩过火犁后几近被吓傻了的孩子,尽管他已失去了往昔的娇嫩,失去了欢笑和天真,但她仍能从他举手投足的瞬间、从他孤独落寞的神情,认出了匡嘎沃银。

"我的儿啊,妈妈的心肝!"几分钟后,她已经冲过了乱石和荆棘的阻力,怀抱自己的骨肉了。

"我的儿子，这是妈妈，"她喃喃地说，"请别再离开妈妈了。"

匡嘎沃银怔怔地望着菊在，陌生的感觉让他畏惧和胆怯起来，甚至试着挣脱她的怀抱。但菊在以母性的力量拦腰抱紧他，她温柔的手指摸过他的脸颊，泪水落下来，滴到他的鼻尖。她慢慢地将起了自己的衣袖，不由自主地将手腕贴近了他的嘴唇。"离开妈妈，你是怎么睡着的啊！"菊在说。匡嘎沃银一经碰触了她的手，感到一切都变得模糊起来，并慢慢感到一颗心脏的搏动和空气的颤抖。

这时，巴岱走了过来。"高贵的夫人，这可是难得的煞日，我们要酬神还愿了，因为会有人凶死！"

菊在抬头看着他，深藏的愤怒被激起。"你们想干什么？"她厉声问道。

"只想问问孩子的父亲，汉人的诚信为什么像狗屎。"巴岱说。

"当心他父亲会劈了你们！"菊在说。

"当然，"巴岱说，乜斜了一下双眼，"但应该不是在你被天灯点完之前。"

立即有几个人心领神会，他们走上前去，很快将菊在和匡嘎沃银分开，用素缟裹缠菊在的身体，然后将她倒吊在一根高高的杆子上。一个人在她的身体上浇灌桐油，并从她脚的那一头开始点上天灯。

"不，妈妈！"匡嘎沃银大声喊了起来，他心底最温柔的部分被牵动起来了，血脉相连，牵一发而动全身。

不一会儿，菊在的声音开始如颤抖的火苗。

"真是卑鄙！"这时，匡嘎米谷疯狂起来，要扑过去。但他的军需官死死抓住了他。

"当心他们的阴谋。"军需官说着，抖了抖身上的衣服，脚步不停地朝对方走去，"收起你们的鬼把戏，如果你们想要什么的话。"他以少有的庄重表情，直截了当地说。

"说得好，"巴岱微微一笑，"对于某些人，我们什么都不要。"

此时，早有一刽子手朝军需官走来。刽子手颧骨高耸，脸肌紧缩，目无光泽，在没有任何人的指令下，不偏不离将手中的长刀往军需官头颅伸拉。几乎来不及反应，军需官的头滚落到了地上，血溅湿了匡嘎沃银的裤子。这让匡嘎沃银更加害怕起来，他托住母亲倒挂的头，呜呜地哭。母亲不停挣扎着，由呻吟变成了撕心裂肺般的呼天抢地，那声音让人感到了慢慢受折磨的痛苦，和不能即刻毙命的生不如死。

匡嘎米谷再也沉不住气了，他的战马飞奔着来到了果雄·乜的地点，只见刀光一闪，砍断了吊着的素缟。"把夫人解开。"他说。

就这样，果雄·乜把菊在放了，却把匡嘎米谷包围了。

果雄·乜捕获了匡嘎米谷。就像达到了终极目的，他们很有兴致地当着匡嘎米谷的面把军需官葬在了一块长着苞谷的菜地里。而后，巴岱变戏法般的猛地朝他背后丢掷了神砂，那是一种用铜铁细砂合以毒药研磨而成的粉剂。匡嘎米谷很快感到失了视力，瘙痒难耐,毒入身体。

"你们会上绞刑架的。"匡嘎米谷临终的时候喊道。

巴岱表现出少有的激动和开心,他仍然拿着司刀铜铃,跳呀跳。

"让我为所有的死解罪。"他说。

在镇筸城的绿营军来到之前,果雄·乜的男人已将自己的女人刺死,又用刀尖互相捅入了对方胸腹。他们在预谋中全部自杀了。

菊在亲自扶起了匡嘎米谷的尸体。这之前的无数次战争,对于匡嘎家族,也不是突然的事件,是最正常不过的生活,但她觉得这次丈夫的死,有如山河倾崩,她精神的沙石一决千里。

"请不要责怪你父亲。"她拉过匡嘎沃银的手,放到匡嘎米谷的身上,那儿还有点余温。

匡嘎米谷的死不仅震惊了整个镇筸城,也牵动了朝廷内外。朝廷送达了一张盖着印章的文书,为表彰匡嘎米谷奋勇杀敌,效命疆场,诰命武显将军,照提督例恤,追谥忠节。

如果说匡嘎米谷是镇筸城最可注意的人,那匡嘎家族便是最让人吃惊的家族了。统计下来,匡嘎家族殁于军中的已有六十八人,上至实授提督,下为千总。匡嘎米谷的夫人菊在保留着一本族谱,那本泛黄的族谱躺在那架鱼形拉环的银柜里,散着霉气,虫蚀斑斑,但总有新的记载。族谱上最后一名阵亡的军人官佐,便是匡嘎米谷。

菊在是个有见地、有思想和尊重传统的女人,对于家族的尊严充满感情,对于家乡有着坚定不移的热爱。即使经历了那么多的遭遇,她仍然不厌其烦让儿子了解匡嘎家族无限荣光的历史,并教化他人生的意义就在于有朝一日能立下丰功伟绩。她坚持依照百余年来深固不拔的父死子继的传统,让儿子匡嘎沃银接过父亲的接力棒。

匡嘎沃银十四岁被送到了军营,那时他什么都不懂,军营的长官能接受他完全因为他祖上的荣光以及将门出虎子的真知灼见。他们认为让他一来就接受严格的军事训练还为时过早,于是安排他到镇筸城的城楼上放炮报时。按常例,一天放炮三次,一次放三筒。早晨天麻麻亮放一次,叫"醒炮",告诉人们要起床了;中午放一次"午时炮";临近半夜,放一次"二炮",提醒大家,进入二更了,要进城或出城的人抓紧时间,一旦二炮响过,城门一关,皇帝老子也别想方便自如了。火炮的声音让匡嘎沃银高兴极了,而且这种日日如过年过节的气氛让他慢慢忘记了曾经的阴影。

这一年,旱季持续了四个月之久,田土龟裂,树死草亡,大多河流干涸得有如癫痫的头,沱江也难逃厄运。镇筸城里的居民垂头丧气的,都做好了搬家的准备。他们将杂物丢弃在院子里,一些无用的家什堆满过道。那天晚上,一位叫花子抱来了一坛子声称是从别人丢弃的什物里捡来的酒。酒里面泡着一条青花蛇和两条白树根样的东西。叫花子将青花蛇拿出来揣进衣兜,一个人坐在城楼的台阶上,吃那两条白树根,喝着酒。"那是什么?"匡嘎沃银问。叫花子看了他一眼:"不知道,"过一会儿,叫花子感觉对方还站在身边,又说:"你要不要来一点酒?"并从衣兜里掏出一个沾了点辣椒皮的缺了口的碗。匡嘎沃银摇了摇头。"那你等一下关城门，老子下河去一下就好。"叫花子说着，像鱼一样游了出去。过一会儿回来，他脸上的污垢没了，头发让水流冲得溜光，碗也洗过了。叫花子先给自己筛了一碗。那扑鼻的酒香把匡嘎沃银熏醉了。两人一来二去的，竟然把那坛酒喝了精光。十点钟光景，匡嘎沃银跟往常一样，将注满火药的三个铁罐子摆到了城楼上，他手里拿着用野蒿茇扎成的一把长长的烧包，一晃动，火星子便依序落进铁罐里，炮声惊天动地地炸响开来。就在三炮响完的当儿，月亮突然散发着耀眼的光，匡嘎沃银看到了一件非常异样的事情。屏立南郊的有着龙一样气势体魄的南华山剧烈地摇晃，沱江突然毫无来由地有一股汩汩暖流倾注，犹如生命之水，流速之快出乎人的想象，而依傍而立的南华山，顿时满山风起林啸，云雨翻腾，颤抖不止。

"天啊，这是一条龙啊！"他们被眼前的景象弄得恍恍惚惚，更是失去控制地吼叫起来。

匡嘎沃银回家后把这一景象告诉母亲。

"你别成天胡思乱想，"菊在说，"还有，不要再去乱跟别人喝酒。"奇怪的是那一夜之后，沱江又恢复了常态。河床不仅注满了水，连水兰草都清郁一片如游动的鱼，城墙上的岩墙花全部盛开，墙缝间狗尾巴草更是疯长得有些不知羞耻。人们只觉得不用再搬家了，除此似乎也没有感到有什么大的变故，因为不久镇筸城就被一场倾盆大雨覆盖，在滚滚雷声和野马奔腾般的洪峰中，他们反而担忧自己会被大水冲走。但奇怪的是河水始终保持在一定的水平线，下再大的雨也涨不上来。居民从沱江河深处所发出沉闷的"嚯咚嚯咚"的回声中，猜想一定是哪儿还有一个与之相通的巨大的潭洞，里住着掌管风雨的洞神。为了表示自己的感激，有那么一阵子，他们拿来了五谷，酿好米酒，杀了整头猪，拿猪头来答谢。很多人把半个家当都花在祭祀上了。

3
迷药的气息

城楼上负责放炮报时的人，除了匡嘎沃银，又增加了那位叫花子。那是一位又老又丑的偏脑壳老人，但他一点儿都不让人讨厌，因为他的残疾并不是先天生成，而是在多年前的一次对敌作战中被炮伤的。老人在军队里勇立战功，曾一度做到了这支篝军的参将。但他天性喜欢自由，对于无拘无束的生活似乎意犹未尽，他喜欢炮声，乐此不疲，就像喜欢一支熟悉的催眠曲。

"这是我的刺激，"他对匡嘎沃银说，"是老子的痒。"

"不，"匡嘎沃银的目光扫过他的头，纠正着道，"是你的痛。"

叫花子觉得匡嘎沃银并没有懂他，他一巴掌甩了过去，但匡嘎沃银把他的手推开了。"不是吗，你怎么没有女人，我听人说你以前长得好，就是那一炮，把你的上面的头打歪了，把你下面的头也打缩进去了。"

"鬼崽子，这就是老子的痒，女人怎及炮火的绚丽多姿？"叫花子又举起了手掌。

"想打我，除非你是我的师父。"匡嘎沃银说。

听到这样的话，叫花子愣了几分钟，他不知说什么好，突然一个跟斗翻到了房梁上，飞檐走壁起来。

匡嘎沃银被这个无可置疑的动作陶醉了。

叫花子成了匡嘎沃银的师父。而且他的母亲和他的同胞妹妹匡嘎沃金也把他当作了家里的成员，每星期都用干菜炖肉，将酒温在鼎罐里，请他来吃几次晚饭。他开始教匡嘎沃银一种拳术。大约在公元前的蚩尤时代，这种拳术就已经产生了，叫蚩尤拳或苗拳。它的基本套路就是拳打四门，脚踩品字，进退似游蛇行路，使人难防难进，而且要求举手成拳，出步成桩，动作快速、凶猛，只要有一立足之地，就能施展本领，击败对手。击敌太阳穴的叫丹凤朝阳，挖眼的称双龙夺宝，剜敌乳房的称仙人摘桃，攻敌下身要害的称关公挑袍。"漂亮的名字和美丽的女人一样，会让人念念不忘的。"他对匡嘎沃银说。

匡嘎沃银吐了一下舌头。"这些是你自己发明的？"他好奇地问。

"什么？"

"漂亮的名字和美丽的女人。"

"不，这是我从敌人那里偷来的。"师父说。

"你惯做偷盗之事吗？"

"什么话，"师父生气起来，"这叫以其人之道还治其人之身！"

"你一定挨过别人不少打。"匡嘎沃银说。

"为什么？"

"偷女人，"匡嘎沃银说，"不，偷武艺。"

"狗崽子，知己知彼，才能百战不殆，这是兵书上说的！你懂个毬！"师父猛烈咳嗽起来。

他开始不理匡嘎沃银。匡嘎沃银闲得无事，白天走到沱江河边，用脚踢岸上的鹅卵石玩，晚上又偷偷溜到城楼上，像一只小鸡似的，把眼睛和嘴往门缝一贴，窥视叫花子的行径。结果他看到宽阔的空间，空气中满是飞蚁，师父穿着油腻的衣裳，坐在角落里，抚摸着一件像是女人的衣服。灰暗的灯光照着他可怜的孤独的脸庞。匡嘎沃银再也忍不住了，第四天端来了一鼎罐狗肉，一瓶苞谷烧酒。师父先是喝光了那瓶酒，然后才慢腾腾地吃鼎罐里的狗肉，连尖颗红辣椒和佐料狗屎柑叶也嚼烂咽下去了。这顿饭之后，他们和好如初了。以后，师父又对徒弟进行了硬软器械的训练，如钩钩刀、竹条镖、连枷刀等，甚至还教他使用飞刀和戒子针之类的暗器。

匡嘎沃银十六岁那一年，徒手在镇筸郊外的大岩板坡打死了一只金钱豹,因而名扬四方。叫花子师父一直觉得他可以成为将军,在征得他母亲的同意下,带他进了兵营。

那时,匡嘎沃银开始暗恋一位巫师廖嘎宗顺的女儿廖嘎米花,并对她身上迷药一样的气质充满幻想。有一次,他拦住廖嘎米花的去路,表露他的爱慕之情。廖嘎米花对这种粗陋的求爱给予了回应,偷偷用丝线给他绣了一双心字底图案的鞋垫。有一次,她偷偷溜出来和他约会,俩人在苔地里以红苔充饥,待了好几个小时。"等我从兵营出来后一定讨你做我婆娘。"分手时,他对她说。但他的准岳父廖嘎宗顺,这位汉人的巫师请来了几位会看八字的算匠,当着廖嘎米花的面给她算命,得出的结果是她根本消受不了与那家人的福分。"命里不该有的莫强求吧!"廖嘎宗顺诚恳地对女儿说,"这个我懂,我替人看过那么多的八字生辰,貌相品行,从来还没有走眼坏事的。"廖嘎米花嚷叫起来:"你既然给别人都找了那么好的姻缘,为什么不给自己的女儿找一个自己想要的幸福?"

"你没有那样的命。"阴阳先生又说。

"没有什么命不命的!"廖嘎米花吼。

廖嘎米花认为忽视心灵的契合却拿她的生辰比长短简直不公平。她对父亲纠缠不已,并威胁说要到一棵长满藤的树上吊死。父亲被她的幼稚激怒,却一时找不出阻止女儿渴望幸福的理由。为了让女儿死心,最后好说歹说,他让她到镇筸城南端的南华山上设法找到一蔸长有二十米高的黄毛草,然后在那棵黄毛草旁边睡一夜,去听一种声音。

"什么声音？"

"你听听就知道了。风的声音,雨的声音,岩头的声音,或许是鸟。"

廖嘎米花当天就动身了, 她并不相信山上会真的长那么高的草,纯粹出于愿意为自己的幸福付出努力的考虑。但出乎意料,那蔸草还真让她找到了。莽林里,黄毛草的根跟一条六米长的蚯蚓一起牵爬在一棵古树向天而伸。"天啊,天啊!"她惊诧道。她几乎是睁着眼睛睡觉的,一方面感到有点害怕,同时又对即将到来的不可知事物感到迷茫和期待。直到这时,她仍然不相信父亲故弄玄虚的鬼话。

半夜,那个声音如期而至:"人各有命,你没有那样的命。"

廖嘎米花听到了,是那样真切,近在咫尺,她想如果不是那棵古树,就一定是那蔸草。

回到家里,廖嘎米花闭门痛哭,心里非常难受。她的母亲根本不信这一套,她安慰女儿,担保如果匡嘎沃银真的前来提亲,她是不会打一点儿折扣的。这又重拾了廖嘎米花的热情,她耐心地等待着。匡嘎沃银在兵营里给传来了纸条,以无法忍受的焦急心情答应一年后两人成亲。预定的日子还没到,匡嘎沃银就实践了自己的诺言。当他请媒人将一抬盒的聘礼抬到巫师家时,廖嘎米花的母亲笑得一整天直不起腰来。媒人想出种种动听的话来赞美这门亲事,并试图用一根金条贿赂新娘的父亲。这一招数并不灵验。杀猪宰羊的那一天,屠夫将屠刀刺入一头四百多斤重的肥猪的喉部，血流满木盆，溅了一地。屠夫确定猪已死，将其扔在地上，自己到灶房烧开水准备浸泡修毛。水滚烫之后，屠夫听到外面大人小孩的阵阵呼喊怪叫，他走出来，看见那死猪竟然站立起来一阵狂奔。廖嘎宗顺正在一百米远处，坐在一块石头上跷着二郎腿，不明不白地笑。这让见多不怪的屠夫恼怒，因为他确信是廖嘎宗顺做了手脚让他丢了丑。"嗨，我说亲家，这可是要抬到你们家的过礼，你何必跟自己的女儿过不去？"屠夫说。"没有，没有，不关我的事，脚长在猪身上，它要跑有什么办法？"廖嘎宗顺说，把二郎腿放了下来。那只猪轰然倒地了。屠夫瞪了他一眼，招呼人来帮忙，才将猪又抬了回去。但在开膛破肚时，猪又跑了起来。屠夫真的忍无可忍了，他一脚将杀猪用的板凳竖起，将屠刀狠狠刺进了板凳的榫头。"谁作法弄的手脚，莫怪我不客气了。"屠夫吼道。

事情有点儿过火，围观的人上来劝阻，他们用酒灌醉了巫师，把他弄回了家。

这一天，匡嘎沃银在没有任何吵扰中，享受着满屋的醉人气息。

廖嘎宗顺直到第二天才酒醒，女儿不在家，他找遍了所有房间，问遍了街坊邻居，最后在别人的嘲笑中乖乖地回到屋子里去喝酒。

廖嘎米花果然是匡嘎沃银最初感觉到的那样的一种人。她情感漫溢，热情奔放，像一位快活的引领者，激起他纵情狂欢和恣意妄为的乐趣。而廖嘎米花得到的不仅仅是自己梦寐以求的少年英雄才俊，更是为一种经常性的狂热的高潮而满心欢喜。

作为爱情的结晶和匡嘎家族的长子，匡嘎恩其的到来简直搞得大家手忙脚乱。早在他出生之前，母亲廖嘎米花就给他缝制了很多不同款式的衣服，用白色家织布和棉花做成了又暖和又结实的兔儿鞋。姑姑匡嘎沃金也是喜出望外，准备了两份可以包裹的棉絮包毯，甚至不惜拆了自己的纯棉衣服做成尿片，以便让侄儿的小屁屁少受点罪。满月酒是最热闹的，城里的人几乎都来喝酒了。外公廖嘎宗顺送来了五十只鸡，五百个蛋，一整套小孩的日常衣物备礼，包括一顶昂贵的银帽，还把一套嫁妆也抬了过来，算是给女儿补嫁。廖嘎宗顺在制作银帽时几乎用尽了他的全部家当，花了近三十两银子。一个技术娴熟的银匠在家里吃住了整整两月，他在一个厚布制成的帽环上钉满银片，然后用银子制成各种形态的虫鱼鸟兽花卉，以银丝连成，置于帽檐前后。前边帽檐，飞碟花苞向下吊约四寸，刚齐额眉，银帽背后，用银质花链将虫鱼鸟兽层层连缀，约一尺，吊齐衣边。帽顶上，插银质长羽一对。廖嘎米花的母亲根据各类情形在上面镀了一层金粉，又染上颜色。银帽被安放在一个精致的盒里，两个调皮的小舅子抬着。晃动起来的时候，叮当作响，鸟兽欲走欲飞起来，引来很多人围观。

匡嘎恩其不到一岁时，廖嘎米花又怀孕了。匡嘎沃银在第二个儿子出生后，又因为祖父匡嘎米谷的忠勇而承袭了云骑尉世职。

正当匡嘎恩其和他的弟弟苗壮成长的时候，朝廷宣布彻底结束和果雄•乜的战争。因为一次一次的征剿并没有给当朝带来任何好处,虽然果雄•乜的很多武装力量被先后摧毁,许多寨子被荡平,甚至他们的王也被押往京城处斩,而想要将对方赶尽杀绝简直是异想天开。原因很简单,那些果雄•乜本身就是一丛丛疯长的草,平地里割掉了,岩缝中又会长出来,悬崖边枯黄了,山川仍一片绿荫。以退为进,朝廷掉转枪口,以抚为重了。新的兵备道付籁带来了御定的善后章程,在镇篁往东北几百里的地界,划定了汉民与果雄•乜的疆域,申明汉民是汉民的土地,果雄•乜有自己的苗田。汉人占据的苗地归果雄•乜后,永远再不得典卖苗田,也不得承买民地,若有违反,一经查出,即将田地归还原主,追价入官,从重治以应得之罪。厘定的汉民和果雄•乜的村寨,毋准混杂,严禁差役擅自进入苗寨,地方官也一概照此奉行,倘有故为,则立予严惩。为了使这些问题更为直接明了,又特地修了一座边墙,调整了营汛守御,筹定苗疆。这样做表面看起来是想他人之想,井水与河水不犯,实际的目的是为杜绝藏奸滋事,防患于未然。付籁是个深藏智慧的能才俊杰,在做完这一切后心里并没有感到踏实,反而有一种新的危机在背后。一次,他被匡嘎沃银请到家里喝酒,他的隐藏的心事却让匡嘎沃银的胞胎妹妹匡嘎沃金一眼就看出了。当时她给他们斟酒,而年轻的兵备道却在慌乱中把她的衣袖弄湿了。

"真是要命!"兵备道说,"我可能有点儿喝多了。"

"没有关系,我擦一下就好。"匡嘎沃金道。

走的时候,匡嘎沃银又向兵备道发出了下一次的邀请,这是他故意的安排。看得出来,兵备道是喜欢这里的,喜欢这个家的温情和酒,还有匡嘎沃金的端庄美丽。但是,匡嘎沃金还没有表现出准备投怀送抱的丝丝情意,她的冷静像是得到军人世家的遗传,对于现实的关注胜过她自己。

"兵备道大人有着很重的心思啊!"她对胞兄匡嘎沃银说。

"何以见得?"兄长问。

"他已经焦头烂额。"她说。

"说不定他是为伊消得人憔悴呢?"匡嘎沃银对妹妹开起玩笑来。

"他担心果雄·乜风生水起。"

"你瞎说什么?"匡嘎沃银严肃起来。

"我没有瞎说,"匡嘎沃金说,"他的担心是对的。"

果然,真让匡嘎沃金说中了。这一年年成一点都不好,先是干旱频繁,后遇蝗虫灾害,粮食颗粒无收,加上之前的连年征剿战争,房屋均被焚毁,果雄·乜住的全是搭建的茅棚,冬天一来,他们全在穷困与饥寒之中。一些人做出了铤而走险之事,冲破戒律,翻越边墙,到客民地方苟且求生。这些行迹让哨所的一个把总探知了。回来的路上,把总带人驻守关口,搜捕之下,擅自以谋反之罪枪杀了两个企图反抗的果雄·乜。逃跑而回的果雄·乜对这种滥杀无辜的血腥充满了仇恨,连夜纠集了两百余人,回过头来围攻哨所,声言要杀死把总,以命抵命。

事情真是闹大了。兵备道得到消息,赶到出事地点,双方已剑拔弩张,战争一触即发。是割把总的头颅还是灭果雄·乜族人威风,在这个问题上,兵备道还真是一筹莫展,难以定夺。这时,又有一伙果雄·乜蜂拥而至,为首的有三人,有两个号称是一对天王,一个为五雷将军。奇怪的是他们不仅带来了人马,还带来了两枚大印。

说来凑巧,那两枚大印中一枚是镇筸总兵的关防大印,是当年匡嘎米谷的军需官被杀死失落的;一枚是守备关防印,是无意中捡来的。大印现在的主人是这对天王兄弟,他们是在挖地的时候拾到的。这对天王一字不识,印文都是经过识字人的辨别。但他们无知者无畏,鬼使神差,一心觉得这是天赐的机缘鸿运,凭这两枚大印就可以征粮派款,调令兵马,统领天下。传言一开,居然也有很多人信服,情愿纠众入火,拥戴他俩为王。一时间有两百人奔赴天庙,宰牛饮血,拜印拜月跳舞。两个天王突然也不知天高地厚起来,点名齐集,各给名号,有的甚至被封为总督、太爷和总爷。这群乌合之众把锅烟调制成墨,将红土研磨成泥,写成征粮或调兵的文书,盖上赤色大印,派人送达各个果雄·乜族人的村寨,征收得粮食三百余担,钱两百千文。他们一直没有动手的原因是因为各处的营汛屯防的防守很严,二则实在是找不到下手的借口。

这一天所发生的事情正好迎合了某种契机,这对天王兄弟看起来是那样的急不可耐,他们挥舞大刀,冲出了哨卡。为了给自己壮胆,还让一个人举起一面风筝一样的旗子,上面写着:逐客民,复故地。

兵备道不得不后退了几步,但他脸上的盛气凌人一点都没有褪色。

"大胆狂徒,胆敢借端煽惑,纠集痞苗,混给伪封,造蓄逆谋,即刻饬令解散伙党,交呈官防印章,否则以大逆之罪,立斩示众。"兵备道厉声呵道。

天王兄弟竟用行动证明了兵备道的言辞与自己毫无关系。他们的五雷将军砍断了一位参将的马腿,又把一个士兵当场杀死。他试图把刀伸到兵备道的脖子下。"快躲开!走一边去!"匡嘎沃银眼疾手快,用剑将五雷将军挑了起来,柴块一样地劈成两半。见状,兵备道不得不大开杀戒了,他先宰了那位愚蠢的把总,然后把所有的铜枪铜炮对准了蓄势待发的果雄·乜人。也不过一个小时光景,被火炮击中的已超过一百人,他们成排躺倒在面前的空旷野地,鲜血浸染了草茇。天王兄弟中,一个被击毙,一个却在人群杂乱中逃之夭夭了。匡嘎沃银欲骑马前追,兵备道用手拦住了他。

"他最好再多带些人来。"兵备道说。

群龙无首,剩下的人被围赶着,打着旋转,变成巨大的漩涡,在进退不能中唉声叹气,在萎靡不振中忍受着冬日的寒风,感觉着死亡的临近。但快到午后三点钟,兵备道发话,让他们集体解散,安全回家。

绝望的果雄·乜长长地松了口气,惊慌着,作鸟兽散。这时,一位像是小头目的人从死人堆里爬了出来,趔趔趄趄像喝醉了酒。他没有急着跟着自己的族人离去,而是走向匡嘎沃银的军队,走到兵备道的身边,站稳后,取下沾满血迹的头帕揩着脸,一点一点慢慢打量着兵备道。

"对不起,"小头目嗫嗫而语,"可不可以,让他们的女人孩子前来收尸……"

兵备道透过弥漫的尘雾,看清了站在自己面前的,竟然是一个女人。他先听到了女人脆薄的充满磁性的声音,而后看到了她取下头帕后披散的长发,沾着血污的脸上居然还露出几分妩媚。

"你还要什么?"兵备道愠怒着说。

"仅此而已。"女人语气仍然很低。

"那好吧,"兵备道似在思索了一下,"叫她们最好快一点。"

于是,那女人转过身子,临走时却在死人堆里穿梭,不时蹲下来,抚摸一些人的脸。一个倒毙的男人还有冒血,他的后头颅被子弹击中。她似乎害怕看到他的疼痛,于是翻过他的脸,用自己污染的头帕揩去他脸上粘着的泥土,而风不时送来她稍纵即逝的声音,期期艾艾,丝丝缕缕。

　　我们果雄·乜的男人啊

　　你们怎么了

　　果雄·乜的父亲啊

　　是不是让酒醉倒了……

归归红的声音喑哑了

是因为碰到了荆棘树

果雄·乜的男人啊

你们怎么了

　　"她是在哭吗？"兵备道问匡嘎沃银。

　　"不，她在唱歌。"匡嘎沃银说。

　　晚上，死去的果雄·乜的家属来了，女人们和孩子手拿包裹的白布，嗯嗯嗡嗡地一路像哭又像歌。一片片纸钱在空中胡乱地飞着。

4
小头目女人

　　兵备道付籍和匡嘎沃银在此地蹲守了三个白天夜晚。他们料定逃走的果雄·乜天王会卷土重来。匡嘎沃银把所有的强势炮火摆到了一个必经路口，即使一只麻雀也别想飞过。几日过去，却见唱歌的女人和果雄·乜的四五十户人家来投降归顺了。那时下起了暴雨，他们行进的影子在雷电中明暗交替。女人像被沉重压力压得抬不起头,不断匍匐着叩首,恳请饶恕。

"尔等如真心投顺,为何等到大军紧逼寨落,情急而来,知有今日,又何必当初?"兵备道怒道。

"请允许立功赎罪。"小头目女人微闭眼睛。

"还有什么功可立?"匡嘎沃银说。

这时,人群中闪出一个蠕动着的模糊的东西,正是那个逃走的天王。天王在逃跑时还在一路招兵,但表现得一点儿也不像个男人,倒像个吓傻了的疯子。女人们不想他再胡来了,出于保住族人的目的而抓住了他,并在族人的默然中押到各寨示众,每到一寨,就割两刀,走了十多寨,他几乎被碎割了。

"你将不会再受苦了,"小头目女人对天王说,微闭了一下眼睛,"如果你还有什么话,我的额头就是刻字的岩壁。"

"不,请忘掉徒有虚名的英勇或懦弱。"天王虚弱地说。

"你仍然是我们的英雄。"小头目女人低声说。

天王突然睁开了血肉模糊的眼睛,但声音却渐渐微弱:"请给我一个仪式吧,按我们的习惯,去唱一首离别的歌。"

"只是,仪式要简短了,也许我不能为你做得更多。"

小头目女人的喉结动了一下,似在吞咽口水,而后声音在风雨雷电中飘了出来。她的歌恍惚迷离,却有让痛苦变成欢乐,让黑暗变成光明,让死亡变成梦境的沉醉。

看月亮莫在月头上,到十五自会满满的一轮

看太阳莫在傍晚时,到清晨它自会大放光明

莫让那前面的凤凰山,挡住了眼睛

莫让那眼前的困难,终止了我们的行程

明天,后天;儿子,孙子

会有大塘大坝把鱼养,会有大田大土任耕耘……

天王闭上了眼睛,一个果雄·乜为证实他是否还活着,给了他最后一刀。

"为什么杀他?"兵备道为此感到震惊,问举刀者。

"我们不再需要这样的人了。"回答说。

兵备道又把脸转向小头目女人:"也是你的意思吗?"

"族人说,乌鸦是乌鸦的路。"她回答。

兵备道似乎有点明白了她的意思。"那么,你们决定不会一条黑走到底了,"他说,"但我仍无法知晓尔等的真心或假意。"

"心在各人的心里,意在自己的脑中,你不必知道。如果担心我们耍花招,请剁去我们的脚和手,我们只当是天老爷的安排。如果相信,我叫陇嘎那朵,大人,记住我的名字就行了。"

"你是你们的头人？"兵备道有点吃惊。

"我们没有头人了,大人。"

"她是我们的歌师。"另一个人说。

兵备道真是怦然心跳了。面前的女人,是这样一副模样:美丽消瘦,神情落寞,一颗细细的美人痣长在眼角,这让她的眼睛看起来像永远汪着一汪泪。此前,他听人说,歌师见多识广,机敏睿智。果雄•乜的一切大事小事基本都是由歌师来主持,比如婴儿的出生、婚丧嫁娶、同族交往等,他们继承发展和传播者自己民族的古老文化,也记录漫长历史岁月的朦胧身影和远渺足音。因为他们没有文字,很多印象代代相承。

"太可怕了。"兵备道自言自语起来。

"什么？"匡嘎沃银问。

"她脑袋中的影像,那些看起来像是血腥的屠杀……"

"你如果担心她的记忆,这还不简单吗？"匡嘎沃银用一只手指了指腰间挎着的剑。

"和割韭菜那样简单。"他说。

"但头发不是韭菜。"兵备道又反驳道。

陇嘎那朵给兵备道带来的震撼是如此强烈,之前对于她一无所知,而后仍是一个谜。当天,暴雨停歇之后,兵备道将她们放回去了。他的理由很简单,出于一种内心的感觉。匡嘎沃银虽然觉得他有点怜香惜玉,但并没有表示太多的异议,他认为自己无须多虑。

这次的冲突事件，兵备道付籁一直隐瞒着不愿上报，独自担当起来。在沉默中，他越来越觉得自己在仕途的道路上成熟了。不久，他斗胆给朝廷上奏折，希望重新草拟苗疆治理章程，还不断以书信知会一些高级军政人员，酌商紧要的善后事宜，其中，希望重用苗弁中的"生苗"酋长寨长，以域管域，以苗制苗。

　　"此乃最好最恰当稳妥的长久治安。"兵备道在奏折和书信中均强调着说。

　　兵备道在镇箪的兵营待了两个漫长的冬天，在他无尽的期盼中，七月份，经军机处议定再呈皇帝御览后，终于得到了批复，决定录用当地果雄·乜的人才，封为苗守备、土千总、土外委等。

　　这样的官职不外乎管束同族，承担着上传下达、护送粮鞘、雇佣夫役的琐事，算不上什么，但不管怎样，总算开启了一扇小小的可融合的窗口。就职仪式简洁而短暂，一位知事宣读了公文，被审定的苗守备们便在一张粗糙的桌子上按了手印，并得到了花翎顶之类的一些赏给。整个过程中，兵备道一直都没有看到陇嘎那朵。

　　兵备道一直都没有疏忽陇嘎那朵，她一直是他施政的灵感所在，更重要的，他从她的眼睛里看出了她是一个极端聪明而敏感的女人，他有必要使其坚定归化之心。陇嘎那朵没有如期而至，兵备道觉得心里很不是滋味。派去的当差回来，说陇嘎那朵在乌巢寨的一个岩洞里。

　　"她在岩洞里做什么？"兵备道问。

"那里是她的家，大人。"当差说，"她独自带着她牙牙学语的女儿，好像在教她说话。"

"说的什么？"兵备道居然紧张起来。

"我还认真地听了一下，是'莫歌'，"当差说，"那是她女儿的名字。"

"啊，家里还有什么人吗？"兵备道问。

"没有，大人。听说孩子的父亲在上一次的冲突中死掉了，那时她还没有结婚。"

"胡说，没有结婚哪来的孩子？"

"这是果雄·乜的习俗，他们总是等有了孩子再结婚的。"

"啊，是吗？"兵备道觉得真是无聊，有点疲惫地说。

兵备道是一个事不做好誓不罢休的人，有一天，他居然从军需处拨出了五百大银，派人修复了陇嘎那朵曾经被烧毁的房屋，并将就近的可归之地酌量拨给了她。

但一切都没有使陇嘎那朵受宠若惊和感激。她将房子给了其他更多的孤儿寡母居住，将苗守备一职举荐给了她的一个名叫巴雄的表哥，因为表哥天生是一个异类，对汉人的语言文字及习俗礼仪大加赞赏，并孜孜不倦地学习。

表哥喜极而泣，等不及正式下文，就自己带着一只水牛的头角，进到衙门里来了。

"屡蒙高厚恩施，至伏极渥，唯有约束群苗，力图报效。"巴雄说着,伏地叩首了。

他的举动让兵备道吓了一跳,但兵备道不仅具有才能,还具有一双慧眼。他把牛头挂到了墙壁,给了他一张盖有官印的文书。

不久,朝廷允许果雄·乜到一个规定的地点与汉民交流物品,流通货币。一天,一个女人用一杆枪换回了二两银子,她用这银子买回了一条丝巾和几升大米。她对丈夫说:"真是划算呀,那枪连一只野猫都打不了。"

"果真如此吗?"丈夫说。

"不信你自己出去看看。"

丈夫走到寨子,看到很多户家里把刀枪搬到了操坪,放到马背上,似乎还在盘算着什么。

事实上,那是兵备道是在以每一杆枪给银二两,刀一把给银一两,予子一柄五钱,甚至将不完整的器械也酌情减半的价格收买。他这样做让穷得叮当响的果雄·乜可以糊口,而又不致反侧为匪。这真是一箭双雕,而幕后的策划者,正是巴雄。

不管怎样,在他们的苦心经营中,烽火真的不再死灰复燃了。

匡嘎沃银从战事中剥离开来,有暇帮助家里实施一些计划,其中一项是关于父亲墓地建造。尽可能早一点完成父亲的陵园,这是母亲一生最大的心愿。现在,父亲的悬棺放在沱江河上游的悬崖峭壁上。

菊在先是请来了廖嘎宗顺前来帮助看地,后又千里挑一选中了一名岩匠,周密实施墓地的图纸。墓园选在一处与南华山隔河相望的南北走向的东岭,东岭伸在天尽头,是太阳最先出来的地方。在一块开阔地上,岩匠开始搭建简易栖身木屋。廖嘎宗顺前来帮忙,并要架罗盘看风水。岩匠拒绝了他,因为那地方看起来紫气缭绕,霞光万道,是天生的宜家宜室的地方。在东岭,岩匠致力于墓园建造,他完全离群索居,整天扑在几乎被遗弃的阴宅墓地,潜心研习着建造的技术、合理的布局及装饰图案。他的头发长到了后背,衣服全让围墙的岩石块给磨破了,他不得不用草绳绑住自己的腰和腿。起初,他只是想尽力为匡嘎米谷建一座上好的坟墓而已,但后来却成了他不能停下的事业,因为他的专注和执迷无意中促成了一座气势恢宏的有如迷宫一样的地下建筑,而且这个建筑没有一砖半瓦,更不用一根木梁,完全是一块一块方正的红色条石砌就。

廖嘎宗顺也很执迷于自己的事业,遭到岩匠的拒绝后,他装出一副生气和怨恨的样子。一天,他看到匡嘎沃金穿着一件白色的衣服在香炉里点香,便走上前去,挑明想法:

"这样子是不行的,建坟哪有不架罗盘的,乱搞只怕会坏了风水脉络。"

"问题是,"匡嘎沃金避开了他的是非,"你的那些想法岩匠未必不懂,他有自己的心数。"

廖嘎宗顺羞得无地自容,声称自己的好心全被别人当成了驴肝肺，于是不再提此事了。但时间一久，他觉得日子很无聊，又开始思索起此事来。

在岩匠建造墓园的那些日子里，廖嘎宗顺差不多每天都往东岭跑一次。他对这种事的喜欢已成病态了，而且他总觉得作为亲家他是最有发言权的人。这一天，他忙完其他的事情来到这里时天快黑了，岩匠在一阵叮叮当当锉石块的声响中停歇下来，对着一样东西发呆。岩匠身穿一件素色的粗布外衣，脖子上有一圈项链一样的粉尘，两手灰黑，十指纤细，右手指长着包，不知是老茧还是血泡。廖嘎宗顺站着看他，觉得这项工作把他弄得人鬼不分。

"把它扔了吧！"岩匠突然像是对着他说。

"什么？"廖嘎宗顺问。这时才发现岩匠面前有一面像是古老的青铜镜，装在一种较宽厚的木质很硬却有点怪怪的框子里，上面有好些像是乌鸦脚一样的文字。"把它扔了吧！"岩匠又说。

廖嘎宗顺一把拿了过来，没有任何见地可言，却非说要拿去见菊在夫人。

天黑时他来到夫人房里。"请你看一下，这是个什么东西。"他对夫人说。

菊在说："什么东西都好，你也知道，我连颜色都看不出了。"

廖嘎宗顺拍了拍头，揩去一脸的汗水，说："有人说这是一面镜子，但我认为那是战国时期的东西，是稀世之宝呢。"

失去丈夫后菊在几乎足不出户，因为她再也找不到生活的乐趣和精神的寄托了,她在一次次的顾影自怜中发现了自己的弱点,即自己是只为爱活着的人,尽管她心里外表坚强,一直想着要去忘记,而偷偷流出的眼泪却足以淹死一头水牛。廖嘎宗顺不断对镜子发表并不高明的见解和判断,她像聋子似的静静听了将近两个小时。夜色越发浓了,廖嘎宗顺实在忍受不了她的折磨人的缄默,把话做了结束:"那依你看,是留着,还是把它扔了?"他用着十分小心的口吻说。

菊在接过了那面镜子。她反复看了看,镜子里的人像非常漂亮,简直比自己实际年龄要年轻十岁。她又朝孙子匡嘎恩其的脸照了照。匡嘎恩其对于自己镜中的模样不很在意,却对镜框上的文字着迷起来。

廖嘎宗顺说:"看来他与这镜子有缘。"

之后,菊在每天对此镜梳妆。比起真切的眼角鱼尾和脸上的憔悴容颜,菊在更愿意欣赏自己铜镜里朦胧的美感,而这也似乎激起了她对生活的热情。七月里最灼热的一天,匡嘎恩其满头大汗,拿着镜子突然跑到了母亲廖嘎米花的房间,告诉母亲,那是一面杀人魔镜。那些文字是秦国的文字,上面写着:公元前二百二十二年七月,一少妇照此镜身亡;又公元前二百零九年六月,有人因此镜而殁,等等。这面魔镜已杀死包括老妪和十六岁少女在内共计三十六人。

廖嘎米花对儿子的话将信将疑。那天她梳了妆,穿了件大红色的裙子,她从儿子手中拿过铜镜,对着照了照。

那是她最后一次看见自己的美。

当她打开了一扇大大的门窗,准备将铜镜丢下的时候,一束强烈的光倾门而入,房间顿时天体通透。她感到有点晕眩。她的镜子还未扔到窗外,却不料一个趔趄倒在了地上。儿子匡嘎恩其走过去想扶她起来,结果也猛然扑倒在青铜镜上,睁着眼睛死去了。

小半晌,佣人来叫吃饭时发现他们已一命呜呼,两人死去的表情全是一样的。

死因是一个谜。廖嘎宗顺感到非常悲伤,但却一副不哭也不笑的神态,时而说一些没头没脑的妄语。他亲自给廖嘎米花入棺,亲自帮女儿的双眼抚平。他做这件事时不很得心应手,总是抚平了又睁开。几次后,他的心软了,眼泪流下来,声音如嘶哑的乌鸦一样绝望而悲泣起来:"我早就说过,你没有那样的命,你消受不了那样的福分啊!你不甘心情愿又奈何?"早晨天亮之前,他就把这一对母子送走了。

埋葬廖嘎米花母子之后,佣人按习俗将死者生前的衣物用品一概烧给亡人,那面铜镜也被扔进了火海。灰烬中,木制镜框没有了,那青铜镜面却愈发光可鉴人。"实在是他们舍不得带走了啊,是想留点遗物来世好相认。"菊在揩着眼泪说,并颤动着又将镜子捡了回去,摆放到一个鱼形拉环的银柜里。

5

下河佬

　　就像是一场突如其来的风暴,这事让整个匡嘎家族变得沉闷不堪。匡嘎沃金不得不费很大的劲来清理自己思绪中的残砖断瓦,来拾掇生活中的枯枝败叶,所幸的是她还没有完全被击垮,也没有露出任何怨恨的神色。为了给家里一点喜气的样子,给忧伤中的胞兄匡嘎沃银一点慰藉,第二年她和兵备道举行了婚礼,也算达成了胞兄匡嘎沃银的意愿。

　　兵备道付籁苦苦追求了匡嘎沃金几年,差不多都要移情别恋了,而他心仪的对象,便是陇嘎那朵。

　　当然,那也不过是一种意念,因为他着迷的不过是陇嘎那朵有如谜一样的身世。但是,陇嘎那朵病了,她患上一种叫"离梦"的怪病。她的眼睛带着梦幻般的神情,时而恍惚,时而清醒,却以毫无生气的音调有条不紊地唱歌,仿佛自己的生命将消耗在音韵的律动里,而歌还会继续留存于世。有人说陇嘎那朵就是陇嘎削的女儿,她变成这样是因为她还想发动一场起义,她举荐了她的表哥巴雄任苗守备,是因为巴雄懂汉人的文字、知晓汉人的习俗礼仪而更能够在知己知彼的情况下出奇制胜。但巴雄却错会了意,反而走到了去帮助汉人。有的说是因为她惊人的记忆,那些残酷的厮杀和血腥的屠戮在她身体里混织交感，而现实生活是那样矛盾。但不管怎样，陇嘎那朵不得不让人忘记了。

匡嘎沃金结婚后，匡嘎沃银大部分时间陪母亲一起，他理解为这是对孤单母亲的一点孝心，或把自己当成是个母亲可以依靠的人。菊在因为年龄的衰老而性格大变，越来越为自己不幸的身世而沮丧。她和匡嘎沃银在经过短暂的调整后，取得了一致性意见，那就是不想再尊重父死子继的传统，不会让匡嘎沃银的二儿子再到兵营里去了。当叫花子师父再次登门造访，热情表示愿教二儿子武功时，她们当着面羞辱了他，把他吃饭的碗都扔出去了。"让这打打杀杀的事见鬼去吧，我可不愿意我们唯一的这棵秧苗重蹈覆辙，做了炮灰！"菊在坚定地说。她让匡嘎沃金将那本闪着荣耀光辉的族谱隔页夹上可防虫害的烟叶，封存在一个银质盒子里，有心不再打开。她们改变着自己的生活，并将小家伙女扮男装，梳翘翘的羊角小辫，穿大红大绿的衣裳，弄来烟紫花的汁将脸腮和嘴唇涂得恰到好处，甚至给他的耳垂穿了一个环孔，还正儿八经地给取了一个鬼听了都嫌的的诨名"匡嘎癫子"。在从业的价值取向上，更是独辟蹊径，既不荷锄弄犁，亦不求师学匠，而是拜一位流浪而来的自由散漫的民间说唱艺人为师，学跳文茶灯，成天腰身婀娜地且歌且舞，细声尖嗓地且说且唱。

八月份，下了一场罕见的雨。雨使田地滋润，使秋日的岩墙枯萎的花绽开。雨停后，凉爽的河风萦绕了镇箪城的上空，那有些破旧的城楼屋顶和百年城墙突然裹上了一种非常奇怪的味道。那味道像鱼，像鹰，又像蛇，但谁也说不清。总之，那是沱江河的味道，一直没有散去。

就在大家为这种怪味感到焦灼不安时，镇筸城里喧喧嚷嚷地涌进一伙自称为辰沅高人的乌杂流民，当地人称其为"下河佬"，他们中有商贩、士人、巫医、仙娘、役夫、能工巧匠。之后又陆陆续续来了一些和尚道士。他们炫耀说自己手中有一种"辰州符"，这种符怪异乱神，只要懂得掐指念诀，连死人都能走路。他们有一个满脸麻子、眯眼鼻尖、脸盘嶙峋如削、长着一双古树根样手的老者名叫陈法阳，一个从年龄上看很年轻的小女人紧随其后，陈法阳称呼她"小红钱"。小红钱手中提着两只巨大的草鞋，每经过一个山寨，陈法阳都要对她手中的两只草鞋说："变！"眨眼之间，晃动在她手中的草鞋变成了两条大大的鲤鱼。鲤鱼鳃红鳞青，怒目圆嘴，扫动尾鳍互相打起架来。

这自然引得许多小孩子围观，即便是大人，也纷纷停止田间劳作，或放下手中的活计，前来观看。陈法阳的绝招还不仅仅如此，他能作法让死了的人站立行走，用篾竹筛篮端水到久旱皲裂的田地里浇灌。如果不是农人的极力阻挠，他还想做一次让太阳固定不落的惊人表演。

"我们还能知阴阳，通万物，万物皆有灵性，有神性！"那个小女人又夸张地说。

陈法阳因此声名大振,等到达镇筸城时,这一支队伍已越来越庞大,因为除了他们自己人外,还有很多不知从哪里冒出来的崇拜者,有一些瞎子、瘸子也在其列,个个神经兮兮,似乎怀揣不可告人的目的。

他们在石头城外沱江河对岸的一块空地上安顿下来。起初他们似乎并不打算长久定居下来的样子,只从周边的喜鹊坡割来些茅草,弄来些横木,简单地傍着一棵有乌鸦落寨的老栎树,搭就出一排草棚茅屋。也有些颇为讲究的人,认为茅棚过于简陋又易失火,便到长有杉木的南华山或八角楼坡地剥来一捆捆的杉木皮,小心盖起了杉皮屋。陈法阳爬到了自己刚盖完的茅屋顶,在上面烧起了一堆火,烤起了糍粑。直到糍粑烤熟,填饱了肚子,那茅屋也没有着火燃烧起来。

镇筸城的人一开始都以为他们是来做生意的,不屑与他们过多地接触,认为这些人不过一群有如沱江河里飚浪上滩的鱼,过了时节会自然向上游或下游散去,而有关他们的奇诡邪术,也是不置可否。他们喜欢晨鸡起舞,日出而作,日落而息。如果说他们生活中有什么很重要的事,那就是有关谁家有人又立了军功,升了副将,谁家有人战死,有人获赏。

有一天,陈法阳突然宣布了一道消息,说是奉旨要在此地疏理河道,铺路架桥。他还向当地朝廷命官和兵备道展示了玺旨。"我们只想努力地把这里变得更好。"陈法阳说。

他们说干就干，那些役夫们开始随心所欲地挖山凿石，那些工匠们将一方一方的石头堆积起来，按桥梁的要求凿出规整的条形或方形，以备使用。陈法阳还用他那一套煽动力很强的方式煽风点火，以便激起那些追随者的热情，激励他们前来帮忙。他们找到一种质地特别的石头，放到事先挖好的极大的窑洞里，用柴火没日没夜地烧，直到石头变成雪白的灰烬。万事俱备之后，他们开始做的第一件事就是让沱江改道，从屏立南郊的南华山之山脚的观景山与奇峰交颈处开始挖山动土，意在使原来由西北自东南滔滔而来的河流左转成逆水之流。但蹊跷的是，他们白天挖了，到了晚上却复原。七七四十九天之后，自诩道法高明的陈法阳不得不承认自己打了败仗。他令所有劳工停下手中作业，告诉他们，需要等一个天时地利的机会。劳工们对此将信将疑，他们将手中的工具扔到路上，拍拍屁股上的泥浆，回家去了。

　　有几个星期，不见有复工的表示，陈法阳的情绪毫无来由地古怪起来，甚至失魂落魄一般。小红钱以为他生病了，慈母般照料着，为他浴洗更衣，一日三次给他端去热饭热菜，晚上还用她嫩鼓鼓的奶子喂进他的嘴里逗他取乐。有一次，小红钱一丝不挂，倒爬到他的身上，用最刺激的方式对他热吻，并期待他会如往常一样欲火焚身。但他浑身冰凉，对她的一切努力无动于衷。小红钱觉知到一定发生了什么重大的事情，她回忆起他远道而来的种种行径，于是明白了他做的事情不会仅仅是疏通河流和修一座桥那么简单。她怀着崇敬的爱意看了他一会,便问他到底发生了什么事。

"现在请告诉我吧,"小红钱一边说,一边擦着眼泪,"好歹我也算是你的一个知己,你要是遇到什么不如意的事,我可以替你分担。"

小红钱周身发出的忧伤叹息和一种青草的味道。此刻,陈法阳终于透露出关于沱江改道的谜底,即他们要斩断的是一条蛟龙,南华山山脚的观景山与奇峰的衔接处,正是龙的颈部。

"要打仗了,"陈法阳说,"皇帝身边的一位军师,他从少年时期起就开始追索一支龙脉,从昆仑山经云贵高原,到达镇筸城后,发现这儿,屏立南郊的南华山和与之一脉相承的一头扎入沱江的奇峰,就是他要寻找的龙头,并由此推断出总有一天这地方会有人出来问鼎中原。他将这一实情报告给了朝廷,皇帝大笔一勾,要令这条巨龙身首异处。"

"是这里要出反王吗?"小女人问。

"不,是出镇压反王的王。你知道,功高会盖主。"

小女人"扑哧"一声笑了出来,她真是被搞糊涂了。

"我一直心有余悸。"陈法阳说。

"没有什么会难倒你的。"小女人说。

随着时间的推移,他的躁动不安就像秘而不宣的火山,烧灼他的心,就算每天喝下一桶温水也难解焦渴。"不要畏惧,"他无数次闭着眼睛对自己说,"我可是皇帝派来的。"

有一天晚上,夜深了之后,陈法阳在幽暗的灯光中穿上一袭黑袍,从箱子底取出了一顶道帽戴在头上,擎一炷香对着围墙站定,一本正经地在祈祷什么。小红钱轻轻拉开门扇:"你要动真格的了?"她喘了口气,"你那样子真能镇住真龙天子!""我不能一事无成,"陈法阳说,"我已经和劳工们约好了时间,只可惜,如果这样的话,此地方再也出不了皇帝了。"他一边说,坚定地晃到黑夜里去了。

那一晚开始后,陈法阳天天半夜出去,有时一连几天都没有回家,自始至终待在工地。小红钱忍受不了那份寂寞,趁他回家的当儿悄悄拉住他的衣角。"这个时候,是不能有半点邪念的,否则会前功尽弃。"他说。小红钱尽管让自己燃烧的激情弄得浑身战栗不已,欲疯欲狂,也不得不将火浇灭。但她爱他,仍然像以前那样不露声色地、执拗地等他。大概过了四十多个夜晚,被挖开的河道终于没有合拢,成了一条几十米宽的河沟。

两座山被斩断两截,镇算城的人总觉得像是一个伤口。过了些日子,改道的河流让他们感到了生活的诸多不便。

最早感到事情有些异样的是廖嘎宗顺,这当然来自他职业的敏感。他曾经一遍一遍翻动手中的纸钱冥金,想从中洞悉一点事情的真相,但似乎看不出一点痕迹。特别是刚挖通河道的时候,有三天三夜城里的鸡犬不宁,打破了他紧张的平静。他越发觉得有必要找人聊聊,释放疑虑。他先找到了叫花子,以为凭他的经验和资历会有所想法。但叫花子授徒无望、还遭让人扔出饭碗的耻辱,经此打击后,一副自暴自弃、一蹶不振的样子,除了喝酒就是喝酒。廖嘎宗顺觉得找错了对象。"对牛弹琴啊!"他说,发觉自己的知己太少了。

他最后想到了岩匠。

说实话,岩匠一点都不喜欢他,感觉他带来的是一种尸体腐烂的味道,似乎让人感到死亡气息的渐渐逼近。

廖嘎宗顺做出很亲近的样子,他转动着眼珠,先是为面前如此宏大的墓宅而震惊,接着又为巧妙设计和古雅玲珑的精美雕琢而赞叹。"这是天人的杰作啊!"他以他惯常的口气说,"我知道你是高明的建筑师。"

"我只是一个岩匠。"岩匠说。

"怎么说,你也是拜过师的,认过路的人和别人不一样,你没有感觉到什么吗?"廖嘎宗顺说。

"什么?"

廖嘎宗顺不由分说地将岩匠带到了南华山麓。两人面前,改道后的沱江正以飞快的速度,冲过观景山与奇峰的交颈口,滚滚东流。因为他是一个真正拜过师的优秀的匠人,不仅懂得建筑地理,也多少秉承了前人的某种灵异,他深信这是一条被彻底破坏了的风水龙脉。那一刻,岩匠抓住自己的头发,嚎啕大哭起来。

"这是谁干的?"

"他叫陈法阳,他可是带着圣旨的人。"廖嘎宗顺说。

"也许,要有什么大事发生了。"岩匠很有预见地说。

沱江成功改道之后,陈法阳并没有轻松,因为还有大量的善后事宜,比如重新构建要塞交通,这是计划之中的事,也是非做不可的事。果然,城里人又一次找上门来了。他们质问他桥什么时候修好。

"马上,早在这之前材料都备好了。"陈法阳道,"我说过,我会努力地让这里变得更好。"

陈法阳说的当然不是假话。开工砌桥墩的这一天,他让人搬来现成的条石、石灰等,工匠们把石灰不断投进滚烫的糯米稀饭里搅拌,然后灌入砌好的岩缝。前后不到一个月的时间,桥墩就砌好了。但在铺设桥面时,意外发生了:负责修桥的人无缘无故掉进沱江河淹死了。过了一天,又有一个役工掉到河里死了。一连四天都是如此,共死了四个人。满城人都议论开了。大家都说不清楚这是怎么回事,一时间人心惶惶的。

小红钱一天数次跑去看死人,回到家里就将红被盖白床单甚至所有红的白的衣物全扔了出来。因为那些颜色自然不自然地让她想起死人身上颜色。说到底就是害怕和恐惧,怕死人,怕鬼,尽管她从不相信有鬼。陈法阳见到她衣衫单薄地坐等在门口,焦急而无奈的样子。

"你不害怕吗,不进屋去?"他说。

"外面夜雀归巢,路人行色匆匆,活人有什么害怕的。"她说。

"什么?"

"我就怕鬼,怕死人。"

陈法阳喘了一口气，一副很了解她的样子："原来你是怕自己呀！"

小红钱一下扑到他怀里："不要再死人了。"

"这是意外。"陈法阳说。

"不管是不是意外，"小女人说，"都不要再死人了。"

陈法阳把眼睛盯到了房梁的一根木柱，说："这不是你一个女人能料到的事情。"又把她拉到一边，放下嗓音："我只知道，这是一座没有活人开祭，无论如何都会垮掉的桥。"

小女人张大了嘴巴，脸沉了下来："天啊，果真这样，是你杀死了他们？"

陈法阳不置可否。

"难道你早就知道？还会死多少人？"小红钱暴跳起来。

"不知道，也许一个，也许更多。"陈法阳说。

"陈法阳，"小红钱尽管牙齿咬得嘎嘣嘎嘣响，但仍然克制下来，伸手去摸了摸他的额头，"你不会是生病发烧，烧糊涂了吧，跟我开这样的玩笑！"

"请你不要胡闹。"陈法阳掀开她的手。

显然，小女人是因为搞不懂他的真实意图，觉得他在骗她，而他又苦于无法说清。把房门关好后，他一个人先睡下了。半夜，当他醒来，看见她还穿着衣服和鞋子，坐在床沿上，眼睛直勾勾地盯着他，态度坚决而倔强，好像与他势不两立的样子。一连几天都是如此。这让他无法专心进入到某一件事情上去,有如禁锢了手脚。他有了焦虑,还为此坐卧不宁。

第五天晚上,陈法阳突然从一个箱子里取出了一件钱衣,那件钱衣以前他经常穿在身上招摇过市,自从认识小红钱后,差不多封存了。"好吧,我不跟你开这种玩笑了,"陈法阳把钱衣穿到了她身上,说,"没有人再会死,满天的乌云也会散去。"

6

叛乱者

岩匠见到了陈法阳,是廖嘎宗顺引荐的,因为陈发阳曾拜托他帮忙找一个技术一流的岩匠。那时候陈法阳就像一只没头的苍蝇,他在海拔最高的东岭不仅看到了将坟墓修建成皇宫一样的墓园,见到了断枝裂桠却永世不朽的树木,还见到了漫天缭绕的紫气和霞光万道。

不过,他明显感到自己的生命之光从此黯淡下去。岩匠似乎也看到了他的劫数,就像写在他脸上那样明显。但岩匠冷冷地凝视着两人的空间,装做什么都不懂。

"师父……"陈法阳念叨着。

岩匠抬起头,但发现并不是在叫他。

"以前,我的师父也这样断过我的,说我不会长命百岁,但我不信。"陈法阳说,语气中带着深深的苦涩,"也许,既是自己选择的职业,就该为此认路。"

"你后悔了？"岩匠突然有些可怜起他来,问。

"不,就像你们的箅军总在为国捐躯一样,"陈法阳突然豪迈地说,"我在为皇上效忠！"

"你是一个忠臣。"岩匠说。

"当然,"陈法阳突然悲伤起来,为他的话感动。他将嘴贴近岩匠的耳鼓,继续说道,"其实并不需要牺牲那么多的无辜,很多人道法不够,不足以为神而终,而我自己才是最好的祭品。"

"你害怕死？"

"我不想离开我的小女人。"

岩匠看了看他,发现他从脸到身子,没有一点令女人动心的地方。

"你找我是需要我帮忙修一座坟墓？"岩匠问。

"不,是因为帮忙完成架桥的最后工序。"陈法阳说,又将目光移向远处,"可惜那不是为我掘好的坟墓。"

"那是箅军英雄的坟墓。"岩匠说。

"我没有这个意思，"陈法阳说，"把桥修漂亮一点。我相信最后的工序，你会比我做得更好。"

　　"岩匠只做岩匠的事。"岩匠回答着说。

　　前后将近一年零两个月时间，沱江上架起了一座三拱形石桥。最后的一道工序是在没有人看到的瞬间完成的。陈法阳把一坨很大的不圆不方无棱无角的顽石交给了岩匠，自己爬进一个留有缺口的桥墩。他随手拉动机关后，泥浆合着石头滚滚而下，封了缺口，他变成了石桥的一部分……

　　岩匠没有辜负他的希望，他将那坨顽石放入天孔，大桥合拢，天衣无缝。之后，他以对职业的敬畏，将桥修复得绚丽壮阔，气势磅礴，倒映水中，与彩虹无异。

　　桥建成的那一天，萦绕在镇筸城上空那种像鱼像鹰又像蛇的怪怪的味道莫名消失了。人们反而有点不习惯起来，心中蒙生淡淡的惆怅。一个妇人甚至为此失眠，她早早拿着一盆衣服到河里去洗，却发现一夜之间，沱江河两岸的青灰色石头全变红了，像染了一地殷血。她把这一状况告诉了邻居，不一会儿就传遍了整个镇筸城。人们走向桥，证实了这一传闻，发现桥的三个桥墩非常像三把垂着的利剑。

　　这个时候，人们才发现陈法阳突然消失了。有人在桥上面捡到用石头压着的一幅字，写着："危楼俯瞰碧波寒，回绕苔矶涌雪端。绝似中流擎砥柱，不叫江水起狂澜。"这时，人们确信陈法阳带走了一个天大的秘密。

下河佬一直以来都把陈法阳当作谋生的希望,虽然陈法阳已经离去,但他们大多数的人都觉得离自己当初想要的相差不远,甚至某些方面已达到了自己的理想愿望。这是他们与镇筸城人接触时所感受到的。有时候,他们来讨几个辣椒,主人转身到里屋抓捏一大把送上,还问够不够;有来借米的,明明已量出一升顶尖来,过后客气地表示吃完了再来借;即使借走一只打鸣的公鸡,还回的是一只不生蛋的母鸡,主人也没有表示出异议。这些事像表明能武善枪的镇筸人不仅骨子里贤良忠勇,而且性格憨厚直爽。说到底,他们不懂生意,不事经营。

　　于是,下河佬开始摆地摊。有的人挂出镶牙拔牙的牌子,或摆放一点稀有奇草异药;那些带着手艺而来的,便耍弄手中工具,木匠的刨工、篾匠的破工、铁匠的打功,甚至泥塑的刻功都无不令人眼界大开。那些可怜的瞎子瘸子,他们既无真才实学,又没有一技之长,唯一能做的是在自家门前摊开一页印花方形土布,装模作样摆一些八卦或算命的纸牌。收入仅能够他们维持每天喝一碗粥汤,他们却似乎心满意足,对未来充满憧憬。"心灵是眼睛的窗户,我用心灵寻找前途光明。"一个姓白的瞎子说。

　　匡嘎沃金和她的母亲菊在有时照顾他们的生意,白瞎子告诉她们,人生就是一个有如万花筒般的舞台,人不过在上面跳舞的一群妖怪,轮到下场的时候就作鸟兽散了。"龙都有归天的时候。"白瞎子又对她俩说。

有一天，一个来找白瞎子算命的女人无意中透露了大桥的谜底。

　　"只可惜，这地方再也出不了皇帝了。"当时那女人遗憾地说。

　　"你是陈法阳的女人？"白瞎子翻动了一下白眼，问。

　　"叫我小红钱，"女人说，"请你帮忙看一看，我还有没有和他重逢的可能。"小红钱伸出手来。这时候，白瞎子感觉到她的光鲜，他突然沉默寡言起来。过了一会，他说："对不起，我看不出你的手相，请转过你的身子。"直到这时，他才知道她身上穿着的，是一件钱衣。

　　"需要我给开一剂药？"白瞎子问。

　　"不，请给我解药的处方。"女人道。

　　白瞎子又看了她一会。"没有。"他坚决地说。

　　"肯定有，我知道，"小红钱不屈不挠起来，并把那件钱衣脱了下来，搁在了肩膀，"即使你不肯帮忙，我自己也会找到。"

　　因为事情过去了很久，当事人亦如同从人间蒸发，没有人去遑论真假。但镇算人仍然为此心疼，有人甚至提出要掀掉那几个利剑一样的桥墩。兵备道付籍顺应民意，带头募集银子，在沱江边龙颈被斩的地方修了一座回龙阁，将下面水流迂回处取名回龙潭，意在让龙修身养息，弥合伤痕，福佑子孙。桥即已修成，总该有个名字，有人似乎是从桥本身的造型上受到启发，取名"虹桥"，而"历经风雨，方见彩虹"的用意也是恰到好处。因为兵备道练得一手好字，有人请他题字。他为此却写了三天。第一天写完一个字后因找不到感觉停手，第二天又在写了半个字后因为头晕而将笔掉到了地上,直到第三天才将落下的部分补上。

仿佛龙的疼痛挣扎,那年天泼大雨,电闪雷鸣,荒洪滔天,沱江河的流量每秒达一千二百立方米,那些被洪水掠来的房屋、连根拔起的树漂过桥顶,席卷而去。桥孔上端的拱圈被冲撞出一米多宽的口子,桥墩的分水尖被撞成重大创伤。

洪流过后,有人传言在回龙潭里看到了一对鱼浮出水面,大如渔船。因为说得神乎其神,并没有人相信。一天,匡嘎癞子跳完一场茶灯,到河里梳洗卸妆。他脱光了衣服,正准备下河洗澡,看到了两条鱼忽然浮出水面。另有无数大大小小的鱼紧随其后,一潭俱满,逆流而上。匡嘎癞子被此场景震惊了。他把这一情况报告了父亲。文武官员拿来弓箭,对准两条鱼射击。奇怪的是,射出去的箭忽然断了。又抬来了大炮,把炮安在回龙潭的入口处,憋足劲轰,结果炮成了哑炮。后来人们改变了方法,以礼祭之,那两条鱼消失不见了。

一个星期之后,政府发布了一项正式命令,声称要惩处太平军自广西发起的叛乱,包括匡嘎沃银等在内的三千镇算兵勇被调往长沙。人们联想起那两条鱼,觉得那不是一种自然现象,而是某种事情的先兆。

其时,太平军已如洪水猛兽,一路攻城夺池,势不可挡,攻克了江南重镇金陵,宣布建立太平天国,改金陵为天京。顷刻间,大清国的半壁江山陷落。

匡嘎沃银一点都没有惧怕即将到来的战争，反而很高兴地觉得这是一试身手的机会。"我当效仿先人从戎之义，杀贼卫国，在所不惜！"他信誓旦旦地说。

在即将离开的前一天，为了逃避母亲菊在和胞妹匡嘎沃金不舍的表情和眼泪，他和师父躲到放炮的城楼里，练了一下午的拳术。他的岳父廖嘎宗顺满街寻找，终于在他练武的房间见到了。"请你出来吧，我有重要的事。"

廖嘎宗顺所谓的重要的事就是在匡嘎沃银面前施他那一套阴阳功。他戴着高帽，身披一件大红长袍，俨然一副真武将军的气派。他在匡嘎沃银身上开始施行法术，念咒语。廖嘎宗顺以他的方式在瞬间请来了一位神仙和一尊佛。神仙附体凡人，头顶三层铁圆钟，身穿三层铁皮衣，脚踏三层铁草鞋，铜皮在身上包了三转，铁皮在身上绕了七层。层层是铁，层层是铜，十分心肝也化为了铜肠铁肝，于是枪炮打不进，棍棒打不痛。所请之佛，化作一道白光，佛身凡体合一，手动神助，即使敌人千军万马，也可令其迷魂昏倒，将山河一掌打平。廖嘎宗顺如痴如醉地将这种仪式进行到半夜，在达到最高潮时只见他手舞足蹈，狂呼乱吼，声音都哑了，直到有人闯了进来，才打破了他的沉迷。进来的人告诉匡嘎沃银，让他马上到广场集合，带队出发。

"天灵灵，地灵灵。"廖嘎宗顺仓促结束了他的咒语。

匡嘎沃金穿着睡衣奔出家门时，一群人马已经在尘土灰雾中离城远去。"他居然连一声招呼都不打就走了。"她回来对菊在说。

"这样再好不过了,"母亲居然很赞成儿子的决定,"有时候和男人是不能藕断丝连的,这样才会打胜仗。祖上的荣光很快又会回到我们家里来了。"

战争如火如荼。算军融入湘军,由长沙打到湖北,打到江西、浙江、江苏、安徽,身经百余战。几年过去,算军三千人中间,一千余人战死沙场,一千五百余人受伤。有一次,五百余算军一举击溃拥有六千之众的太平军,斩数百首级。取胜之后,才知道统领他们的是自己的同乡田老官。

田老官五短身材,没有文化却喜欢军事和战争,是个很会打仗且过于自信的人。他出去的这些年,为朝廷多年征战,立过许多大功,受到过皇帝的多次嘉奖。但当他的官职一路飙升,做到朝廷要员的时候,他觉得自己并不是为了某个官衔而转战南北,也不是为富丽堂皇锦衣玉食,而是天生的好斗,他只对于被枪杀者凄惨的笑容和惊慌失措的眼神感到刺激。这次他暂别朝廷,回乡省亲。在路上,看到官军节节败退,那些太平军端着火铳洋枪,执长矛砍刀,只进不退,一路呼啸,城池不断落入他们手中。他们将活捉到的县令悬挂城楼,手脚钉上竹签,令其血竭而死。有些县令直接将城池作为见面礼,送给了太平军。

于是,田老官改变了原定的省亲计划,直接参战。他把那些准备投降的守军一一枪毙了,以示警告。很快,那些丢失的城池又被夺了回来。他简直高兴得过了头，以致久久地睡不着觉。"让这一仗打得长久一点吧！"他说，"不打仗老子手痒。"

7
古歌

事实上，对于之后漫长的战争，这的确只是一个开始。

在田老官出现后，筸军打胜仗成了家常便饭。跟田老官一样，匡嘎沃银喜欢深夜出战，令敌人措手不及。胜利是胜利者的通行证，在战局不利，很多人狼狈不堪、焦头烂额时，他却如鱼得水。不久，家人也得到了匡嘎沃银在各地打胜仗的消息：豪气冲天的筸军兄弟不仅把长毛军打得抱头鼠窜，朝廷授予他总兵衔，赏赐了"尚勇"、"挚勇"、"两巴图鲁"的称号。

廖嘎宗顺特地请叫花子喝了一次酒，他把这一切归功于自己的巫术神力。但叫花子却认为这完全得力于匡嘎沃银日臻成熟的武功，他暗暗地有一种自己未了的理想抱负就要实现了的感觉，以致喝醉了酒，将一泡尿尿到了裤裆里。

不得不承认,从出征到现在,匡嘎沃银一直没有浪费师父教给他的这一身的武功,只要有机会就会使出所学的怪招拳术。

但战争总是以牺牲人的生命为代价,胜利有时候会冲昏头脑。这年九月,太平军在占领了湖南的永兴、安仁、茶陵和澧陵后,十多万人攻进长沙。守城的绿营不到一万。田老官和匡嘎沃银的镇筸兵是第一个请求进去支援的。战斗打了三天,大炮轰得大地震颤,飞起的尘土把坚实的城墙都掩埋了。这时,匡嘎沃银心里明白,他们是在打一场毫无希望的败仗。在援兵到来之前,田老官一直和他并肩作战。田老官很喜欢冲锋陷阵,像猴子一样上蹿下跳,枪法又特别好,瞄准一个倒一个。这让匡嘎沃银担忧,因为这也很容易引起敌人的愤怒而成为对方的靶心。

"你坐镇指挥就行。"匡嘎沃银说。

"我喜欢这么干,"田老官说,"我身上的枪自己会走火。"

他绕过匡嘎沃银,在战火堆里奔走。天气阴阴的,眼睛看什么都像有沙尘。一会儿,田老官又回来了,带着五个光着脚板、衣衫褴褛、扛着火铳、提着标枪的士兵,因为他们的子弹全部打完了。

"上点药。"田老官说,他习惯把子弹称药。

"收兵吧,要下雨了。"匡嘎沃银说。

"再上点药。"田老官说。

这时候,一梭子弹朝这边打来,两个士兵很快中枪倒地。这完全是冷枪,防不胜防。很显然,是冲着田老官来的。很快又来了第二枪。

几乎出于本能,匡嘎沃银恢复了十六岁时打死金钱豹的气力,跳了起来。

有那么一刻,匡嘎沃银的身体腾在空中。"愿我的十分心肝化作铜肠铁肝,枪打不入,炮打不进,天灵灵,地灵灵,"他不由念道,"我的可爱的岳父大人啊!让你的那些神化成白光风声,打鬼断肠,打树断桠,打岩岩炸……"

他的手不停滑动着,像空中展翅的鸟,他感到了迎面扑来的缕缕蓝色的雾霭,他的脸被雾打湿了。事实上那是他虚空身体里喷出的血污,以及天上下来的许多小黄花般的细雨。

匡嘎沃银危急时刻替田老官挡住了要命的一梭子弹,生命岌岌可危。细雨结束后,抢救仍没有结束。田老官愧疚不已,他蹲下身子。"你要是想要天上的星星,我派人给你摘去。或者,想品尝一下天鹅的美味……"他对匡嘎沃银说。

"我想……活着……回……家……"匡嘎沃银断断续续地说。

"你要求太低了,"田老官转身抹掉了眼泪,"好吧,我会派人护送的。"

田老官信守承诺,吩咐下面不管用什么办法都要达成匡嘎沃银的遗愿。但路途迢遥,这并不是一件容易的事情。在商议时,有人提出准备一副结实的担架,选派二十个身强力壮者轮流换班抬走。但如果路上人死了,过三五日尸体会腐烂的。所以这个建议被否定了。消息传到了家里,匡嘎沃金把脑壳用力地一甩,果断地说:"让廖嘎宗顺去吧！"

她立即找到了巫师，说明想法。"我知道，你有这样的能耐，对吧？"

廖嘎宗顺在女儿廖嘎米花逝去后，人苍老了许多，精神萎靡了许多，他越来越怀疑自己的能力，甚至很少再以巫师的身份出现。但当匡嘎沃金主动找他时，他马上明白她的意图，并觉得一种不可推卸的责任。"当然，"他答应道，"我会让我的女婿毫发无损地回来，或许他还会喊你一声妹妹。"

廖嘎宗顺行巫的这些年，无数次为将要亡归的人拖延咽气的时间，这叫"吊时"。他的做法是：在病人跟前烧一叠纸，化一碗水，用水在病人额头画十字，念一通的吊时咒语。当天，廖嘎宗顺收拾简单的包裹，就带着他的大儿子廖嘎天元上路了。他们在路上走了五天，有一半时间是在船上度过的。廖嘎宗顺晕得不得了，几次呕吐时差点落水。他们在黎明时见到了匡嘎沃银。匡嘎沃银昏迷多日，却在巫师施水时突然睁开了眼睛。

"你闭着眼睛就行。"廖嘎宗顺附在他耳边低低地说。

事实上，匡嘎沃银命悬一线，廖嘎宗顺并没有十足的把握。他一刻也不敢停留，走在路上如同走在死亡线上。后半夜，听到蟋蟀叫声不停，乌鸦不时惨叫，他浑身战栗。他不断地伸手去摸女婿的额头，感觉他的筋脉和预示厄运的脉搏，感觉手心上的生命线被死神捕获，卡断在拇指的根部。有时候，他觉得匡嘎沃银真的死了……

这些年，匡嘎癞子每日为学跳茶灯而练功晨唱，蹁跹起舞。有一种武茶灯，摸爬滚打，竖立翻腾，需要表演者有很大的臂力和耐力。他的师父是个非常奇怪的人，生活随意散漫，却有着惊人的记忆和表述的事无巨细。有人说他天上知道一半，地下通晓一半。他几乎极少说话，全用唱。除了喜闻乐见的茶灯，无处不在的山歌，他能唱完天地的开辟、部落的迁徙、民族的形成、宗支的繁衍以及财富的创造，甚至能唱尽一个人的前缘后事。那些关于生，关于死，关于灵魂和苦难，他都可以唱得随雨而来，顺风而逝。匡嘎癞子从流浪艺人那儿学会了所有的文茶灯曲目唱词后，以为可以抽身而退了。一天傍晚，他给师父提去了一坛好酒，作为答谢和告别的礼品，因为师父每餐必以酒当菜，无酒不饭。家里没人，他是在另一条街巷的衙门里找到了师父。有人告诉他，师父正为一位在战争中奄奄一息的军官布置灵堂。

而这位军官，正是自己的父亲匡嘎沃银。

廖嘎宗顺一行人在回来的路上走了整整五天，才到达镇篁的虹桥。当廖嘎宗顺感到自己再也没有力气去念那该死的吊时咒时，他听到了匡嘎癞子呼唤父亲的哭泣声，他腿一软，瘫倒下来。

"爸！——"匡嘎癞子歇斯底里的哭喊声穿越沱江，到达了彼岸。

匡嘎沃银正是听到了儿子匡嘎癞子的呼喊声而落气的。仿佛这一刻找到了回家的感觉，他的手还带着温热，眼角滚出了一颗婴儿般的泪。

帮忙管事的先生请来一位老妇人，在盆中施以菖蒲和桃木，为死者洗澡、理发、缝合伤口，穿戴好后才抬到灵堂，一切都显得有点忙乱。有五位戴丝帕、穿水草鞋的老者陆续走了进来，他们是为亡者唱丧堂古歌的主角。这种以唱古歌形式送走亡人是镇筸沿袭下来的仪式。这样的场合，匡嘎癞子总想哭。师父一把抓住了他的手腕。

"坚强点，伢崽。"师父说。

这时，向阳木鼓槌敲响了一面羊皮小鼓，"咚······咚咚"。听到不急不缓、不轻不重的鼓点，匡嘎癞子感到一切都变得肃穆和安静起来，感到这不像是棒击羊皮鼓，而是一串神秘的符号，给灵魂沉痛地一击。

接着，老者起了歌。先是追索歌的源头，唱的是一个西楚霸王军壁垓下，命丧乌江后七天七夜天无光，经过推算，需要一个唱歌郎。歌郎歌娘揭了贴榜来唱歌陪亡，七天并七夜后日月星辰又有了光。西楚霸王烧丧埋葬后，人们开始照他样，来唱歌陪亡。老者起完歌之后，将自己手中的鼓槌递到了下一位手中，真正的主题开始了。

一探亡者兮往西行，阎魔一到兮不留情。堂前丢下兮父和母，哭断愁肠兮人断魂。忧闷长眠兮黄泉下，从此下到兮地狱门。山崩哪怕兮千年树，船开哪顾兮岸头人。死了死了兮真死了，生的莫挂兮死的人。丢了丢了兮真丢了，千年万载兮回不

62

成。从此今夜今离别去,想要再见今万不能。棺木恰是今量人斗,黄土就是今埋人坟。在生人吃今三寸土,黄土吃人今万丈深。琉璃瓦屋今难得坐,黄茅岭上今坐千春。人人难免今黄泉路,须知得钱今买不成。任你儿孙今多满屋,谁能体抵今半毫分,任你金银今堆满库,金银难买今不死人……

歌声中,混杂了匡嘎癞子凄凄哀哀的哭泣声。

这天晚上,匡嘎癞子经历了从未经历过的情绪波动,这倒不仅仅是为了他的已亡父亲。他先是为那种在厅堂间弥漫、在梁脊上萦绕的鼓声而感动,深陷古老韵律的泥潭,之后又为那些老者的歌而肝肠寸断。事实上,那些浑厚磁性的声音低低地在屋子里飘荡,那是老者的哭泣。他们唇启唇合,牵动脸颊上的丝丝纹路,是他们历尽坎坷的人生经历和对生命忧伤的理解。

日久经年,匡嘎癞子始终没有找到自己沉迷于这种古歌的理由。整个的过程,就像是由某种东西牵引,在一个深不可测的黑洞里让你嘶喊,让你哭泣,让你挣扎,让你左奔右突,等你终于走到尽头,找到了出洞的路,也累了、倦了,对什么都不再想了。但在这累倦中,你将未曾尽到的责任,未曾尽到的孝心,或将一颗苦痛之心、牵挂之心交付了出去,找到了内心的安宁与慰藉。

这一次的经历让他觉得自己并没完成学业,恰恰是另一门学业的开始。他对这种不是表演形式的演唱充满了兴趣,对那些唱词熟记于心，并觉得这充满悲剧意味的丧堂古歌才是他在寻找的感情表达需要。

匡嘎沃金在匡嘎沃银死去之后，每天都要到虹桥走两次。她总觉得胞兄还在那个落气的地方，期望和她聚首。匡嘎癞子与她一直很亲密，为让她过得开心，每星期都会给她和奶奶菊在跳一次茶灯。他滑稽的化妆、有板有眼的表演经常引得姑姑和奶奶开心，有时她们笑得眼泪都流出来了，他上前给她们擦拭泪水。两个女人都为她们当初的决定感到高兴，因为她们第一次感觉到了生活的安定和由此带来的其乐融融，第一次感到生活可以抛开祖上的荣光和由此带来的轻松愉快。她们都希望自己的生活可以一直这样过下去。

但一切就像是命中注定，那年正月，雪还没有融化，匡嘎癞子同茶灯队的伙计一起跳茶灯玩年，碰上中营衙门的镇标在操坪的雪地里买马招兵。这次招兵有一个很特别的规定，不招有文化的读书人。

"读书没有用场，有文化卵用，我们大人他从不读书，同样做提督，敢于拼命就行！"考官说。

匡嘎癞子暗自高兴，虽然他的哥哥匡嘎恩其非常喜欢读书，甚至沉迷于秦国文字，但自哥哥死后，他根本没有跨过学堂门。他脸上涂满油脂彩粉，头扎一个"冲天钻"，鼻子上画着蛤蟆图，穿着戏装，哼着《十二月采茶》的茶灯调就去围观。

"想当兵吗？"镇标问他。

"我先看看。"他说。

"看什么卵，报上你的名字。"镇标说。

"老子叫匡嘎癞子。"他脱口而出。

众人对着他一阵大笑。他脸红了，就打算离开。有一个镇标招了招手，说这是诨名绰号，算不得正名，开玩笑可以，要当兵，还得报个正经点的名。"老子肚子里一点墨水都没喝过，哪来的正经名。"他回答说。有那么一刻，他搜肠刮肚地想要给自己弄个什么张老三或王老四的，想来想去让他回忆起自己那个不明原因而亡故的哥哥，读过书，叫匡嘎恩其，便又对镇标说："我有个大大，读过书，叫匡嘎恩其，但他死了。我就顶替他名，叫匡嘎恩其，行不行？"

这时，过来一个体态健硕的男人。一个横竖都只有他一半的矮墩人陪着他。矮墩人既不是考官，也不像本地人，他招呼不打一声，就盯着匡嘎癞子看。

"嗨，来两手！"健硕的人突然叫了起来。

匡嘎癞子一点都没有注意是在叫他，他还在谋划下一步的对策。健硕的人突然横过来一根粗如大腿的杉木。那木头刚才还躺在雪地上，结满冰凌，约有一丈余长，健硕者捏着一端，就像牵一根线。

"搞两下，怕卵，搞两下！"说话的是那个矮墩，听口音才知道他是本地人。

匡嘎癞子几乎是本能地抓住了木头的另一端。两人就这样开战了，那情形就像俩洗衣妇在拧刚从河里捞出的床单。一开始是冰凌的碎裂声、木质分裂响声，到最后木头变成了他们手中的麻花绞，水都滴出来了,却没有分出胜负。

围观的人越来越多,里三层外三层,群情激奋高涨。半小时后,有几个兄弟抬出了自己鸡笼旁边的用来打糍粑的石槽。"行,来点硬家伙,哪个有本事把这八百斤东西扛走,老子就当送人了!"石槽的主人说着,亲自抹掉了上面黏着的鸡屎。

健硕的人先扔了木头,走向石槽处。别人的起哄激发了他,他一层层剥掉了身上的衣服,双手抓住石槽的两耳,公牛般大吼一声举了起来。

"走两步呀,走两步。"

他在众人的掌声中走了大约五步,雪地上的足迹清晰地透着一种力度,像印上去一个一个的迒。他眯着眼睛,喘着粗气,却又飘飘然进入了忘我境界。匡嘎癞子走过去将石槽往头上一举,以刚才的足印为半径走了两个圆圈。

这是健硕者始料不及的,他的脸由红变白。他突然走到镇标身边,抽出了两把犀利的剑,并不由分说地将其中一把塞到匡嘎癞子手中。

"算了吧你?!"匡嘎癞子很生气地将剑丢在地上,不屑的神情,朝远处吐了口唾沫,"这可是老子的长项,老子天天在练的就是砍刀!"他说。

"我看也算了。"那个矮墩出面调和。

那矮墩就是田老官,他在长沙的那次战役结束后,随军征战广西、广东和武汉等地。太平军为了巩固自己的军事优势，为彻底推翻清王朝，不断地北伐和西征。他们的声势绵延山东、河南、安徽、江苏各省。朝廷几年征剿，毫无效果。此次，他从外省回乡过年，实则带着为朝廷招募廉干武员、训练军队的重任。那健硕者是他从外地请来的武术教头。

"当然不能算，"健硕者有点不服气，却给自己找了一个台阶，"吹什么牛皮。"

"你叫什么？"田老官问匡嘎癞子。

"我叫匡嘎恩其，大人。"他回答，再也不想让诨名搅局了。

这时，一帮半大小子嘻嘻哈哈一路走来，为首的是田嘎兴恕和沈毛狗，跟在后面的田嘎兴奇是田嘎兴恕的兄弟，还有一个堂弟叫田嘎兴胜。他们刚卖完了一挑马草，正围着一个小顽童嬉闹。小顽童穿了一套领口又扁又平的黑衣服，手里握一根柳树荆条，赶着一条和荆条差不多大的小花蛇。他是跟随下河佬而来的人，一天中大部分时间都是在镇筸的街上游荡，还总带着他的那一条小花蛇。每天吃晚饭的时候，他会给蛇喂食，那时会有数条蛇不断从山间地洞爬来，饕餮一顿后离去。没有人见过他的父母，有人猜他是陈法阳的私生子。他这时和匡嘎癞子并排站到田老官面前，并询问他可不可以去当兵。

"把你那东西收一收，你莫玩那些名堂，这可是去打仗。"田老官说。

"把你那东西收一收，你莫玩那名堂。"旁边的几个半大小子油腔滑调，和田老官调侃。

"鬼崽子，当心老子抓你们壮丁！"田老官恶狠狠地挥了一下拳头。

"老子们天天都在玩冲仗火的游戏。"他们朝他使了个鬼脸，玩去了。

当天晚上，匡嘎癞子把身上的戏袍往地上一扔，和小顽童跟着提督军门走了。走到离镇筸城很远的地方，才发现后面跟着以田嘎兴恕为首的那一帮半大小子。除了田嘎兴恕，他们大多和匡嘎癞子一样，不仅相信打仗是一件非常好玩的事情，还对镇筸镇以外的世界充满好奇和幻想。

田嘎兴恕出去的目的是为一个女人。田嘎兴恕个子瘦小，皮黑毛黄，倔强得如家里那匹暴躁的马，平时爱和人玩滚钱，有一次玩得沉迷，将未卖掉的马草摆放到朱家小姐的门口。那位小姐嫌脏了地方，不太高兴，冷嘲热讽地骂了起来。这让田嘎兴恕自尊心受了伤，气得不得了。"你不要凶火，"他回敬道，"等老子当了官，娶你做我婆娘！"

匡嘎沃金发现侄儿失踪了，就在镇筸城到处寻找。戏班子留在小巷里的余韵消失了，长街的岩板上剩下一堆昨晚烧草龙时燃放完的爆竹，一些孩子蹲在地上，在冒烟的草龙灰烬之中寻找还能放响的鞭炮。一个大一点的小孩告诉她，昨天晚上看见匡嘎癞子妆都没卸，跟着那些招募的兵士出石头城走了。她又有点不甘心地去找那位流浪艺人："我侄儿真的走了吗？"流浪艺人正啃着一块腊猪脸，边喝酒。"他天生就是个将军，"他放了个响屁，懒懒地回答说，"兴许，还会做第二个薛仁贵。"

匡嘎沃金很生气地走出门来，她一路走一路问。终于，有人捎来了口信，说他们是沿沱江河走的。

她走了一天一夜，恍恍惚惚，完全没有方向感，发现河越来越小，四周全是高崖绝壁，壁缝间万山细流汇成了河的深度和宽度，这时才发现自己方向走反了。她又花了一天一夜的时间才回到镇䇹城。她脚上的血泡已磨破了，瘸着一条腿。令她绝望的是再也撵不上侄儿了。

匡嘎沃金和她母亲菊在偷偷地舔舐伤口，到了晚上人们总能听见菊在因为想念孙子所发出的低低的哭泣声。直到有一天，小红钱帮她重拾了找回孙子的信心。

小红钱一来就把那件钱衣从身上脱了下来，夸口说："等着吧，你孙子到头来会是你身上的一件棉袄。"

匡嘎沃金并不认识她，白瞎子告诉她那是陈法阳的小妾。那伙辰沅高人中，有人还揭了陈法阳的老底，说他总是穿着一件钱衣走东闯西，虽然满脸麻子，但每到一处，就会带回一个貌似天仙的女子。那些女子全是一副心神不定、像是强压下许多热切的念头的样子。于是，有人说陈法阳身上有一种迷药。

"请相信她一回吧。"白瞎子对匡嘎沃金说。

寻找匡嘎癫子的过程其实就是小红钱在内心寻找陈法阳的过程。陈法阳离开的这些年,她一刻都没有放下对他的想念,有时真是为焦渴难耐和孤立无援而伤心不已,甚至割断自己身上的一根血脉以示情不两立。匡嘎家族的遭遇让她有如找到了同类人,她信誓旦旦的表白,正是她感到不再孤立无援的一点欣喜。她成了匡嘎家族唯一的指望。她在匡嘎家里舒服地吃住了半个月,就撑着一把花花的油纸伞出门了。菊在一点也没露出怀疑的神情,她思量着,哪怕别人以多么奇诡的方式挽留住孙子的心,改变他的命运,她也在所不惜。

几个月过去了,一天,匡嘎沃金起得比谁都早,她听得有人在外面拨门闩,她想也许是某个小偷或流浪者在寻求帮助,走近大门透过门缝一看,才发现是那个夸口过的小红钱。她的身子因为少了那件钱衣而有点单薄,那把油纸伞挟在胳肢窝,却并没有见到自己的侄儿。

"请看结果吧,不要去看风儿吹开花蕊的过程。"小红钱精神抖擞地说,一点都没有疲倦的神态。

原来,她带来了十八个腰肢婀娜的少女。十八个女人齐刷刷站到镇筸城里,古老的石头都年轻了。

到这时,菊在似乎有点明白了小红钱的意图。小红钱说这是陈法阳留给她的唯一讨生活的武艺,但她说自己绝对没有什么迷药,那些女子能听从她完全是因为某种得法的教诲。她要求祖母给她们一个住处。匡嘎沃金便把建在自家茶园里一处僻静的山庄空了出来，因为长久没人居住，屋里都快发霉了。自此，小红钱开始了对她们进一步的"教诲"。她让她们每天练习一种呼吸，两两结伴，互相对望，以一种放松、被动的方式：膝盖微弯地站着，然后大力吸气、吐气。吸气时，彼此骨盆往后缩，吐气时要求骨盆往前顶。同时还要用动作与声音来辅助，拉得长长的"啊"声，此起彼伏，听起来暧昧至极。之后，伙伴被要求两两拥抱，或背靠背坐在地上，或屁股贴着屁股。"要交换彼此的能量。"她说。

晚上，小红钱开始教一种静心游戏，她将其命名为"风催开花蕊"。她找了一个看起来年纪很小的名叫黛帕的女孩配合示范，因为她看起来既不勇敢，也不敞开，甚至还很害羞。小红钱用手轻轻上下抚摸，或大力地摇摆。"还可以有创造性一点。"她教导说，掀开黛帕的衣服，往她肚脐眼上很挑逗地吹气。女孩们几乎都被要求扮演"花蕊"，一方的头靠在另一方的大腿外侧，然后从脚踝摸到肩膀。小红钱还让黛帕拍她的屁股，甚至让挑逗性地隔着衣服摸她的乳头。

在家人还在为匡嘎癞子的浪子回头做着种种努力的时候，匡嘎癞子已以亡兄匡嘎恩其之名成了一名镇标，紧接着入绿营，编入湘军，稍加训练后就开赴江南调剿北方的捻军去了。

起初，他熟记于心的是自己的名字，对亡兄之名不太习惯，在一次作战中，没有把上级的指令对号入座，延误了军务，以致十几个兄弟无辜地掉了脑袋。一位副将把他监禁起来，并锁上脚镣，决定对他实行枪决。但在拔枪的时候，匡嘎癞子突然提出要见一见同乡提督田老官。

"我这辈子没有机会做提督了，但请让我走的时候再看看提督的样子。"他说。

"你简直在说六月难。"副将说，但他对于一张年轻又长得过于标致的脸心存一丝惋惜，又很不情愿地答应了。

"如果你想死里求生，请免开尊口。"副将交代道。

"死了卵朝天，不死万万年，老子才不会贪生怕死！"

晚上，副将把田老官请来了。"把你的头发梳一梳，新兵，"田老官说，"如果有什么要求，别烂在肚子里。"

匡嘎癞子突然悲切起来："没有要求。大人，你知道，在我们镇筸，人死后无一例外都要履行一种古歌仪式，如果我死了，有没有人给唱一堂丧堂古歌。"

"没有。"田老官肯定地回答道。

匡嘎癞子立刻露出了一种比死还难过的失望："那么，我能不能让自己先给自己唱一堂。"

"当然，随你的便。"田老官不假思索地说。

那天晚上，一位兵士给他拿来了道具：一面伴奏的羊皮鼓和一个向阳木鼓槌。从第一声鼓槌响起，直到落下最后的捶音，匡嘎癞子都没有指望过自己会逃脱被斩杀的厄运，更没有想到的是他平时沉迷的古歌左右了他的命运,使他绝处逢生。

8
风吹开花蕊

田老官被如此凄迷的声音弄得神情恍惚。起初,他以为自己在做梦,因为那歌声曾经出现在他幼年里,之后再也没有听过。这次,他几乎听清了所有的歌词,并觉得就是唱给他的。声声入耳,声声泪;声声入耳,声声血。那时,匡嘎癫子的歌正透过夜空,钻进了他的耳鼓。

为人需当兮孝为先,父母恩情兮难尽叹,好比地阔兮与天宽。十月怀胎兮母受难,三年哺乳兮费心田。右边尿湿兮左边换,左边尿湿兮往右边。左右湿了兮无处转,将儿抱在兮怀里眠。待儿醒来兮找奶舍,夜夜娘难兮合上眼。娘怕乳少兮儿可怜,口中嚼饭兮喂儿添。娘的恩情兮似昊天,此时思想兮泪涟涟……

歌声在深沉的黑夜,在阴郁的厅堂、走廊、过道,在木梁间纠缠、迂回，像一个不死的阴魂。对于长期征战杀伐的田老官，仿佛绵里针刺进软肋，触动了他灵魂最柔软的部分。他不自觉地开始在流泪，犹如刚刚下了一场雨，雨滴化成了黄蜂，一下一下蜇他的眼。

"大人，"那位副将喊道，"你在哭吗？"

田老官没有应答，他抬起那只像不打算再拿枪的手来挥了挥，对副将说："出去吧！"

田老官一连几个小时在听那木槌击鼓的乐曲，他终于知道，历史上的西楚霸王为何会因一种歌而军心瓦解，兵败垓下了。这一切就像一种召唤和牵引，使人的回忆有如家乡的沱江一样难以斩断，又有如亲人的目光一样可以洞穿。临近天亮，听得"嗵"的一声，田老官从椅子上栽倒下来，昏厥过去。那时候，匡嘎癞子在唱最后的一曲《送歌》：

　　五更鸡啼兮天要明，要送歌师兮转回城，凡人行路兮怕天黑，歌师行路兮怕天明。歌师归意兮留不住，孝家怪事兮乱纷纷。往年孝家兮梦得少，今年得梦兮梦得多。前面梦见兮蛇上树，后面梦见兮马生角。高坡岭上兮鱼上籽，急水滩头兮鸟树窝。梦得怪来兮真古怪，梦见红纸兮与笔墨，都讲拿来兮写文章，谁知拿来兮写灵牌。当着灵前兮改一改，红殇一去兮时运来；孝家得梦兮梦得巧，梦见剪刀兮满屋飘，都讲拿来兮剪绫罗，谁知拿来兮剪孝帽。当着灵前兮改一改，孝帽一脱兮换锦袍；孝家得梦兮梦得狂，梦见杉木兮胆(横)屋梁，都讲拿来兮竖屋坐，谁知拿来兮抬红殇。当着灵前今改一改,红殇一去今大兴旺。夜辰长了今梦又多,正在做梦今好可恶。耗子嫁女今梁上过,一双猫儿分打铜锣,当着灵前今改一改,改为五子今早登科⋯⋯

副将一阵慌乱,甚至将枪掉落于地。他用手分别在田老官人中和身上的几处地方一阵乱掐。曦微晨光中,田老官苏醒过来,喊着要一口水喝。

"是时候了,大人。"副将提醒着说。

匡嘎癞子闭上眼睛,只觉得一切皆有尽头,伤心也皆到尽头,那些所有的关于生、关于死、关于前世,一切的一切都随风而逝,随雨而流了。

田老官看着他。"你叫匡嘎恩其?"他说,"你狗日的到底是谁?再回答错的话你给老子去死!"

"是,大人。我是匡嘎恩其,我是匡嘎恩其⋯⋯"尽管不间断的回答令他气喘吁吁,但"匡嘎恩其"在他心里不再是一种名字符号,而是融入肉体,佛烁金身了。

"老子叫匡嘎恩其,大人!"他最后筋疲力尽地说。

由于得到田老官的信任,匡嘎恩其免于一死,感到意外之时,也加深了对田老官的尊重和感情。他觉得很有必要像田老官一样全力以赴,报效朝廷了。或许得益于平时唱腔演戏时所练就的悟性聪敏,匡嘎恩其在打仗时也总显示出一种声东击西游刃有余的高强本领,并无数次逃脱被斩杀的厄运。

三月份,他作为一名廉干武员,调剿江南太平军,攻克了镇江、扬州、仪征等州县,升为蓝领千总,接着进攻瓜州、江阴、青浦、安亭一带。在作战中,他勇健非常,所向克捷,奉旨换花翎升守备。之后,他又被编入淮军,在太仓、昆山、新阳等地与敌军作战。每次战斗,匡嘎恩其都身先士卒。有一次,和健勇团丁大破捻军于一山沟,一捻军的头目在埋伏中被他剁成了肉酱。继而又廓清两百余里,攻克了许多地方。不久,淮军调征捻军。他归还湘军建制,解镇江围,建有战功,升靖州协都司,又以战功升游击。匡嘎恩其在没有花开的战场到处播撒战果。一天,跟随一起出征的副将拿来了一张任命书,调他任田老官的参战军务。"提督大人欣赏你。"副将说。

北方的捻军像乌云一样飘来飘去,闪闪现现,让人捉摸不透,有时候你认为天开云散了,结果他们又出其不意在某处凝结成团,在意想不到的地方化为了雨水甘露。他们捣毁官府,开仓放粮,屠戮显贵,洗劫缙绅财产,无恶不作。

作为参战军务,匡嘎恩其先后三次救过田老官的命。这位提督越来越老了,但致命的弱点一点都没有衰退,他经常让自信冲昏头脑,每遇强敌,必先迎头而战,杀个过瘾,后再考虑统领三军。

一天半夜,提督在睡梦中被炮声惊醒,他打着赤膊就提马上阵了。匡嘎恩其提醒他:"军门大人还没穿衣服呢!"

"从娘肚子里怎样来的,就怎样回去!"田老官说。

这次真让他把自己给说死了。战斗打到天亮,敌军铺天盖地,绵延数十里,而他却只进不退,他的将士几近全部阵亡,他也遍体鳞伤。脾气粗暴的他破口大骂,挥刀乱砍,连杀二十余敌。不料一颗流弹飞来,他中弹落马了。

敌人蜂拥而至,见其赤身裸胸,伤痕累累,就想放过他。不料他却从容地坐了起来,对敌喝道:"吾乃篁军将领,身为提督,大丈夫视死如归,怕你个卵!今天纵然被杀死,也要让你们知道爷爷我是提督,尔等不杀,爷爷老子明天提你首级熏腊人头!"

对方一拥而上,乱刀将他砍死了。

匡嘎恩其是这次战斗的幸存者,他受了点轻伤,跌下悬岩,却被树的枝桠钩住了衣服。他在树上待了一阵,想着会被敌方捉去开刀问斩,不寒而栗起来。用不着多想,他开始为自己的求生武装起来,先是弄散头发,揉碎花瓣涂抹嘴唇,之后用大张树叶撺掇成衣裙穿在身上。他的巧妙的化妆术在他跟师父学跳茶灯的时候就很娴熟了。片刻,他听到一阵清晰的枪托碰撞声。一名军官,后面带着八个士兵,他们浑身被汗水湿透,骂骂咧咧地一棵树一棵草地搜。当他们来到匡嘎恩其旁边时,他正一边采集草药一边用女声嗲声嗲气地唱一首从本地籍士兵那里学来的歌:

姐在南园摘石榴

哪一个讨债鬼隔墙砸砖头

刚刚巧巧砸着小奴家的头

要吃石榴你摘了一个去……

要约我谈爱你来家门口

何必隔墙砸我一砖头……

敌人没有怀疑他,那军官还问了他采集的草药是不是用来治疗枪伤的。匡嘎恩其告诉他那是用来安胎的。

"治疗月经不调也行,如果女人痛经,那是最好的良药。"匡嘎恩其说。

"是吗,等有机会我来跟你讨一棵药草。"军官的神情温和起来,他还向他问了路,并朝着所指的方向移动。

侥幸的蒙骗过关后,他连夜往山口边出逃,到半路忽然想起提督生死不明,不忍心抛弃他,又返了回去。他找到了田老官的尸体,来不及悲哀,背着就走,后因山道险阻,饥冷交织,实在难以逃脱,只得将尸身藏于一深洞中。过几日领大军攻克敌军,他抱回了田老官。

"你是被自己的自信杀死的,你这个笨大人!"他啜泣道。

田老官将他的官做到了尽头,而匡嘎恩其的官职从此一路飙升,由蓝领千总、都司,到游击,再到参将、副将。朝廷还将箅军封为"虎威常胜军"。

匡嘎恩其得到了田嘎兴恕的消息。被编入淮军后,田嘎兴恕他们一度被人称作"马草帮",入湘军几年,转战湘、戆、鄂等省,与他们交手的是西征部队，包括石达开、秦日纲、韦志俊、赖汉英这样的名将。他们吃了很多的败仗。西征部队不断将他们逼出九江，逼出武汉，迫使他们放弃长江。

不得不承认，田嘎兴恕是一个不折不扣的草莽英雄，他的瘦小的身体天生适宜在夹缝中生存。一开始，他不过一营房的伙夫，平时爱与老乡及沙佬躲到一边玩纸牌小赌，这是他在家时就有的习惯。一天夜里，不是什么原因，两个兵卒打了起来。他好心劝架，却被突然飞来的一块砖头砸中了自己的头，他头破血流，昏了过去。兵卒以为打死了他，出了人命，一哄而散。半夜，他为一种声音震醒，原来敌人在城墙根挖掘地道，大概想从此打开缺口攻城。他觉得事情严重了，跑去报告了哨官，结果破坏了敌人的计划。论功行赏，他由火工营调到了抚台大人跟前。有一次战役，清军节节败退，无法阻挡贼兵攻势，抚台下令前往战场督阵，却无人应征。田兴恕自告奋勇，请命前往，并从抚台大人的手中接过大令，单枪匹马冲入阵地。此时战况很乱，敌我阵地瞬息变换，而田嘎兴恕不熟悉地形环境，也不明白战况，四出奔走，竟走到长毛贼那里去了。贼兵见他穿清军服，一长矛将他刺下马来。见他一点没有动弹，估计死了，敌人离去。很久，他又苏醒过来，检查自己身体各部，伤势不重，不过马和令牌都不见了。他硬着头皮回营，向抚台报告事情经过。"推出去斩了！"抚台连听完他述说的耐心都没有，恼火地下令道。两旁亲兵拿来绳索，将他捆绑起来。"要杀就杀，何必绑老子！"田嘎兴恕居然声如洪钟，连坐在大堂后面办公的左宗棠都听见了。"何人在喊？"他问跟班。"是个镇篁兵，大人，他把大令给失落了。"大班道。左宗棠走了出来，用手推了推田嘎兴恕："把他放了。"左宗棠一经接触田嘎兴恕，就觉得面前这个声如洪钟的小个子有着过人的胆识，将必有成就。

　　田嘎兴恕三次死里逃生，他觉得自己不能再死了，何况他娶朱小姐的野心一直没有改变。他一方面谨记着，一方面觉得不能再硬拼莽撞，以卵击石，要用点头脑了。当湘军的要员骆秉章前来招募敢死战士破袭太平军营盘时，田嘎兴恕没有丝毫犹豫就报了名。这次他变聪明了许多。当载有一百人的十艘小船向河的西岸划去，他却偷偷弃舟下水，向北面的太平军营凫去。他暗中记下了敌人全部火炮的位置。等西南面太平军警报的牛角号响起，厮杀声不绝于耳时，他在自己头上包了一块白布，这样做并不是为了充当伤兵，而是想遮住有别于太平军的头部。因为他们的头发前面剃光，后颈结辫盘于头顶，而太平军则是长发披肩。田嘎兴恕趁乱点燃了太平军的营帐。火光中，他居然又找到离炮位不远的火药库。"喂，站着干嘛，还不去救火！"一位小头目把一脸稚气的他当成了伤兵。"我是来通知你们的，"田嘎兴恕镇定地说，"城里的清妖冲出来了，天王叫你们往西撤，赶快！"小头目信以为真，命令士兵把把炸药装入木箱，往炮位边搬运。"帮帮忙，死卵，举支火把照照亮。"小头目又说。

　　当西岸的九十九个敢死战士一个个倒在太平军乱刀之下的时候，田嘎兴恕在北边果断点燃了敌人的炸药库。此起彼伏的爆炸声淹没了一切厮杀，冲天火柱顷刻间连成一片火海，将天空染成血色。田嘎兴恕炸毁了太平军整整十二门大炮，而他却毫发未损地回来了，并按照先前的约定，手里举着一只表示袭营成功的灯笼，飞快地绕着圆圈，由北而南。"冲出去！"那位封疆大吏高声喊道，他为此心急如焚地等待了很久。他手下的大将鲍起豹朝天放了两枪，一枪是令城外各镇绿营发起猛攻，一枪是令守城的兵勇打开城门。太平军嗷嗷叫着，夹着尾巴向东逃窜去了。这一次的战役，田嘎兴恕得到了左宗棠的欣赏。不过，他显得有点无知者无谓，他觉得骆秉章身材比自己不过半斤八两，左宗棠外表桀骜不驯，内心未必比他坚强。"娘妈皮的！原来和老子一样。"他骂了一句丑话。不过，他还是被破格录用，当上了一名哨官。

田嘎兴恕最令人欣赏的地方在于他会以少胜多，出奇制胜。在江西的上高县，他孤军奋战，被石达开的重兵包围在英冈岭。激战中，他的左手被砍下了三个指头，身上伤痕累累，仍然与他的兄长田嘎兴胜、堂兄田嘎兴奇以及同乡沈毛狗等人一起拼死搏斗。他手提大刀在敌阵中左奔右投，在砍杀了太平军千余人后，冲出了包围圈。曾国藩被困南昌府时，他率领算军五百营勇击溃六千之众的石达开部，迅速收复万载、袁州等地。

算军名声大噪，不管是田嘎兴恕，还是匡嘎恩其，都在湘军中脱颖而出。战争越激烈，他们就觉得愈过瘾。而对于菊在和匡嘎沃金来说，却说度日如年，她们急切地盼望亲人归来。小红钱看着她们忧心怔怔的表情,听着她们周而复始的唠叨,总是莞尔一笑。"放心吧,他马上就会回来了,"她用肯定的语气对她们说,"到时什么样的人也得听从我的安排。"

小红钱一刻也没有放松对女孩们的训练,到最后几乎是脱下一切禁忌与道德规范,赤裸裸地躺在床单上,温和地爱抚自己,自由地表达自己,并让她们四处滚爬、呻吟、呜咽。

就像小红钱预料的那样,匡嘎恩其在一次战役结束后回到家里来了。他此次回来,除了奉命回乡招募兵勇补充兵源,还带回了田老官的骨灰。据田老官生前的意愿,他死后不必流芳百世而树碑厚葬,只求得一干爽开阔之地入土为安就心满意足了。匡嘎恩其为此专门找到了外公廖嘎宗顺,让他倾心尽力,不要有任何差池。廖嘎宗顺把他的两个儿子廖嘎天元和廖嘎恩猪都喊来了,忙了七天,主要是做道场超度亡灵,打绕棺念经,唱丧堂古歌,然后是架罗盘择地。骨灰下葬的这一天早晨,落了点蒙蒙细雨,满山飘着雾岚,这种理想的时辰并不是每个人都会遇到的。廖嘎宗顺暗自庆幸主人的福大。但下葬的时候,廖嘎宗顺两眼昏花,冷汗直冒,牙齿打战了。他按常规将棺材的准心向坟墓的中心偏离了一点,这是每个巫师为保护自己所应该做到的。但他这次却那样不顺手,移来移去,等到掩土盖棺后,才发现坟的中心不仅和棺材的准心对齐,还和用墨线拉出来的一样。回来的路上,雨开始下个不停,廖嘎宗顺躬着背一语不发。他的衣襟和鞋子都阴湿了,也没想要遮一遮。他的小儿子廖嘎恩猪隐隐明白了父亲一定遇到了什么事情，从他的背影中感到了可怕的阴森。"我们躲躲雨吧，爸爸。"廖嘎恩猪说。

"我不能停下来，死神要来带我走了。"廖嘎宗顺说。

"怎么可能？你没有一点病，爸爸，莫开这样的玩笑。"

"病人床上躺，死人路上行。这是老话。"廖嘎宗顺说，觉得今天做了自己一辈子最蠢的事。

回到家里，廖嘎宗顺忙着销毁自己在这个世界上留下的一切遗物——必须换洗的衣物鞋帽、睡觉时防蚊的麻布帐子、抽烟的烟袋及喝水的碗等。他还清理了行巫间，将那些规整有序的法器一并丢了出来，有几幅弥陀画烟熏火燎一般。最后，他还郑重其事地交代了后事。"请你们记住，"他说，"不要办什么丧事，最好的办法是天亮之前把我抛尸到城边一口泥塘里，那可是一块可以令后代发迹的牛形地，如果再有几拢稻草的话，那就更妥帖了，因为牛吃的是草，粮草为万物之本，后代不仅丰衣足食，官运亨通，前程更会如日中天……"

"你要干什么，爸爸？"廖嘎恩猪很是吃惊，不由得问。

"我要走了。"他又说。

他的大儿子廖嘎天元立即觉得事情太不寻常，但仍然相信那是父亲一贯古怪的举动。"你那样子简直是吓我们。"

"记住，我可是替人看了一辈子的地，"廖嘎宗顺说，"现在，我也要替你们着想，也给自己一个安身之处。"

事情就是这样。那天夜里，廖嘎天元和廖嘎恩猪听到了两只猫不停地在屋子周围叫唤,声声凄厉,像人在哭,吵得他们一夜无法安睡。"那是猫儿叫春,该死的猫!"廖嘎天元对弟弟廖嘎恩猪说,过一会打开父亲房门,但见父亲平躺在床板上,僵硬了。晨光熹微中,他的脸一片青白色。

"你是诸葛亮啊,连对自己过身都知道得一清二楚。"兄弟二人悲伤起来。

那一天天黑时,两兄弟轮流背着父亲来到了那口泥塘边。塘边长着一排的杨柳,枝条随风而摆,长发飘曳的样子。他们觉得应该给父亲盖一点东西,抬头四顾,发现泥塘坎上堆着一堆稻草。

而那时候,匡嘎恩其正抖搂着一件蚕丝背心,那是他攻打南京时从天王府那儿弄来的,准备把它连同一顶瓜皮帽和方口布鞋一起郑重地送给外公。

匡嘎恩其给祖母和姑姑带来了很多首饰珠宝和漂亮的衣物,有些是当地从未见过的,华丽高贵得让人不敢去穿。相聚的快乐还没过去,祖母菊在就将那十八个女子推到了匡嘎恩其的面前让他挑选。那些女人个个娇态百媚,散发着一般男人不可拒绝的异香。祖母亲自坐镇,孙子的一颦一笑、一蹙一动也全在她的眉目之间流淌,她能感受他其间的微妙变化。匡嘎恩其做出并不想忤逆祖母的样子,穿梭来去,目光炯炯有神,倒令那些女子惊羡不以。她们向他的脸上吹气,伸展肢体放爱情之箭。过了一会儿,匡嘎恩其在菊在夫人身旁恭立行礼,说祖母,这些孩子,他将她们称为"孩子",并说个个腰身过于纤细,腿不够粗短,脚板也太过平直且小,不是他想要的。原来他将她们全当成了要招募的士兵。祖母摇头叹息,把小红钱叫了过来。

"你不是说能摆平这件事吗?"祖母不客气地说。

"是的,或早或晚,他都会被女人迷惑。"小红钱的情绪一落千丈,她深刻地感到自己的人生有多么的失落和失败。

当天夜里,小红钱脑门发烧,浑身灼热,她借机到南门坨的一口水井里喝水,再也没有回来。匡嘎沃金当她是为了保存面子才豁出去的,她甚至没有拿走自己的那件钱衣。小红钱一走,匡嘎沃金和祖母更觉得拿匡嘎恩其没有什么办法了。

为篡军招兵一事的进展比匡嘎恩其预期要顺利得多,这完全得力于他的姑父付籁,那位优秀的兵备道。虽然他没有参与前线战事,却一直为加强边地的建设、督促属地兵备而不停忙碌。他积极地招兵买马,创办团练。这是朝廷开战之初就确立的御匪大计,想以此对太平军双面攻击。这可不是件简单的事情,大多要依靠地方官员和缙绅,由他们牵头承办,经费和钱粮由所属辖地民众分摊。这其实近似于一种私人行为,不过办团得力,成绩显著者,可授军功,并由地方官破格保举,入仕为官。办团的基本条件是至少要拥有三百团丁,团练的建制要以"虚额"的形式编入提标下面的绿营队伍。平时,团练操练时在各自属地,战争需要时,团首则必须无条件接受正规提标下面镇、协一级指挥官的统领和调遣,率兵参战。

付籁在办团练之初几乎走访了镇篡城里的所有缙绅。缙绅们一方面垂涎于官爵的高位,一方面又很掂量口袋里的碎银,这让他感到事情有点棘手。一个月后,他列出的团丁名单不超过两百,建一支团练都不够。等到匡嘎恩其回来时,他把他们全部送给他,做了个顺水人情。匡嘎恩其总以为那些来自乡下的兵士是很乐意的,因为在镇筸,这是年轻人的出路,也是年轻人唯一的出路。等到和他们成了朋友,蹲在一个战壕,发现有些人的想法实在可笑。乃贵是因为想给自己的新娘介银争一副玉手镯,杨嘎岩宝是因为赌掉了自家的一头水牛跑路,张嘎文德天生想当将军,那个像女孩一样腼腆白皙的玉比是因为极度地害怕世袭苗医。至于他的两个舅舅廖嘎天元和廖嘎恩猪,则因为父亲的暗示,即那块可令子孙后代升官发财的牛形地而让生活起了根本性的变化。不过一点都不灵验,因为后来兄弟俩刚上战场就死于敌人的乱炮轰炸之中。

9
兵备道之死

　　匡嘎恩其留下又大又空荡的宅院,急匆匆地走了。祖母菊在怒不可遏,用手撕毁了一件新衣服,在他的背影里说出狠话:"你别不当回事,我会有办法让你结婚生子的,除非我眼睛一闭。"

"妈妈,请不要这样。"匡嘎沃金被母亲的神态吓着了,她给端过去一杯水,轻轻拍着她胸膛以试安慰。母亲一连几个小时坐在一张方椅里,不说一句话,真叫人担心。匡嘎沃金也开始愁眉不展,内心感到内疚,仿佛应有的罪名自己也要承担一份。本来,她是有过孩子的,第一胎是个女孩,却胎死腹中,第二胎生下的是个儿子,又在七个月的月份上早产,只存活了一天。她也实在找不出什么原因,只觉得女儿和儿子是她生命中的两颗流星。但她依然清晰地记得他们:女儿眉目清秀,一副老老实实的小家碧玉的样子;儿子额头宽阔,有着兵备道式的霸气和冷峻的神情。她抚摸过他们纤细的手指,感受过他们使出浑身解数撞击宫壁,听过他们在腹中哭,是嘤嘤地抽泣,很清晰。冥冥之中的不归路,他们究竟顺了谁的引领?在失去儿女长久的伤痛里,在没日没夜的想念之中,她和丈夫两个人都心照不宣,不想再要孩子了。于是,她花了很多的时间陪在母亲身边。兵备道则抛开了一切欲念,一心扑在筹军事无巨细的事情忙碌中。

"妈妈,请不要这样。"匡嘎沃金又说了一句,她似乎再也找不到更好的语言来安慰了。

"不孝有三,无后为大,这个不孝子!"母亲说。

匡嘎沃金再次被母亲的话刺痛,虽然说者无意,却将她推入难堪和羞愧的境地。她再也忍不住流下泪来。这时,岩匠来了。岩匠看起来老了。不管是白昼的伊始，还是黑夜尽头，他都待在东岭修坟墓，关闭在毫无乐趣所言的牢笼里。这一天，他觉得再也找不出一丝不尽人意处了，便来到匡府，提出可以为匡嘎米谷的棺木举行正规的入葬仪式。尽管岩匠像个过气的人，所说之事也像上世纪的事，但菊在还是激动起来，立马转移了心思。"是啊，我们的心都快枯竭了。"她说。

她亲自吩咐家里的佣人准备必要的葬祭物品：一个黑毛猪头，还有那些数不清的糖果贡品、纸钱香根。接下来她请人弄来了匡嘎米谷的悬棺，其实就是一口暗红色木箱，之前一直在沱江上游一处高耸的陡峭岩崖，搁在石罅隙间铺陈的几根枕木上，巨大的横梁悬撑着，像是古代的巢居者。不过那暗红色木箱已风干得很厉害，没有了重量。葬礼十分隆重，镇筸城所有的居民都参加了，带来了他们的敬意。匡嘎沃金不辞劳苦，为胞兄守了七七四十九天的灵。岩匠却因为大功告成，在一片寂静之中，背着匡府的人，走了。

这些事情让匡嘎沃金回家的时间越来越少，很难见到丈夫一次。匡嘎恩其带兵走后，操办团练还得有条不紊地进行。这样一来，兵备道又得开始四处游说。他还在城里选了一块地，平整出一个极大的演武场，以便时时练兵。兵备道的执着和耐心终于感动了上帝，几个月后，有人给他带了五百名团丁，说要在镇筸镇建立起第一支团练，取名南华团。兵备道看了他那张脸，搜寻所有的记忆，没有丁点熟悉的影子。后来那人主动告诉他叫裴嘎荣禄，并不是这里的豪绅,父亲是做桐油和布匹生意的下河佬。兵备道露出少有的惊喜,立马帮他们编队分组,除了封裴嘎荣禄为团首,还列有其余四名棚官。他给了裴嘎荣禄一支洋枪,让他统领一百人作为中棚,驻在沙湾的团务署,其他四位棚官各领一百人驻扎在镇筸的阜成门、壁辉门、东门和小南门外面。裴嘎荣禄本人承担了中棚一百人团丁的所有开支,其他四百多人的丁银,则由各处按户头分担,十户养一练。不久,又有人组建了三百人的"奇峰团"、"兰经团"。团丁大部分来自周围村寨,青壮年占多数。他们大概把卖命混军粮当成了一条生路。

兵备道实在太辛苦了。有一天,匡嘎沃金从娘家回来,发现自己的丈夫竟然倒在藤椅上。他把自己累死了。

好在祖母菊在和匡嘎沃金对于匡嘎恩其的期望和等待并没有她们想象的那样长久。第二年的秋天,匡嘎恩其又一次回镇筸城来招募士兵。在他的马背上,紧贴着他身后的,是一个娇小的仿佛带着露珠般湿湿的女人。或许出于一种陌生和羞涩,女人总是把脸藏于他的脊背,一袭绚丽菊花刺绣的披肩几乎遮住了她的大半个身子。爱热闹的人们走过去想跟她打招呼,结果既没有听到她的声音,也没有看到她长什么样,但他们看到披肩上那绚丽菊花刺绣的旁边有一行似乎是特意,绣上去的蝇头小楷字:我叫莫歌。

小女人以这样的方式跟小城人打着招呼,人们不仅没有怪她,反而觉得她不同一般。特别是那几个漂亮的字,令人赏心悦目。人们闻到了她身体散发着的一种淡然的野菊花的香味,即使走过很远也依然在风中飘荡，令人久久难忘。

从这一天起，这个名叫莫歌的女人的命运就跟匡嘎家族紧紧地联系到了一起。

事实上，直到匡家给他们举行了盛大的婚礼，匡嘎恩其对莫歌仍然没有完全的了解。她是他招去的那个叫玉比的士兵的表妹。玉比，就是那次朝廷对苗疆实行招抚计策时自动乞降的苗守备巴雄的儿子。

巴雄的职务其实只是个不能世袭的官职，每年从军费的开支里领回十六两饷银，所做的事就是管理苗人、催取苗租、传唤苗户、调派夫役之类的事。这种官职既非军队里的军官，亦非朝廷的吏员，没品没位，还不如匡嘎恩其手下的一个战兵。巴雄的父亲是一个有名的苗药师，因为通晓百药，明白晓事，在苗族群体中很有威望，又能讲汉话，为苗人所折服。玉比是他唯一的一个孙子，爷爷看重自己的孙子要胜过儿子巴雄十倍。因为他们家世代为医，玉比从小耳濡目染，三岁就能识百种药草，七岁就能号脉问病。苗族医病，少用药物，或以药物与巫术结合的方法，虚虚实实，外人很觉神秘。爷爷对孙子抱了很大的希望，指望他承袭祖业，发扬光大，甚至在他十四岁时就替他张罗着娶了一名懂点医术的女子石嘎欢勾为妻。但玉比自己却对行医有着与生俱来的莫名的恐惧，他知道自己无法向祖父长辈交差，辜负他们的希望，便在一个没有月亮的夜晚跑了很远的路到镇篁来，本来想就在城里干一个团丁，谁知阴差阳错让匡嘎恩其带了出去。爷爷非常伤心，自己住到深山，潜心于苗药的采撷去了。

老人一走，巴雄放开了手脚，在家办了一个私塾，请了旧时的老秀才教习汉文。莫歌经常到巴雄家来，耳濡目染，练就一手好字。那天，匡嘎恩其去玉比的家里做客时最先见到的是一副非常干净纯美的小楷，他有种缓不过气来的感觉。

"我想买下这幅字。"匡嘎恩其对玉比说。

"根本用不着，让写这字的人写一幅字送你就行。"玉比说。

吃过中饭，玉比安排见面。不过，莫歌没有来。即使这样，匡嘎恩其也不改初衷，还特意准备了皇上赏赐的珊瑚豆荷包一对作为礼物。到了晚上八点，她穿着一身绣满花的衣裳出现在夜莺叫唱的树林，头上插着花。月光落在她身上，袭来一种淡淡的野菊花的香气，但他敢肯定，那并不是她头上的花朵散发的，而是她本身的体香。

"表哥说你可以送我一幅字。"匡嘎恩其说。

莫歌吃吃地笑了几声，却没有回答。匡嘎恩其走过去，她却躲闪着没有让他靠近。"我把字放这里，"莫歌说，站在一米远处，从胸兜里取出了叠得很方正的纸，"我写了一个下午，不知为什么总写不好。"

"好吧，"匡嘎恩其说，"作为一种回报，我有一件小礼物，我放在这里，你自己过来取。"

"是什么?"莫歌好奇起来。

"你过来看就知道了。"

最后，两人不约而同地朝对方走来。这个时候，他们才发觉两人是如此互相吸引，顷刻间电光火石一般，说不出来的焦灼又惬意一样的感受。这种杂乱的感觉把他们搞糊涂了，以至他们拿着各自的物品，却不时回过头来看对方一眼。这一次之后，匡嘎恩其和莫歌产生了一种迫切想见对方的愿望。经过一个星期，这种焦渴之情愈发强烈了。那天，匡嘎恩其好不容易找了个借口，约了莫歌出来。仍然是在那片有夜莺叫的树林子，匡嘎恩其见到了莫歌摆放在路边青石块上一枚鱼形指路草标，草标用两根新鲜的狗尾巴草结成，鱼头指向林中。他也结了一枚一模一样的草标，系在旁边一棵松树的枝桠上，好让别人知道这是有人约会的地方，不要打搅。他心急火燎的，向她伸出了手。她也鬼使神差一般，同他握住了。她的手心是冰凉和汗湿的，身体战栗得像一片树叶。他忍不住将她拉近自己，她试图挣了挣，但简直是自欺欺人，她明白自己实际上已经忍受不了折磨了。之后的接吻是那样长久，毫无抗拒、毫不羞耻、如火如荼，似乎不那样就无法平息胸中如此炽烈的焦渴之火。莫歌的天性流露得那样自然，她的本能表现得那样灵巧，她的痴迷和梦一样的神情以及弥漫的菊香让匡嘎恩其快发疯了。

夜莺的一声嘶鸣传来，莫歌从梦中醒来一般。"鸟都要归巢了。"她说，强压住自己的羞涩，轻轻推开了他。

之后，匡嘎恩其再也不能平静，整晚整晚地焦躁不安。他想尽一切法子，又和她幽会两次，有一次还当着表哥的面。作为好朋友，匡嘎恩其并不隐瞒对莫歌的感情,并希望得到她表哥的认同和撮合。

"请帮帮我吧,"他对玉比说,"没有人比她更适合做我命中的女人。"

玉比并不看好他俩的情感,他看了匡嘎恩其一眼,感到六神无主。作为下级,他应当服从,而作为朋友,他感到内疚,他隐瞒了表妹家族的遗传病史。这是一种灾难性的病,有人称为"离梦"。

在莫歌母亲的卧室里,母亲陇嘎那朵生着病。和以前一样,在煤油灯灰蒙蒙的光线下,她的脸色青里泛黄,眼睛带着梦幻般的神情,以毫无生气的音调有条不紊地唱歌,也许真的觉得自己的生命快消耗在音韵的律动里,而只有歌还会继续留存于世。陇嘎那朵在不能把握的命运中接受着前辈的双重遗传,即"离梦"和"歌"。在她很年轻的时候,就是这一带有名的歌师了。当地视"歌"为宝,认为歌就是知识、是文化。因此,歌师是被大家所公认的最有才智的人、最懂道理的人,也是备受尊重的人。当她疾病缠身时,人们认为她的不幸是因为上天的嫉妒,因为她太出类拔萃了。

玉比不仅没有赞同匡嘎恩其的想法,还试图从表妹莫歌身上找到拒绝的突破口。然而,当他走到莫歌家,从窗口瞭了表妹一眼,就知道太迟了。那时候,莫歌正坐在自己的楼阁里,轻轻哼着忧伤的歌——

我夜以继日地想你

我想你比这还多一点点

我无法解释

我内心的一些东西已被瓦解

我夜以继日地想你

我想你比这还多一点点

我不停地想你

不停地想……

　　玉比把这一切告诉了自己的父亲。宽厚开明的巴雄一点都没为难子女，他将莫歌和匡嘎恩其的生辰八字用纸包了一层又一层，亲自交到了陇嘎那朵手里。"你不会认为女儿嫁的是一个仇人吧？"巴雄说。

　　那时候，陇嘎那朵的眼泪流了下来。多年前的那次屠杀之后，她就不再流过眼泪了，也许眼泪已流干了，也许一切纠结都已过去。

　　"请人掐算后，定下婚期吧。"她支吾着说，"请兵备道主持……"

　　这时候，陇嘎那朵才知道，那个一心想让她归化的男人，已经过身了。

10
鱼水之欢

　　婚礼如期举行,匡嘎恩其喜不自禁。新婚之夜,那个看起来娇小而内心柔弱的女人却不停地要鱼水之欢。他们都被欲望冲昏了头,遏制不了的喊叫几乎能穿透整个匡府大宅。

　　与丈夫匡嘎恩其厮守的一个月中,莫歌差不多形影不离,即使丈夫到乡间野外挑选兵勇,她也会坐上战马,在丈夫怀中温柔撒欢,悱恻缠绵。她甚至不放弃任何潮起潮落的机会:在大树浓荫之下,在山涧溪流之间,在嫩草紫花的沟谷壑地,在阳光照耀之中,在阴雨绵绵之时,甚至雷鸣电闪的当儿,他们都会像蛇一样的纠缠做爱。她满脸潮红透出的渴望是那样真切,她丰富的内心使得她那么地深爱他,疯狂地想拥有他。匡嘎恩其开始怜悯起自己的女人,这个娇小的而又略显忧郁的女人此时几乎成了他生活的全部。有那么一刻,他痛恨战乱,厌恶战争,但马上觉得能照耀这个女人的光辉,唯有那些赫赫战功;相赠送的,唯有那些一次次获胜后的金银珠宝、玉器首饰。除此之外,他不知道还有什么别的选择。

　　离别前的最后一个星期,他们是在自家僻静的茶园山庄度过的,匡家的大宅院无法装下夜夜汹涌溢流的情爱,那些畅快淋漓的喊叫与曼妙缱绻需要一个自在的天空和安静的大地。小红钱一走,那十几个红颜女子也作鸟兽散，居住过的木屋周围长满古枫和香樟。莫歌几乎很少合眼，她附在丈夫的耳边说，即使她舍其生命，也要给他生下儿子。

在一个蜂蜜般的早晨，莫歌听到有人弄开了厅堂的大门，那时她正缠绵着吻遍丈夫的每一寸肌肤，每一根发丝。之后像有人拉开包裹，在墙上挂什么东西，脚步声一会响到仓储，一会响到厨房里。莫歌忍不住爬起来，裹了件睡衣走了出去。这时，她看见一个年纪较小却很好看的女子在厨房弄早餐。餐桌上摆放着煮熟的六个鸡蛋和一盘凉拌鸡尔根菜，灶台上还在冒烟，似乎熬着稀饭。

"你是谁？"莫歌问道。

小女人满脸通红站立起来："我是曾住在这里的主人，夫人。"

这时，匡嘎恩其走过来了，在经过一番回忆后认出了她。

"你们不是走了吗？"他说。

"可是，我实在没地方可去，我又回来了，"她说，"我父亲说，即使当狗，也要当城里的狗，多有几根骨头。我想把这里当成自己的家。请你们收留我吧。"

"你叫什么？"匡嘎恩其问。

"我叫黛帕，大人。"

"你会做什么？"莫歌问。

"我会做饭、带伢崽。"

"人人都会。"

"我懂一点翻纸钱算命。我的鼻子很灵,能闻出各种的不同气味,花的气温,菜的气味,有时甚至是人的气味,夫人。"

莫歌笑了笑,觉得她还真有些可爱。

那一桌丰盛的早餐算是黛帕向他们交上的一份答卷。她似乎也没有夸大自己的长处,因为她把味觉把握得真的恰到好处,以致莫歌觉得不留下她可能要成一种遗憾了。

按祖母的计划,莫歌应该生至少十个子女。匡嘎沃金笑母亲老糊涂了,即使匡嘎恩其每年回来一次,也要十年时间。

"根本用不着,因为我们家有生双胞胎的遗传,五年就行。"祖母笑着说。为了生活的方便,她又请了两个年富力强的管家,本来冷清的家,人气一下子旺了起来。

这时候,下河佬已与镇算人相安无事地生活了好几年。在沱江河对岸居住的辰沅高人中,有人开始了造房子的计划。清晨,三五个男人到南华山麓砍伐杉树,剥皮,经过风吹日晒失掉水分后,大摇大摆地抬着回家,在坪地里乒乒砰砰造出许多木梁和榫子。起初大家也没在意,等前去观望时,那些木梁和柱全让榫子给联成穿斗式木构架,有五柱六挂或五柱八挂的,高有一丈八尺还多。看来他们没有再搬走的意思,而且要永久地定居下来了。他们的得寸进尺让镇算人大为光火。匡嘎沃金的一个叔伯族人家长做了部署,让全城人都去反对他们,准备将那些房屋构架拆成七零八落。但等他们操起各种家什,气势汹汹地走到那儿,却又让眼前的事情惊得目瞪口呆。

将房屋的架构一排排竖立起来的过程,称之为排扇。排扇完毕,房屋主体工程可算大功告成,其余的诸如钉橼皮盖瓦、筑墙装板壁或铺楼板之类的,事微言轻。在他们眼前,一个姓蒋的木匠正在指挥排扇。一般说来,使一幢房屋不歪斜的最简单且原始的办法就是用撑子一步步往上移,木崎也一点点的偏正。但这次的屋柱太高而撑子又太短,进行到一半就无法进行下去了。蒋木匠似乎并不着急,他慢腾腾抽完一支烟,然后爬到正厅高高的梁木上钉进一颗铁钉,接着从备用的墨斗盒里抽出墨斗线,一头在钉子上扎好,自己退到地上,放风筝一般地拉住墨线的另一端,只见他脸色严肃,口中念念有词,那细线也慢慢绷直如弦。突然,蒋木匠一声大喊,开始收线。只听得整个屋架轧轧作响,像一头喘息的老牛一样趔趔趄趄着被渐渐地拉正了。此时满场鸦雀无声,蒋木匠已是大汗淋漓,虚若脱体。

　　族人家长走上前,悠走了蒋木匠手中的那根墨线,看了半天依然觉得就是一根普通的墨斗线,却能将房屋拉正,这简直就是一种神奇的创造。"你们看吧,这真是有点不得了,"他反而评论道,"老子眼界大开。"

　　这样一来,前来阻止的人真不知说什么好了,他们的心被一种莫名的敬畏所占据,并为他们身上具有的超凡的能力而由衷地兴奋。于是,他们改变了主意,将谩骂变成了抱拳在胸的祝贺,还当着下河佬的面,要讨一杯新房落成的喜酒。

　　喝喜酒的那一天,莫歌也去了。下河佬请她写了好几副对子,出于感谢,把她安排到贵客上座。她一反常态吃下了一大碗扣肉、两碗猪脚、四只鸡腿、十片酸萝卜,回到家又吐了个地覆天翻。她让黛帕出门叫来一郎中,拿脉后,才知道自己怀孕了。

六个月后,她收到了丈夫匡嘎恩其的一封信。丈夫告诉她,他换了花翎顶戴,旨赏奋勇巴图鲁,恩赐二品封典,加总兵衔。而那位湘军的总督将他的镇篁军列为王牌师,在他们的手上刺上"虎威常胜军"的字。

莫歌握着舍不得放下的信,让耳朵上的红热消退后,才拿去给祖母和匡嘎沃金看。"他不愧是匡嘎家族的种。"祖母喜滋滋道。她又翻来翻去看了半天,惊奇自己的孙子怎么会写出一手强有力的字来,之前他连大字都未必识几个。"军队是锻炼人的地方。"匡嘎沃金对她说。

匡嘎沃金认为当下最主要的事是迎接小生命的到来,尽管还有点为时过早。兵备道离开人世,她已不可能再怀孕了。匡嘎沃金曾为自己命运的不济感到遗憾和难过,但她也知道人强强不过命,她甘愿致力于娘家的繁荣和振兴,对于后继有人的殷殷希望似乎从未间断。毕竟,匡嘎恩其作为朝廷的一将统领,带领家乡子弟常年在外浴血奋战,也是朝不保夕,生死未卜的事。

丈夫不在身边的一段时间里,莫歌即使靠着回忆都觉得自己是一个幸福而满足的女人。何况,征战在外的丈夫勇立军功的捷报频频传来,将她内心充满。但她的身子一天天变得笨重,行动远不如从前，日常生活很受影响。有时去茅厕，半天也蹲不下去，好不容易蹲下去，又因为子宫压迫而便秘，耗时过久脚也麻得如针在扎，头昏脑涨。行动的不便让她总是坐在座椅上，但任何动静都可能牵动她的敏感神经。的确，打从她怀孕后，她变得敏感多了。

一天早晨，她突然听到了一只鸟叫。"归归红，归归红——"

莫歌以前并未留意过这只鸟，它的叫声一如春天花开，秋天落叶一样的顺其自然。但这一次她被吓着了。因为它是那样声音凄厉，痛彻心扉。那是一只什么样心肠的小东西呢？她虚弱地想。民间传说，这种鸟终有一天会因曲终而命竭，因为它逃不过自身声音所营造的哀伤，以及前世所带来的深痛巨创。它的声音总是一断一续，有如挽歌。但从它离开巢窝的那一天起，它就一直在唱挽歌，就像是一种宿命。

匡嘎沃金也听到了鸟声。她怔了许久，这正是她所熟悉的声音。她的女儿和儿子差不多是伴随这只鸟一起消亡的。"归归红——归归红——"它跟儿子的哭声何其相似。她想，儿女一定是顺了它的引领，走上了冥冥之中的不归路。很多时候，匡嘎沃金曾期待这只鸟的出现，捕捉它最后的声音，可是就像夏天已经走了一样，鸟也决绝地离去，唯有这种声音存于脑海。她也曾顺着鸟音，想找到儿子被葬到什么地方。因为按当地的规矩，未满童汗夭亡的孩子是要被当成讨债鬼扔掉的，以免以后回来"跟脚"。当时正是她吩咐一个管家，偷偷为儿子找一个地方埋葬。但管家似乎不想告诉她在哪里。"这是不可以的，"他断然回答，"你最好永远也不要知道。"

鸟的声音偶尔让匡嘎沃金沉沦于过去的伤痛里，莫歌也有了阴郁的情绪，以致带来了呕吐、低烧、厌食等生理反应。倒是祖母菊在显得有点乐不可支，因为不管怎样，匡家的期待有指望了。为了让莫歌怡心养胎，她不断地制造快乐的气氛，甚至还请来了戏班子，演唱匡嘎恩其以前所唱的茶灯曲目。莫歌为戏里滑稽的丑旦样子乐坏了，好几次捂住自己的嘴，以免笑出声来。

"知道吗，那就是以前的匡嘎癞子。"祖母指着台上的一个花旦说。

"什么？"菊在问。

"匡嘎恩其呀，他以前叫匡嘎癞子。"

莫歌"噗"一声，失去自制力地笑了出来。

匡嘎沃金也笑了。

莫歌的妊娠反应一直没有淡去，除了喝水，几乎吃不下任何东西，好不容易吃进去了，又吐得一塌糊涂。那天，玉比的妻子石嘎欢勾来看望她。莫歌便让她给拿脉问孕，虽然她医术平平，但在这方面还是有一点经验。石嘎欢勾在诊听后喜滋滋地告诉莫歌，怀的是个三胞胎。

"简直是太少有了，"石嘎欢勾说，"不过我爷爷说他接生过四胞胎。"

家里人十分客气地给她煮了一碗甜酒鸡蛋，石嘎欢勾理解为他们的热情,但她在离去的时候脸上隐含着一丝什么,因为她知道,莫歌这一次是胎盘前置。"是福非福,全靠这家人的造化了。"她喃喃自语。

莫歌并不知道自己的病,很多时候,她都想象着孩子生下来会是什么样子,她希望更多一点像丈夫匡嘎恩其。等过了七个月,孩子在她肚子里已能伸胳膊踢腿,小脑袋顶撞宫壁,捣蛋调皮的劲儿很是叫人欢欣幸福。有时候,她甚至感觉到了孩子们在牙牙学语。她开始每天与他们对话,教童谣诗赋,教他们呼唤爸爸。有一天,她还教他们唱了一首歌:

> 我夜以继日地想你
>
> 我想你比这还多一点点
>
> 我无法解释
>
> 我内心的一些东西已被瓦解
>
> 我夜以继日地想你
>
> 我想你比这还多一点点
>
> 我不停地想你
>
> 不停地想……

她的歌声令安静的匡府更加安静,但腹中的胎儿却以旺盛的精力开始胡闹。为安全起见，莫歌开始静养，大部分时间躺在床上。有一天，当下河佬拉来了红色石头，自告奋勇表示愿意为匡府门前铺平道路、梳理水沟时，也遭到了拒绝。"现在，我们家是不宁动土的，"菊在带着有点骄傲和自豪的神情说，"那会动了胎气。"

那些下河佬为了表示对镇筸城人的感激，他们将全城房屋的布局重新做了一些调整，使之看起来鳞次栉比、错落有致，并打通道路，让每座房屋都能通向河边，以便取水的便利。挨着沱江河边的那些人家在建造出小巧别致的岩脚木屋的时候，又利用地势的便利，撑出一排排干阑式吊脚楼，倒映水中，制造出整齐划一的一道风景。他们中的岩匠们，挖山掘地，破出一块块长条形的红岩板，整齐而有序地铺陈到打通的道路上，即使雨天也会光照如镜。镇筸城的人很喜欢自己门前的平展的红岩扳，想象着天冷的时候，可以搬着凳子坐到门口晒太阳，等到了夏季，那些瓦檐荫出的凉地，又可成大家不尽依恋的神仙所在。一段时间，镇筸城的居民在某些事情上对他们简直有了一定程度的依赖。他们不仅为自己在沱江边修了一座气势恢宏的万寿宫，请进了各种财神设了神位，还捐资建了一座高达二十米的三层重檐的遐昌阁。遐昌阁呈六方平面，挂着十八个妙趣横生的风铃，左看右看都像一座金塔。他们后来还把那些多出来的红岩板拉回自己所建的房屋门前，砌了九级台阶。

"等着瞧吧，这些台阶可不是为垫屁股砌的，以后会派上大用场。"下河佬说。

11
败仗

　　战场上没有永远的常胜将军。南京府被占领后,南宁各地也相继沦陷,天王洪秀全派出了林凤祥、李开芳、孙贵兴等将领,一路打过淮河、徐州,打到安徽、江苏、河南等省,起义的声势浩浩荡荡,气贯长虹。从家里回去后,匡嘎恩其屯兵江南,不断攻克镇江、扬州,进攻瓜州、江阴,又在太仓、昆山与敌人作战。不过,他们一会占领一个城池,一会又迫于反攻的压力而放弃,反反复复。匡嘎恩其和他带去的镇篁士兵们同吃同睡,在一个战壕里摸爬滚打。他曾两次遇险,四次负伤,在玉比的照顾下康复。在那些战役中,玉比从死亡之神的手中抢救过许多士兵,但他此时的身份只是另一个军官的勤务兵。匡嘎恩其耐心地对他说了一整天,想让他做自己的随军药师,但玉比说如果这样,他也不必要从家里逃出来当兵了。无奈,匡嘎恩其也只有尊重他的选择,让他回到那位军官身边。

　　在一个雾露浓重的早晨,敌人的围困如八卦阵图一样密布下来之后,浓雾慢慢消散。草地上和被荒弃的菜园篱笆边露出了褐色泥土,四周是前一次激战后滞留下来的垃圾:烧焦的树枝、脱落的蓟草、钢炮、弹片、死难士兵的衣物。这一切看起来是那么的沉重和了无生趣。

有人在吹木叶。

"吹个卵,吹,吹!"一个士兵骂道,大概气恼他死到临头了还在寻欢作乐。

吹木叶的人并不去理会。他吹的是家乡的曲子,曲意暧昧而柔情万种。对许多人来说,只要听上一遍,就足以使之不再想战争的事了。

"吹你妈了个屁!"被忽视的士兵仍想挑起一点事端。他其实是想借此来安定自己战前急躁的情绪。

"老子给你吹丧葬曲!"吹木叶的士兵终于被激怒了,狠狠回击道。这也是他们习以为常的对话方式。

这时,"轰"的一声,敌人的炮火炸响了。

炮弹落在地上,那些泥土顷刻间四散飞升,匡嘎恩其怎么看都像一朵朵盛开的菊花。他微闭了一下眼睛,然后大声喊道:"荷枪出击!"

于是,他们冲出了战壕。有一个士兵还忍着火烧手指头的疼痛,贪婪地把最后一口烟吸尽。他们在尘土飞扬中滚木擂石,在虎啸狼嚎般的喊叫中冲锋陷阵,体验着死亡的毁灭和浴火重生般的痛快淋漓……

在镇箪,莫歌被一种炮弹的轰鸣声和有如警报一样的呜呜声惊醒。虽然发觉一切其实都是在梦中,但她仍然心有余悸,这种对于梦魇的后怕是她多年来的积习。这自然是出于对丈夫匡嘎恩其的担心,这种担心即使在丈夫没有仗打的时候也折磨着她,使她不得安睡。

这一天早晨,雾浓得有些化不开,莫歌迷迷糊糊之中,感觉窗前划过一袭鸟的黑影。她感到了一丝惊恐。没有叫声,她暗想又不过是梦。过一会,她又听到了那只不期而至的鸟声声啼叫。

"归归红……归归红……归归红"那只鸟一晃而过,几乎挨到她的窗口,而后渐离渐远。凄厉的声音一时间让她觉得有如晚秋黯淡地闪着蓝光的寂寞黄昏。莫歌有些手足无措。

她翻动了一下身子,想起来喝口水。这时,听见丫鬟黛帕在外面喊:"夫人。"

"有什么事吗?"莫歌问。

"有一个自称介银的女人,说想看看您,顺便打听一下她男人的消息。"黛帕说。

"她男人叫什么?快请她进来,我起来了。"莫歌穿衣时,她轻轻抚摸了一下隆起的大肚子。

"她说他叫乃贵,夫人。"

名叫介银的女人看起来非常年轻,两条长辫沾满雾气露水,脚上穿一双布鞋,点缀般绣了丁点小花,鞋底粘了些草屑和泥,好像一大早走了不短的路。似乎有些过于拘谨,她手提竹篮,穿过那厚重大门进到典雅气派的客厅,一路都显得异常紧张。

莫歌记得,乃贵那时跟着匡嘎恩其走的时候,还是新婚不久。分离的那一刻,介银远远地站着,在嘤嘤地哭。

莫歌出来,素面简装,腆着个大肚子。介银脸上很快写满自责惭愧,她弓身一鞠:"夫人。"

"坐吧,快请坐,走了很远吧,起早真是辛苦了。"莫歌很客气地说。

"我家住地不远,夫人。"介银仍很谦卑,"就七八里地吧,在黄狗冲乡下。这次我赶早来也想顺便卖掉几副锉花。"

"呵,是吗?可以让我看看吗?"莫歌微笑着看介银。

"只是锉得不好,乡下人没有见识,会让你见笑。"

"怎么会呢,先前我想给孩子们绣一副巴裙,这是背孩子不可少的,却苦于找不到合适的好的纸样,我看看你这里有没有。"

"喔,你自己选吧,夫人,如果没有合适的,我家里还有一些,有专门配巴裙刺绣用的。"介银将装着锉花的竹篮递到莫歌面前,声音放低了点。

"快生了吧,肚子看起来那么大。"介银羡慕地看了莫歌一眼,又说。

"是啊,郎中说我是多胎。"

篮子里的锉花锉功精湛,图案丰富,令莫歌非常惊叹。题材除了传统意义上的龙凤呈祥、花开富贵、凤穿牡丹,也有取材自然界的的花虫鱼鸟、神话中的龙凤麒麟以及表现男女爱情的鸾凤交颈、双凤朝阳等。莫歌选了一副最有意思而充满情趣的老鼠嫁女图案样式。

这当儿，丫鬟黛帕端来了一些剥好皮的红瓣柚子，一些猪屎柑子，还有一些姜糖、松子花和兰花根糖，都是莫歌怀孕时的解馋物。

"来，你吃一点。"莫歌劝道。

"多谢了，夫人，你自己吃。"介银说，"我只是想来打听一下，都半年多了，有没有我男人的消息。"说完脸就有些红起来。

"你听到什么消息了吗？"莫歌问。

"没有，夫人。"介银老实地回答，"前些日子，我婆婆梦见自己满口的牙掉下只剩三颗。婆婆身体硬朗，牙也好，这种梦让全家都不快活。昨晚我又偏偏梦见自己脱牙，先是门牙，后是矬牙，我真是急，不知如何是好。"

浓雾渐渐散去，太阳从东岭喷薄而出，如一个火球挂在八角楼尖顶，穿透匡府深重院墙，洒进了客厅，照在了介银的脸上。亮光之下，介银显得柔弱和无助。这使莫歌感觉到心疼。

"你实在是多虑了，梦能代表什么呢，不去理睬就是了。"莫歌安慰她，依然带着笑容。

"一般地说，这种梦不是好梦，为不祥之兆。梦见门牙落，预见的是有外殇，无关紧要，而矬牙的无故脱落，则是家殇难测了。"介银无不担忧地说。

"你是多虑了。前天，有伤兵从那边回来，带信说匡嘎恩其他们在江苏，好像是镇江吧，具体我也说不准。"莫歌又说，"乃贵还特意托人带来一枚白玉四喜扳指，是军营对他作战勇敢的奖品，他戴过一阵子,怕不小心丢失,送回家来,交给你保管。"

"是吗?"介银将信将疑。

"有东西在,我还会骗你吗?我因为一时不方便,才没有马上给你送去,"莫歌说着,吩咐佣人,"快去拿来,摆在床头柜的抽屉。"

"是,夫人。"黛帕转身进到房里去,出来时将手里捧着的东西转送给莫歌,莫歌又慎重地摆放到了介银的手心里。

这真是一件不凡的物品,纯洁无瑕,晶莹剔透,且又是那样古朴而高贵。介银有点受宠若惊,而眼前的真实更使她感动不已。记得乃贵曾对她许诺,以后要立功受奖,奖品只要一对内含血丝的纯色玉镯。这枚四喜扳指,外形没有玉镯大,但价值并不在玉镯之下。她仿佛还能感觉到那上面残留着自家男人的气息。

"乃贵,他没有说什么吗?"介银又问。

"没有,可能不方便吧,我想他还会写信的。"

"谢谢您,夫人,您操心了,我不再打搅,请多保重。"介银又深深鞠了一躬,转身走了。

"往后,要有新的锉花,还拿这儿来。"莫歌对着她的背影说道。

"好的,我会记得的。"介银说。介银离开时舒展眉头的喜悦神情,莫歌觉得欣慰而安心。那枚玉扳指,是丈夫匡嘎恩其留给自己的纪念物,丈夫说,那还是宫廷里的家什。

就在介银走后不久,巴雄也来打听他儿子玉比的消息。巴雄尽管有过一时的政绩和功劳,但兵备道付籁死后,再没有受到一定的重用和提升，在新一轮的选举结束后他不再担任苗守备了，又回过头来跟父亲学苗药。他习汉文，穿着上却是本土的：头上包一卷大大的青帕，那样子好像一年四季都包着，卸不下来；身穿对襟衣，袖长而衣短，裤则更短，又大得过分，走动起来就像晃动两只水桶。但他以青帕缠腰，以青布裹脚绑腿的装束看起来又显协调而整洁。巴雄说着流利的汉话，从他语气中，对儿子的埋怨还没有完全消失。

"他阿妈舍不得，念他，眼睛都哭坏了。"巴雄说。

莫歌当然相信表哥。他的声音破碎沙哑，艰难的表达里让人找不出半句谎言半分虚伪。

"我想找到他，听说他没有跟匿嘎恩其在一起，我很担心。"巴雄继续说。

"请您放心吧，吉人自有天相，玉比不会有事的。"莫歌说。

这次莫歌所赠送的，是一柄玉把小刀，还有一个火镰。

巴雄前脚刚走，就有一乡下老者来打听她的孙子杨嘎岩宝的消息。杨嘎岩宝七岁就卷草烟抽、喝酒，十岁习赌，好江湖义气打架斗殴。那天与人玩"板三"，即以三枚小铜钱抛落，猜正反数目决定胜负，他一反手就输掉了家中一头水牛。看别人牵牛而去，他还不以为然，头昂得天高地远。老人一梭竿打来，他才魂飞魄散，一溜烟跑了。事后得人口信，可已是麻雀飞过了洞庭。

"他爸妈都一直怪我不该拿梭竿子飙他，害他无路可逃。听说军队也锻炼人，但愿他以后学乖。"老人说。

"跟着坏人成强盗,跟着好人捡好教,请相信匡嘎恩其！"莫歌说。

接下来的一整天里,来打听前线消息的人络绎不绝,有裁缝铺的年迈母亲,有铁匠铺的师傅至亲,染坊里的染匠,冥器店的老板,豆腐店的寡妇,也有乡下的弟弟哥婶,他们都好像有着什么样的感应。这令莫歌也感到惶然和不安。但她仍然冷静,赔着笑脸的同时也几乎赔尽了自己的收藏细软:簪子、耳坠、镯子、项链、瓷器铜皿。

到了傍晚,莫歌的心几乎崩溃下来。谎言多了就变成真,她差不多跌倒在自己编织的现实里。

"请多注意身体,这些事让我们来应付操心,夫人。"丫鬟黛帕实在于心不忍,劝道。黛帕聪慧伶俐,却又有一种难得的成熟心态,好像什么都懂。她事无巨细,对匡府里里外外的事情都是尽心尽力。莫歌也越来越相信她。

"明天,麻烦你到中营衙门走一趟吧,看看有没有他们最近的消息,越准确越好。"莫歌吩咐黛帕。

"是,夫人,我一早就去。"黛帕说。

第二天,黛帕从中营衙门那里什么也没打听到。匡府离衙门不远,日子久了那些家丁不熟也成了熟人,平时也互相招呼,有些来往。时间尚早,黛帕进去时那些兵丁刚练完早操,围着一大池子漱洗。有几个兵聚拢一起为着什么事交头接耳,见了黛帕又突然打住,笑凝在脸上,有着不自然的僵硬。黛帕装做无事的样子,心里却纳闷。她直接找到衙门的管事,但那个浑身堆着肥肉的管事哼哼唧唧,问东言西,这越发让人觉得他们有意在封锁什么消息。

这样的情形,黛帕也不敢告诉莫歌。偷偷地,她跟随一妇人去找算匠算了一命。那算匠叫藤老叫,据说才十几岁,因羊角疯死去一个星期后复活,为神仙所附,能看穿前缘后世。黛帕回来时只说衙门里风平浪静,应该不会有什么事情。

"放心吧,夫人,吉人自有天相,我托人给大人算过命,大人是阎王都怕的人。"黛帕说。

"你又找人算命了,是那个白瞎子对你说的吧?"莫歌问。

"不是的,夫人。"黛帕说,"所有的算匠与藤老叫相比,只能算黄牛身上的虱子。"

莫歌淡淡一笑,说:"有空,还是多去打听打听吧!"

晚上,莫歌翻来覆去睡不着觉,等到夜深她披衣下床,给丈夫写了一封信:

我想念的夫君,你好!祖母和家人也在此真诚地向你问候,并祝你健康平安。从离开家至今都没有收到你的信,官方也没有任何消息。白天,有很多士兵的家属来到家里打听部队的开拔情况和亲人的安危,这也让我们不由得担忧,甚至有些担惊受怕。如果你有一点点时间,请给我们写信报个平安吧!

我们生活得很好。祖母身体硬朗,能吃能睡,这你是不必担心的。另外我还要告诉你一件好消息，我怀孕了，已请石嘎欢勾看过，她说是个三胞胎，但还看不出男女。我希望这其中会有一朵花，你一定也会这么想。感谢菩萨，我会好好养息。如果顺利，孩子们将在九月底降生，那时候，我再写信告诉你。但请务必给他们取好名字。

请你一定好好保重，别忘了我们都在等待你回来！

你的妻子莫歌于深夜

第二天一早，莫歌就将信寄了出去。她并不知道信何时会到达丈夫的手中，但那种盼望丈夫回信的念头一天比一天增长，她那样急切地、痛苦地盼望丈夫的消息。

12
血崩

还是有不少人聚集到匡府大宅来。起初，人们真的是把那儿当成打探前线消息的窗口,后来不过是一种习惯了。匡府大宅在东正街一处较为安静的地方。东正街狭长而小,通往南门垵的中营街和通往北门沱江河的文星街在这里交汇,地势也就变得宽阔起来。房子很大,建筑结构严谨,是古典式四合院的建筑模式,平面布局对称,总体为长方形,四周有七八米高的封火院墙围护。院墙离地一米处,皆封砌一指二钻红砂条石腰子岩,整齐有序,彰显着一种考究与雅致。特别是内凹成八字形的用整块红砂条石砌筑的雕有蝙蝠形雀替的大门,更显出殷实人家的恢宏威武的气派。

有一天,他们听到了匡府大宅里传出女主人莫歌声嘶力竭的尖叫声。那种声音听起来既不像生病,也不似痛苦,是用力过度又强忍的表示,于是有人猜测女主人就要生产了。

清晨天麻麻亮,莫歌就感到腹部开始了一阵一阵的疼痛,周而复始的痛觉有如刀刮腹肠。尽管她忍耐着,不想让家人担忧,但怎么也无法掩饰自己隐约感到的不安。此时,离她临盆的日子还有两个多月。

她不停抚摸着自己浑圆状的腹肚,希望这次的阵痛会很快过去,就像夏日的一阵风,带过耳边的只是一丝凉爽。有时她极力地让自己平静下来,闭上眼睛,大口呼吸,之后又慢慢睁开眼睛。疼痛在她强烈的意志之下减缓了许多。她紧张的心也随着松弛下来,但过一会却又忍不住用手抚摸一下自己的腹部,感觉孩子乖乖的还在。"宝宝,有妈妈在,什么都不用怕,晓得吗?"她说。

孩子很安静，没有回应。

这种安静又反而令她不安起来，她用手指用力地按了下腹中的某个部位，有些生气地喊："宝宝！"

过了一会，小家伙们慢腾腾地伸出一条腿，之后像要表现自己的存在，他们手和脑袋并用，极力地将母腹弄成一个个小山丘。这令莫歌感动。但不久她又感觉到了胎儿的剧烈动弹，小家伙们跳高一样腾跃而起，撞击宫壁，尔后落下，又用力地呼地而起。这种反常的情况，莫歌还未意识到是一种怎样的信息。她嘴唇发紫，脸色发白。

"怎么了，夫人，你怎么了？"侍立于一旁的黛帕想搀扶住她。

"没什么，让我躺着，躺……"莫歌很虚弱地说。

越发加剧的疼痛让她不能自己，过了一会儿，她又喊了起来。四周一片昏天暗地，隐隐听见佣人的呼唤、管家的斥责。祖母也跌跌撞撞走了过来。

"怎么了，我的儿，有哪儿不舒服？"祖母菊在的声音有点急。

"要不要叫郎中来？"匡嘎沃金担忧地问。

莫歌慢慢睁开眼睛，关着的窗户让她感觉胸口憋闷发慌。

"把窗户打开吧！"她吩咐黛帕。

"好吧，夫人。"

"扶我坐起来。"

"你最好躺着，夫人。"

从床上看，小小的窗口中镶嵌着一方令人心悸的天空。远处的树,苍茫悠远。再往远处,是起伏连绵状如龙身的山。小小的镇篁城正是为这些山峰所包围,构成山与山的距离,外面世界被阻隔。这种时候,她仍然很想念自己的丈夫。"恩其。"她默念着丈夫的名字,希望疼痛为此分成两半。下腹有什么东西往下沉坠,是一种胀坠欲落的感觉。

"你没事吧,我的儿。"祖母又关切地问。

莫歌看了看身边的祖母,她像一个已经糊涂的人,浮肿的眼睛噙满了泪。"没有什么,阿婆,"她说,又吩咐佣人,"带老夫人回房去休息吧,好好照顾老夫人。"

老人一走,几个佣人也簇拥而去。

半夜,在她胡思乱想中,有一股热的液体紧从下身喷涌而出,濡湿全身,莫歌内心大声喊道:"天啊,我担忧的事终于要来了,我的孩子,是妈妈的肚子不够温暖吗,还是不够舒服?"

血流不止,莫歌竭尽一身气力,想止住汩汩而出的血河。匡府上下一时慌了手脚,连匡嘎沃金都没有了主意,乱作一团。阵痛有如波起浪涌,莫歌煎熬不住,她撕心裂肺的叫喊让匡府充满着乌云密布的恐怖。

黛帕急匆匆从屋里走了出去,回来的时候带来了一个自称有着一定安胎经验的草药师。草药师平平常常,不带医具,走路的样子一声不响,进来就直奔莫歌房间拿脉问事了。

草药师认为莫歌主要是心理或精神上抵御不住过量的负荷,导致气血经络的运动不正常,产生疼痛难受的现象,从而引发大量流血。治疗的第一步就是要采取种种手段使气血经络疏通,恢复正常,使疼痛消失,达到止血安胎的目的。

接着,他从胸口的衣服里面掏出一副药剂,并叫人用开水冲了,让莫歌服下。

莫歌服下那副安胎药不久,又有一老一少的两个人来到了匡府的院落旁。小的先进来说他们一根药也不需要,只要一碗净水,使用画水,他所画的水有"华佗水"、"担血水"、"鸬鹚水"等,他只要默念一种诸如肚痛画水咒、解胎水咒或小儿绚胎咒之类的咒语,便能止血安胎,安神驱邪。

"你是从河那边过来的吧。"黛帕问。

"是。"小的老实地回答。

"你是陈法阳的徒弟?"匡嘎沃金睁大了眼睛。

"不,陈法阳是我父亲的师父。我的师父是我的父亲,叫白瞎子,我叫白神兵。"

白瞎子一进来,有一只鸟开始在莫歌窗前声声凄厉啼叫,似乎为他所带,翅膀如夜,看不清哪是翅膀,哪是夜色。

"归归红——归归红——"声音如失娘的婴儿在哭,悲伤而凄切。

"归归红呀。"白瞎子闭上眼睛,一声叹息,突然像遭了霜雪,冷飕飕又走了出去。但他的脚刚踏过大门,落在巷子的青石板上,匡嘎沃金就追上了他。

"匡家既没有安针，也没有插刺，自来又自去的师父，请问是什么碍着了您的眼，阻挡了您的脚，如果你是菩萨的使者，那么请给指一条路。"她显得手足无措，一脸的疑惑担忧。

"令人尊敬的主家，我听见鸟的话，有什么不好的事要发生了。"白瞎子眨着眼，无奈地摇头。

"鸟长鸟的翅膀，只有天空才听得懂它的话。"匡嘎沃金回答。

"难道你没听人说过吗，鸟的声音最真切。"

匡嘎沃金将了将身上的尘土，上前一步，说："师父，你知道什么了吗？"

白瞎子说："你屋里有找替身的冤死鬼登门了，穿着红色的裙子，可恨她已光临你们家几次，这一次弄不好会要了主人的命。"

"怎么会呢，师父，我们家没有鬼。"匡嘎沃金说。

"如果我说错了，你把我的舌头割去吧！她在照镜子时把自己照死了。"

匡嘎沃金微微一怔："您说得不对，师父。"

"她不知道那镜的框边是致死树，一遇强光便毒气漫溢，中毒而死。"白瞎子又说。

匡嘎沃金目瞪口呆。

"请当机立断吧！"白瞎子说。

"什么叫当机立断？"

"当断不断,后患无边。"

"我不明白您的意思,师父。"匡嘎沃金说。

白瞎子在巷子里站住,喘出一口重气,说:"请给我十块金砖。"

匡嘎沃金立即明白了他的意思。"没有,一块也没有。"她回答说。

"三千两白银也行,"白瞎子仍然没有嘴软,"婴儿就要降生了!"

"那请师父回到屋里来吧。"祖母在屋子里传出话来。

白瞎子进去了,他先是让主人找面镜子。一个老佣人很快从银质抽屉里翻出了一面青铜镜:"这个行吗?"

"当然。"白瞎子把镜子安到了门枋上。

莫歌的胎血没有止住,尽管草药师想尽了一切办法,使出所有看家本领。大量的失血让莫歌的脸色越来越苍白,嘴唇也渐渐变白了,因为痛苦地挣扎,她的一头长发凌乱而透湿地铺展,她显得那样气息奄奄。黛帕一进到房里,就在她的床前跪下了。

"我们真是没有照顾好您啊,夫人。"她说,有些声泪俱下。

莫歌慵倦地抬了抬眼皮,嘴唇嚅动着想说一些宽慰的话。但她又很意外地说出另一些话来。她说:"滚开,该死的东西,滚开!"

黛帕起身,不知如何是好。这时,白瞎子手中拿着一把很钝的刀,那刀的刀柄如烟杆,刻有南北星文字和刀币纹,柄前连着铁圈,铁圈上套有十三枚小铁环。白瞎子说那是司刀。司刀的用途只在于它的法力,不在于它的锋利。在堂屋的一张八仙桌上,摆放着一碗清水,白瞎子口中念念有词,忽然猛吸一口,怒目圆睁,"卟"一声朝一个方向喷去。

"滚一边去,孽障!"白瞎子吼道。

几乎在同一时刻,一个婴儿从莫歌的身体里滚落出来,接着又有两个孩子呱呱坠地。

莫歌真实地感觉到了儿子的降临。儿子脱离身体,她有种说不出的轻。从时间上,第一个婴儿出生的时辰是子时,另外两个孩子相继在丑时和寅时。在最后一个孩子降生之后,她觉得他们带走了她所有的负重和疼。"哇……哇……"她听见儿子们哭泣的声音,怎么听都怎么像在呼唤"妈妈……妈妈……"她的眼睛流出泪来。我的宝贝,我的崽崽,我的儿……她不断在心底呼唤,续接着那扯不断的母子连心。因为她意识混迷,并没有看到儿子们的模样,但在她的嗅觉里,她闻到了儿子们生下来所带的仿佛带着颜色和特质的身体气味。首先是子时出生的老大的气味。在他的身上,有一种一般人感受不到的朱砂的气味,那是一种带有粉红颜色的沙质味道,粗粝而固执;其次是丑时出生的老二的味道,他身上有一种灰色尘土的气味,倔强而霸气,是一种流质味道;最后是寅时出生的老三的气味,他所散发的是跟自己身上一样的菊花的清香,是一种粉质味道……这些弥漫而来的气味令她沉入深深的迷醉之中。

不久,她就感觉头晕得不行,冥冥中好似大地开始摇晃,古树连根拔起,沱江河洪荒漫地,房屋倒塌,田野倾斜。她感到活着的人死了,死了的人活了过来。她在一种奇怪的情形中昏迷过去。

婴儿被三个佣人抱着。刚七个月的早产儿,看起来有些小,但眉目清纯,饱满光洁,如三个早熟的瓜。而在他们的脸上和眉宇之间,全都带着一种冷峻霸气,一种顽强坚毅和飘逸的匡嘎恩其的特征。

匡嘎沃金让下人抱去洗澡,用最柔软的布片包裹,准备最好的糖水和食物。婴儿一齐睁开了双目,小嘴似乎在吮吸,纤细的手指不停地划过抱他们的佣人的肌肤。

"实在是上天有眼,菩萨显灵了。"她长长呼出一口气来。

但白瞎子却不以为然。"福兮祸之所依啊,祸兮福所之伏啊。"他一副杞人忧天的样子。

匡嘎沃金给他捧出了一坨白花花的银子。

"等满月后,给挑过来罢!"白瞎子说,看都不看一眼,牵着他的儿子走了。

第二天清晨,一位化缘的和尚老者从这里路过,他的木鱼声让匡家祖母有心留住他。他在看过老大的面相之后,感慨地说:"此命打不死,杀不死,骂不死,穷不死,饿不死,饱不死,累不死,苦不死,气不死。此不死者九,怪哉!"

匡家祖母又吩咐下人抱出了老二和老三。两人长得那样相像,包在相同的襁褓,就像一个模子印出来的。和尚看了许久也无法归类。"阿弥陀佛!"他出门的时候念道,连给他准备的一些佛捐都没接受。

莫歌昏迷一星期之后才苏醒过来,周遭仍然是那三种不同的气味。她说不上是一种什么样的感觉，只觉那种气味清晰地弥漫，有如不同的色彩。

她醒来的第一件事便是让佣人到铁匠铺打了一副又粗糙又结实的铁栓，将房门给牢牢地拴死。她每天所做的便是缝制一件又一件的婴儿衣服，在上面刺绣欲飞欲走的鸟兽。另一件很重要的事便是呓语和唱歌，那些呓语听起来像她哼唱忧伤的曲子，而她的歌又像是在呓语。她沉迷其中，乐此不疲。到后来她似乎把什么都忘记了。

祖母以为她中了邪，或有什么事想不开。她每天坐在孙媳妇的房门口，说着同样的话语，列举出许多有目共睹的事例来暗示家里有儿孙之后必然出现的美好前景。但这反而令莫歌更加烦心，并增加着她的恐惧。老太太对此束手无策。

有一天，巴雄来到匡府。他本来是来报丧的，因为莫歌的母亲陇嘎那朵死了。

莫歌的样子让巴雄有如掉进了腊月的冰窖。他什么也没有说，闷闷地摸着莫歌的头。他告诉老太太，莫歌患的是一种忧郁症。这种病在她的母亲和外祖母那儿都曾患过，虽然不是什么要命的病，也有神志很清醒的时候，但要完全好起来全凭自己的意志。"她是个聪明而好强的人，她的病肯定会好起来的。"巴雄最后说。

给孩子取名字的事应该在吃满月酒那天，由外公执行。鉴于情况特殊，匡家办了一次算不上很热闹的酒席，吃过喜酒后，匡嘎沃金做了主张，分别将老大、老二、老三取名匡嘎一琼、匡嘎云飞、匡嘎惹巴。

那天，匡府给白瞎子送去了三千两银子，这是事先的约定。"请挑到仓库里去吧，"他对来人说。

13
家乡曲

破解八卦图一样的围困，对于匡嘎恩其来说，是一种生命的威胁。这一战打到昏天暗地也没有结束，且越来越艰苦，越来越惨烈。一千多名箅军兄弟为此阵亡。

在援军还没有来到之前，为保存实力，匡嘎恩其只得放弃外围防线，将部队撤回镇江城内，关上城门。

夏日的白天时间变长，晚饭过后，天还让太阳红彤彤地映着，黑暗拖着脚步。按照惯例，匡嘎恩其会在此时登上城楼，查看城门是否关紧，士兵是否坚守岗哨，枪炮及弹药的准备情况等。

在一处哨卡，匡嘎恩其遇到了正在值勤的乃贵，除了头发长了些，乃贵似乎也没多少改变，还是一副满不在乎的单纯的样子。有人曾汇报说他在攻克镇江的一次战斗中一人对付了六个敌人，杀死了五个。"我感觉自己在薅苞谷草,不小心薅到了苞谷秧,很过瘾。"他对别人谈感受时说。

见到匡嘎恩其,他又是咧嘴一笑。

匡嘎恩其为此感动。他从家乡带来的这些兄弟,从没有在战场上给他丢脸,在精神上也从未给过他压力,他们任劳任怨,豁达乐观,虽然私下里都是爱斗殴打架的能手,但一遇敌人,便立刻收敛,联合起来一致对外,拿刀使枪,不打败对方,决不罢休。

匡嘎恩其在乃贵的肩上重重地拍了一下:"想要什么? 嗯,等打完仗了,一定重赏,我们一起回家。"

"不用了,大人,我已经得到了我想要的东西。"乃贵笑嘻嘻地说,手一直在胸前掏。他掏出一个用干净的手绢包裹着的物件来。打开,是一对玉镯。玉镯成色很美,精雕细琢,品质上乘,非一般人家所有。那还是攻克镇江时从一个被称作什么王的太平军首领的衣橱里得来的,很多人抢夺了大量金条,他只拿了这一对手镯。乃贵将手镯递到了匡嘎恩其的手里。

匡嘎恩其接过乃贵手中的镯子反复看。"你还会得到玉狮子、玉白兔的。"

"谢谢大人,我已经知足了。"乃贵说,又咧开嘴笑了,"我想……有机会请帮忙寄回家去……"

这时,有一个兵勇来报,说离城约两里地的地方冒起烟尘,来者从穿戴上看,头裹黄色头巾,腰上系有大红带,挥舞着大刀,好像是毛贼的人马。

"好啊，我们正坐等无聊呢，巴不得有事可消遣。敞开城门，看我们不杀他个人仰马翻！"

"但毛贼一时半会还不会冲来，估计要等到半夜之后。"兵勇说。

"我去看看。"匡嘎恩其又将玉镯还回到乃贵手中，"你暂时收着。"

乃贵看着匡嘎恩其离去的背影，心中有点失落。他把玉镯藏进了怀里。"总会有机会带回去的。"他想着，又笑了。

匡嘎恩其登向城楼的最高处，向远处张望。几面犬牙三角旗依稀可见，却东倒西歪地支在一旁，人马像是困乏了，正在就地休息。匡嘎恩其真想一呼而出，杀他个措手不及，但考虑自己的主要任务是坚守城池，无论如何不能意气用事。他命令所有守城的兵士，落床睡觉五小时，起来后披甲戴盔，慷慨迎敌。

敌人果然在五小时之后发动了攻击。朦胧夜色之下，但见城门紧闭，城墙上亦不见一兵一旗。他们试图用大炮轰开城门，但还未摆准位置，城门洞开，几位绿营将领率领一彪人马杀了出来，挥刀便砍。许多毛贼还未回过神来便成了地狱亡魂。

城楼上，匡嘎恩其头戴战盔，身穿布满铜钉的战袍，身佩腰刀，亲自指挥督战。见自己的手下个个气势高昂，越战越勇，而敌军难以招架，且战且退，一副狼哭鬼嚎的样子，他不觉哈哈大笑。"这帮逆贼，不在家好好抱婆娘养儿子，终善耆老，却来造反作乱，白白送死。"

　　说话间,刀戈相击之声刺耳,吼声厮杀声不绝。许多回合之后,有人追赶,有人倒地,有人大骂,有人求饶。尸横遍野,血流成河。夜已深沉,没有星星的影子,人也变得模糊不清。匡嘎恩其发现敌人不是越死越少,而是越死越多,这边密密麻麻倒下去一大片,那边又如雨后的春笋疯长。他想,敌人是有备而来。

　　匡嘎恩其听到了自己兄弟的惨叫,那些来自镇箪城的士兵从马上坠落,即将身亡的那一刻还在满口粗话。

　　"算老子条卵!"

　　"狗日!"

　　匡嘎恩其感到了事情的不妙,那些渐渐微弱的声音令他心如刀割。他咬牙切齿,提刀走下城楼,跨上战马,大吼一声冲了出去。黑暗之中,他一边布阵,一边示意大家以家乡话来通报情况,分辨口音,以免伤了自己人。

　　匡嘎恩其挥刀冲向敌群,怒发冲冠,对着那一颗颗扎着头巾的脑袋横扫。杀人不过头点地,那种快,那种迅猛,一时间令敌人目瞪口呆,乱了阵脚。他们只有招架之势,无还手之力。也不知战了多久,匡嘎恩其浑身溅满了敌人的鲜血,脸上脖子上也湿乎乎的,不知是血还是汗,他只是觉得口渴,渴得要命。他想喝口水后再战,这时,听见了轰轰的炮声。

　　大炮是从敌人那方发射而来的。十几门大炮一齐发射,炮弹如雨点飞来,照亮了夜的天空。匡嘎恩其看见他的队伍随着纷飞的炮火一片片倒下。但他们依然顽强勇敢,满脸黑灰地在烽烟弥漫中喊叫着拼杀。他下令收兵。这当儿,敌军的一颗炮弹落到了杨嘎岩宝身边,崩起一阵乱石。混杂的所味让他一个喷嚏很久也没打出来,有一石块飞进了他的嘴里,卡在了咽喉的紧要处。

大家一齐围了过来,一士兵拥着他,退回营。匡嘎恩其命手下把血肉模糊的杨嘎岩宝抬到自己的房间里。杨嘎岩宝满脸污垢,轱辘辘转动着一双不安的眼睛。一个士兵弄来一盆热水,匡嘎恩其亲自替他擦洗。当那张干净的稚嫩面孔显露出来,匡嘎恩其的心一下揪紧。

他用手抚摸着杨嘎岩宝的脸,看着他大颗大颗的泪珠滚落下来。过后他仍支支吾吾,似乎有什么要交代的事情。匡嘎恩其听了半天也没听清,找来乃贵。乃贵张着耳朵倾听一阵后得到了答案。

"他想为自己央求一副匣子棺材。"

"没有,"匡嘎恩其说,"所以你得活着。"

匡嘎恩其鼻子一阵酸楚,他强忍悲哀,过后让人传令,集中所有大炮,向对方的火力点还击,不炸平对方决不罢手。

敌人的炮火在黎明时分才被打压下去。天空已出现鱼肚色,远远望去,除了烽烟弥漫,四周都显得寂静,仿佛一切都已死去。

杨嘎岩宝终于在大家的一筹莫展中昏死过去。

人已殁,一帮兄弟在悲伤叹息一阵后,准备后事。匡嘎恩其吩咐冥器店老板的儿子，一个名字叫合金的士兵到城里挑选一副质地较好的棺材。棺材很快买来了，四根古木的底，帮子宽大高深，油漆锃亮。大家不禁又一阵悲伤。有个铁匠铺的伙计，长得圆腰大膀，力大无穷，平时与杨嘎岩宝最要好，喜欢一起赌，赢了也任他泼皮耍赖。俩人搭兄结友很是合适，难以离分。此时却是爱极生恨，他怨怼杨嘎岩宝不该撇下他先走，成为没有家园的野鬼孤魂，于是不等大家动手，便一个人凭着自己的几分蛮力，一手将他的双脚提起，朝着棺材猛丢。岂知他这一甩一掷，震动过大，那颗石块居然从喉咙滚出，掉落下来。杨嘎岩宝一口气吐出，活了过来。他看着面前的棺木棺盖，嚎啕大哭。他破涕为笑，做一个鬼脸，自嘲说阎王嫌他年小，捉住也放回不收了。

"下次干仗老子也不怕了，反正阎王捉住老子也不收！"他又重复地说。

大家又七嘴八舌地议论一阵。匡嘎恩其并不觉这件事好笑，他吩咐大伙儿，将这口棺材抬到了城楼上，放到了最显眼的一个位置。他心里有一种奇怪的感觉，这一战凶多吉少，而他决定要带着这口棺材冲锋陷阵了。

天快亮的时候，近万名毛贼踏过成千的尸体，直奔到城楼之下，架起长梯攻城。匡嘎恩其命令各部把守好关口要塞，上来一个杀一个，自己则开率一千人马，从东门和西门冲出，一阵猛杀。敌人迫于一种气势，一边应战，一边后退。交战不到半个时辰，已败退很远。匡嘎恩其知道此时一点不能露出自己兵少人稀的弱点，只得号令兵马回城，以备再来再战。

敌人像在有意地试探，来来去去，不温不火地交手。匡嘎恩其已经意识到了这样下去的危险性。他开始期待从别处赶来的援兵。但到了第二天，出去的兵勇回来，说后方也是战事吃紧，一时抽调不出兵力，让他们坚持，无论如何要守住镇江。这样一来，等于是要他们孤军奋战了。

既然无望于别人，也只能依靠自己了。匡嘎恩其又一次登高察看了一下地形，发现四周宽广平坦，有一些小丘，也不过鲤鱼身上的鳞片。敌众我寡。他下令，任何敌方的引诱挑战，都一概不理，保存实力，如果敌人强攻进来，就与他们短兵相接，决一死战。他又加固了工事防备，备足弹药以待使用。

午饭过后，那伙毛贼又开始鸣锣击鼓，并将大炮支起，对准城门。相持了一阵，匡嘎恩其觉得有必要先发制人，给对方以打击。"有种的就放马过来，给老子打！"他命令道。

一发发炮弹在敌人的阵地轰炸，后面的毛贼跟着倒下去一大片。对方一时慌了手脚，情急之下也开始对打。战火纷飞，震聋发聩。被炸开的泥土一时间变得焦黑，空气中弥漫着浓烈的火药味。此时骄阳似火，热浪翻腾，真让人忍无可忍。而那些毛贼，像受到了某种驱赶，蜂拥一般向城楼靠了过来。

兵临城下，匡嘎恩率兵引燃火药包往下丢去。那些毛贼被炸得鬼哭狼嚎,作鸟兽状一并散去。但这种情形并未持久,敌人的一颗炮弹打来,正好打到了城门上,炸开了一个天窗,紧接着又有一发炮弹落地,几个士兵倒在血泊之中。城内的兵勇一时慌乱,上前去堵,但不济于事。外围的敌人从天窗往里扔石头、砸门、撞击。铁门隆隆作响,抖落着身上的铁尘粉屑。

"也许我们该撤退,"一位将士说,"留得青山在,不怕没柴烧。"

又有一个军官报告说情况危急,并问匡嘎恩其是否可从另一侧门撤走,暂时放弃镇江。匡嘎恩其沉思片刻,说突围吧。这既不是败退,也不是出于苟且偷生,而是出于自己有责任对家乡子弟的爱惜和保护。但他的士兵却愿意与他一起同甘共苦,孤注一掷,哪怕全部战死。他们这时已经完全认命了,也不再感到惊慌,而是众志成城,兵来将挡,水来土掩。

匡嘎恩其将所有官兵召集来,然后宣布,如果能守住镇江,与镇江共存,每人赏银五百两,战死者抚恤一千两。

"请你们,一定要保全自己的性命。"他接着又说,感到了自己生命线的脆弱。

七月里的这一天晚上,敌军终于撞开城门。匡嘎恩其甩掉笨重的战袍,袒胸露膀,喊道:"篝军兄弟们,上!"他首当其冲,站到一处要害之地,一边砍杀,一边指挥督战。敌人知道这是遇上了不怕死的妄魂之人,有些怯阵。军中流传一句话:"打长毛,还得靠绿营,靠镇篝兵。"似乎镇篝兵生来就是他们的克星,遇见他们,就是撞到了鬼。

天亮时分，匡嘎恩其清理了一下人数，已死伤两千余人。张嘎文德满身血迹，腹部中弹，肠子流出来了，塞了进去，裹伤而战。匡嘎恩其的心已破碎，疼痛如万箭穿肠，他觉得自己愧对他们，让他们在一次次的憧憬与向往之中为国捐躯。他的牙咬得咯咯响。

　　援军仍然没有到来，城池失守的命运在即，但不管怎样，不到最后一刻也决不放弃，死也要死到最后。匡嘎恩其因为日夜恶战，衣衫被刀枪破，血迹斑斑，两只眼睛深陷下去，脱了人形一般，但他的意志更为坚定，目标明确。他再次集中兵力，准备扑向敌人。就在这时，一颗炮弹在他身边炸响，他摇晃着，又强迫站定。有个什么东西穿透着他的胸膛，他觉得痛，汗流满面。一种困乏也席卷而来，他无力支持，在人喊马嘶之中慢慢地倒了下去……

　　他躺倒在一堆荒凉的瓦砾里。突然灌进了淅淅沥沥的雨，炎热似乎过去了，到处飘着冷飕之气。"大人，大人！"迷糊中他似乎听到乃贵的呼喊声。

　　乃贵在节节败退中仍没有放弃与敌厮杀，但他的马为扬起的尘土弄坏了眼睛，不能再战了，他又换了一匹马。他被敌人团团围住了，四周是倒下去的弟兄们。力大无穷的铁匠铺伙计也倒在血泊中，一颗子弹穿过他的头部。"他们都光荣了，"乃贵哭笑着说，"但老子打了几年的仗，还需要让狗日的敌人架刀脖子上吗？"他吐了口唾沫，左手摸着怀里的那对玉镯，感觉一丝微凉的慰藉，右手拔剑自戕了。

敌人的进攻并没有停止下来,篡军的幸存者寥寥。最后一个据点是兵营,哨卡和炮楼所有的子弹打完了,剩下的篡军排成整齐的队列站着,仿佛等待大炮将他们与这座城一起轰平。

但是敌人退了,他们突然接到了命令,说是被援军包围了。有如六月天突然遭到霜降, 他们的撤退充满了惊慌与错乱之声:"快走吧!操!"

匡嘎恩其命若游丝。曾经,他在死神面前那么嚣张,不以为然,他想这次会是彻底的清算。为了对付死神,他咬着舌头,吮吸没有滋味的雨水。不过,他又极度地疲倦,以致很想入眠。隐隐约约,听到曲子的回声,袅袅绕绕,如战后飘动的烟尘。那个吹木叶的兵士用半片嘴唇为阵亡的将士吹完了最后一支家乡曲。

14
预感里的宿命

田嘎兴恕的马草帮走过了多少个地方,杀了多少个长毛,没有人会计算得准确。他们一会奔南,一会转北,很多时候连在什么地方都无法搞清。沈毛狗原在湘军的营务处,任务为派营出队,平时操点,安排其他的训练。他和田嘎兴恕就像锅铲配扫毛(帚)一样,曾国藩觉得他们是最好的搭档,于是向朝廷奏报,将他派往田嘎兴恕的营中,最初担任都司,后擢升游击。田嘎兴恕提升后,他也相应得到提升,成了田部手下的主力。田嘎兴恕的堂兄田嘎兴胜当上了绿营长,不过胞兄田嘎兴奇在一次作战中战死了。为此,田嘎兴恕开始不断地把一些长毛贼捉来,秘密枪毙,为亡兄陪葬。他这种不露声色的行为近乎变态,让一个下级军官发现,报告给了上级。上级不假思索地将他调离了原地。在通往镇江的路上,一位总督为找不到救援的部队发愁,于是田嘎兴恕成了冤大头。

"等着看吧,只有他这样的人才能突出重围。"那个上司说。

田嘎兴恕着黄号服在敌人的后方埋伏了一夜,这是他一贯的做法,意在混淆视听。天亮时敌人展开猛攻,他却在后面点燃了敌人的粮仓,捣毁堡垒,并扭转大炮的方向,朝敌人背后开花。冲锋在前面的敌军回过头来,烟尘中只见几面写有"奉天承命"、"统领义师"的旗帜飘动。这时,一个士兵跳了出来,用喇叭一样的声音喊:"内讧了——内讧了——"

大家都不知道是怎么回事,只看到太平军在砍太平军。很多士兵开始战战兢兢起来。田嘎兴恕脱掉了身上的黄号服,摘下头巾,手里拿着骇人的大刀,大步走来。

"请大人饶命。"一个太平军惊叫起来。

沈毛狗带着一帮人策马过来,先左转弯,后右转弯,来到了敌人的阵营。"有不想死的,抱头蹲下！"他说。

他们把敌人全俘虏了。

匡嘎恩其隐隐觉得有一只手横在他的胸脯上,还紧紧抓着一支步枪,他的手动弹了一下,潜意识地想将压在自己身上的东西移开。

一个绿营的指挥官在他身边停住,用脚碰了他一下,感觉他身体很软,又蹲下翻看他的脸。这时指挥官目瞪口呆了。"好像是匡嘎恩其。"他紧接着就叫了起来。田嘎兴恕也闻声赶了过来,他看到了一张被雨水洗过的苍白的脸,双目紧闭,嘴唇焦灼,仿佛刚从刀山火海中走出来。

"是匡嘎恩其,好像还有点气,"田嘎兴恕说,"这家伙！"

他们将匡嘎恩其抬到了军营,军医剪开了他沾满血浆的衣服,用纱布擦净,发现多处的伤口,致命的是穿进胸腔的一颗子弹。匡嘎恩其还在流血,他开始战栗不已,不知是因为疼痛,还是因为高烧寒冷。军医感到非常棘手,不知如何是好。

大量的失血与子弹的折磨令匡嘎恩其昏迷不醒,但死亡的预兆让他又有一种清晰得异乎寻常的难受。门开了,玉比端了碗水走了进来。他清秀的脸上带着一种老成的智慧。"如果可能,让我来试试吧。"

军官们看了看他。

"他是一个有卓著功勋的人。"一个军官说,并决定将匡嘎恩其交给玉比。

"他的命运不仅仅取决于医生的医术，还有他自己的运气。"玉比说。

玉比便关了房门。他按照家祖的师传方法，在一个隐秘处放置了一张小桌子，上摆一碗清水，一组香案，默念咒语，每天夜里的某个时辰，都要对着匡嘎恩其练习发功。他掌握着一套发功的技巧本领，但治病的关键是要了解人体一天中十二个时辰气血运行情况与穴位关系，运用好了就能收到神奇的效果，否则会适得其反。这让他大费周章，懊悔自己书到用时方恨少了。玉比每时都在流着汗。匡嘎恩其的命就是他的命，他一定要救活他。他把这种信念从自己身体里输出，又传输到匡嘎恩其的身体里去，一次，又一次。有一阵子，匡嘎恩其无法捕捉得住玉比的信念，像灵魂脱离躯体。潜意识里，他开始想亲人，想起妻子莫歌，这时候是否会在门前的桂花树下乘凉，盼望他的归期。他想起上次回家与她在一起的点点滴滴。他觉得自己要是死到她怀里多好，闻着她的清香，聆听她的软语，感受她柔顺的长发和温柔的眼眸，让她扭动的身体里散发出的火焰燃烧，直到不能呼吸。他心中无比伤感。在对人生的回顾中，他开始明白其实自己是多么爱她，爱她的人，她的身体，爱她的心，以及她哼唱的曲子和旋律优美的歌。

我夜以继日地想你

我想你比这还多一点点

我无法解释

我内心的一些东西已被瓦解

我夜以继日地想你

我想你比这还多一点点

我不停地想你

不停地想……

玉比彻夜未眠，他仿佛战神高举火把。三天三夜后，死神在他的顽强的进逼中渐渐退去。匡嘎恩其的流血止住，高烧退走，他有了微微的呼吸气息。玉比将弄来的草药让他或吞或敷。草药性质较烈，但时间短而功效快，匡嘎恩其的外伤很快愈合。但那枚子弹的取出，匡嘎恩其的苏醒，已是三个月之后了。那时候，玉比付出了所有的精气与心力。最后，他在阴郁的晨光里死去了。

匡嘎恩其下令厚葬玉比，并让手下准备千两黄金给他的家人以抚恤。

镇江一役，几乎毁灭了这支镇筸军。阵亡的将士就达二千五百多人。

尽管匡嘎恩其的伤口已痊愈，胸膛里的那颗子弹也让玉比取出，但不知为什么，他仍然觉得自己的身上在不断的流血。有时候，他甚至听到那血流的汩汩声从心脏处传来。心萎缩了，干瘪了，不再鲜活跳动了。他胸脯下面一阵阵尖利的疼痛也接踵而至，刀耕火种一般。他简直疼得难以忍受，往往要费很大的劲控制自己不叫出声来。

由于镇篁兵的顽强奋战，英勇抗敌，守住了镇江，皇帝闻奏，赏赐匡嘎恩其头品顶戴。但对于皇帝的种种嘉奖和赏赐，匡嘎恩其毫无兴致。

秋天，他又率部收复了江浙一带很多州县。这时匡嘎恩其的名声大振了。他甚至还带领了楚军，攻占了泰州、扬州。在攻下扬州府时，他居然纵兵掳掠。不少的镇篁兄弟发了大财。不久，湘军总指挥曾国荃将他收入翼下，寄希望他攻进天王府。他果然攻进去了，夺了天王洪秀全的一张虎皮宝座，据说那虎皮非常暖和，就像坐在老虎身上。

由于朝廷长期的合力围剿，以及天朝内乱和自我分离，太平天国渐渐走向了衰败。翼王石达开在万般无奈之中败走天京。但他仍不忘有朝一日杀回来。那一年，他率领十万孤军，纵横决荡于苏、鄂、浙、蛮、闽六省之间，在冲破湘军和各地团练的重重围困后，进入了贵州，开始了他"千里北归、救主辅政"治军方略的重要一步。太平军大军压境，数万人直逼贵州的兴义、贞丰。短短时间，两座府城依次沦陷。绿营及团练兵丁一千余人全部阵亡，无一幸免。接着，太平军兵分六路，由贞丰西南改道向北，进攻安顺府城及相邻的州、厅、县，逐一攻克。驻扎在黄果树的官军团练闻风而逃。一个打着"田将军"旗号的抚标参将出面阻击，此人表面骁勇有余，其实是种田莽夫，不过这旗号倒是让太平军后退了几里，因为在湖北、江西、湖南等地，石达开部的克星就是田嘎兴恕。他们畏惧的，是不怕死的箪军。等弄清了原委，才知道上了一个大当。他们把那位自封的将军抓来砍了，继续进军。几个月后，贵州几乎所有的府城重镇，全落入了太平军的势力范围。贵阳西部的清镇、安平，北部的修文、开州、龙里、贵定以及南部的定番、广顺等烽火连绵，驿道封锁，贵阳变成了一座孤城。

这一年初春，匡嘎恩其和田嘎兴恕的箪军整合到一起，调往贵州，征剿石达开部。

在离开之前，匡嘎恩其收到妻子莫歌给他写的信。他泪如泉涌，怀着复杂的感情，给家里写了一封回信。他告诉家人，他又一次听候调遣，奔赴贵州前线。他希望为家乡箪军的荣誉再添新荣耀。

吃罢午饭，匡嘎恩其骑马来到队伍的前面，那些列队的士兵立即停止了喧哗，等待号令。此时的上空，飘着一层薄薄的像蜘蛛网似的细雨，有一些黑云时而合拢，如披甲戴盔的军队，时而岔开，如握剑挥戟金戈铁马的士兵。匡嘎恩其突然敏感起来。

"天真的说变就变吗？"他说。

"那是自己共生死存亡的家乡弟子的阴魂啊，千里迢遥，他们回不了故乡！"送行的小顽童以他一贯神道的口吻道。

"什么？"

"他们舍不得你。"小顽童说。

匡嘎恩其与小顽童对视良久,终于心生悲戚。

他突然下马,单膝跪地,向着身后的镇江城深深跪拜。他在心里默默地告诫着那阵亡的家乡弟子,待他有朝一日扫平逆贼,一定请来祭司高人,让他们魂归镇筸,梦回故乡……

那些将士,也一个个跟随他跪了下来。

"我一定会让你们回到家乡的!"他继续说。

四周一片肃穆,有风轻轻地吹过。

黑云渐渐散去了,先是一片一片,后是一朵一朵,仿佛离别前挥手致意。

匡嘎恩其起来,跨上战马:"出发!"

匡嘎恩其奉命署贵州提督,率领提标左、前、右三营,很快克复都匀府城,旨赏换额腾伊巴图鲁。田嘎兴恕进驻黔东北的铜仁府,进剿思南、石阡,后又由石阡取道遵义,火速驰援贵阳,解省城危局。沈毛狗、田嘎兴胜等各营将领,因作战勇猛,累立军功,均获副将以上的高职。

这一年的夏天到秋天,筸军的眼睛全是饱含朱砂一样的红色,却发射着狼一样绿森森的光,因为他们面对的是一支坚强意志的军队,他们的冀王具有龙凤之姿、天日之表,是有文韬武略的盖世英雄。有时候,真不知道谁是杀人如麻的恶魔,谁是英雄,谁在闻风丧胆,谁又在落荒而逃。

15
降雨

战争的血印染天空。而在镇筸,天空从早到晚也是一片殷红血色。那是因为久旱不雨,太阳发疯似笼罩。这种天气很多年都没有出现了。闷热难当,没有一丝风,鸡狗都很安静。铁匠铺的生意淡了很多,面目宽阔、声如洪钟的铁匠师傅常坐在将熄的炉火旁喝烟喝酒。其他店铺的营生也相继黯淡下来,大家都有点无所事事的样子,除了忙着编织屏水屏斗的篾匠。

一天到晚做着各种农活,耨田、锄草、灌田浇水,但所有一切都将前功尽弃,一年的指望终将成泡影,因为后来溪水断流,河流干涸,最后连田边地角的一点点积水也蒸发殆尽。人们刚从篾匠手中买来的屏斗也成了无用的摆设。

往年,遭遇这样的年成,人们都不会掉以轻心,杀猪宰羊,扶老携幼,手捧纸钱香根,到沱江河下游那几棵古树下拜河神,邀请廖嘎宗顺作法祈愿,希望能降下一些雨水。那些招术似乎很灵,屡试不爽。今年要请谁来主持这一仪式,大家展开了讨论。有人建议到苟哉寨找石嘎忠炳巫师,他已八十四岁高龄,因为认了这条路,膝下无儿无女,但巫法本领却很高强;有人推荐蛤蟆寨的姓龙的巫者,他不仅掌握有几十万言的巫辞和各种巫事礼数,而且武功高强。

最后，主持这场祈雨法事的却是布妹寨一个名叫麻嘎龙中的老司。他是匡府丫鬟黛帕的父亲。黛帕推荐说自己的父亲能做好这堂巫事。他脸庞消瘦暗黑，长相不奇特，看起来也缺乏巫者神韵。

布妹寨到镇筸城有近百里的路程，行走要大半天。麻嘎龙中一路唱着歌。他的歌调子怪怪的，即伤怀又高亢，听起来全是讲神话讲古，且情节曲折诡异，精彩动听。这很是吸引了人们的注意。到达镇筸城后，他说自己巫传九代，父辈及先祖们所掌握的巫事知识相当丰富，本领过人。他原本不打算习巫，可他母亲说若是不接替自家巫坛，他的父亲及先辈们在天国就会缺衣少食，生活惨淡，于是就依了母亲的请求。

"我掌坛行巫，除了悟性，还有祖传秘籍。"麻嘎龙中说，"这不过一堂小小巫事，不足挂齿，我的把握有十成！"

但这个夸下海口的人到最后却白做了一堂巫事，尽管他设台布阵，使出浑身解数，并没有实现主家祈雨的心愿。太阳越发毒烈了，禾穗的叶已呈卷曲欲枯之势。

"凡事都讲个缘法，是主人家缘法不好。"麻嘎龙中悻悻地走了。

这次的失败使得他再也没有来过镇筸城。黛帕也觉得父亲丢尽了老祖宗的脸，再也不愿理他了。

这时候，人们突然想到了那些自称无所不能的辰沅高人。有人推荐了白瞎子。

"去找找他吧，听说他得了陈法阳的真传，巫道两通，广大无边。"

白瞎子长着一双天赠慧眼，他一下就发现了问题的根本所在。他说这次并没有什么河神作怪，罪魁祸首为在城西北两公里处幽居的一洞神。该洞长八千多米，洞内曲径通幽，溪流潺潺，阴风森森，支洞纵横，峡谷绝壁空幻迷蒙，险恶难测。以前有小孩及不信邪的人于洞中失踪，平时少有人进去。白瞎子说洞神修炼千年，已由蛇变成了地龙，掌管着这一年雨水的降落分布。

　　对于这一说法，大家将信将疑。人们找到了他，说只要能让洞神降雨，杀猪宰羊吊狗窝牛也在所不惜。

　　白瞎子捋动着没有胡须的下巴，眯着眼睛，说承蒙大家看得起，他可以试试。

　　白瞎子打洞神，毫无庄严神圣可言，看起来更像是故意的表演。他简单地设了一个神台，请来列祖列宗的神灵和历代法台祖师，然后让那些愿意习巫的追随者们面对神台站着，脚跟踩在两块竹片上，脚尖落地。他披挂念咒，奏号鸣锣，绔巾摇曳地跳起神来。

　　白瞎子的儿子白神兵如痴如醉，只见他令旗飞舞，令牌高扬，鞭打四向，刀指四方，仿佛真的统领千军万马降妖除魔，所向披靡。

　　白瞎子认真地看了看儿子，然后说："你可以停下来了。"

　　真正的战争在午后开始，那时太阳正烈，燥热更甚。神坛在离洞几十米远的一阴凉处设起。白瞎子这次似乎也做了精心的布置和装饰，身穿黑色道袍，头顶一匹瓦片样的道帽，神情肃穆，言语慎微。他的旁边站着他的儿子。

白瞎子并非全瞎,只是他的眼睛比常人多出许多白翳,眼皮眨得极快,睁开时凸显出一种死灰的颜色,让人感觉像瞎子。白瞎子先对洞神述说事由,讲明主家遭受的灾祸和麻烦,这是很冤枉的,然而,即便这样,主家仍对洞神无比忠诚敬畏。如果愿意接受拜祀,大家还是愿意和解,希望洞神宽宥主家,在解厄的同时要赐之以福,天降圣雨。

他的儿子白神兵的胸中充满了斗智斗勇的豪气和一表自我的心机,他的阴阳怪气的嗓门里充满抗拒从严、缴械不杀的刻薄尖酸。洞神似乎并不吃他这一套,天空没有丁点阴云,更闻不到一丝雨水的气息。

白瞎子沉静了一会,说:"那就打吧!"

"我先来吧父亲,你在后面助阵就行。"白神兵说。

白神兵披卦戴盔,大诵巫辞,让各路兵马分别把守法坛的各个方位,作好防止恶龙劣鬼及邪教术士袭击的准备,尔后率领自己的阴兵阴将,由屋里到屋外,由遥远到周遭,由洞外到洞内进行打击征伐,消除作厄鬼怪,清扫未来之路。

"哈吉哟——嗬呵——嗬呵——嗬呵——"他闭上眼睛,尖声呼叫着张开五指,左右手背相重,右在上,左在下,小指在外,无名指、中指、食指交叉。声音拖得很长,尾韵由强而弱,并不注重自己发音的清楚与否。

"沓!沓!沓!沓!"

仿佛真有阴兵鬼卒打开营寨之门,兵马出城,挥动战旗武器,有序前进。

"哈吉哟——嗬呵——嗬呵——嗬呵——"

"哈吉哟——嗬呵——嗬呵——吉呀哈哈——哈！"

他又变换方式，左手小指勾住右手无名指，无名指勾住中指，中指勾住食指，两手背紧贴前臂往两侧拉开，双手互相纠缠，由外向内扭三百六十度。

"啸！"

"帝！"

"阿奢——破！阿嘎——"

声音仍然由强而弱，急促有力，有劈破砖石的铿锵，有断鞭折剑的爆裂。过后，他又不停念诀，变换指法，或以手指曲扣手背往右、往左旋转，拧断鬼怪脖子，或以小指、无名指曲扣掌心，拇指、食指、中指呈叉状举平肩头，狠狠插向鬼怪心脏。

前来看热闹的人们挤来挤去，他们不再留意晴空是否仍然一碧如洗，只是把眼睛死死地盯牢洞口，希望那里会发生点什么事情。

在一次又一次的斗法交战之后，一条蛇蠕动着从洞口爬行而来。蛇很小，细如竹竿，如果不是身上的毒花纹的凶杀之气，人人都唾手可擒。

"看，洞神现原形了，现原形了！"有人喊道。

但这并不是一条被战败的蛇，就在白神兵揩汗喘息之际，那条蛇呼地而起，接着越变越大，先是有舁桶那般粗壮，再变成树那般大，最后变成斗那样大的巨蛇地龙了。

斗大的蛇张牙舞爪，银色闪电一般消失。白神兵始料不及。他被吓破了胆，转身想逃。那些看热闹的人也乱作一团，你推我搡，尖叫着逃跑。说时迟那时快，只见白瞎子五指并拢，在空中作抓扯藤葛状，尔后移向左手上方，顺时针旋转，再旋转。几个回合后，巨蛇渐渐体力不支，身形又越变越小，小到最初的竹竿，最后小到筷子一般了。白瞎子一把捉起，放到自己的黑色衣包里。

他走过人群。人们纷纷让道，敬佩之情露于言表。在沱江上游的一段，他明显感觉到衣包越来越沉，知道洞神已经完全被降服，要降雨了，便对当地的人大声喊："雨快来了！雨快来了！"

果然，大雨倾盆而下，那些雨水汇集着，毫无方向地从山坡流向田野，灌向那无数张开的裂口。

人们欢呼雀跃，更加相信白瞎子有超越大自然的智慧。白瞎子沾沾自喜。从那以后，他成天赶着那一条被降伏的蛇走遍镇筸城的每个角落，还培养他的儿子白神兵继承他的衣钵，一天到晚地跟在身后，为人充当起理老，即一个名正言顺代表主家权利的角色，出入于法堂内外，替人消灾解祸，论理鬼神。他做了七七四十九堂大小不同的巫事，有五十户人家的大门因为他而改了方向，有五十户人家的门楣挂上了驱邪除魔的镜子或八卦，还为五十户人家提前择了坟茔风水地。他无所不至，好像到处都能听到他那用桐油糨过的鞋底敲击石板的清脆声和他青衣长袍抖动的窸窸窣窣声。

一天，白瞎子打开仓库，白花花的银子堆满了仓库的角落。他让那条蛇蜷伏三千两白银的一端，盖上一顶斗笠，突然对他的儿子说："该是你扬名的时候了。"

他的儿子一头雾水，并没有听懂他的话。

"以你的名字组建一支团练吧，"他进一步指点说，"你的神兵团会刀枪不入，你也会当上将军，因为这是出将军的地方。而我，只想当将军的父亲。"

"什么？"

"我，你的老子，一直在为你的事业铺平道路。"

这时，白神兵才明白他父亲的深深用意，弄清了他装神弄鬼的真正缘由。他看了看脸色蜡黄的父亲，感动的眼泪都掉了下来。"好吧，我会建一支私人军队。"白神兵说。他在自家的门口竖起一块招牌——"天降神兵，刀枪不入"——开始为自己的神兵团招兵买马。

有些事情并不如所想的那么简单，白瞎子怎么都不会想到，他在自己儿子身上失算了。不是每个人都可以做将军，白神兵后来为此花费了他的全部精力，全部钱财，甚至耗尽了他的半生时光，到头来依然还是一个士兵。

因为雨水的及时，这年秋天，田野的禾穗颗颗籽粒饱满，沉甸如铅。晴朗的天空下，蝴蝶翩跹，色彩斑斓。一切是那样的生机勃勃，像一幅绚丽的画。

远远望去，匡府的四合院依然和往常一样，静谧严谨，端庄安详。屋后的桂花树缀满八月的桂花，院内的菊花清郁成丛。一缕阳光倾泻而入，正好照到莫歌苍白的脸上，她感觉到刺眼而温暖。

这样的季节，莫歌的病又好了起来。禾穗开镰收割的那一天，她突然想到自家的田地里去。她差不多有几个月都没有跨出房门半步了，她一直在想念儿子和丈夫，有时刺心锥骨地想，如疯似癫地想，有时又觉心里一片模糊，一无所想。

她笨拙地拉开了房门，费了很大的劲。她觉得有点头晕目眩。她说："黛帕，请给我备一顶轿子。"

"轿子早为您备好了，夫人。"黛帕说。

秋日的大地处处透着一种令人喘不过气来的原色：层层梯田，稻浪片片，如金黄；山上被风吹落的叶片有如金黄的铜钱，战栗着翻卷，颠簸似船。这令莫歌爽心悦目，她闭上双眸，深深呼吸，又睁开双眼，浅浅呼出，似乎吐出一腔的郁闷和久困家中的霉气。

莫歌远远地站着，喜悦高涨，额上冒着汗珠。佃户为她的到来感到欢喜，割禾的工人列队欢迎。她对站在田塍上的人喊道："开镰吧！"于是，几十把镰刀伸向禾菀底部，沿根磨去，快如风，行如电，排山倒海。一束束的穗线一时间整齐有序地排列在田间，盖过发黑的泥土。紧接着，几位身强力壮的男人扛过来斥桶，快速抓起禾把，扬过肩头，朝着桶的一角狠狠摔去。那些谷粒痛快着落尽桶内，欢天喜地一般。

挞斥的声音此起彼伏，涨涨落落。谷粒也倾盆铺洒，层层加多。

佃户捧起一捧,递交到莫歌的手中。佃户鼓起腮帮,对着她手掌心吹去。没有一粒稗秕,颗颗饱满如珠。

"托你的福,夫人,今年收成真是不错。我听说匡嘎恩其大人又升官了。"佃户退去的时候说,"也许等打完了胜仗,就会回来,到时也请他保举保举我的儿子。"

莫歌将这一捧稻谷放到黛帕的手中,对着她笑了笑。

"万物会开出花,结出果。这是我们的硕果,夫人。"丫鬟说,眉开眼笑的样子。

莫歌不语,却将自己的手伸了出来,平展在天空之下。她的手纤弱白皙,映衬着天空的湛蓝高远。太阳不着边际地挂在山的顶端,令人发慌发昏。莫歌又抓起谷粒,向四周撒开,谷粒落地的声音如播撒花雨。

远处的地角,有鸟雀飞来,越来越多,似乎等待已久。这个时节,这些鸟雀吃粮食,吃虫子,吃蜻蜓和粘泥。工人已堆起了一些青黄的草垛,空地越显宽阔。莫歌闻到了空气里有稻香的气味,花的气味,草的清香,树脂的气味,叶的香,不断地弥漫氤氲。这些气味让她想起了自己的孩子。

"我们回去吧!"她说。

"再待一会儿吧,夫人,也许一点太阳的光会让您心情舒畅。"黛帕说。

"回去吧!"莫歌又说,脸上见不到一丝表情。

"是,夫人。"黛帕说。

黛帕的细心,和风一样的口吻,使莫歌觉得这个丫鬟有点儿与众不同。莫歌的目光在追随一只蝴蝶的时候正好又看到了黛帕的眼睛。那双眼睛,美丽而哀伤,那其间的晶莹,似一汪泪。那只蝴蝶由远而近绕她的头顶扑飞,黛帕几次想寻找机会捉住。莫歌又看到了一张漂亮的脸蛋,长长的乌黑的发辫拖在胸前,是那样的质朴而单纯。

"我的脸上有什么吗,夫人?"黛帕有些慌乱地低下头去。

"没有。"莫歌说。

蝴蝶固执地围着她们身前身后,走走停停。它翅翼斑斓,楚楚动人的样子又让人不忍伤害。莫歌在进入匡家大门的时候,以为它会留在外边了,但过一会它居然又出现在自己房间里。这只蝴蝶让她的几个儿子欢天喜地。

莫歌这时才发现他们全长着酷似匡嘎家族的脸,让人无法分辨。但黛帕却说自己能找出哪个是老二。

"我知道他身上的气味。"黛帕说。

大家为此笑了笑,祖母说她在吹牛皮。

"是啊,他们家有吹牛皮的种,那次就把牛皮吹破了。"另一佣人也开起了玩笑,他说的是那次打通神的事。

"不信就算,反正我知道。"黛帕脸红了起来,争辩着说。

从田野回来以后,莫歌没有再闩上门栓,也不再呓语。她在收拾房间的时候,发现自己做了很多婴儿的衣服。她让佣人一件件包好,分放在三个不同的橱柜里。

过去的终将不会回来,一切都会平静下来。大家都松了一口气。

有一天,莫歌突然将自己的衣物装进了一个蓝色印花布的包裹里,她对所有的人说,她要到前线寻找匡嘎恩其去。

16

介银

莫歌有着那么多需要她去寻找的答案:乃贵、玉比、杨嘎岩宝、铁匠铺的侄儿、豆腐坊女人的儿子……她曾骗了他们,她觉得要给出一个准确的答复,不然自己就要疯了。

她是沿着沱江河走的。那些日子,风和日丽,晴朗的天空有片片白云,白云的影子像一群群报信的鸟,从河面滑过。河岸那边是笼罩在紫色的阳光中的山峰,她想那里一定有她的亲人,有她日思夜想的丈夫匡嘎恩其。只要想起自己的丈夫,她的心里顿时会燃起一种思念的烈火,这使她的心备受煎熬。她压制着这些感情,竭力不去看那些山,只是跟着河流走,跟着白云走。白云无声无息,河水翻动着急流,弄出许多神奇的涡纹,也带来各种腔调的喧哗,这让她又开始哼起那首忧伤的曲子。

河流在她日复一日的行走中越变越宽,她知道不再是家乡。那些山也不再陡峭,懒懒地平躺着,满山修竹,不生荆棘。有一些矮矮的房屋,像蘑菇一样,东一朵西一朵长在竹子或大树的旁边。因为陌生,她的内心有了一些不适应的感觉,而一旦想到这可能是丈夫曾所走过的路,这条路联系着她和丈夫,她所有的疲劳和害怕又消失得无影无踪。

一个裹着黄色头巾、拦腰系着一条大红带子的男子从树林里钻了出来,与她擦肩而过,走了一段又突然回过头来,拖着异样的腔调对她喊:"喂,你,往哪里走?反了,方向反了,他们,从那边追过来。"

莫歌吓了一跳,定睛一看,那男子留着长发,赤着一双大脚,衣衫褴褛,样子颇为狼狈,手上的刀缺着钝口,既不光亮也不锋利。但他的叫声里并无歹意。

"完了,我们完了,得往这边走,那边,有很多清妖,呵。"那男子又说。

莫歌很快明白这是怎么一回事了。她隐隐有了一丝激动。她装着回头的样子,走了几步又借口腿脚受伤而磨磨蹭蹭。那人嫌她太慢,丢下她自顾自走了。莫歌干脆坐下来歇息。沿途又不断遇到灰头灰脑的伤兵,一个一个的,后来三五成群,再往后,就像一群瘦骨嶙峋的水鸭。几匹马驮着一些行李,呼哧呼哧地喘着,也是瘦削得可怕。夹杂其中的是许多拖家带口的老百姓，身上挂满沉重的包袱。他们嘟嘟囔囔，神情里充满着怨天怨地。队伍走到一个小岗丘，停了下来，他们开始吃一些干粮，喝水，换掉露底的草鞋。那些被磨破的脚丫皮开肉绽，结成血痂，散发出难闻的臭腥味。

几个老百姓也围在地上休息，位置离莫歌不远，可以听到他们的谈话。断断续续听进去一些，似乎是这一路而来的队伍在哪儿吃了败仗，那些团练兵丁成天念着消除匪患，维护朝廷，实则缺少纪律秩序，个个是烧杀淫掳的能手，特别是对于金银财宝的贪婪，令人发指。"他们有多么直截了当，承认自己出来当兵打仗，以生命为代价所换取的就是这些。"一个人说。

"还有那个官很大的总妖头，杀人不分老少，十几岁的孩子、六十多岁的老头都杀，杀人跟剃头一样！"一个人说。

莫歌的头越勾越低，她的胃痉挛起来，想吐。这外面的一切，她能知几许。一个上了点年岁的老人过来问她怎么了，是不是哪儿不舒服。她摇了摇头，说没有，然后问："他们，还会撵到这里来吗？"

"不知道，"老人说，叹息一声，又像自言自语，"太平天国，快灭亡了，天意呀。"

莫歌对于老人的话感到迷惑。在一个地方，她看到了一个死去的女人，虽然不再呼吸，却仍是那样的美丽端庄。有人告诉她，那是冀王的夫人，因为天大的变故，她与夫君分离，仓皇逃遁。莫歌在那里待了很久，最后她决定要沿一条与逃难的人群相反的路走。

莫歌走后，前线的消息才从中营街衙门里传来。当两千多镇箪将士亡魂他乡的消息传出，全城陷入了极大哀号与伤痛之中。

　　时节已进入到了冬季，秋天的枯叶被风涤荡殆尽，到处是一派肃杀萧疏的风景。沱江边上的老栎树苍老了许多，枝干伸在阴雨里，肢体落瘫点点。枝桠间的乌鸦窝零乱支棱着，乌鸦孤零零地飘飘落落，偶尔发出的叫声仿佛上天的一声叹息。

　　那些衙役走家串户，送达着死亡通知书。这并不是一件轻松的事。他们被女人的眼泪、老人和孩子的哭声所击倒，心力交瘁。当然，那些妇孺老弱、爱妻慈母的哭声和泪并没有能唤醒流尽了鲜血。战场上牺牲的镇箪将士，他们眼目未闭，在那陌生的土地上长眠和腐烂……他们听不到亲人的哭声和呜咽，感觉不到亲人的巨大伤痛和无法排遣的忧伤。

　　介银接到死亡通知书时，她正锉着花，她一下昏厥过去，丝毫没有疼痛的感觉。村民在她的额头爆满灯火，用尖利的指甲掐住人中，并打碎瓷碗，拣出最尖细锋利的部分，刺她的舌尖和指头，直到流出乌紫的血来。醒来后，介银除了自言自语便不再说话，她像变了一个人似的，总是静静地坐在一边。有一次路过城西北那个山洞，竟然看见乃贵换了簇新的衣服骑着白马来迎接她，她的耳中甚至闻到箫鼓齐鸣的声音。起初她有些恐惧和羞赧，但一种说不出的热情和兴奋洋溢出来，她脸色发红，眼睛熠熠发光，肉体散发出一种奇异的香味。她扑向乃贵，自己也有如驾云乘虹一般，跌进自己想象的世界里,她不停地欢笑和尖叫。

她简直是疯了,有时会扑向任何一个年轻的男人。为了制止她这一丑陋的行径,有人拿了根棕绳,把她绑在树干上。围上去看热闹的人越来越多,一些人用乡下人的口音故意压低声音在私语:

"是犯了丑吧,是不是要送给族人处置,沉到千斤丝潭?"

"不是,听说是得了花柳病,成了花痴,疯癫了。"

"是'落洞',和神搞上了,成天脸色发红,眼眸放光,想着有男人骑着白马腾云驾雾地来找她。"

"听说她男人死了,打仗,仗火要了他的命。可惜了,那么标致的一个女人,年纪轻轻的……"

介银不停挣扎,她头发散乱,脸也有些脏,身体哆哆嗦嗦,把口水吐到来看热闹的黛帕的脸上,尽管她朝黛帕凝视了好久,但可以肯定,黛帕在她眼中已完全是一个陌生的人了。

"请你们放开她吧!"黛帕对那些人说。

介银朝黛帕吐了一把口水。

"放开她吧!"黛帕的语气带着恳求。

"这怎么行?不行!"

"请放开她!"黛帕语气强硬起来,说不清为什么,她的心流血似的痛。那些人也意识到了什么,趁机找了一个台阶,散伙了。

介银在变态的情绪中渐渐地衰弱下去。村民们不断地议论,猜想着病因。黛帕出于可怜和同情,悄悄找了一回白瞎子,说明情形。

白瞎子告诉她，介银为洞神所爱，而她自己也抗拒不了神的诱惑，"落洞"了。

"人一旦坠入神的情网，便是坠入了无边际的深渊黑洞。"白瞎子念叨说。

黛帕向白瞎子寻求解决的方法，虽然白瞎子为着白神兵组建神兵队的事忙得不亦乐乎，但仍登门相助。这次他带来的是一只大红公鸡，只见他咬破鸡冠，将血滴到介银房屋的每一处角落，在介银的额上点上几滴，然后吩咐其他人到屋外不停烧纸。

起初，介银不断地撕抓吼闹，等烟雾升腾到天空，她也慢慢安静下来，直至睡去。过了一段时间，介银的病得到了控制。其实，她不过是受了过度的刺激和打击，导致暂时性的神经紊乱，并没什么大碍，只要得到调理，自然就恢复了。

介银感觉是自己做了一场梦。梦醒来时，她发了一会呆，有一丝的羞赧歉疚。不过，她开始蔑视那张死亡通知书，并一改常态，频繁到镇筸城去，除了兜售自己的锉花，还会带回一根针，或一支绣花线。

她看到了满城飘飞的白幡，沱江上一盏一盏的长明灯，似乎照亮将士回家的路。沱江河古老清冽，从西北苗寨的莽莽丛林出发，汇集着高山绝涧中万股细流，冲过前进道路上的一排排老枥树，带着悲愤的忧伤向东流去。

介银也在沱江边点燃了一盏长明灯，借着亮光，她希望再一次看清楚丈夫乃贵的脸。但是,她的眼前却晃动一团飘浮的乌云。

之后,她来到了匡府大宅,她想退还夫人莫歌曾送给她的那枚玉扳指,并质问为什么要骗她。

此时的匡府庭院冷冷清清,莫歌已离开家里很久了,匡嘎沃金一直沉浸在没有丈夫的爱巢里,除了絮絮叨叨的匡家祖母,便是几个面无表情的佣人。介银的心有一种说不出的滋味,她伸着头往院墙里看了看,又很快将头缩了回来。

菊在已经老态龙钟,莫歌离家之后,她也开始像一条冬眠的蛇,整日躺在床上,一绺一绺花白头发不断地掉着,更可怕的是身上开始脱落一层层屑状的壳。下人们都认为老太太一定得了一种什么样的病,想请一些药师来医治,但老太太坚持说自己不过如根枯朽的老树,身体的蜕皮是自然规律,等到春天来了就会恢复生机。

有一天,落了许久的秋雨突然停了下来,大地在太阳的笼罩下渐渐地温暖。祖母听到风呼呼地从屋顶上刮过,那感觉就是一群军队不断地呼啸而过。她猛然从床上坐立起身,睁着一对发青的眼圈说:"匡嘎恩其回来了,我孙儿回来了!"

匡嘎沃金都被她的举动吓了一跳,认为她是糊涂了,就说:"那是风,风吹晴了天。"

老太太坚持己见:"我听到了他们脚步的声音。"

匡嘎沃金说:"风是最会骗人的脚板,它把地都踩干了。"

"不是风吹那么简单。"老人吩咐下人给准备一套干净的衣服，说她要起来看看。

大家七手八脚地翻找，柜子里的衣服很多，但老太太是个讲究的人，一套既舒适暖和又好看得体的衣服更会让她容光焕发。这时，管家进来通报，说夫人莫歌回来了。

莫歌一走将近半年，这期间似乎没有一个人不想念她，不盼望她回来。以前，因为有她的存在，匡府才显得温润和充实，也更像个家。她刚走，他们每天都要谈及她。过了几个月之后，人们都说她会死在寻找匡嘎恩其的路上。匡家老太还特地找巫婆给莫歌算了一卦。巫婆说这个女人虽然凶多吉少，但她不属于红颜命薄那一类，从翻动的冥纸看，莫歌生命气息强硬地延续到近百年之后。匡家老太太认为那个算卦的人在说胡话。但不管怎样，还是送给了巫婆十纹银。但巫婆没有拿那么多。巫婆说她不肯拿那么多是因为她确实算准了而却没有人肯相信。

莫歌跨进门来，大家都吃了一惊。一路的山高水长，劳累奔波，莫歌非常消瘦，头发长过脚腕，衣裙破烂，如果不是她内在的气质支撑着，凸显出她的病态之美，她差不多和路边的乞丐一样，但她的病却渐渐好了。她跟每个人都点头招呼，所过处依然留着远方异样的味道和风尘仆仆的气息。

她很想回房间换洗梳理一下再出来见过祖母，但匡老太太等不及了，大鸟一般地扑了出来，抱住了莫歌："我的崽啊，你回来了，想死我了！"

莫歌没有说话,眼泪一颗颗滴落下来。

祖母用手去捏了捏莫歌的肩膀,又用鼻子嗅了嗅,说:"是你吧,我的儿,我不是做梦吧?"

"是我回来了,婆,让您担心了。"莫歌说。

祖母说:"你走了有一年了吧,还是两年? 我做梦都梦见你不会回来了。"

莫歌说:"我走了半年,请原谅我的不孝。你身体可好?"

祖母说:"我老了。"

莫歌抹掉了自己脸上的泪水,吩咐下人拿把梳来,她想好好地替老人梳理一下头发。祖母比任何人都坚强,她似乎也没有理由再伤感。

就在这时,匡家收到了一封用牛皮纸包裹得严密的信。

是由信使送来的,那个信使看起来一副本分老实的样子,将信交给莫歌的时候,把脊背驮成了弯犁,卑躬屈节地说:"实在对不起夫人,信已经寄出很久了,因为战乱,我们驿站也是举步艰难,辗转千里,有时信到一个地方一搁就是十天半月,所以这封信来得太迟了。"

莫歌接过信使递来的信时,一眼就看出了丈夫匡嘎恩其的笔迹,她的心开始猛烈地跳起来。看着信使的嘴唇在嗫动,却并没有听到他在说什么。她压抑着自己的情绪,毫不失态地将信使送到门口。

信使在走出大门时还在不停说：

"请你们原谅，不要责怪我，下次我们会多尽职些……"

莫歌仍然努力地克制着自己，将那封信越来越紧地按捺在胸口，急急地来到老太太的面前。

"婆，婆，匡嘎恩其来信了，他来信了！"

"是吗，是我孙儿来的信？你确定吗？"

"是的，祖母，是匡嘎恩其的笔迹。"莫歌确定地说。她的两只胳膊仍紧紧地将信压在胸前。她一直盼望着丈夫的消息，现在她终于能触摸到亲人的气味，听到亲人的心跳了。

"那个犟骡子，还以为他不要祖母了。快打开，看看他写的什么。"祖母有些激动。

无论如何掩饰不住狂喜，莫歌站在那儿展开信笺，眼角的泪珠闪着太阳的光。

"他都说了些什么？"老人又小心地问。

"婆。"莫歌喊了一声，声音透着一丝哽咽。

"念吧，他不会说忘了我们吧，快念！"

"没有，婆，他说自己又一次听候调遣，到贵州的前线去了。"莫歌说，"他还说匡嘎家族从一开始就不断为箅军增加新的荣誉，他珍惜这种荣誉，渴望再一次建功立业……"

"这个鬼精，就知道拣我喜欢听的，不愧是我们匡家的种！"老太太眯了一下眼睛，欢快地拍起手来。

莫歌最后告诉她,匡嘎恩其说自己不久就会回家,给她做寿庆典。

"他不会是骗人的吧!"

"这是一纸生死约定,婆!"莫歌果断地说。

祖母似乎相信了这一点,眼角闪动着一丝光泽。

莫歌回到自己的房间后,才开始平静下来,把信笺再次展开,一字一句地默读于心。在熟悉的气息中,在一路的劳顿里,她的泪慢慢地流了下来,顺着脸颊滴落,氤氲纸背。

17

鬼节

祖母自从收到孙儿的信后,一下子变得容光焕发,仿佛以后的日子有了期盼。家人们看着她的头发由白变青,腰板硬朗了许多,特别是记忆力出奇地好,过往以来的大事小事都清晰地记着,她不停地说给大家听。

滴滴答答的小雨不紧不慢地砸在石檐上,弥漫起一层湿冷的空气。气候开始寒冷,沱江河岸的那一排古树伸展着寂寞的枝桠,风将乌鸦的窝弄得东歪西倒。好在一年的收成都已收藏归类。稻谷和苞谷放进了粮仓,红薯藏进了地窖。茶籽一颗颗摘回,山一样堆放在门前。红辣椒一串一串地挂到了屋梁上,艳艳地总是醒人的眼。

这一天,介银来了。她从自己的贴身衣内取出了一个绣了一对鸳鸯的布荷包,打开,从里面摸出了那枚白玉四喜扳指。那是莫歌曾送给她的。

"还给您吧,夫人,我知道,那善意的谎,你怕我难过,为我好,我很感激……"介银说。

玉扳指依然那么鲜亮纯粹,完好无损,莫歌真的不知说什么好了。"对不起,我……"

"我男人以前答应要给我的是一对手镯,他说镯子要翠绿无比,内里有一条像血一样的红丝线,若隐若现地颤动。"

莫歌哑口无言。

"您多保重吧,夫人,实在谢谢您了。"介银说着,跪下来给莫歌磕了一个头。

介银走出了匡府的大门。不知为什么,莫歌突然想起了乃贵那张总是笑眯眯的脸,以及他走时兴高采烈的样子。看来,战争并未给他们带来任何好处。接到丈夫的来信后,莫歌在喜悦过去之后,也陷入了某种忧虑和沉思。从那被揉皱的、被汗水浸透或雨水淋湿的、甚至有着浓浓血腥味的字行里间,可以感觉到他的艰辛和忧伤。看得出来,他在前线并不轻松,有些文字潦草歪斜,像是在马上写就的。

如果战争还没结束,莫歌觉得自己也要疯了。

六月底,田嘎兴恕带着他的马草帮回来了。他们士气昂扬,一副不可阻挡的样子。不仅如此,他们几乎都发了横财。他们带来了数计的财宝,金银玉器。他们很多人拟好了造屋的计划。沈毛狗的新家选在石头城里的中营街。田嘎兴胜在自家阁楼上挂起了一块金匾。张嘎文德在屋基的铺陈中加进了金砖。

"看吧,也许过不了多久,镇箪城将会堆满金子,城墙要用银子砌,城门的铆钉也要换成璞玉。"有人说。

田嘎兴恕体体面面将那位曾鄙视过他的朱家小姐娶进门来,做了二房。不过新婚的那天晚上,他赐给了她一个马草编结的婚床,将她沉入沱江的深潭里去了。

那天晚上,莫歌真实地感受到了丈夫匡嘎恩其的体温。丈夫的身体靠了过来,贴紧她,她感觉到他的呼吸,有如微风里的雾水。而他的两臂像以前那样环绕过来,那般恰到好处地围住她,双手贴在胸口,轻轻托住她的乳房。她心里迷迷糊糊地想那其实是梦,但被抚摸所带来的真真切切的舒坦感受又让她宁愿相信这是真的,以至于她闭着眼睛,任自己在熟悉的把捏与玩味中神魂颠倒,欲痴欲醉。"我的人,让你的身体、你的爱进到这里,"她用手抚摸自己的阴唇,呻吟起来,"回到我多日想念的狂热中来……"她在梦呓中喊叫,因为她已感到了丈夫进入之后的那种痛快淋漓的快感,她有了种无法承受的轻。她反手抱紧丈夫的头,怕自己坠落……

当黎明到来,她发现枕边躺着正是丈夫匡嘎恩其,这种突然惊喜几乎令她失声:"你从岩缝里爆出来的吗?"说着,她失去了自制力,毫不羞愧地哭了起来。

早晨,英姿勃发、俊朗坚毅的匡嘎恩其跨进了祖母的房门。祖母还在酣睡,他有点等不及地将祖母整个儿抱了起来,放在了床沿上,脱帽弯腰向她行了一个大礼。

"您好啊,婆,我是匡嘎恩其,您的孙子。"

"匡嘎恩其?啊,你这个鬼儿,你是怎么回来的?"祖母揩着睁不开的眼睛,不敢肯定地问。

"我走路来的,看我这两条飞毛腿,像孙猴子,一脚可跨一座山。"匡嘎恩其一本正经地跟祖母开玩笑,接着又用手在老太太的后背上轻拍着,"这下你要高兴了。"

莫歌也从门外走了过来,默默地看着老人:"是的,婆,是匡嘎恩其回来了。"

这是一个充满欢乐的日子。为了欢迎匡嘎恩其回来,管家帮着家丁铺开卷着的晒簟,挑出仓里的隔年糯谷和小米,倒入晒簟,用木耙均匀铺平。他们准备打两百斤的糍粑和一百斤小米粑粑。丫鬟们架着梯子将棉絮床被统统搁到了封火院的墙上翻晒。锦缎布匹闪着银光,盖住了离地三尺的红砂条石腰子岩。祖母凑热闹似的,不停喊着黛帕将那几个调皮的小子带出来。"那几个调皮捣蛋的家伙,喊得最好的是'爸爸',造孽了,还以为爸爸是一件只能喊不能看的东西。"祖母说。

刚才吼着闹着的小子们,突然鸦雀无声,应该是趁大人忙乱的时候走到别处去了。黛帕开始满屋子找孩子,结果在一间久弃不用的杂物间找到了。那里面堆满了以前的兵器,几个小子正为一杆长火枪争得不可开交。明明谁也拿不动,但谁也不肯放手。丫鬟将他们一个个拎了出来。

"哪里不好玩,偏偏跑到杂物间,为争一杆枪差点打了起来。"黛帕笑着说。

三个长相一样、神情一样的孩子站在面前,匡嘎恩其真有点眼花缭乱。他几乎忘了该怎样和儿子们招呼。他指着匡嘎云飞的鼻子说他是老大。

"我是老二,大人。"匡嘎云飞站出来说。

"那你就是老三了。"他对匡嘎一琼道。

"我是老大。"匡嘎一琼瞪大了眼睛。

匡嘎恩其尴尬地笑了笑。他正准备说什么,匡嘎惹巴毕恭毕敬地站到了他的面前,脖子弯了弯,嘴角的涎水流了下来,说:"我是老三,大人,我叫匡嘎惹巴,意思是匡家最漂亮的小伙子。"

大家都被这一举动惹得大笑,匡嘎恩其一把将他抱了过来,在他脸上狠狠亲了一下:"我是你们的爸爸,小子,不是大人。"

这一天,匡家被久违的亲情围绕着,过年似的热闹。匡嘎沃金为了欢迎侄子的到来,杀猪宰羊,忙得不亦乐乎。匡嘎恩其试图去记住三个儿子身上些微的不同,以便不会将他们弄错,但他发现这是件很难的事。匡府上下,除了莫歌,几乎没人能分辨出来。黛帕告诉匡嘎恩其,老大匡嘎一琼习惯用右手,老二匡嘎云飞习惯用左手,但匡嘎惹巴既能用左手又能用右手,时常来搅局。他去请教妻子。莫歌告诉他:"他们有着各自不同的气味,这是与生俱来的。"匡嘎恩其自愧弗如,但他仍然想从他们不同的爱好中找出一点破绽。最后,匡嘎恩其想出了一个绝妙的主意,他将挂在门楣上避邪的那面被烧掉了镜框的青铜镜取了下来。青铜镜已蒙了厚厚一层灰垢,在用柴草灰擦拭了一遍镜面后,却光鉴照人,熠熠生辉。他一分为三,每片的尺寸略有不同,样式各有千秋。之后,他又花了了整整三天的时间去镌刻儿子们的名字。他在最大的那一块上:匡嘎一琼,生于某某年某月某日子时;在略小的那一块上刻上:匡嘎云飞,生于某某年某月某日丑时;最小的那一块上:匡嘎惹巴,生于某某年某月某日寅时。此后,这饰品成了他们的随身之物,陪伴他们一生。

时间进入到七月份。农历七月十四这天,为当地的鬼节。按习俗,从七月初七起,大家都会心照不宣地为死去的人准备好纸钱香根,或用金银纸箔叠许多金砖银条封包,写上亡者的名字,陆续拿到路边烧掉,以此祭奠那些逝去的亲人朋友。

清晨,镇筸城一片寂静。人们挑着水桶去南门井挑水,或端着木盆去北门河洗衣时,发现城门城墙上贴着官方告示,上面写着即日起一律斋戒，不准结婚嫁女，不准起屋上梁，不准走亲访友等内容，以此祭奠抚慰那些战死沙场的将士亡灵。这是由官方和民间共同举办的一次活动，策划组织这次活动的是匡嘎恩其。

白天，在城南南华山麓的天王庙里，挂满了素帐白幡，数十位身穿袈裟的和尚以及身着大红或深黑道袍的道士或巫公师娘将在此举行冥王大教，为在镇江一役死去的将士招魂。

外面的坪坝上扎起一座高台，上面素旗招展，白幡飘扬。在招魂仪式举行之前，一些戏班子在这里上演着冥戏。歌师唱着委婉凄凉、撩人心梢的冥歌。那些死去将士的亲人们也相约而来，烧一大堆纸钱长香、洒泼水饭来祭奠鬼神。匡家杀牛宰猪，杀鸡宰羊，锅煮熟肉，肺脏杂煮，装碗陈列，还打了几百斤的粑粑装在簸箕里，并剪出纸车纸衣。吃的用的一切准备就绪后，巫师鸣锣敲鼓，法事开始。

匡嘎恩其向一个老祭司递上了所有阵亡将士的名字。他想告诉老祭司点什么，但老祭司仿佛心知肚明，他说，他很早的时候就已经看见了，在遥远的东南方，那些魂魄借白云做白马，借黑云做黑马，借红霞为红马，摘风为鞭，他们左奔右突，东奔西撞，但就是走不出鬼界的三十六条路。他们两眼迷茫，神色颓丧。

"他们缺少指引啊！"老祭司说。

接着，老祭司手里拿着一个竹筒，竹筒里装有一块系魂布，这块布通神性，可穿越时空，通往鬼界的任何一条路，到达地角天边，招来亡者的魂魄，引领亡者找到回家的路。

老祭司铺开系魂布，慎重地将匡嘎恩其给他的名字置于上面，然后面向东南，举起双掌，手指呈最通神的手语形状放在胸前，闭上眼睛，嘴唇蠕动着，轻轻哼起了招魂词：

> 过来兮，家乡的魂灵/过来兮，流浪的浮云/一年一年兮如水过去/一月一月兮相继到来/年年过去兮我们找不见你的身影/月月到来兮我们看不到你的魂灵/今天，我从家乡带来了菖蒲叶/我从家乡带来了桃树根/我唱着悠扬的巫歌兮/我呼着嗬嗬的神号/亲人啊/东方有请兮你莫起身/西方有喊兮你莫下去/亲人啊/听见我的歌声兮再站起/听到我的神号兮再下来/同香烟兮袅袅一路/同蜡烛兮亮光一路/靠紧我的身体/缠紧我的腰身/跟着我的左手兮，成风成雨/跟着我的右手兮，成雾成云/我们一起唱着巫歌，莫让走调/我们一起呼着神号，莫让断声/是岩羊兮，我们回归镇筸大岩/是红狼兮，我们回归镇筸大岭……

祭司默念着，他的声音婉转深沉，曲调悠远缥缈，柔软的如催眠一般的力量。人们屏声静气，等待着奇迹的出现。当一切并未显现出异样后，老祭司睁开了仿佛能透视阴阳两界的眼睛。之后，他又取出了一副竹卦占卜。他将竹卦掷于地上，察看阴阳。两块竹卦一仆一仰，代表着顺卦。于是，祭司仍旧闭上眼睛，念念有词。

当他眼睛再一次睁开的时候,有一些乌云慢慢地从远处飘了过来。乌云没有让天空变得黑暗,只是孤独地在人们的头顶盘旋。晴空万里,太阳当顶而照。

　　大行大行的泪从老祭司的眼睛里流了出来。

　　"亲人呐!"一行人跪地不起,失声痛哭。

　　乌云突然突然涌动起来,时而合拢,时而分开,时而在匡嘎恩其的面前站立不动,有如出征前等待发号的士兵。匡嘎恩其怔住了,这不正是离别时镇江上空的那片阴云吗?

　　匡嘎恩其激动得浑身战栗起来,他不知怎么办才好。

　　老祭司用手不断地指着那块系魂布,不停地说着什么。

　　匡嘎恩其一阵惶惑,在与老祭司对视之后,终于明白了他的用意。他抓起地上的泥土往上空抛撒,舀一瓢井里的泉水向上空泼散。他对着云朵,大声喊道:"我的出生入死的兄弟啊,请你闻一闻,这是家乡的泥土;请你尝一尝,这是故乡的兰泉;你的亲人啊,捧出了好酒好食;你的父母啊,在家门口声声呼唤自己的骨肉。你如果感知到,请化成风化成雨落下来;你如果看不到,请化成雾化成云飘走……"

　　顷刻间,风夹着雨滴泼泼洒洒地落了下来,沾湿了老祭司的系魂布……

　　很多人开始哭泣着呼唤自己亲人的名字。

　　身着袈裟的和尚默念着阿弥陀佛,诵读佛经。身穿道袍的道士也开始念经为亡灵超度。那些巫公师娘则借身于魂,开始了与自己亲人一鸣三咽的对话。

18
末路王者

　　招魂仪式过后，紧接下来便是祭祀。活动延续了七天七夜，声势浩大，可谓空前绝后。最后一天，家家户户扎了千百盏河灯，准备到沱江河边去燃放。这些河灯有大有小，种类繁多，有以佛仙为题材的观音灯、八仙灯、嫦娥灯、金童玉女灯、牛郎织女灯、七仙女灯、玉皇大帝王母娘娘灯，有以名垂青史的英雄将士为原型的，如关王岳王灯、悟空哪吒灯、韩信霸王灯，还有以果木花草或家养牲畜为题材的小型荷花桃花灯、巴茅茶树灯、猪羊鸡鸭灯、团鱼灯、蚌壳虾子灯等。这些祈福的河灯，寄托着大家的想念和美好的心愿，成了崇尚美好幸福的象征。

　　匡府今年由总管出面，专门到箅子坪乡下请来纸扎师傅，扎出做工精细、难度很大、有底座装载的大型河灯，扎了一座五米多高的酬谢过往神仙的孔明灯。同时，他们也扎了以牛羊猪鸡为主的河灯，显示出了一种超乎寻常的低调。这是莫歌的意思,这些年的风风雨雨,经过太多的事,如果有什么可以让她选择的话,她宁愿过一种平淡的日子,鸡鸭满圈,牛羊满栏,而丈夫也能时刻陪在自己身边,夫唱妇随,恩爱白头,身边围绕着一大群孩子。

傍晚,大家将河灯搬到了河边。夜空中的星星闪闪,火焰在黑暗中明灭,交织成一条另类的河流,所有的心愿和寄托随水漂走。介银独自在河的另一角放河灯,她的河灯很小,为一朵朵含苞欲放的草籽花,其中有一盏牛郎织女灯制作得较为独特,神形逼真,栩栩如生。

河灯随水漂着,她泪眼蒙眬,哼起了自己内心的歌:

  当你离开亲人扛起枪

  奔向遥远的地方

  就永远离开了自己的家乡……

  你丢弃了白发翘首的父亲

  母亲的牙齿在梦中一夜脱落

  你几时能返回儿时的家园

银铃似的声音被压抑着,低音部唱得哀伤和幽怨。

你年轻的嫁娘

夜夜面对东方

她一心盼望心上的人

骑着白马

突然从远方飞降

亲人腾云驾雾地归来

尸骨埋葬在异乡

有没有人给你修一座坟啊

有没有人给你烧一炷香

但愿草籽花日日开放

但愿能长一条长路

到达你的坟头

日日飘香……

　　她的歌声像是诉说，吸引着一些同病相怜的乡亲。有一些人朝她走了过来，一语不发，跟她一起唱歌。他们一边唱，一边放走河灯。

　　月亮出来了。河灯的光，月亮的光，周围的一切如白昼。介银站起身来。

　　莫歌一家仍在放河灯，因为他们家的河灯大多装有底座，体形大而重，管家们在忙活。匡嘎恩其和他的三个儿子似乎为着河灯的事在争吵不休。介银看得有些痴痴艾艾，脸部的表情却是在笑。不知过了多久，感觉被人扯了衣角，一个小孩不知从哪里钻了出来，眼睛一眨不眨地望着她，说："阿姨，我叫匡嘎惹巴，我是匡嘎恩其的儿子，我想要一盏灯放。"

介银一时感到欣喜而激动。她迫不及待地取了一盏小河灯递给他。小孩没走去几步，她又拿了两盏跟了过去。

"谢谢阿姨。"匡嘎惹巴在接过她手里的河灯时认真地看了她一眼。这一眼令她深刻地记住了他，而风不时送来了一种菊花的香味，她闻着，觉得那是从这孩子身上散发出来的。

她带着这种花香的记忆离开了沱江河边。

这一次的活动，匡家倾尽了心力。匡嘎恩其和莫歌都不同程度瘦了一圈，精神上却轻松了许多，他们都愿意相信所做的事帮他们了结一些心愿。匡嘎恩其和家人由此过了一段较为平静的日子。每天早上，他照例地要起来锻炼，自由地从南华山脚一路小跑着爬到山顶，在一棵古松下宽绰的平石块上舞一阵拳术，之后又轻松地顺坡而下。回到家，几个小子也差不多起床了，热热闹闹地吃过一顿早饭，便收拾好自做的钓竿，到茅厕捞些蛆作诱饵，带着他们到河里钓鱼。但那几个小家伙似乎对在稻田里的蛤蟆更感兴趣，于是匡嘎恩其弄来几根竹竿，系上鞋绳，拖地的一头捆一点蛤蟆爱吃的青叶菜或南瓜花。孩子们手握竹竿丢下去，便会有蛤蟆从晚稻的禾丛里奔来，含住饵，不肯松嘴，一下就被拉上坎来。三个小孩其实都还太小，拉不动钓竿，大多时候不过晃动着饵招惹蛤蟆。有时候匡嘎恩其教他们玩甩泥炮，到稻田里抠出糯一点的泥巴，做成碗状，倒举在空中，狠狠地甩在平展的岩石上，"砰"的一声，炸出一个洞来。甩的力度和技巧决定洞的大小，洞的大小决定胜负，到后来几个孩子打了个平手。看着他们几个得意洋洋的样子，做父亲的更是疼爱有加，欣慰无比。他教孩子们摔跤，脱得一丝不挂，在别人用来烧瓦的泥田里翻来滚去，揉得不可开交。莫歌一刻也没有放弃享受天伦之乐的机会。她到河浅的小溪，搬开较大一点的石头，捉出躲在石头下面或石缝里的螃蟹和一种名叫趴趴的鱼。有时孩子会被螃蟹咬住，痛得尖叫，莫歌就叫赶忙放进水里，这样螃蟹自然就松开了。趴趴鱼老实，一捉即起。有时会捉到黄蜥蚰，滑滑的身上带刺，必须用石头先将其砸晕才能下手。当他们最后将螃蟹或鱼用柳筋条串起来，挂在腰间或脖子上，骄傲地走在大街上，莫歌觉得自己幸福极了。

与父亲的日益亲近，小子们开始好奇他的枪。匡嘎恩其手把手教他们。"那儿有一个准心十字，"他对他们说，"瞄准，再瞄准，叭！"

那种极度安逸完全不受人影响的生活，差不多让匡嘎恩其忘记了在前线所受的煎熬和折磨，不过好日子总是飞快如梭。八月八日，传来了一道命令。他提前结束假期，火速归队。当匡嘎恩其穿好军装走到田嘎兴恕位于东正街的将军府时，才知道田嘎兴恕早在两天前就已经走了。他的儿子田嘎应诏坐在门前的台阶上，把玩着一杆不知从哪儿搞来的竹节烟袋。那烟袋是楠竹雕的，不仅高过他矮矮的身体，烟袋包着铜皮的头也大过他的脑袋。"不要让这家伙把你给压扁了。"匡嘎恩其说，拍了拍田嘎应诏的脸。

临分别，莫歌在丈夫身上加了一件线衣，因为气候将不断地往凉处走了。这样的线衣她一共织了四套，其余三套是给儿子们的，除了大小不同，款式和颜色完全一样，最明显的是都绣有一个匡府标志性的图案。这些线衣都是丈夫在自己身边的这段日子里织就的，可闻见一种甜蜜和幸福的气味。

匡嘎恩其走之前托莫歌一定要去看看玉比的父亲巴雄和妻子石嘎欢勾时，莫歌才知道表哥玉比已经死了。"因为我，他在所不惜，耗尽了自己的生命。"匡嘎恩其道。

莫歌看着匡嘎恩其的眼睛，此时她觉得和丈夫离别的悲伤已算不得什么了。

儿子们因为贪玩过了头，睡到中午才醒，他们的身边已没有了父亲，但见母亲在轻轻地哼唱忧伤的曲子。三个孩子内心隐隐有些不安，并感到害怕。他们似乎都不想惊动母亲，以假寐来逃避现实，偶尔还伴以夸张的鼾声。过一会，母亲梳理好自己的情绪时，发现他们的枕边有些涎水。

其时，在与翼王长达数月的拉锯战中，清廷一点都没有感到轻松。相反，贵州起了苗乱，一名姓张的领袖首举义旗，一个布依族农民率领两千人马响应，后又有数万人投靠义军，参加了对湘军的围攻,将湘军推入了进退维谷的两难境地。在残酷的较量中,湘军连连折戟,石阡府的大寺顶、野马嵊、候场等战略要塞几易其手。当地一些团练头目和知府担不起罪责,自杀于军中。有一个云贵的总督,羞于无力剿办滇黔两省的义军,在衙门自缢身亡了。朝廷设立了总理衙门,不得不对匪患严重的黔地高级官员做了调整。田嘎兴恕,被署巡抚,授钦差大臣,总理关防,以利节制文武,督办全省剿匪事宜。

回黔后,匡嘎恩其一直在调整状态,对于家的回忆和对儿子们的想念让他感到无精打采。不过,令他意想不到的是他受到了其他军官们的热烈拥护。

在一处营房,匡嘎恩其看见了镇筸兵的一个团队。一伙人正围着什么起哄,走近一看才知是在看两人打架。这是他们难以改变的习性。那打架的两人,正如拚扛的水牛,眼睛布满红血丝,你冲过来,他扑过去,架势异常凶猛。看到匡嘎恩其,他们才散架开来。

"久等不来,我们自己先开战了。"一个士兵把手摸自己的脑袋,不好意思地说。另一个士兵却客气地躬身致意。

"要不要再战一番?"匡嘎恩其说,"我不会让你们白干。"

两个士兵互相瞪了一眼。这次的结局是一人挨了二十军棍。之后,他们被分开到不同的连队。

在一个黢黑的夜晚,匡嘎恩其率队由黔向四川的前线开去。

那时候,石达开的军队兵不血刃,渡过了金沙江,突破了长江防线,到达了大渡河畔。大渡河静如处子,对岸并无清军,石达开下令多备些船筏,准备渡河。但当天晚上,大雨滂沱,河水暴涨,船根本无法行驶,在抢渡中很多士兵丢掉了性命。匡嘎恩其在三日后赶到,他们带了数门由骡马拖拽的大炮,以及英国人的洋枪,在山上安营扎寨。不过对于太平天国来说,粮食弹药匮乏,缺草少粮,士气低落。在遭到重兵围困后,已进退无路。匡嘎恩其觉得可以开战了,但总督为了生擒翼王,派遣一名官员前来劝降了。"我敢担保,"官员一边用手帕揩擦额上渗出的汗水,一边信誓旦旦地表白,"如果你能慷慨赴约,皇上会赦免你的将士,愿回家的回去为民,愿留下来的会量材擢用,或按官授职。"

翼王决心舍命以全三军。事实上,那些被遣散的四千人中,大多都得以逃生。但当他带着自己五岁的儿子和两千兵士进到清营谈判时,清军出尔反尔,背信弃义,不仅扣押了他们父子,还将跟随的两千将士全部缴械杀害了。他们把他和另外两属下带到官府审讯。清军统帅问他:"你投降吗?""不,我来是乞死的,"那位翼王凛然回答道,"所谓成则为王,败则为寇,今生你杀我,安知来生我不杀汝耶?"统帅令人将他们绑到了一根椿木柱上,行将凌迟。刽子手对准他的一个属下割了第一刀,那个属下不胜惨痛喊叫起来。"为什么不能忍受一下?"翼王严厉地说。他的大义凛然和毫无缩态令刽子手吓了一跳,刽子手的兴致和激情在他的英烈中顷刻间萎靡了。"还不快动手!"翼王催促道,声音带上了从未有过的威严。一时间死寂无声,刽子手有点乱了方寸,瞄准的是他的大腿,却不知为什么,第一刀割下了他的生殖器。

父亲被生剥后，儿子哭得十分凶猛，不过轮到他自己行刑时，有个刽子手告诉他，死后可以见到父亲。

"你确定吗，我可以见到父亲？"小家伙问。

"当然。"刽子手说。

匡嘎恩其一直在大渡河畔等着开战的消息。就在这天夜里，在一次乱哄哄的行动中，传来了一个惊人的消息，那位翼王被凌迟处死了，有人用刀从他身上割下了一千多块肉。

19

乌巢河

莫歌去乌巢河看望巴雄和石嘎欢勾的念头动了三次，但前两次都因为三胞胎中的老大匡嘎一琼而没有走成。他总是在她出门的关键时刻以犀利的喊叫和歇斯底里的哭闹令她紧张而举步维艰。匡嘎一琼哭起来，眉毛和鼻子全皱着，脸都紫了，眼睛红得像朱砂。最后一次，她确信孩子们睡熟了，连丫鬟也没带，一个人带了包裹，放一些干粮，以便路上充饥。但刚到离城不过三四里的名叫长泥哨的地方，黛帕抱着匡嘎一琼气喘吁吁地赶了上来。她告诉莫歌，她走了多久，匡嘎一琼就哭了多久，家里那么多人没有一个能哄住。不仅如此，他的卵蛋蛋胀得有如拳头，亮晃晃的，像快炸裂开来的白色气球。老太太急得要死，担心坏了家业，才派她来追赶。

去往乌巢河的道路泥泞，他们的前面是羊肠小道，在潮湿的沟坎或井旁是茂密的乌泡叶、一支槁。顺着一些岔道往更深一点的地方看去，陡峭的地方还有长着野生的血三七、牛尾七、一蔸棕，全是一些药草。苗乡百草都是药，能出像玉比家那样世家名医是不足为奇的。

匡嘎一琼大多由莫歌和丫鬟轮流背着走，这一点都不轻松。在一处山弯，几拢田亩，一位果雄•乜在翻犁稻田。他的身后，是莫歌熟悉场景：村子很安静，用长木和黄茅草盖的上尖下实的A字茅屋、杉皮屋或瓦屋的顶上，罩着一片温柔的紫色烟雾。也不知是哪个朝代哪位仙人的巧夺天工，桥架于南北两座大山之间，虽然有着风剥雨蚀的累累残痕，仍然气宇轩昂，瑰丽壮观。

过了桥就是玉比的家了。一间最为普通的房子，正屋的木板门半开半掩。房屋多为青石块砌，整齐划一。正屋旁边的厢房堆满风干却散着芳香的药草，天井里多置盆景，栽种的全是可入药的芍药、凤仙及菊花等。尽管过去了很久，巴雄家大门上仍挂着白布，一副绿色

178

对联被雨水冲淡了色彩,要等着别人祭奠似的。一种说不出的哀伤的氛围引领莫歌走进门口。"有人在家吗?"黛帕小心地问。

紧接着,一前一后地走出来两个人来,前面的女人是石嘎欢勾,后面的男人是巴雄。

又一个女人弯曲着身子拉开了另一扇门。那是巴雄的母亲。她抱了个南瓜走了出来,定定地盯着莫歌。她不言语,像刚刚哭过,因为她正擤着鼻涕,一把一把的泪水也被擤了出来。

这使莫歌更为心痛,她充满歉意地说:"真是对不住,我应该早点来看你们。"

巴雄的母亲行为有点古怪,说话絮絮叨叨。"我的孙子不比一棵草珍贵,"她说,"不过房屋上的一缕青烟。"她把南瓜放下,从板壁上取下刀来,用刀不停地敲着瓜蒂。"南瓜蒂断了。"她没有些来由地说。这时匡嘎一琼一心挣脱丫鬟的怀抱,要干什么似的。结果发现他感兴趣的是那枚落地的瓜蒂,那正好可以用鞋绳穿起来,做一个抛转的"呜呜叫"。

石嘎欢勾看到匡嘎一琼,先是一惊,却又很快显得难过悲伤。"去亲亲表舅妈。"莫歌说。匡嘎一琼蹒跚着走过去,石嘎欢勾伸手接住了。"妈妈。"他稚气地喊道,这是他理解的称呼,因为他还不会叫舅妈。他的小手在石嘎欢勾的脸上乱摸,咧着嘴笑得阳光灿烂。"妈妈。"他又喊了一句。石嘎欢勾拍了拍他的脊背,感觉这孩子跟她贴得非常紧。如果丈夫玉比不出去,她也会有这样一个可爱的孩子,她想。她已经为此想过千次了。

"我不知道说什么好，都是因为匡嘎恩其……"莫歌难过地说。

"都是因为命，"巴雄说，"他以为出去当兵就可以逃避，到头来还是死在了医术上，果真生死有命。"巴雄的忧伤显在脸上。

莫歌在巴雄家住了一夜，天破晓的时候，曙光像蓝色的波浪，在空中荡漾，这反让莫歌觉得天气的捉摸不定。因为路途较远，她想早一点回去。匡嘎一琼一直由石嘎欢勾抱着，乖巧地在石嘎欢勾怀中睡了整整一晚，没有哭闹，有时他会在大人伤心流泪的时候睁开懵懂的眼睛，对周围所发生的一切仿佛心知肚明。莫歌担心她太累，几次欲接过手来，但石嘎欢勾说她更愿意抱着他。莫歌开始还以为她是待客的一种礼貌，后来从她的眼睛里看到了一个母亲的需要。

早晨，匡嘎一琼由石嘎欢勾抱着吃饭，他的眼睛一直看着她，由着她喂进嘴里一点稀饭和菜。他有时蹬蹬腿，伸手去抓她的碗。

"来，莫闹，到妈妈这里来。"莫歌伸手去将他抱到了自己怀里。匡嘎一琼一声不吭，在静默中又任由黛帕从莫歌臂弯里换来换去。

吃过早饭，莫歌收拾行囊，开始向这一家人辞行。该说的话都说完了，石嘎欢勾反而留恋起来。她最后抱了一下孩子，吻了一下匡嘎一琼的额头。自此，匡嘎一琼再也不肯回到母亲莫歌的怀里。丫鬟使出了种种手段，连哄带骗，软硬兼施。莫歌也用尽了所有看家本领，恨不能将他再放回肚子里去。

石嘎欢勾试着掰开一琼抓着自己衣领的小手，但那小手就像长到了她身上的一个胎记,掰不开,弄不掉。

"请跟妈妈回去,"莫歌说,"我们要走了。"

"不。"匡嘎一琼回绝道。

"让孩子留下来多待两天吧,或许他喜欢这儿。"巴雄说。

莫歌只觉得内心难受,但她什么法子也没有。"等过几天,我们再将他送回到镇算城去。"巴雄又说。莫歌抬头望了望天,那些紫色的烟雾忽隐忽现,晴空在即。她觉得没什么不妥,说不定她前脚进门,他们后脚就跟来了。

"你一百个放心,孩子我们不会怠慢的,他就像我自己的骨肉那样亲,等到天晴时,我们一定给你送来。"石嘎欢勾远远地还在说。

走的时候,莫歌一个招呼也不打,甚至看也没看一下。到村子的垱头,即将隐进山麓的地方,她实在忍不住回了下头,但没有看见匡嘎一琼追上来。有一只母鸡咯咯地叫唤,一张脸绯红,迫不及待地告功乞食,大概刚下过蛋。其他的母鸡也咯咯地跟着瞎叫一气。

之后,莫歌每走一座山,拐过一个山弯,都会回过头去看。但山野是静寂的,人迹罕至的地方,只听到风的声音。

"像要下雨了,夫人。"黛帕说,"刚才明明是要天晴的样子,怎么突然就变了。"

"是啊,突然就变了。"莫歌附和着,她的心早已不在此,她为先前没坚持把匡嘎一琼带回来感到后悔。

她们在离城还有两公里的时候,雨落了下来。黛帕摘下宽阔的桐叶,搁置在夫人头顶,遮挡了一些雨水。到家,俩人都成了落汤鸡。

那以后,雨一直下。过了两三天,莫歌有些着急;过了一个星期,莫歌急得要死;过了半个月,她如坐针毡了。她吩咐管家带人到乌巢寨去一趟,无论如何要把儿子匡嘎一琼带回来。

管家兴师动众,带了五个人,还带了六件雨衣五把伞。他们天不亮就出发,但回来时一个比一个沮丧。

"因为连降大雨,乌巢河涨水,将那横跨的石拱桥冲垮了。"管家说。

"水漫到了半坡,恐怕连乌龟也无法爬过去了。"另一个同去的家丁也证实了这一点。

这个消息让莫歌感到突然,她没有说什么。第二天,当别人还在酣睡时,她一个人动身去往乌巢河了。

平时,那条河河床虽宽,但高山缺水,不过是一条漫过脚腕的小溪流,清澈见底,活泼而充满情趣。但现在,已变成一条汹涌澎湃、仿佛要挣脱高山的束缚而奔向大海的黄色巨龙了。

莫歌听到了巨浪滔天的声音,那像是龙的吼叫。她叹息一声,知难而退。

起初,人们以为这一场雨不会下太久,超不过一个月。因为城中有老人说他活了九十岁,像这样的雨,也只见过一次而已。除了莫歌,城里的人并未显示出一点担忧的心情。男人们有时会拿一把铁锹或铲子屋前屋后地转悠,干一些清理沟渠的事,让漫溢的檐水顺道流向河里。女人们则抓住这难得的机会大睡特睡,连孩子也懒得管了,任由小家伙们赤脚在流水的街上乱窜。勤快的人则拿了捞斗去河边捞鱼虾,那些鱼虾似乎无处可去,成群结队地往岸边瞎蹦乱撞,一会工夫就可以满载而归。这一切看起来好像是因祸得福。

但这场雨下了整整半年。

那时节,城里街道上的长条形红岩板让雨水泡得松动了,蚯蚓们从极度潮湿的土中翻身而出,一排排横陈在街角路边。讨厌的蚂蟥疯狂繁衍,亦黑亦花,一不留神就会粘到人的腿上。重要的是,早在这之前,那些下河佬将城里房屋的布局重新做了调整,打通了道路,让每家的路和沟渠都能直接联通河边,雨水哗哗流去,否则还不知会成什么样子。

河水在以一种虽然缓慢却不可阻挡的速度上涨,这使小城人开始恐慌。有人暗地里将较为贵重的东西作了捡拾,以便减少损失。

一天下午,菊在吩咐丫鬟们去整理衣柜,因为她闻到了一种奇怪的类似死鼠一般的气味。丫鬟拉开柜门,看见里面长满了绿霉,更为可怕的是蚯蚓和蚂蟥都爬进来了。一个丫鬟一不留神还碰到了一条跟绿霉一样颜色的蛇,她吓得哭出声来。

匡老太太正准备问她怎么了,就听见外面闹将起来,原来是那些在河边捞鱼虾的人说看见河水已超出极限水位,漫到了对门下河佬设置的第九级台阶。这意味着,如果大水涌进去,冲走了他们的房屋,那镇箪城也危在旦夕了。

“赶快逃吧，要不就来不及了。”有人急躁地说。

“把厕门拉开，让猪牛羊等牲畜们也自己跑到山上去。”

“都动脑筋想想吧，我的天，要大祸临头了。”

……

外面的说话大过雨声，冰雹一样的落进了匡家的院子。毫无主见的佣人门问莫歌怎么办。莫歌站在门窗前发呆，她的怠惰慵懒的神情与外面的心急如焚形成对照，她只是让大家再等等看。佣人们于是又去请示祖母。

“兵来将挡，水来土掩，车到山前必有路！”祖母意志坚定地说。

差不多没有几人再耐得住了，他们全从屋子里跑出来，站到高高的城墙上观望。有些连根拔起的古树在河心翻卷，不计其数的木头漂浮而下，被冲毁房屋的骨架和茅顶两相分离，在水里滚来滚去，偶尔还见猪牛一晃而过。

而在对面下河佬的门前，只见站着九个模样不同的人，他们都带着一种怪怪的表情，像是对鬼神和大自然的敬畏，又像是一种反叛和对抗。有人认出其中一个为白神兵。他们不吃不喝，站立在原地，也不说话，就像河流的航标。有人打赌他们的眼睛也不会眨。有视力好的人发现他们全闭着眼。

河水没有上涨。

他们纹丝不动地站了三天。

那以后，漫长的雨终于停了下来。

人们暗地里感谢那九个人的神力回天。但知情的人说其实他们什么也没做，他们只是尽力地给人展示一种定力，以不乱治乱，以不怕治怕。幕后的功臣是白瞎子，他锁住了一条跋扈的蛟龙，而威慑蛟龙的力量来自大家的沉着坚定。

雨停半个月后，艳阳高照，晴空万里。一个女人牵着一个小孩来到了匡府。女人略显年轻，小孩活蹦乱跳，能说很多的苗话。匡府的人都不认识他们，莫歌以为他们是来讨生活的，准备叫管家拿一点盘缠给他们。但那女人谦恭地说：“夫人，我是石嘎欢勾，我给你送儿子来了。”

莫歌睁大了双眼。

“我们来迟了，虽然天晴了一段时日，但乌巢河的水到现在才消下去。真是对不起。”石嘎欢勾又说，并教小孩，“快叫妈妈。”

孩子看了莫歌一眼，却不好意思地躲到石嘎欢勾身后。

莫歌认出了儿子，虽然长高了，变了点样，但他冷峻霸气的脸和顽强坚毅的神情，骗不了她的眼睛。但是，她闻不到儿子身上特有的那种朱砂气味。而石嘎欢勾，从一个神情沮丧的人变成这般漂亮年轻，真是令人匪夷所思了。

“叫妈妈啊，匡嘎一琼，她就是你莫歌妈妈。”匡嘎欢勾又将小孩从身后牵出来，送到莫歌面前。

儿子看了母亲一会，喊道：“妈妈。”

莫歌突然鼻子发酸，她一把拉过儿子，搂进怀里。

"谢谢您,夫人,匡嘎一琼跟我们住了这么久,实在是我们的福气了。"

作为回报,匡家留石嘎欢勾住了两天。走的时候,莫歌执意要送她一些值钱的东西和银两,但都被拒绝了。她唯一要走的只是一件在匡嘎一琼的右手上黑蚕豆般大小的布质佩戴物。

长长的雨季刚过,正当大家忙着去除屋里的霉气的时候,从县衙内传来准确的消息:太平天国灭亡了。

这意味着,与亲人欢聚时刻为期不远,石头城里的人感到由衷的欣喜。但这个消息犹如一把剑,刺到了白神兵。他当即把自己创建的神兵团给解散了,给每人十两白银的遣散费。这遭到了父亲白瞎子的怒斥。"笨蛋,你是糊不上墙的稀泥,"白瞎子骂道,"还有更大的战争。"白瞎子这时患了严重的哮喘病,说话声音嘶哑,由于激动把喉咙都弄破了。他喝下了一碗神水,以为过几天就会好起来,没料想却一病呜呼了。临终时他仍没有放弃对儿子的指望。"我把一切都交给你了,"白瞎子说,"等你见到我时,至少要有一个好的交代。"

接下来也传来了很多不好的消息。最早组建南华团的裴嘎荣禄在随箪军征战多年后阵亡了。即使是田嘎兴恕,在贵州平叛苗乱时不断受挫,元气大伤。他原本给皇帝上奏折,称黔省贼寇不足为惧,不堪一击,剿灭他们指日可待,却不料自己连连失利。皇上怀疑他一味虚夸表功,敷衍塞责,接连降旨怪罪下来。田嘎兴恕焦急如焚,如坐针毡,连杀人的心都有了。那天,沈毛狗给他拿来了一本《圣经》,

说国家的内乱，皆因天王们的拜天地会。而今洋人也念《圣经》，肯定是想建立国中之国。"那些传教士因获大清国总理衙门颁发的传教士护照，已越来越张狂。"沈毛狗进一步说。田嘎兴恕沉默不语。这也不是什么大惊小怪的事情，因为早在这之前，洋人们攻占北京，在短短几天的时间内，闪电般抢劫了圆明园，后又烧成了灰烬。田嘎兴恕下令把押到了青岩团务署的四个修士给宰了，后来在开州又将法兰西的一个神父悬首示众。"什么狗屁，那是他们的文凭，何以成了我大清国的通行证！"他说。田嘎兴恕不断地制造了"青岩教案"和"开州教案"，这简直是捅了马蜂窝，贵州教区的神父们觉得最高明的做法是由他们国家的军队直接插手。他们中的代表风雨兼程赶往北京，找到他们的公使与大清国谈判，以永久性军事占领为威胁，要求清政府一命偿一命，处死田嘎兴恕。很快，田嘎兴恕被收缴了钦差大臣关防，撤销了所有职务，而沈毛狗则奉命署里他原先担任的提督一职。田嘎兴恕被撤职后，以戴罪之身和沈毛狗一道，率兵在黔川湘往来奔突，四处征剿。石达开一死，他被戴上镣铐，入狱。守狱的小吏曾是他的一个下属，喜欢喝酒，喝醉了就骂骂咧咧，一边数着田嘎兴恕的功绩，一边对着监狱的大门撒尿。有一次，突然得到了一个假传的旨意，他冒着掉脑袋的危险，悄悄把田嘎兴恕放出去了。

20
灾

　　自从匡嘎恩其走后,匡府的生活秩序变得有点紊乱。先是匡嘎一琼不分昼夜地哭,他的声音宏大,狼嚎鬼哭一般,匡府上下无一人能睡。特别是莫歌,有如蝼蚁啃骨,百剑穿刺。请了草医来看,疑到某个山谷水涧或河边的阴邪之处撞到了淘砂神,受了极度惊吓。民间巫医一统,草医也懂一点巫术。他叫莫歌准备了一些鱼肉酒礼,煮了白饭,烧了一回纸钱。祭此,匡嘎一琼果然不再哭闹了,但没出几日,又旧病复发。

　　匡嘎云飞则是患眼疾,眼睛红丝云翳,臃肿畏光,紧闭难开,用药用细茶洗涤均无效果,后从头胎为男孩的产妇那里讨得奶水,滴进眼中温洗,才有了点效果。

　　匡嘎惹巴患的是冷热病,言语支吾,心神慌乱不定,高烧时滚烫如火,四肢无力,甚至精神衰弱,心力衰竭。这种病弄不好会得肺炎、脑膜炎,落下终生残疾或痛苦死去。在请全城有名无名的药师诊治后,却不见任何效果,匡府全慌了手脚,莫歌也没有了主张。有人给她建议,不如去寺庙里求求菩萨。镇筸城的寺庙多如沱江河的岩头,有的建在城里,有的散布在周围或远一点的乡下,年代有的可考,大多不详,有城隍庙、观音庙、天王庙、药王庙,有玉皇阁、莲花阁、文昌阁;还有各种各样大小林立数不胜数的诸如灵山寺、紫云寺、万福寺、青云庵、准提庵、灵应庵等。莫歌接受了别人的建议,决定要双膝跪地,求遍城内外所有山寺神庙,因为她也不知道,哪一尊神才是儿子真正的守护神。她每天黎明即起,双手合在胸前,一步一步地往那些目的地爬去。匡家祖母心疼她,吩咐丫鬟缝了两块护膝布。她不忍让老人操心,恭敬接过,走出大门便扔到了别处。她一心一意地希望自己的虔诚感动菩萨。

她走过了三十座寺庙,双膝血肉模糊,在通往一座名为老司庙的第九十九级台阶上,终于不胜苦痛,昏死过去。

两个捡柴回来的小道士发现并将她抬进了老司庙里。在那里,一种浓浓的香薰草气味将她熏醒。她环顾周遭,四壁悬崖,上面挂满了鲜艳的红布,有的可见一些细小的文字,记录着这里显灵菩萨的无限功德。她还听到了这辈子从未听到的苍老的声音,这声音仿佛来自天国。她不知道这声音对她发出一种什么样的信号,告诉了她什么,却一直沉浸在声音带来的震撼里。

她躬身下地,滔滔絮语,真诚诉说,长跪不起。

莫歌不知道自己是怎样离开那座寺庙的,只知道陪她出来的,有其中一个捡柴的小道士。

小道士一语未发,他在奄奄一息的匡嘎惹巴身前,不停地摇晃着司刀,诵咒通呈……

那一天,石嘎欢勾强烈地感觉到了对匡嘎一琼的想念和牵挂,她的胸口隐隐作痛，伴以心慌气闷。她把这种感觉告诉了公公巴雄，巴雄知道她犯的是相思病，但没有开出药方。石嘎欢勾隐忍和克制着。有一天夜晚，她忽然从噩梦中惊醒，说自己看见匡嘎一琼被人用刀砍成肉酱，裹在一个黑匣子里，黑匣子发出鬼一样的哭声。

巴雄沉默不语，看着头发凌乱、脸色惨白的她，也不知怎么办好。第二天大早，他背了背篓出门，说上山采药去，晚上回来时喜滋滋地告诉石嘎欢勾，说他见到匡嘎一琼了，小家伙经他一抱，止住了哭声，不断地笑。石嘎欢勾并不相信，以为公公在哄她，安慰她。晚上睡觉，仍然梦魇缠身，苦不堪言。后来她把从莫歌那里要来的小黑布袋放在枕边，小黑布袋不断地发出一种气味，石嘎欢勾也说不出是什么味道，但噩梦却从此消失了。时间一久，石嘎欢勾居然闻出了点眉目。她告诉公公，那是朱砂的气味。

其实，巴雄那天真的到了莫歌家。他在采药的时候，翻过一座山，又翻过一座山，鬼使神差一般，不知不觉就到了镇篁。他摸摸自己的额头，异常冰冷，流着虚汗，他想自己肯定是迷山了。他到了匡府门口。匡嘎一琼狼哭鬼嚎一样的声音穿过匡府厚重的大门传来，他的心就碎了。他也顾不了尴尬，一头撞了进去。

匡嘎一琼一眼就认出了他。他比以前消瘦，脸和手都沾满了山上刺蓬勾下的血污痕迹，一脸尝遍百草的神情。随着匡嘎一琼哭声的戛然而止，大家的注意力全转向了巴雄，莫歌也走了出来。

"对不起啊，夫人，我只想来看看匡嘎一琼。"巴雄俯身向大家行礼。

莫歌惊叹着，一边忙不迭地说着客气的话："真是见外了啊，你很久没来了，应该常来。我也在想，有空应该带着孩子去看你们，可是你也看到了，家里的情况近来有点糟糕。你能来我们真是太高兴了。"

"匡嘎一琼不舒服吗？我打老远就听到了他的哭声。"巴雄问。

"他哭有一阵子了，请人看过，也没哪里不好，真是奇了怪了。"莫歌说。

"不能让他总哭，男孩子会得疝气的。"巴雄爱怜地看了看匡嘎一琼，于是将他抱起，用手擦去他眼睛里的一汪泪水。

莫歌吩咐丫鬟给他端来茶水，过一会又让厨房准备了一桌饭菜。巴雄吃过饭，临走的时候用手指往灶眉上抹了一点灰，在匡嘎一琼的额上画了一个黑十字，默念数语。他把这点小窍门和简单口诀教给了莫歌。以后，凡遇匡嘎一琼长哭不止，便用灶灰在他的额头画一个十字。这种小小的邪术，莫歌到死时也没有告诉第二个人。

匡嘎一琼停止哭闹半月后，匡嘎惹巴也战胜了病魔。他睁开眼，便看到了匡嘎一琼额头那个醒目的十字。那一刻他感到非常的惊恐，他觉得那是一个正对准自己脑袋的黑黑的枪口。

或许源于这样的感觉，性格一向温和的匡嘎惹巴开始暴躁起来。而匡嘎云飞则显露出了一种似乎是与生俱来的匪气。于是，三个孩子开始不断地为一些鸡毛蒜皮的事掐架。他们的表情形同陌路，拳脚相加的力度看,就是生死搏斗。有一次,匡嘎一琼还拖出了一把菜刀,差点削掉了匡嘎惹巴的左耳。

没有人能知道这其中的原因。莫歌感到心力交瘁。祖母请藤老叫算了一卦。藤老叫说是他们命里相冲。"这是他们前辈子的渊怨,有必要让他们暂时分开生活一段时间。"他建议道。

莫歌并不相信前世之说,又一时找不到解决问题的办法。

那段时间,负责管理匡家茶园的一个管家去世。那片茶园离城不远,就在南华山下靠东一点的一个小山坡上。那块坡地全是板页岩沙质土壤,适合种茶。起初,那块坡地只是一片孤坟荒冢,喜欢喝茶的祖母便利用起来。匡家请来的那位管家是贵州人,他从贵州云雾山弄来了一些茶树苗,精心栽植培养,几年时间长满了茶树,生机盎然的样子。大家干脆把那里称为了茶叶坡。每到采茶季节,莫歌都要和祖母来茶叶坡采茶郊游。茶叶也由此成了匡家的支柱产业之一。

管家一去世,茶园缺园丁。莫歌突然想到了巴雄,他人耿直本分,也有责任心,管理茶园应该不成问题,而且药茶山那边还有许多空地,如果他愿意还可以栽种药材、卖药行医。莫歌把这个想法跟祖母和匡嘎沃金说了。三人一拍即合。当天,差人去了趟乌巢寨。巴雄听后,还有些考虑,但他的儿媳妇却笑眯眯地给公公备好了行装。

巴雄到了茶叶坡不久,匡府差人去接他的老婆和石嘎欢勾。婆婆先是以守家为由做了推脱,过些日子就和儿媳妇欣然前往了。

巴雄以前曾跟各种各样的人打交道,人缘好,心胸宽阔,做起事来得心应手。儿媳妇石嘎欢勾有些聪慧,能干爽快,也很喜欢这里的环境气候。有一次,莫歌带着匡嘎一琼来看他们。那小子喜欢跟在石嘎欢勾身边,居然不肯回到匡府去。莫歌想起算卦先生所说的话,又觉得孩子在这样踏实的人家里生活也没什么不好,想来即来,于是让丫鬟拿来了匡嘎一琼换洗的衣物和那块刻着他生辰的铜镜项饰,然后自己放心地回去了。

匡嘎一琼住在了茶园,享受着茶和巴雄一家情感的滋润。

但那次长达半年的大雨给当地居民所带来的危害,在第二年的春天显现出来了。首先,许多田地被冲坏,在经过重重疏通处理后勉强能栽种秋苗,到了成熟期虽然也结了谷粒,但空瘪不堪。许多家庭忍饥挨饿强渡难关,到了春天,发现那些用来做种子的粮食也被吃了精光。受了饥荒,生活无以为继,一些人开始乞讨。时间越久,人数成倍增长,镇筸城里到处是那些从乡下来的面黄肌瘦的老人和孩子。

有人闹到了官府,要求赈济灾民,但朝廷连年征战,国库空虚,所欠军饷都没有着落,哪里顾得了黎民百姓。本地衙门的粮食和银两也所剩不多,他们也在想办法筹捐存银谷,以备荒歉。

莫歌让管家开仓放粮,救济灾民。管家在门口置了两口大大的铁锅,一天到晚煮粥散粥。没有多久,前来领粥的灾民队伍庞大起来,除了本地的,贵州境内的人也朝这里奔来。两口铁锅实在不能满足需求。

　　有好心的灾民悄悄告诉莫歌，注意一下匡府的安全，在一些苗寨，已有人行剪径之事。特别是贵州一带，苗疆未经戡定时，苗人占尽田产，后官府妄自设屯，均将田土归公，而苗人占叛的田产，也一起呈缴入官，反依赖佃种官田糊口。那里本来田少山多，土地贫瘠，水耕火耨，终年劳作所获不多，除完纳额租外，已是捉襟见肘，现遇天灾歉收，而官府仍照额征收，为寻活路，一些人铤而走险，杀人越货。

　　莫歌没有把这些话放在心上，只是对自己的无能为力感到遗憾和痛心。不久，她听到一些不好的消息，说某地举家造反，举寨造反，杀官夺粮，气焰嚣张。

　　镇箪城这边，似乎没有这样严重，除了一些鸡鸣狗盗之事。最坏的消息是，有人挑了牛肉粉或油炸灯盏窝之类的，结伴去苗寨赶集，受到了敲诈，钱财让人搜刮去，其中一个人早晨出去晚上就再也没有回来。家人到处寻找，生死不见人。估计是被那伙歹人杀害后扔进了天坑。在苗寨，山高林密，地势险恶，那种深不可测的天坑星罗棋布，仿佛时时张开吞噬的大口。

　　"这世道，还是小心为好啊！"有人叹息。

　　这种时候，莫歌更加想念丈夫匡嘎恩其，他就像一棵参天大树，给她安全和依靠。贵州离镇箪城不过几百里，黔边更是一墙之隔，莫歌总觉得面晤丈夫指日可待。有时，她彻夜难眠，稍有声响，便怀疑是马蹄的声音,兴奋地差人去开门,却只听到风的声音。有一次真正听到了马蹄声,拉开门,却见朝廷里来的几位幕僚。"我们奉命前来,提解田嘎兴恕。"其中一个略带恭敬地对着莫歌说。这时,莫歌才知道,田嘎兴恕已经回来过了。"这不是将军府,你们搞错了。"莫歌回答道,把头缩了回来,身体微微颤抖。失望越多,怀抱希望的心越发坚定,第二天莫歌让黛帕去衙门打听。黛帕回来,一副泪眼婆娑的样子,因为得到了坏消息:田嘎兴恕被一百名兵勇押解着出了镇箪城,日夜赶赴四川去了。"有人告诉我,他还会发配到新疆。"黛帕说。

田嘎兴恕越走越远,而匡嘎恩其的箪军也没有像人们预期的那样很快回来,因为逆贼难平,即使太平天国灭亡,但黔东南一带乱匪还未剿灭。他又被调往江浙各地,统领七营湘军,与贼作战去了。之后,他的军队由宿迁、桃园、徐州移防到了河南。

此时,由于身经百战,匡嘎恩其体力严重透支,且浑身上下布满了铳伤和弹片。有时,他感觉自己可能逃不脱死神的追捕了。朝廷补发了历年所欠淮军及湘军的饷银共计四万二千五百二十七两。他拿到钱,首先想到的是给已经阵亡的箪军将士的家人。他的手下辗转找了很久,都没有找到下家。"再找找吧。"他坚持道。银两在军中放了一些时日,他就全部捐献给朝廷去了,唯一的条件是准许在家乡镇箪增加文武举额。他希望那些阵亡的将士后代,能得到多一点的惠泽。朝廷十分感动,当时应允,准许每年给镇箪增加文武举额各三名。

一切事情办妥后,匡嘎恩其给家里写了一封简短的信,他悲观地说自己想念家人,如果客死他乡,希望身体和灵魂仍然能完好地回归自己的家。但他一直都没有收到回信。"也许他们搬走了,"他的手下说,"听说那边闹饥荒,饿死很多人。"

"但愿那不是真的。"匡嘎恩其一边说,一边摸着那些开始疼痛的伤口。

丈夫因种种原因一直没有回来,莫歌收到丈夫的信已过很久了。捧着丈夫的信,她流了一夜的泪,但祖母菊在却认为孙子在讲鬼话。

"我都还在座高堂,他怎么会死!"祖母字正腔圆地说。

但接下来的日子,匡府似乎也回不到以前那样的平静中去了。主要的原因是世风日下,匪患日炽。一个月之前,有大户人家被抢劫,土匪掳走金银财宝,还纵火烧了房子。在镇篁城,每天都有陌生的面孔出出进进,斗笠下隐蔽着一双双眼睛让人不能适应。有传闻称,上一次的打劫不过小试牛刀,接下来会有大的洗劫,因为镇篁镇有钱的人多,立功受奖的人多。

有一天晚上,管家在厨房里抓住了一个鬼鬼祟祟的男子,让两个家丁扭着带到莫歌面前。

"看看这个贼吧,夫人,他肯定是个来探水的土匪。"管家说。

但那男子申辩着,说自己只不过因为太饿,想进来找点能填饱肚子的东西。

"我三、三天、没、没吃东、东西、西了……"那人结巴得很厉害。听口音,不像是外地人。

管家建议将他绑了，狠打一顿，然后送进官府。

莫歌看他身材短粗，肩膀和屁股一样宽，结实的脖子上却安了一颗小得很不相称的漂亮的脑袋，女人似的脸盘，嘴角生动，天然鬈曲的头发黑而浓密，遮住了长睫毛下没有光泽的眼睛。

"放了他吧。"莫歌淡淡地说，对这位不速之客的出现并没有表现出惊讶和慌张。

"不能啊，夫人，像这种人以后是个祸害。"管家坚持己见。

莫歌并没有受管家左右，她拉开厨房一角的碗柜，里面有一点剩饭，几根骨头，还有几个生红薯。她一并装好了，递到那男子的手上。

"在他们还没动手之前，请你赶快离开吧。"莫歌对他说。

"赶快走吧，不然他们要修理你了。"匡嘎云飞嘻嘻一笑，他只觉那结巴的人好玩。

那人接过递来的东西，有点诚惶诚恐，憋红了整张脸，没有说出一句话来。

管家是个忠实的人，提出要加强防范。莫歌接纳了这一建议，在匡府院墙原来的基础上增加了几米，并在上面栽了长长的一排带刺的挫树，但否定了要在院子里豢养两条凶猛猎狗，主要是担心狗会伤人，而祖母的心脏受不了那种凶狂的狗吠。有一个家丁自告奋勇晚上睡在院墙边看守大门。

其实，任何措施都不过在于防君子而防不了小人。那一年冬天还没过完，匡家遭到了比抢掠洗劫更为悲切的厄运。

21

温柔的手

傍晚六七点钟,吃过晚饭,按照惯例,丫鬟黛帕带匡嘎云飞出去散步。以前,是由莫歌带着三胞胎同去,自匡嘎一琼跟石嘎欢勾去茶园居住后,就由丫鬟带匡嘎云飞和匡嘎惹巴两人去。这一天,因为匡嘎惹巴拉肚子,腿有些发软,加上在外找厕所不便,莫歌就在家陪他。本来,匡嘎云飞也被要求留在家里,但在家闷了一天的匡嘎云飞根本不听大人话,一下就窜到了门外。莫歌只好交代丫鬟带他附近玩一会,不要走太远。

起初就在门口,沿着岩墙脚,黛帕拉过匡嘎云飞教他唱童谣:"蚂蚁仔,快报信,报你家公舅爷过来抬板凳,抬到半路上,听到嘎嘎(肉)香……"

匡嘎云飞对于小城的每一条道路已经熟记于心,离开母亲的视线,他就成了脱缰的野马。他跟着黛帕念了不到两分钟,就一路穿过中营街,过一个十字街口,走到了南门坨的小长街。那儿有一堆人靠着城墙在用小铜钱玩板三赌钱,不远处还用木头粗糙地扎了一个小戏台,有老艺人在表演木傀偶戏。

黛帕牵着他,寸步不离。匡嘎云飞喜欢朝人多、有些拥挤的地方钻。在看戏时,丫鬟黛帕感觉被人拉了一下独辫,她正准备发火,回头发现拉她辫子的人是个长着一张女人般脸盘、眉目清秀且嘴角生动的男人。那男人正含情看她。她脸一红，不好意思作声了。

前面草台上的戏演得正欢，锣鼓齐鸣。丫鬟的心似乎不在戏中，有点心猿意马，因为那男子又捏了一下她的手，不温不火，力度把握得极好。而且他的身体那么地靠近她，她能感觉到他微喘的呼吸和磁铁一样的吸引力。这让她感到欲走不能。她一时间感到晕眩和颤抖。在大家为戏的精彩欢呼时，她却像一片树叶一样在那男人的怀里飘飘落落了。天越来越黑，那男人的手慢慢地开始触摸她，从她的腰际不断地往上，往上。她感觉他的湿热的手像条滑腻的蛇。当蛇匍匐到她情窦初开的乳房上的时候，她害怕，也激动，甚至不能自已地想反过身去抱紧他。男人很认真地继续着自己的动作，温润柔软，春情荡漾。他的舌头舔着她脖颈，下身紧紧地挨着黛帕，恨不能钻进她的身体里去。黛帕几乎受不了这种强烈的刺激，她抓住他的手往下拿开。但他又顺势向她下面滑去，在那里，在她极力夹紧的地方，已是可以划船的一片汪洋……

戏散街空的时候，那男人也倏然不见了，黛帕恍过神来，记起先前自己一直拉着匡嘎云飞的手。孩子呢，她四处眺望，敏感地猜到了些什么。她开始不停地寻找。她在一个地方捡到了一件绣有匡府标志的绳线上衣，她想匡嘎云飞会在某个阴暗的角落因为困乏而睡着了。

她不停地从东找到西，找遍所有可能被忽略的角落。当确信匡

199

嘎云飞丢失后,她非常害怕,想哭却没有流出眼泪来。

"天啊,我该怎么办?"

黛帕感到极度的羞愧和后悔,出现这样的事,匡家定然不会轻饶她。思来想去,越发后怕,于是趁着夜色,一个人不声不响地逃走了。

匡家见黛帕带着匡嘎云飞出去了很长一会还没回来,有些担心,便派了一个家丁去喊。那家丁找到了南门坨的小长街,却因为贪玩滚铜钱,输了点钱,又总想赢回来,耽误了时间和正事。他回来时谎称自己找遍了全城,就是找不到。

"不会是被人绑肥羊了吧?"那家丁说。

莫歌感到了事情的蹊跷和严重性,她将匡嘎惹巴交给母亲和一个丫鬟照顾后,自己带着管家和佣人们去找。

她自然没有找到,连丫鬟的影子也没见到。她开始怀疑这是一件蓄谋已久的事情。她立即让管家带人摸着黑去了黛帕的老家。黛帕的母亲一看就是那种极为老实的善良之人。黛帕的巫从九代的父亲仍然在唱歌,仿佛除了唱什么也不会。他们被半夜不期而至的寻访吓得不得了,又是赔礼道歉,又是自我埋怨。

"如果见到她,我们一定会很快告诉你们。"黛帕的父母说。

匡嘎沃金并不担心匡嘎云飞被绑票或被拐骗,她唯一担心的是匡嘎云飞的生死。她联想到匡嘎恩其在黔剿匪儿年,或许是有人伺机报复,听说有些土匪心狠手辣,杀人不眨眼,烧杀淫掳,连婴儿都不放过。又想，会不会是孩子太贪玩而不小心掉进了某个深沟潭洞里。她心乱如麻，总觉凶多吉少，越想越后怕，便让人打着火把，拿了长长的竹篙和木棒到周边有危险的地方去打探。他们沿着沱江河两岸，戳翻了那些漂浮的水草，搅浑了清澈的河水。小城一些好心的居民也自愿帮忙去找。

一切努力都毫无所获。

挨到第二天天亮，祖母拄一根拐杖，亲自跑到男仙藤老叫那儿寻踪问影，卜凶吉祸福。藤老叫问过生辰八字后，默念数语，启开阴眼，在一叠冥纸上不停翻看。之后，他告诉老太太，匡嘎云飞一点事都没有。

"麻烦你再好好看看吧，我孙儿真的没事吗？"老太太又问。

"没有，老太太，我敢保证，一点事都没有。"藤老叫重复着说。

"那么，你晓得他在哪里？"

藤老叫又仔细地翻了翻冥纸，煞有介事地说："应该在西北一方。"

老太太眼睛里露出了惊喜的光芒，她将一根金条放到了藤老叫的手上："他什么时候能够回来？请多帮忙啊！"

但藤老叫将金条放回到老太太的手上。他神情晦暗，转身进到一间摆着神龛香案的房子里，出来时双手拿着一张纸，上面是用毛笔画上去的粗劣线条，那些线条墨汁未干，像一座座搭起的桥。他将那张纸当着老太太的面烧了。

"我尽力而为吧,老夫人。"藤老叫说。

祖母还想说什么,但藤老叫已站起身送客了:"您请回吧,老夫人,也许,吉人自有天相。"

祖母回家把卜凶吉祸福的结果告诉了莫歌,莫歌也权当相信了。接下来的日子便是等待,书本已打开,一定还有下文。

几天之后,有人在沱江河洗衣时无意中捡到了一个从上游漂流而下的用桐树叶封包的包裹。打开,是一个刻有匡嘎云飞生辰的铜镜项饰,内置一坨银光松蜡。许多洗衣妇都围过来看,议论着,不知所以。

"好像是匡府的东西。"其中一个妇人不很肯定地说。

她们将包裹拿到匡府,交到了莫歌的手中。莫歌一眼认出那是匡嘎云飞的佩戴之物。作为回报和感谢,她送给了她们每人一斗白米。

项饰无一点破绽,且更加油亮,让大家稍有安心,但一时还猜不出这其中的玄机。倒是总管有些机敏,他将那坨松蜡往地上狠狠一掷,松蜡碎开,一张很皱的纸显露出来。

匡嘎云飞的确遭到了绑票。纸上说,如果想要回孩子的命,请三日后务必准备一万两白银。至于交货的地点,纸上说到时再通知。

既然要银子,事情并不是那么难办。匡府当下就开始着手准备,该当的当,该卖的卖。两天时间,一切准备就绪。

到了第三天,鸡叫第一遍时莫歌就起床了,摸黑待在房子里,透过半开的窗户盯着院子的围墙，如坐针毡。匡嘎沃金亦如热锅上的蚂蚁。但到了下半夜，来通知交易地点的人一直没有出现。打更的声音响过，鸡的叫声来临，新的一天又开始了。

气候越来越冷，下雪了，鹅毛般铺天盖地。匡家却是火烧火燎一般的煎熬，他们都忘掉了天寒地冻。匡家祖母几次走到风雪中去，聆听雪花的声音。莫歌一直不露声色，执拗地站在那里等了十天，心跟风雪一样呼啸着呼天抢地。"他们会来践约的。"她身体微微抖动，喃喃自语道。

"回去吧，夫人，要保重啊。"管家心疼地劝她。

"等着吧，他们一定会出现的，"莫歌对别人的劝阻充耳不闻，继续候着，"他们还可以狮子大开口，我愿意给两万两白银。"

第十一天，匡府得到了匡嘎云飞的一件线裤。那裤子，被撕得稀烂。

莫歌感觉天昏地暗，她一下抓住了围墙，没让自己跌倒。"他们把他害了，"她嘟哝着，"这些坏人，他们杀一个孩子。我自己连指甲长了都要剪掉，怕划伤他啊！"

这时她感到了冷，舌头发麻，唾液黏糊苦涩。那些雪光照得她睁不开眼睛，但她分明看见匡嘎云飞小时候的样子：蹙着眉头，有些强横霸气，但因为小，倒让人生出一丝怜爱的嗔怪。她还看见在一个晴朗的下午，匡嘎恩其牵着他的手，他的小手牵着一串刚从河里捉来的鱼。她听见他哭的声音，像是在喊"妈妈……"

匡家一直不明白，绑匪为什么要撕票。一年后，在南华山一个背道的山弯里，莫歌象征性为匡嘎云飞做了一个小小的坟茔。坟茔里，摆放着匡嘎云飞的所有用品和玩具。莫歌记住了这个山弯，记住了坟的旁边长着一棵山茶树。但第三天早上，莫歌在反复哀叹、失眠的辗转中，发现刻着匡嘎云飞生辰八字的那块青铜镜项饰没有放到坟茔里，而是落在她的枕头下，之前她一直以为和其他遗物一起埋葬掉了。

　　对于家里所发生的一切，匡嘎恩其一无所知。没有一个人告诉他。他写过很多信，一如泥牛入海。他并不明白，是莫歌都不愿意让身处战争中的丈夫来承受这种的苦难，更是因为无法面对他的一种苦楚。一开始莫歌还读丈夫的信，后来连信也懒得读了。有一次，丈夫又写来了信，说要亲手送给她一件不同寻常的礼物。

　　"请猜猜吧，这件宝贝世上绝无仅有。"匡嘎恩其炫耀着说。

　　她自然猜不出是什么，也不想去猜，她觉得对于自己，什么都不需要了。

　　"你不用在我身上费心思了。"她想着丈夫，难过地说。

　　同治七年，匡嘎恩其任古州镇总兵。八年，奉命署贵州提督。十年，肃清黔匪，他向皇帝上书，希望能给一些时日回乡休假。

　　皇帝赏了他一块大大的贴金匾额，而对休假之事，只字不提。之后，朝廷将他调往四川建昌镇。赴任。

　　其实，匡嘎恩其早就感觉到了家里有了一些变化。他心情压抑，惴惴不安,有一次他问起一个回家的老乡,有没有听到匡家的什么情况。老乡说没有,他几次路过那里都想进去看看,但大门一直紧闭,缝隙不露。

"他们把院墙加高了几米。"老乡说。这就是唯一的消息。

在匡嘎恩其赴任的一段时间,他越发忧郁,并明显感到钢铁般的意志在销蚀,内心倦怠松弛。不过,他没有把这归咎于自己身体上的原因,也没有归罪于多年的征战,尽管此时全身数十处创伤齐发,疼痛难忍,而是归结于一种他自己也说不清、只是隐约感到的东西,即对于家人的如饥似渴的想念和担忧。他渴望拥抱儿子的心一刻也没有停止过。

终于,上面准了他的假,并说只要他忙完这一段时间的公务,随时可以动身。

"老子很快可以见到他们啦!"他高兴得有些忘乎所以。

在即将回家的前一天晚上,匡嘎恩其从一个珍藏很久的盒子里拿出了一件物品。他一直想把这件不同寻常的礼物送给妻子莫歌。可能有些激动,他突然感到两眼发黑。他想可能是这段时间的辛苦劳累而导致暂时性的视力衰退,便躺倒在床上休息。可是不久,他感到头昏脑涨,眼睛却雪一样地亮堂起来,天体通透。他隐约地看到三个儿子就站在他面前,方脸浓眉,鼻如悬胆,嘴唇执拗。他默默地分辨着他们之间的不同、他们存在的距离以及他们各自的气味。首先,他感觉到的是匡嘎一琼身上朱砂的气味,那是一种甜甜的血腥的粉质味道,说实话,他不是很喜欢;其次,他闻到了匡嘎云飞身上灰色尘土的气味,这种气味他很熟悉,是一种沙质味道,粗粝而不明是非,盲目而固执强横;他最后闻到的是从匡嘎惹巴身上散发出的菊花的气味,这是一种流质味道,那般温软而令人沉迷。这是他们兄弟中唯一继承了母亲的血统基因,遗传了她固有特质。

现在,他即使闭着眼睛也能知道他们谁是谁了。原来他们是那样的容易分辨。

第二天一早,勤务兵来敲门喊他起床,但敲了许久都没有回应。勤务兵闯了进去,发现匡嘎恩其的身体横陈着一动不动,嘴闭得很紧,眼睛却睁着,明亮如雪,却停止了呼吸。起初,勤务兵还以为他躺着在思考什么问题,用手拼命在他眼前晃动,见他没有感应,确信他已经死了。

"你怎么是这样一个死了也让人觉得还活着的人啊!"勤务兵说,流着眼泪帮他合上了眼睛。

匡嘎恩其的猝死令朝廷有栋梁已倾之感,许多官兵为之伤心落泪。皇上有如痛失良驹,下旨将他的棺椁运回镇箪城安葬,沿途官府接送。

这一年的秋天似乎比往年来得早。农历十月初九,匡嘎恩其的棺椁在吹吹打打的哀乐声中步出了建昌镇。在未到达家之前,人们没有看到他作为一个死人的任何反应,而对匡嘎恩其来说,这一天同他以往的任何一天都一样,前面是队伍的士兵,后面是士兵的队伍,他仍有如坐镇其间,指挥千军万马。只是因为季节的缘故,场景有点凄凉,风声鹤唳。到了第三天,下起了连绵细雨,淅淅沥沥的雨声仿佛上天的哭泣。人们在棺盖上裹上了一层保暖的毛毯。勤务兵干脆又加上了那张虎皮宝座的坐垫,那是攻打南京府时劫来的,自从匡嘎恩其得到它后就一直不离屁股。不仅仅是舒服保暖,神奇的是能减轻身体的病痛,这几年匡嘎恩其一直依靠它来治疗创伤复发所带来的疼痛。"他以后再也不需要了。"勤务兵暗地里说,用手梳理了一下虎毛。虎皮坐垫随着棺椁起起落落,那些抬棺的人突然觉得轻便起来。

队伍越过陌生的地界,跨进一个名叫张排寨的地方,离家越来越近了。大家停下来休息,接受当地官府的接亡迎往,并做一些回家前的准备。等他们再上路时,那口棺椁怎么也抬不起来。雨已经停了,天气不怎么潮湿寒冷,只是围绕在四周的大雾使人觉得气闷。抬棺的八个人换了一拨又一拨,棺椁岿然不动。"他不肯回家啊!"有人猜测,似乎也找不出其他理由。勤务兵突然说:"去喊他的家人吧!"

匡嘎恩其离开人世的消息早几天前就传遍了镇筸城。自从得知这一消息,祖母菊在便不再说话,目光痴呆,脸部肌肉僵硬。家人以为她是暂时性的为悲伤击倒,因为这样的状况曾经在匡家痛失匡嘎云飞后也出现过一次,但不日又恢复过来。莫歌在失去匡嘎云飞后,很长一段时间都沉浸在泪水里。得知丈夫的死讯,她没有痛哭流涕,只是全神贯注地为丈夫赶制一件衣服,缝了又拆,不厌其烦。等有人到匡府来通报了情况，请她出面到张排寨接亡时，她才如梦初醒。

"我知道了。"她说。

丈夫的衣服缝完了最后一针，她用牙齿咬断了线。管家问，要不要准备一点纸钱酒肉。她说完全用不上这些。她重新梳理了一下头发，换了件还是结婚时的干净衣服，又回头摸了一下匡嘎惹巴的脸，告诉他说马上就可以见到父亲了。匡嘎惹巴懂事地点了点头，像早就做好了承受这种事实的准备。

"爸爸还好吗？"他说。这时他看到母亲的一张苍白冷漠的脸，上面没有一颗泪水和一点表情。

"当然。"莫歌说。

在莫歌还未到达之前，大家仍为启动棺椁而不懈努力。他们在当地请了一个巫师，烧香祭酒，于当坊土地神前，大呼亡者名字三声，欲引回家。但是，巫师的作法没有灵验。

莫歌到来时，天开雾散，太阳喷薄而出。因为那么多的人等着，她不可能想着自己的哀伤，只好把思绪转到了往事的回想中。那些对于丈夫的向往把她的心快撑炸了。她又哼起了忧伤的歌。

　　我夜以继日地想你

　　我想你比这还多一点点

　　我无法解释

　　我内心的一些东西已被瓦解

我不停地想你

不停地想……

她步态优雅，一如她内心的歌。

"吱咳，起来啊！"人们吼了起来。

奇迹出现了。棺起。一行队伍跟着她轻松上路了。在长满野菊花的山坡上，黄的紫的菊花开得正浓，这让莫歌想起匡嘎恩其第一次带她回家的情景。这种从心中闪过的转瞬即逝的情景对她来说仍是一种享受。"现在，我带着你回家了。"她说。接着，队伍开进了一个到处是雾水的地带，然后又开到了清浅明澈的沱江河边。大约五年之前，匡嘎恩其带儿子们到这里钓鱼。

下午四点钟，队伍终于进了镇箅城的北门，在官府隆重的迎接仪式举行过后，莫歌拒绝了将由官方举办的丧葬大典，直接将棺木引进了自己的家门。

22
青帕苗王

在天黑之前,莫歌唤走家仆,一个人留在匡嘎恩其的身边,为他穿上亲手缝制的衣服。打开棺椁的那一刻,丈夫突然睁开了眼睛,有一束光芒照射到他脸上,她以为丈夫活了过来。她俯下身去,用手抚摸丈夫的头发和脸,试图要让他的身体柔和起来。这时,丈夫一直紧闭的嘴也突然张开,一颗白得发绿的形如卵石的东西呈现出来。莫歌一下反应过来,那是一颗夜明珠。这种罕见之物百步之内可见光亮,三步之内可借光读书,价值连城。她想起丈夫曾在信中说过要亲手送给她一样不同寻常的礼物,一定是这颗夜明珠了。她的眼泪滴落了下来。

"我拿到了你的礼物,恩其,真是世上绝无仅有的礼物!你真傻啊,你难道不知道我唯一希望得到的是你的人吗?你即使送我一座皇宫又有何用?"她对他喃喃地倾诉着。

她明白这还不是自顾悲伤的时候,于是擦掉了眼泪,将那颗夜明珠放回丈夫的嘴里,帮他合上了嘴和眼睛。她又盯着丈夫看了一会儿,觉得虽然过了那么些年,丈夫并没有多大改变,依然一副英俊潇洒、气宇轩昂的样子。

"现在,你终于可以不用再离开我了,"她温慰地说,牵动了一丝淡淡笑容的嘴角,"而我,也定然不会再离开你。"

此后的几天,莫歌忙着为丈夫举行盛大的丧事。她清理了他生前的一间屋子,留下他曾喜爱的并给她带来无穷回忆的一些东西,把剩下的一些零碎的家什送给了仆人们。她将兵器房里所有的兵器堆成堆,请来铁匠铺的铁匠用炉火烧了,没有留下任何一支枪或一把钢刀。匡老太太面无表情地看着这一切,不知道是赞同还是反对。"祖母,让恩其带走吧,这些东西太硬,会伤了我们。"她说着,不忍心地留下一杆木制的长梭镖,或许它能令老太太忆及什么。

在安葬丈夫之前,家里空荡了许多。

出殡的那一天早晨,镇箐城的老百姓都怀着或是崇敬悲伤或是看热闹的心情站到了匡府的门口。官府也派出仪仗队,雁阵排开,为英雄送行。漆黑的盖着虎皮坐垫的棺材缓缓从匡府抬出,紧接着又抬出第二口、第三口……十二口棺材相继抬出,同时摆放在大门口,尔后分别被抬往不同的山上入土。有人猜测哪口棺材是真正装有尸体的棺材,揣测匡家的用意,得出相同的结果便是像匡嘎恩其这样的人物,拥有数不清的家藏至宝,他的随葬品自然不在少数,为了不让盗墓者唾手可得,这样的混淆视线是完全有必要的。

后来,莫歌遣散所有家仆,散尽银两让他们携家带口到越远越好的地方谋生安家,也似乎证实了匡家不愿人透露其中的任何内幕。

这一时期,老祖母菊在去世了。她一直以为自己会死在儿孙前面,似乎是惧怕失子之痛和对匡嘎恩其的无尽想念。她临终的时候,依然没有恢复说话,但她的目光灵犀,脸部红润,这种回光返照的情形维持了将近一个小时。莫歌明白祖母还有未了的遗愿,于是将耳朵贴紧到老人的嘴唇上,却什么也没听到,之后见老人极力做成鲤鱼吸气的样子,又去根据嘴形判断,得出的结果却大相径庭。匡嘎沃金看着她难受的样子,叮嘱管家不断地烧一些落气钱。

匡嘎惹巴在失去父亲之后,幼小的心灵已不愿意再面对死亡的悲痛。他那么希望曾祖母能坐起来,像以前那样行走自如,于是不断地变换游戏来逗她开心。他居然突发奇想地从柜子里翻出父亲的军衣和帽子,滑稽地穿戴在身,并到兵器房扛来了那把唯一留存的木制梭镖。他不胜其力,以致在挥动梭镖时碰倒了放在柜子顶上的那个银首饰盒。

首饰盒飘然落地的声音引发了祖母的“唔唔”声。莫歌从地上捡起,递到她面前。打开盒子,看到了那本记载着匡氏家族男人们姓名的族谱,为防蛀,祖母夹了数片烟叶在里面。

莫歌便明白了老太太不肯瞑目的原因,她吩咐管家拿来笔墨,用小楷体在最后的名字下面记下了:第八代曾孙,匡嘎恩其,篡军将领,署名提督,同治十二年殁于建昌任上,存于后世。

莫歌用嘴吹干,送给老人过目,发现祖母永远地紧闭了双眼。

祖母一死,家里似乎也不再需要人了。在整理完遗物之后,莫歌向管家和仆人说明了自己的意思,大家都表示了理解,也为匡府的不幸深感遗憾。

最后离开匡府的是总管和其他三个忠心耿耿、诚实本分的伙计。莫歌特意备了一点薄酒，一道当地特色菜叫血粑鸭（以水鸭为主，鸭血拌糯米蒸熟，切成块状油炸后一起烹饪，香浓可口）。伙计们在吃这道菜时，发现用作配料的血粑全换成了块状的黄金，他们便明白了主人的用意。

"以后，请您自己多保重啊，夫人。"伙计们一齐在她面前跪了下来。他们走的时候割发为誓，以后不再回来。

秋天落叶散尽，很快取而代之的是漫天雪花。这样的季节让匡府的两个女人都感到缺少温暖。特别是匡嘎沃金，觉得自己突然老了几十岁。有一天，她从自己的孤单中想起自己的胞弟来。她去看他。黑洞洞的墓穴里点满了蜡烛，岩匠靠在一张石凳上，手撑着额头，永远地睡着了。他像完成了自己的使命一样。那时候，匡嘎沃金觉得自己再也没有气力回到家里去。"既然同年同月同日同胞生，也让我们死后也在一起有个照应吧。"她对着安放匡嘎沃银的棺木说。

莫歌有了一种花落人亡的感觉。她经常待在空旷冰冷的大厅里，时间仿佛被撕成碎片，在这里留下一些永恒的碎屑。她冻得浑身发抖，因为她只穿着黑色小花的单布衫和一双那年寻找丈夫时穿的千层底布鞋。她站在那里，透过木格窗棂照进来的一道黄色光线，思念丈夫匡嘎恩其。

有一天，介银从不远的乡下来到城里兜售她的锉花，经过匡府时看见匡嘎惹巴依靠在门口,眼巴巴地望着什么,可怜兮兮的样子让人心都酸透了。介银给了他一副有浮雕般效果的内容为老鼠嫁女的锉花,并告诉他可以拿到街弄的油炸摊换取灯盏窝或马打滚。匡嘎惹巴将这副锉花放回介银的篮子,自己挑了一副菊花图案的样式。介银摸了摸他的小脸,转身走了。过了一会儿,她感觉总有影子跟着,回过头去,见是匡嘎惹巴。她装着没看见,低着头继续走,但那影子继续跟着。她走他也走,她停他也停,介银就不忍心了。她抓住了匡嘎惹巴的手,带着他回到了匡府。

看见夫人莫歌依然沉迷在自己的思念里,仿佛身外的世界已与她绝缘,介银知道夫人的忧郁症再次发作。介银为夫人披了一件御寒棉袄,并告诉她,一定会将匡嘎惹巴照顾好。"你快点好起来吧,夫人,到时候我一定把你儿子送回来。"说完,便拖着匡嘎惹巴走出了匡府。

介银离开时还想让匡嘎惹巴跟母亲做个道别,但匡府厚重的大门却在身后关上了。

这门一关就关了几十年。

叭固是一个典型的苗寨,离偏南的镇箪城不过几十公里的路程。一条小溪穿寨而过,两旁是岩石跌宕的山,长着一些杂草和稀疏的树,一口水井四季旺流,灌溉着几垄良田。叭固整个儿都建在山上,用了青石砌成齐楼基石,依山势层层叠叠,恢宏气派而错落有致。这样的房子可以遗存千古,风雨不化。

当地的一伙匪头占据后,加固了这里的建筑设施,不仅新砌了固寨的边防城墙,还设了由汛堡、屯卡、哨台、炮台、关门、关厢等组成的边卡,壁垒森严。在寨子的高处,耸立着八座碉楼,乌黑的枪炮口如无数幽深的眼睛,窥视着四周的一切。

三十几岁的龙嘎青云是这里的老大,他盘踞着这一险要地形,翻手为云,覆手为雨。几年之前的一个晚上,他让结巴老二从镇箅南门坨小长街哄来了匡嘎云飞,起初的用意不过换取一些银子,但在与匡嘎云飞相处几日之后,他又改变了主意。

"这小子可以成为这里的匪王。"他对其他的人说。他认为要得到银子是一件简单的事,而匡嘎云飞身上那种特殊的东西似乎让他求之若渴。

龙嘎青云身体黑瘦而小,文质秀弱,长年缠一头青丝帕以增添自己的高度和分量。他是一个血性方刚的男人,行径类似于游侠者:劫富济贫,扶弱锄强,重义轻利。他具有一呼百应的号召力,也是凶残暴虐,挥金如土,嗜赌如命。他曾在一次与人抛骰比点的行赌中输掉了自己的一只睾丸。那时赢家并不想要那玩物,将嘴附在他耳边低声地说:"老弟,你走吧,留着那东西回家生儿去。"但他认为一个堂堂男人愿赌服输,当即撕开裤裆,用一把菜刀狠狠地将那砣蛋籽割去。他脸不变色,口不哼声,直至昏死过去。当然,他由此所获得的威信和豪杰,也让他从此发迹起来。除了有目标地打家劫舍,绑肥羊聚集钱财,他还在自己的地盘开了一个赌场。

与其他赌场相比,他的赌场不算很大,却名噪一时。与众不同的是,在此赌场可以赌命。在汛堡之外,有一个弯弯的赌命坳,凡是输光家产以命相押的人,无二话可言,乖乖地走到这里,撩开衣襟,昂头挺胸迎接赢家的枪口。提枪的赢家会说:"兄弟,规矩为天,你放心走好,你的父母后人我自会赡养。"输家也不会把这太当回事,睁着血红的眼睛,等着听沉闷的枪响,仿佛二十年后自己又会是一条好汉。

来此赌博的大多为做生意的商人,贩盐的马帮、运送桐油布匹的下河佬、种植烟土的财主以及本地的兵勇熟苗。每天都有不同或相同的面孔进入城堡之中,一赌为快。他们赌博的方式简单原始,就是搓牌、比点、猜无名堂的字或数据,无需技巧。赌场的输赢只是几个小小的吊钱,一个小钱可得到一船桐油、大量布匹或烟土。从来没有人敢耍赖,大家赌的就是过瘾。

匡嘎云飞的到来令龙嘎青云的眼睛为之一亮。除了虎虎生风的相貌,骨子里有着太多与他相近的东西。年幼的匡嘎云飞一点也没感觉到来自龙嘎青云的威胁,只是觉得在这个城堡里其乐无穷。看别人搓牌比点,他也跑过去过过瘾,有时还会胜人一筹。有一次,龙嘎青云对他说赌博是需要资本的,没资本可拿身体的器官做赌注,问他愿拿什么。匡嘎云飞回答,愿挖掉自己的一只眼睛。问他为什么不是手或脚,他说他只要一只眼睛瞄枪就行了。

"一只眼睛比两只眼睛瞄得更准。"他对着龙嘎青云做了一个闭眼的样子。

结果是可想而知的,匡嘎云飞输了。他不要别人提醒,径直走到专门为赌博而准备的刑具房里,在琳琅满目的刑具中挑出了一把锋利的弯刀交到龙嘎青云的手中。

"是你来还是我自己动手?"在赢家的迟疑中匡嘎云飞又说。

龙嘎青云看着他嘴角流着的涎水,笑得差点背过气去。他在匡嘎云飞的脸上连亲了二十个响吻。"宝贝,真是个天上掉下的宝贝。"

最开始的一段日子,匡嘎云飞还会忆起匡府厚重的院墙和母亲温暖的怀抱,但龙嘎青云仿佛一个七色染缸,在一个孩子的眼睛里这并不比沱江河逊色。匡嘎云飞黑红不辨,却游刃有余,渐渐地淡忘了母亲的面孔和不切实际的想法。

龙嘎青云将匡嘎云飞的铜镜项饰和松油球包藏的信刻意丢在沱江河让人捡取,意在让匡家断了寻找的念头。

龙嘎青云曾请先生进入城堡,教了匡嘎云飞两年私塾,但他根本不是读书的料,见了先生就哈欠连连,无精打采。他的兴趣除了习武,还有赌博和顽劣上,并乐此不疲。先生觉得他品性恶劣,不可救药。龙嘎青云反而认为只有这种不拘形式的人将来才能耀武扬威,呼风唤雨,成就霸业。

"死读书,读死书,除了被人欺,卵用!"龙嘎青云的歪理让先生觉得自己是秀才遇到兵,有理说不清,于是扔下教鞭另谋生路去了。

匡嘎云飞成人后,可以说一口流利的苗语。他广交游,重义气,龙嘎青云身上亦正亦邪的性格和不很健全的思维就像倒模一样印到了他的身上。不到十岁的时候,他的三江四海口诀倒背如流。他经常拿一根木棒,去找有行为不端的人挑衅,想把人痛打一顿,反而被人打得头破血流。他也不去告状,咬了牙等复仇的时机。十五岁那年,朋友的妻子被一镖客调戏,匡嘎云飞居然步行七百里到沅州,将那镖客的双手剁下,带回来送给了友人。

十八岁那年,匡嘎云飞周围已云集了三教九流的兄弟朋友。那时川黔盛行哥老会,镇筸有其组织,他经人介绍加入了一个哥老会,龙嘎青云为龙头大哥,他为老幺。他们结伙赌博,做贩卖烟土和包路护送商客的生意。而在日久的磨练中,他体魄强壮,行动敏捷,因为长期在大山里,自然长成了一副更适应在山区行走和生存的矮墩墩的结实身材。

龙嘎青云在匡嘎云飞成年后却一改初衷,厌倦了风云,豪气渐衰。他似乎忘记了自己以前曾想做的事,于是将一切事物交给了匡嘎云飞,自己带着两个老婆在家过起了养马种花的日子。

龙嘎青云以前在湘黔边境称豪,积德多,结怨亦多,他自己深知这一点。平时与人玩牌或闲谈时,他总是靠紧墙壁,不让背后遭人暗算。但人算不如天算,一天下午,夕阳恹恹地照在城墙上,他一人牵了一黑一白两匹马走出城,到小溪的上游去饮水洗涤。城头上有两个懦夫居高临下,用匣子炮朝他背后打了约十三发子弹,有五颗打在他的腰背上,两颗打中了他的后颈。

两匹马受惊,脱了缰,沿边墙狂奔而去。龙嘎青云伏在溪边石头上,勉强翻过身来,从怀中掏出手枪拿在手中,默然无声。他知道等下肯定会有人出来看结果。不一会儿,有一个懦夫果然提着匣子枪走出城来,到离身三丈远的地方,龙嘎青云手一扬,枪声响起,子弹穿过懦夫的左眼。懦夫倒地,即刻受吓而死。城头上的另一个,又在隐蔽处朝龙嘎青云开了五枪。

龙嘎青云被彻底激怒,开口骂他:"狗杂种,做这等丢镇筸人丑的卵事,暗射冷箭,不像个男人。你怎不下来?有种就对着来!"那人不作声,见匡嘎云飞一伙人朝这边飞奔而来,丢下枪跑了。

龙嘎青云满身窟窿,染红小溪,他知道自己不济事了,用尽最后的力气,在自己太阳穴补了一枪,如此完结了自己。

匡嘎云飞目睹了这一切。这场景不断出现在他后半生的日子里,一如昨日影像,以致在他后来气数已尽的那一刻,他同样选择了以枪自戕,只不过他是吞枪自尽。

那个行刺者助长了匡嘎云飞的凶残暴虐,他后来被匡嘎云飞抓来,像狗一样吊到了叭固寨前的一棵古树下。他被剥皮挖眼,七日后不死,可怜兮兮地呻吟着,向过路行人讨一口水喝。他的人皮被织成一条血鞭,悬挂在城墙的门楼,以正歪风。过了一年,他的族人纠集了一伙土匪,气势汹汹地寻仇而来。他们揭掉了挂在城门楼上的人皮血鞭,扬言报仇雪耻。匡嘎云飞不仅把他们赶出了叭固寨,还追到了族人的住处,杀人如麻,并纵火把当地近百栋民房和附近五六个寨子烧成一片灰烬。

就这样，匡嘎云飞不经意间为自己杀开了一条血路。他的无杆之旗由此耸立苗疆，所向无敌。他有一次在想起龙嘎青云时，无意间将他那顶青丝帕戴到了自己头上，发现竟然是那样适合，之后就不再取下来了。一个有月亮的夜晚，结巴老二为匡嘎云飞印在地上的影子所震惊，突然很顺溜地喊了他一声："青帕苗王！"

"你说什么？"匡嘎云飞回过头来，他惊奇的是说话的人怎么不结巴了。

"我说……说……你是、是青帕……帕……苗王……王……别……别人都……这、这么……叫……"结巴老二为自己突然的言语吓出了一身冷汗。

这么多年来，他一直保守着那个天大的秘密。龙嘎青云原打算在他有计划地骗来匡嘎云飞后，就割掉他的舌头，因为他的结巴才免遭一难。

龙嘎青云一死，结巴老二并没有觉得如释重负，相反更为坐卧不安，伴君如伴虎。后来他越发结巴。他一直在自己的亏心事里懊悔着，惶惶度日。

匡嘎云飞看了他一阵，相信是自己耳朵出了问题，不过他很高兴被人这样称呼。他不仅赏了结巴老二一些银子，还将自己一件质地很好的衣服送给了他。

以后，匡嘎云飞在那里做着自己的王，那里的土地似乎洒满阳光。但他的命运没有在他希望的轨迹上运行,而是通往一条灰暗的路。

23
石嘎欢勾

匡嘎一琼的生活也在不断地继续着。他一直和巴雄生活在一起。巴雄为人耿介,石嘎欢勾细致泼辣,他们在照顾匡嘎一琼时就像在照顾自己家的孩子。而匡嘎一琼是那样的贴近他们,依赖他们,他们合成了温暖和谐的一家,日子平淡却充满乐趣。巴雄觉得如果不是上天有意可怜他们,就一定是他们前辈子积了阴德。

匡府一败落,仆人作鸟兽散,几位得力的管事远走他乡,满坡青翠的茶叶无人采摘,茶园的境况由盛而衰。但巴雄仍然不愿意荒弃属于匡嘎一琼的这一份祖业,管理如旧。为了生计,他们在坡脚边搭了一间小屋,开了药铺,一边卖自己种植的药材,一边行医。巴雄医术高明,又乐善好施,他的名气渐渐大了起来。过了几年,他们又迁到镇箪城内,在一处叫岩脑坡的地方列肆行医,家境日渐兴旺。

但好景不长，那年瘟疫流行，镇筸城方圆几十里死的死，病的病，尸体随意弃置路旁，无人问津，有的一寨子死得连抬棺材的人都没有了。巴雄的老家乌巢寨流行天花，死亡一百五十人。村里来人请他，让他回去救救那些可怜的病人。石嘎欢勾不停地摇头，匡嘎一琼藏了他药箱，坚决不许他离开。但巴雄的职业道德让他执意前往，而他的敬业精神和悲悯情怀又让他到了舍生忘死的地步。

他带着老婆回到乌巢寨，一待就是十天。他并没有挽回天灾的大势，相反的，天花找上了他的麻烦。

最后，他和许多染天花而殁的人一样，被丢弃在一个大大的土坑里，以石灰掩体。

巴雄一死，石嘎欢勾和匡嘎一琼的日子就孤单了许多。他们似乎也没地方可去，仍然留在城里，靠原来的一点积蓄度日。石嘎欢勾跟公公多年，也懂一些药草，掌握了一种挑病法（一面用药服治，一面加以针挑，病即断根永不再发）。这一绝技为人所知，经常有人找上门来，求她讨一点药方，根治病灶。来人总会带一些小麦大米、苞谷红薯的，还有活鸡禽蛋之类，作为酬谢。

就像是命运之神的安排，石嘎欢勾在这样的答谢往返中，意想不到地接过了别人的草鬼坛。而传授给她的，正是悄然离开匡府多年的小红钱。此时，她已有九十岁高龄了。

小红钱自离开匡府，一直没有放弃对解药的寻求。在若干次失败后，她不再相信别人，决定自己研制。她不断弄来些稀奇古怪的东西调配，那些东西既不是药草，也不是食物，却是一些可以蚀人肚肠的蝎子、蜈蚣、蛇蚁之类的东西。有一天，她确信自己找到了，因为她不再想念陈法阳了。对于她来说，陈法阳就像上个世纪的鬼。她为自己如释重负的感觉而欢欣。但接下来的事情让她饱受不堪苦痛。她中了蛊毒，日日梦见虫蛇缠身，腹胀人瘦，像害疳疾。而这又不是病，唯一解脱的办法就是隔一段时日找到一棵棕树放蛊，直到棕树枯竭而死。她离群索居，人们都叫她草鬼婆。石嘎欢勾来为她看病，她骨瘦如柴，一双猩红的眼睛散发出不一样的急切的光芒。她提出要喝水。在喝光了火塘煨着的满土罐水后，她提出要石嘎欢勾帮忙找一件可以答谢的什物。

"在床底下呢。"小红钱说。

石嘎欢勾捡拾着自己的药箱，对于她的话置若罔闻，或者说她根本就不想要这样一位可怜人的任何答谢。小红钱急躁起来，她的坏脾气一阵一阵。

"我说你得了吗？"她吼道。

石嘎欢勾看了看她，忽然咳嗽起来。

"你得了吗？"小红钱又说，"鬼打的，我快死了。"

"什么？是的，我得了。"石嘎欢勾在咳嗽的间隙淡淡地说，有点不想与她啰唆了。

就在此时，小红钱长长地呼出了一口气。那是一种无以言表的邪气，因为在那之后，一幕不堪的景象出现了。小红钱躺着的床开始吱吱作响,镂着花鸟的架子分离,随时可能坠落,而床头所靠着的房间板壁,顷刻间轰然倒地。

石嘎欢勾闻到了一种浓烈的尿臊和屎臭味,小红钱死了。

在石嘎欢勾看来,她的死是因为她呼出了那些邪气,是她赖以生存的精髓。她开始后悔接近她,并对自己为某些气息所染而深信不疑。回家后,她把自己关在房间里,不停地用水洗去有如瘢痕一样的东西,结果发现有些东西并不是那么容易洗去。几个小时后,她几乎神经错乱了。

匡嘎一琼发现石嘎欢勾有些古怪起来,她总是在夜深人静之时嗯嗯翁嗡地念一些莫名其妙的鬼话,不知所云。有一天,他感觉到自己是醒着的,发现石嘎欢勾鬼鬼祟祟地在床底下翻弄着一个陶瓷罐,随后又从罐子里抠出来不少虫蛇、蜈蚣、蚁蛙之类的东西放到装有水的木盆里,像是给它们洗澡。第二天一大早,他趴着身子钻到床底下看,却什么也没看见。他想自己肯定是做梦了。大概过了一月,他有意问起那个陶罐,石嘎欢勾支支吾吾,也没说出究竟。

石嘎欢勾仍然给别人看病,除了针挑法,她喜欢拿一叠压着锉印的豆腐块大的黄草纸,透过纸背嗯嗯嗡嗡地念经,并把病的来龙去脉说得头头是道,就像一种邪术。她知道匡嘎一琼并不喜欢她这样子。她自己也觉难堪,更不愿匡嘎一琼的生活因这种事情受到影响,但她深陷泥潭,有如受到了诅咒。她觉得应该把匡嘎一琼送回他母亲莫歌身边去了。但等她带着匡嘎一琼来到匡府,发现匡府的大门和院墙都长满了野草。曾经那么热闹的一大家族,突然间像从人间蒸发了。

石嘎欢勾为此郁郁寡欢了很久。有一天,她突然得到镇筸城里一大户人家的邀请,说是帮忙给家中的老爷看看病。石嘎欢勾拿了个药箱跟着去了,到门口才知道是田嘎兴恕的将军府,而那位需要治病的人便是田嘎兴恕。

田嘎兴恕自上次被兵勇押着走出镇筸, 沿途经过了贵州的松桃、沿河、正安以及四川的秀山、武隆、重庆等十多个州、厅、府、县,两千多公里的路程。他觉得用不着别人处死,自己就会死在路上了。有人却在保他不死,其中包括慈禧太后、恭亲王,还有权倾一朝的左宗棠。朝廷为青岩教案和开州教案中死去修士和神父支付了抚恤银两,那可是一笔不小的数目,接着又将田嘎兴恕入官所居的六洞桥公廨做了英国传教士的经堂。这似乎还远远不够,朝廷下旨将他发配新疆。这一走就是十年。同治十二年,经陕甘总督左宗棠俱奏求情,他终于得到恩准,从兰州回到了湖南的家乡镇筸镇。

石嘎欢勾走到房间,就闻到了一股难闻的气味,那是从田嘎兴恕身上发出来的。他因为枪伤复发,身体灌脓流血,无一处好肉了。那时候石嘎欢勾觉得针挑法一点用处都没有,她唯一能做的,便是让他不要那么痛苦地活着。她为此弄来了一种植物的壳,放入一口铁锅,熬制出漆黑的药丸。四年后,田嘎兴恕在家中病逝了。好在他的生命又以另一种方式延续下来,那便是他的儿子田嘎应全和田嘎应诏。

田嘎应全早早就去了日本,而田嘎应诏一直在当地一举人家开设的学馆就读。先生教《四书》、《五经》、《史记》等,还教书法,临习古人碑帖。田嘎应诏一毕业,石嘎欢勾就把匡嘎一琼送到那儿去了。教书的先生思想守旧,满身古风幽韵,有着似乎不能了却的夙愿豪情。他让匡嘎一琼的长相给折服了。

"这孩子司空骨开,一世官高福泽;重眉立起,千里将勇英雄啊!"他暗自惊叹,又拂开匡嘎一琼的衣带,摸了摸他的小肚腩,笑着说,"脐大而深,超群出众之士;臂膀丰厚,受福禄于强年。"

接着,先生又问了生辰八字。石嘎欢勾从衣兜里摸出了莫歌给她的小铜镜项饰给他看。老举人眯眼皱眉地看了许久,连连点头,说:"这孩子生在甲午日,不甲天下,而甲地方,可惜生得其时,未逢其世。"他又仔细地看了看匡嘎一琼,发现他天中稍亏,这是唯一所遗憾的,他想如果不是这一点,应该可以登坛拜相了。

老先生挑选学生如同挑选女婿一样,这让石嘎欢勾感到了一丝不安,她赶紧把钱递到了他的手上。"帮帮忙吧,先生,请一定收下我儿子。"石嘎欢勾恳求。

但老举人将钱退还到了石嘎欢勾手中。"这个学生,我收了。钱,分文不取。"他一脸豪气地说。

从那时起,匡嘎一琼就跟着先生读书识字。他果然对学习知识表现出天生的喜好和渴求,每日闻鸡即起,夜晚点灯不寐。老举人若求到了将才一般,把自己的全副身心都投入到对匡嘎一琼的塑造上。一天,老举人把学生带到郊外的石莲阁吟诗对联。他有意试试学生的才华志向,便口出上联:"春临镇筸,莺歌燕舞。"一个学生出口道:"风吹沱江,花落柳摇。"老先生摇头。匡嘎一琼接着说:"波涌洞庭,龙跃蛟腾。"老举人手捻胡须,脸笑得像朵莲花。接着,他又出上联:"边远小厅,飞出凤凰。"匡嘎一琼脱口而出:"中都大邑,涌出将帅。"匡嘎一琼的气魄和文采真是把老举人折服了,他为自己骄傲自豪起来:"真是名师出高徒啊!"

在最初的启蒙教育过去之后,匡嘎一琼的自学能力突飞猛进,他的记忆力和悟性远远超出了老举人的想象。那些年月,国家内忧外患,多灾多难,战事连连。甲午战争之后,中日又签订了一份丧权辱国的条约,国家半殖民地化进一步加深。如此危局,老举人深感忧虑,亦为自己老朽难过。一日,他对匡嘎一琼说:"而今国事日非,仁人志士莫不心寒,海内英俊皆奋发图强,依老朽之见,你非池中之物,有待风雷,劝你不如往高明学府深造,以待异日为国报效,驰骋疆野。"

不久,匡嘎一琼和另一名品学兼优的学生被选送到五百里外的沅州府一所沅水校经堂读书深造。沅水校经堂系明清之际的明山书院演变而来,宗旨是"通经致用",学风尚勤奋,为湘西各属之冠,湘中许多名人和贤达都在这里任教,当下许多要人名流也出自这个校经堂。堂内分别开设有文字、文学、音韵、训古、政事等科。

匡嘎一琼含泪作别老师,却因石嘎欢勾不舍,他将出行的日期一而再、再而三地推迟。

最终离开家之际,石嘎欢勾表示出对他的绝对支持和理解。"你走吧,我的儿。"对他说,她从未有过的轻松和放心溢在脸上,一切皆释然的样子。

匡嘎一琼走出不到二十米远又忍不住回过头来,他发现母亲坐在门口一张很旧的藤椅上,孤独地闭着眼睛,而她的耳朵、嘴巴及鼻孔里,挂满了活生生的蜈蚣蛇虫一类的东西。

"可怜的母亲啊,你真的变成草鬼婆了吗?你莫做那样子吓我了,我回来就是了。"匡嘎一琼转身而回,悄悄地在母亲脚下席地而坐,愧疚如血液一样流遍全身。

这时,石嘎欢勾慢慢地转动了一下藤椅,像负有罪责一样的语气缓缓地说:"你走吧,你真的没有必要这样。我并不是你的母亲,你也不是我儿子。"

"妈妈,你糊涂了吗?"匡嘎一琼伤心欲绝。

"我的丈夫叫玉比,而你的母亲叫莫歌,是一位非常漂亮的了不起的提督夫人。"石嘎欢勾继续说。

匡嘎一琼以为她疯了,是疯子的呓语,因为在他的记忆里,打一生下来起,就是她的儿子,他们彼此亲爱,不离不弃。

"我后来还是找了机会一心将你还回去的,但是……"石嘎欢勾继续说道。

匡嘎一琼看着她，他仍不能相信她的话里有几分真几分假。石嘎欢勾从怀里摸出那块精致铜镜项饰，一面刻制着他的生辰、另一面是镇邪的八卦图案。"把这个拿去吧，这是你的，我留着没有任何意义。"她把铜镜项饰递了过去。

匡嘎一琼接住了铜镜项饰，他看了看，觉得有棱有角的部分呈现出一种不对称的美，但遗憾的是还缺了点什么。

"这是一块完整的铜镜所分割而成的，"石嘎欢勾又说，"据说还有两块分别挂在你两个同胞弟弟的身上，你的最大，这是你父亲留给你们的，合三为一，世上再不会有第二份了。"

匡嘎一琼仍然对她的话不以为然，只当那玩意儿是一件毫无故事可言的碎片而已。

"现在，你可以走了，而我，只想一个人在这把藤椅里度过我的风烛残年。"她想了想，又说，"或许还会继续行医的行当，这是我的命。人的命都是前世定好的。"

匡嘎一琼不知说什么好，只是觉得与她共度的美好时光要一去不复返了。他为此而黯然神伤。

匡嘎一琼到达沅水校经堂时，比预期的时间晚了整整一个月，他的沉默常常让老师都哑口无言。但过了些日子，匡嘎一琼便从自己的阴霾中走了出来。在这里，他选学政事和文学，他仍然和以前一样的认真刻苦，他的学习也进步极快，不仅赶上落下的课程，在新的学业里也崭露出了头角。有一段时期,学校里突然出现一些陌生的面孔,那些人聚到一起便促膝长谈,有时通宵达旦。有一次在强记一篇课文时,他摇头晃脑,不知不觉走到了一处较为隐蔽的地方,那有一个窗口,下面是污水滋养下的野生杂草。一个声音传了出来,他听见说:"……区区于笔砚之间,数黑论黄,舞文弄墨,寻章摘句,世之腐儒,何能兴邦立世。"另一个说:"甲午之战,庚子之役,外侮凭凌,丧师赔款,国家如此多难,吾侪风华正茂,奋图于笔砚故纸堆中皓首穷经,不能为国出力,于世何益,还当效法前辈,匡时扶世,投笔从戎,为国立功……"

匡嘎一琼感到有一种可怕的东西在向自己迫近。他一面回想老举人的样子,觉得他是那般别有用心,因为他胸膛里有一种激情像火一样要被点燃了。他其实并不知道自己想的是什么。

24
入藏

在沅水校经堂就读的一年之后,匡嘎一琼认识了许多比自己年长的青年，他们常常毫无忌讳地在他面前高谈阔论，甚至会在会议室的角落给他留着一把长椅或一张矮凳。无疑地，他在增长知识的同时也在增长见识，他的思想的基石就像他所读的书本，越累越厚。他总是为一些东西鼓舞，而他深藏不露的性情里，萌生出了或善或恶的翅膀。

那年，湖南筹办武备学堂，目的在于创练新式军队，操习新式枪炮，以成劲旅。匡嘎一琼在经过一番思量后，认为治世重文，乱世尚武，走习武的道路才是一条康庄大道。于是，他向校经堂堂长请求，保送他去武备学堂学习。当时，武备学堂的学生必须从现役官兵中选送，他的愿望无法实现，但他一点也没有显出灰心的样子，而是一边习文，一边习起武来，等待机会。果然，这年秋天，武备学堂附设了兵目学堂，在全国招收部分青年学生入学。匡嘎一琼在经过学校同意后，很快打点行装到长沙去了。兵目学堂和武备学堂都是仿照西法用来训练军官的，只是训练对象和学习内容有所区别。武备学堂训练新式军官，兵目学堂培养新军基层骨干和士兵骨干。武备学堂所学功课分内场、外场两种。内场即课堂，有汉文、日本文、算学、伦理学、军制学、战术学、城垒学、地形学等二十二门功课；外场有体操、马术、剑术、步操、炮操、工程等六门功课。兵目学堂主要学习使用新式枪炮武器，操演步伐阵势和舆地、算学、测量等。

匡嘎一琼对于那些深奥的学科有点生疏，但对于那些枪炮武器的使用却有些无师自通。有时候他即使闭着眼睛也会将那些枪炮的构造零件拆解，再组装起来。他可以百步穿杨，觉得这是件再简单不过的事情了。

进了兵目学堂，匡嘎一琼得以认识了在武备学堂将弁班就读的几位老乡，其中就有田嘎应诏，以及沈毛狗的儿子沈嘎宗祠。沈毛狗在田嘎兴恕被发配新疆后一直御职在家，终因多年的积劳成疾，在镇筸镇病逝。匡嘎一琼跟他们走得很近，所谓亲不亲，家乡人，一口相同的土语和习以为常的口头粗痞话让他们自由自在，无拘无束。在平时交往中，他也得以了解并学习到武备学堂的一些课程，为将来进武备学堂创造了条件。

武备学堂的教官严厉而冷漠，体罚学生的花样翻新，有些纯粹是变态。田嘎应诏性情急躁，桀骜不驯，他在一次军训中居然为一点不服气而殴打了教官，学校将他开除。不过，因为父亲的关系，得到湖南一巡抚的暗中帮助，他自费东渡，到日本的士官学校去留学了。田嘎应诏一走，武备学堂便有了一个缺额，匡嘎一琼由于平时的勤奋以及对于枪炮剑术的熟悉，经过考试，得以入选。

两年之后，匡嘎一琼从武备学堂毕业，并分配到一个不大不小的地方任见习军官。过了半年，他又被调回长沙，担任湖南新军第四十九标队官。

匡嘎一琼渐渐长大了。在这里，他的思想被一种潮流左右，为一种幻想所鼓舞。他和几位同乡一起秘密加入了同盟会，经常到天心阁参加各种会议。那些会议既神秘又激动人心。但这样的情形没有坚持多久。狂热分子士气高涨,眼前的政治形势混乱不堪。匡嘎一琼觉得自己过于冷静严谨,反而无法指挥他们,更无法驾驭他们,深恐把事情弄坏了。他对自己感到失望,对革命感到丧失信心,于是决定解职归里。

他辞去四十九标队官职务,回到了镇箪城,坐观整个形势的变换。

从沅水校经堂到兵目学堂、武备学堂,再到后来解职回家,已经过了五年时间。在回家的前一个夜晚,他认真地回想了一下母亲,试图在以前生活的轨迹里找回一点熟悉的感觉,似乎也有些枉然。他在屋子里走来走去,通宵未眠。早晨,他突然闻到了菊花的香气。这时节并不是菊花开放的时期,周围除了那些古树,也没有任何人种植秋菊。他为清心的气息、淡雅的余香所熏染,浑身温软熨帖,昏然欲醉。他开始在屋子里面寻找,最后从旅行箱里凌乱的衣物中摸出了那块刻着他生辰八字的小铜镜,并确信那就是菊花香气的出处。这时候,他不再认为那是件毫无故事可言的工艺品了。

"一定有什么自己并不知晓的事。"回家的路上,他一直在想。但进到家里,石嘎欢勾已不见踪影,他唯一见到的是她坐过的那把藤椅……

匡嘎一琼在家住了一段时间。革命的形势并没有得到遏制,反而越演越烈,镇箪城似乎也不是那样风平浪静。不安分的因素大多来自于河对面的下河佬。

这么多年过去了，那些下河佬基本上成了这里不可分割的一部分。无数次的征战，许多青壮年血染疆场，留下太多的孤儿寡母，下河佬自愿地承担了照顾他们的义务，日久生情。在上辈人中，他们继续说着自己的语言，但他们的子弟已和本地人没什么两样了，甚至包括一些习俗都已微妙地渗透在各自的生活中。但下河佬重商的习性未改，他们乐此不疲，继续着蛋生鸡鸡生蛋的行当，并在经营中不断寻找巨大的商机，在日积月累中将雪球滚得很大。他们有着自己的组织，建立了不同帮派的会馆或管会等。他们中的有钱人出资将那些会馆或管会修建得有如皇宫一般，连他们的老祖宗——财神爷的神位也让他们从千里之外请到了这里供奉起来。有一天，镇箅城的人发现了一个秘密，就是他们所有建造的会馆楼阁的大门无一例外全对着虹桥的三个桥孔，洪流有如滚滚的财源，全向着他们的馆所涌来。

　　在下河佬的斜对面，有一座准提庵，不知何年所建。有人出了个主意，在其旁修了个大大的窗棂，像眼睛一样日夜偷窥下河佬究竟有多少钱财，并在窗棂旁放了尊手拎口袋的孤篓子菩萨，意在将自己流逝的钱财装回口袋。下河佬有若心知肚明一般，却也似乎很乐意加入这样的游戏。他们在自家门口建了一个又高又尖的宝塔，那象征一根神针，刺伤对面偷窥的眼睛。看来，大家表面一直维持的良好关系要被撕破了。尽管心里排斥和郁结，镇箅人又不得不承认下河佬给自己所带来的生活上的便利。"穷不过三代，富不过三代，再多的财富到头来也不过竹篮打水一场空。"他们认为下河佬这么聚财是不值的,但下河佬也不太在意别人的看法,一如既往地将本地诸如桐油、药材、朱砂等土特产用船运往外地,又源源不断将生活必需的布匹、洋油及洋火运送而回,甚至搞来了鸦片。

匡嘎一琼回家约两个月后,船只装来了一些自称伙计的陌生面孔。这些新人的到来一时间令小城热闹了许多,因为他们十分活跃,不断地在会馆上演一些新鲜好看的剧目,惹得许多人前去观看,连邻近的乡下人也来了,挤满会馆的一角。之后,便有一些人不停在那儿出出进进,坦然自若中又显得神神秘秘。不久,城中的小巷或街墙一夜之间贴满意思模糊的标语。

革命形势已蔓延到这里,匡嘎一琼也始料不及。他觉得自己不能在家久留,得谋求自己的出路了。这时,武备学堂的几位同学来信约他同去求见湖北的一位总督。这位总督曾在湖南督内,锐意兴学练兵,在清代疆史中算得一个明达之士,为人所敬仰。匡嘎一琼在经过一番思虑后,主意已定,毅然前往了。那位总督果然接见了他们,介绍说,他的一个弟弟在四川任川滇边务大臣,将有川边之行,亟需人才,推荐他们到那里去。总督还给他们写了一封言辞恳切的介绍信。

过了几日,匡嘎一琼和他的同学从武昌乘轮船溯江而上,到宜昌后又改乘帆船,在惊涛骇浪中驶过三峡,历行千余里,抵达成都时,已是旧历年年底了。

那位川滇大臣反复看了介绍信又再三询问后,说:"湖南佬,不会是同盟会革命党人吧?"他眼睛长久地盯着匡嘎一琼,疑虑重生。

他最后的结论是不即擢用,让他们在成都候差。

旧历年后不久,那位湖北总督调任四川总督。此时,田嘎应诏已从日本士官学堂毕业回国,在四川讲武堂任监督。匡嘎一琼凭着同乡关系,前去拜望。

匡嘎一琼备述了自己入川后的阻碍与苦衷。田嘎应诏在得知他们的经历后,凭私谊找到了总督及下面新军的一位协统,就是协的统领。按当时军队的编制,协设两个标,设标统;标辖三营,设管带;营辖四队,设队官。这样,他们几人得以在那位新军协统部下任职。匡嘎一琼被任命为六十五标队官,他们驻防在四川一个叫百丈邑的地方。

匡嘎一琼天生爱学习、爱思考。他在驻百邑丈时,悉心搜集了有关川边西藏的史地资料,并写了一份西征计划书,指出了西藏在其他国家的虎视眈眈之中,而当地头人受人利诱、自以为是;驻藏大臣昏庸老朽,不知强邻逼近,宜固藩篱。他的分析并不离谱。首先是英国人,已做好了阴谋入侵西藏、进窥康蜀的准备。藏王属下居然对沙俄心存幻想,于是借贺俄皇加冕为名,赴俄请求他们纵横捭阖,以夷制夷。这给了英国人愤怒的借口,他们派遣精兵数千,越过雪岭侵入中国领土。

西藏头人让喇嘛在寺庙问卜。喇嘛口呈咒语,说:"佛能佑我,敌可掳而收其器械,请决战。"于是调兵数千将英兵挡在关外。英军涉险深入,遇伏击,仓促应战,死亡百多人,暂时停止下来。

但英军在休整后又卷土重来。藏兵一败涂地,一千人掉了脑袋,其余的望风而逃。见大势已去,头人捕杀了寺中的喇嘛,并囚禁了喇嘛的母亲,携带珠宝珍物数百驮,率千余人出奔而走了。头人起初想逃往俄国,但遭到清廷的反对阻止,被迫入京。头人离开西藏后,掌管西藏政权的驻藏大臣也感觉到了来自外界的威胁,因而奏请政府加强驻防力量,震慑反侧。政府衡量再三,便命令新军的那位协统出川援藏。

协统立即把匡嘎一琼召至身边,共商援藏事宜。匡嘎一琼趁机呈递了那份早已写好的西征计划书。

"这是我历陈的种种想法,请一览。"匡嘎一琼直视着协统,说道。

协统用了整整一晚的时间来阅读计划书,他为匡嘎一琼的才能见地所佩服,立即决定委任他为援藏军一标三营的督队官。

不过,川军援藏并没有受到当地人的欢迎,他们刚刚在西藏的土地上露面,便风闻藏王密令厦札发藏兵一万多人扼要阻击。藏人荷枪实弹,威风凛凛,如狼似虎。眼看就要酿成一场力量悬殊的血腥内战,川边大臣赵尔丰亲自率兵入营,由北道进剿德格叛匪,而命令协统钟颖率军由北跟进,会师于昌都。

匡嘎一琼作为督队官,在七月的一天出发。他们的行进充满着险阻。他们所经过的地方重峰叠嶂,高峻及天,白云如在脚下盘桓。匡嘎一琼在过大相岭时,忍不住大声呼喊起来。这一喊,一呼百应,千回百转。天陡变,阴云四起,拳头大的冰雹落了下来。这次的冰雹砸伤了许多士兵,简直是祸从天降。经过一处虎耳崖时,陡壁悬崖,危坡一线,道宽不过三尺,如刀削斧砍,下面河水异常青碧,却波涛汹涌,骇目惊心。那些特意从成都购来的良马已是遍身汗流,鞭策不前。过了六天,他们好不容易到了泸定桥,那里更是险恶异常,河宽七十余丈,下临百丈奔腾洪流,声振山谷。手指粗的七根铁链凌空而架,连接两岸,上覆薄板,走在上面,令人惶恐,心有余悸。两天之后,他们到达了打箭炉。那时候,藏地已是雨雪交加,寒风刺骨,他们的眉毛和头发有时结成了凌条,刺猬一样竖直着,特别是到了晚上宿营,官兵瑟缩战栗,身上散发出一种僵尸的气味,不胜凄楚,脸上是一副生硬、麻木的神情。

匡嘎一琼忍受着天气恶劣和遍地沙砾带来的烦恼,忍受着帐幕背囊和弹药粮秣的重负,忍受着肩扛步枪的磨砺,甚至忍受着为避免与藏军冲突而不停地转圈子所带来的耻辱。他们后来又走过折多塘,经长坝春、道坞、霍尔章谷,至甘孜、曾科、麦削、岗拖一带。时节已是暮秋,越往前去,朔风怒号,天寒地冻。每从山腹走过,山水泻冰,人和马想通过,须先凿冰敷土,所以人仰马翻乃是常事。谷底溪流,也凝结成冰,部队人马数千,踏冰而过,寒冰碎裂的声音在数里都可听见。到达麦削以西,河深流急,没有船楫,军队渡河只好用以野藤和牛革酥油制成的椭圆皮船。先渡辎重,再渡官兵。船小而少,每渡一合,总是要拖延数日,而河流很多,行军拖延了很久。

匡嘎一琼作为督队官，每天是第一个早起。藏地差不多没有不下雪的时候，一到半夜，帐幕雪白，第二天早晨起来，要用火烤干后才可驮载。最让人难以忍受的是天还未亮，帐幕已拆，有近两小时人都立在旷野里，等候烘干帐幕。雪风削面，士兵经常被冻得战栗呻吟。他们极尽艰苦地行走了五十多天。匡嘎一琼承受了比别人更多的苦，等到达总督指定会师地点昌都，他手足冻僵，肿痛得再也难以行走了。

其实，匡嘎一琼所在的入藏部队，由钟颖统领，对藏地的一些情况一无所知。他们困惫不堪地到达昌都时，总督赵尔丰还在更庆。他模棱两可地听到了藏王拒阻的消息。匡嘎一琼自告奋勇，带了一名熟悉藏情的通事翻译共四人，深入到纳贡塘侦察敌情。途中，在一条小溪对岸的一栋楼房就寝时，被两路飞奔而来的藏骑发现，他们拔出明晃晃的大刀，挥刀乱砍。匡嘎一琼脊尾骨上受了一刀，鲜血直流，接着又一个藏兵用刀把子狠击他的右额。他眼冒金星，立即倒地，迷迷糊糊中感觉有人将他拖到楼口，向下一扔，他便痛得昏厥过去。藏兵将他们绑到马背上，行走二十多里，半夜时到了梭罗坝。一个带队的军官开始审讯他们，几经周折，才弄清楚匡嘎一琼是赵尔丰大臣派来的使者。此时，赵尔丰已平定德格及其他许多地方，威名远振。那位军官慑于朝廷的威力，问了一些情况，就将他们放了。匡嘎一琼腰际创裂，血流不止，疼痛难忍。那军官为他包扎伤口，施以符咒神谕，赠送藏药佛珠、良马佛经及奶饼等，亲自护送至纳贡塘才回营地。

匼嘎一琼等人趁着月色回到军营,半夜已过,其他人都已就寝,唯有一个老乡还在倚案研墨,见他归来,悲喜交集,因为大家都说他这次被掳,已被杀身亡,碎尸山林。他的行李被人破箱瓜分,见他回来又偷偷地退回原处。匼嘎云飞的伤在七八天后渐渐愈合,但肚肠时时作痛。一个朋友送了一瓶雷击散药,病急乱求医,他吞下了,大泻过两次,拉出很多血块,居然好了。

这次的历险让赵尔丰看到了他的胆识,当即将他提升为管带。不久,川军击溃了藏军,斩杀了头目堪布登珠。匼嘎一琼率部进占恩达,后经江达到了工布。工布天气晴朗,沿途风景清幽,与多日行军中的积雪弥山、坚冰狂风的景象形成了强烈反差。这一丝温暖的气息让他们不想再挪动脚步了,于是将营部设在工布东面德摩一第巴家里。

匼嘎一琼在第巴家见到了第巴的舅舅加瓜彭错。六十余岁的彭错为贡觉营官,面貌清癯,和蔼可亲,他对匼嘎一琼一点都不感到陌生,相反,像遇到了知己。他老泪纵横,历数藏王多年来的虐待情形。这让匼嘎一琼无所适从,他一再抚慰。"这里到贡觉不远,我们家草屋数间,勉强能容贵身,妻子尚能办一桌好菜,如不嫌弃,可否到寒舍一聚?"走的时候,彭错很有深意地发出了邀请。

"当然,我一定会去拜访。"匼嘎一琼欣然应诺。

第二天,他们走了二十多里,乘舟过一条小河。河宽数丈,舟长约两丈,宽三尺,剜木而就,不做任何匠工,像极了太古时期的遗物。过渡上岸,又走了两里,见一富丽堂皇的宅子,那便到了彭错的家了。

彭错夫妇早已带着庞大的队伍迎到村口,极殷勤地捧出家制果饼。坐了一阵,彭错笑着对匡嘎云飞说,这里的女子们喜欢跳舞,锅庄跳得最好,便引匡嘎一琼到一大厅。此时,早有十几位艳妆女子歌声抑扬,轻舒玉臂,舞袖蹁跹。半小时后,彭错又领匡嘎一琼来到一个整齐陈列有粗笨弓箭的园中。匡嘎一琼对弓箭有着天生的喜好。大家比射了一会,觉得无比痛快。最后一个节目是看骑马捡物比赛。在一河干,细草如毡,绵延数里,早有十余匹健硕良马和藏女等候在此,他们的比赛规则是骑在飞驰的马上俯身拔起地上每隔三四十步远所立的高约一尺的球杆,拔杆最多者为胜。骑马的女子全部扎着丝带,袒着右臂,跃马扬鞭。其中有一漂亮女子,矫健敏捷,马术精湛,她在疾驰如飞中连拔五杆,夺得头名。这令匡嘎一琼赞羡不已,拍手称好。喝茶时,匡嘎一琼便问这出类拔萃的女子是谁。彭错说,是自己的侄女。

"她名叫阿原错。如不嫌弃,愿将阿原错相许,与你相濡以沫,同甘共苦,你意下如何?"

匡嘎一琼简直被彭错的话惊呆了,对藏人的待客礼节反而陌生起来。他又看了看含羞中的阿原错,只觉得眼前一晕,有如被箭射中。

过了些日子,第巴和彭错真的将阿原错送过来与匡嘎一琼成了婚。结婚的仪式简单而简短,既不按藏人的习俗,也不按汉人的规矩。从那以后，他们几乎天天都在一起。阿原错身上特有的执着、忠诚和顺从让匡嘎一琼不能不为之感动，他也准备借助自己深厚和克制的温柔，给予她所想要的一切。

不久，部队接到了清廷大臣联豫的一道命令——进占波密。波密形势险要，番人异常横暴。起初，朝廷决定先扶后剿，而在考察了波密的形势道路后，确定分三步行动：第一步，由冬九、纳衣当葛、八浪登至汤买，肃清两翼；第二步，进至卡拖、倾多寺；第三步，向其酋长白马青瀚所在地进攻。

匡嘎一琼率部先行。他让阿原错留在家里，任务完成以后就回来接她。但阿原错不肯，一定要与他同去。内心里匡嘎一琼也觉得生活中不能没有她了，就答应将她带在身边。行军的路上，入藏川军与番兵前后经历了近三十次遭遇战。番兵身材高大，体魄强健，诡谲狡诈，他们力据险阻，东伏西击，虽屡经击退，却退而又聚。这期间，匡嘎一琼几次躲过了死神的召唤。阿原错总是在关键的时候救了他的命。有一次，一群番兵从背后向他袭来。阿原错大喊一声，他为喊声所惊，以为阿原错中了枪弹，转身时有一排子弹正好从他的耳根边穿越而过。还有一次，他和另一督队官到一石门岩壁处巡视阵地，忽然枪声突起，呼啸大作，他慌忙退到石门左侧岩壁下，以观动静。过一阵，枪声寂然，但情况不明。远远的，他见阿原错端着面饼走来，便过去拉她，留那一个督队官守石门。刚走出不到三十步，忽然听得岩石爆裂的声音，他回头一看，番兵居高临下擂崖滚石，一块巨石滚落下来，正好压到他刚才待过的地方。那位督队官头破血流，臂断膝脱，最后因伤重而死。

在经过数月与番兵的且行且战后，部队死伤惨重，钟颖便从四川等地招募了一些兵士作为补充，分给了匡嘎一队新兵。无独有偶，那些新兵大多来自贵州和湘西，很大一部分正是来自镇筸镇。就像是血浓于水，贵为老乡，匡嘎一琼与他们情投意合，带起来真是轻松有加，得心应手，不久就成了他最为得力可靠的队伍。

匡嘎一琼还有意识地问到了家乡的一些情况。

"镇筸光复了，"一个士兵说道，"有人说是革命形势的不可阻挡，但那更像一场梦。"

"为何？"匡嘎一琼问。

"镇台的泛滥捕杀，沱江血流成河。"士兵说。

匡嘎一琼沉默良久，不置可否，过后问那领头的人是谁。那士兵告诉他一个叫田嘎应全，一个叫唐嘎力均。

"他们厉害呢，一星期就集结了几千人马，听说所依靠的是贵州一哥老会的头目和当地苗寨的青帕苗王。"士兵说。

"啊，是吗？"匡嘎一琼若有所思地说。

钟颖因为有着很好的身世背景，少年得志，猖狂轻佻，并没有得到驻藏大臣的器重，加上征剿波密的多次失利，困守原地太久，有一天，驻藏大臣突然传令调钟颖返回拉萨，而协统一职由驻藏参赞罗长琦接任。这位参赞工书善文,好谈兵事,颇得上级赏识,以前和钟颖关系很好,推心置腹。他的介入让钟颖非常愤怒。钟颖觉得是乘人之危,背信弃义,自己简直是认贼作友。表面上,钟颖让位离开,实际并没有听候调遣,而是留驻在乌苏里江,静观其变。

前敌易帅,局势变得紧张起来。钟颖走的时候,匡嘎一琼让阿原错随协统一起回到德摩父母的家去。他每天跟家乡的兵待在一起。就在阿原错走后不久,又传来镇筸周边的乾州、永绥、古丈、保靖、永顺、龙山、麻阳等地的政府在湘西的统治土崩瓦解,那些官吏交出了政权,从此湖南全部光复了。

其时,受革命风潮的影响,哥老会的势力已遍布军中,罗长琦也很难统领他们。有一次,在鲁朗与番军作战,部分士兵居然不服从命令,致使退败。一个排长处惩了一个不从命令的士兵,却因方式稍有失当而遭到哥老会势力的报复。

这令罗长琦大为光火,在了解了一些情况后,他秘密杀害了十三名头目。这虽然平息了军中骚乱,却为个人的安全埋下了极大的隐患。几天之后,他被人捆绑在马尾上,一路打马飞奔,拖了几十里而命断气绝。

罗长琦一死,群龙无首,部队也随着兵变改体。哥老会中的一些头目其实不过三教九流的角色,目中无人,庞然自大,叫嚣张狂,这令匡嘎一琼无所适从。他在郁郁中行走了六天,回到了德摩。

阿原错早已迎候在德摩山下,虽然经过了多日的等候,她仍喜笑如常。见丈夫一副悲怆欲泣的样子,她有些吃惊,问他怎么了。匡嘎一琼也只好如无其事地笑。他住在第巴家中。过了几天,杀害罗长琦的凶手居然破门而入,气势汹汹地说:"罗长琦阻挠革命,已被我们杀死,你对此抱什么态度?"

匡嘎一琼感到突然,他沉思良久,说:"近来社会十分动荡,罗长琦被杀的消息传出去,恐怕对我军不利吧。"

"假如不杀死他,我们的脑袋恐怕保不住,这点你也清楚。"凶手说道。

匡嘎一琼不知说什么好,过了一会儿,另一个士兵又跑了进来,他对着凶手耳语。于是凶手又对匡嘎一琼说:"江达有人写信来,大家推举你出来统领革命,组织军政府。革命事重,希望你答应下来。"

匡嘎一琼唯唯诺诺,想到罗参赞的被杀,他担心自己的命运。但眼前的情形,军队已无可收拾,而番人虎视眈眈,倘若趁机而入,后果不言自明。倾巢之下无完卵,他若一死,阿原错也必死无疑。"等到了江达再说吧。"他叹息一声,答应着说。

匡嘎一琼花了一整晚的时间来为自己找到另一条活路,得出的结果便是出走。虽然那些部属骄矜恣横,但他平时待人宽厚,军中的湘西子弟及镇箪兵较多,对他还是很好,不会有什么麻烦。离开德摩的那天早晨,阿原错的母亲前来送行,她拿出一座珊瑚山赠给他们。珊瑚山高约八寸,玲珑剔透。"阿原错万里从军,权当留个纪念。"她对匡嘎一琼说,又看了看女儿,"你这一走,从此天涯海角,相见无日,你好好珍爱它,以后见到它,就如同见到我一样。"说罢,声泪俱下。阿原错更是泣不成声。匡嘎一琼一再安慰,说这次不过去拉萨,不久就会又见面的。

两天后,到脚木宗,加瓜营官彭错夫妇又跟来送行。他们立于马前,老泪纵横,说:"我们已经老了,不能随行,不知何时能够相见。"母亲又拉着阿原错手哭着说:"你要好好地照顾他啊!"他们相赠了藏佛念珠,希望能求得两人平安。

匡嘎一琼走后不久,藏王返回了拉萨。藏王所做的第一件事便下令,凡与汉官有往来的,格杀勿论。彭错夫妇自是不能幸免,他们被砍成寸断,悲惨而死。

那时候,匡嘎一琼和阿原错正在回镇箪的路上,做着最为仓皇的逃遁。

25
辛亥镇箪

这一年九月,民主革命思潮已是火烧茅草,燎原到镇箪城的时候就如何也扑灭不了。除了城内的一些绅士、老兵，间或手艺人，连城外的匡嘎云飞也卷入了这场漩涡。

匡嘎云飞一开始是应朋友的要求，到城里下河佬所建的江西会馆看戏。演戏的男女都是本地人，唱的曲目也是本地的傩堂戏，在乡下也叫还傩愿，大约起于前朝，最早的起源是古代民间的跳神活动。古时候，如果某家人有人口无继、六畜不旺、五谷不丰或天灾人祸等现象出现时，便认定是犯了傩神，于是迎请巫师建醮还愿、了愿。巫师头戴面具，手拿跳神法器，所请的神有赤面长髯的傩公、粉面珠冠的傩娘，还有土地、开山等。表演的方式粗犷，不拘喜怒，有的甚至与神谈情说爱，对神调戏勾引，作弄揶揄，猥亵取乐，其目的和功用是达到与神和解通融，或能驾驭鬼神，以祈福消灾。在镇筸，不管是城里人或乡下人，都热衷于这种戏。

匡嘎云飞感兴趣的并不是大家都趋之若鹜的傩堂戏，而是摆在傩堂戏前或后面作为配戏演出的一种文茶灯。跳这种文茶灯，只需一个小丑，一个小旦。小丑头上扎"冲天钻"，鼻子上画蛤蟆图，俏皮泛漫。小旦则由男性模仿女性，画眉戴花，搽粉涂唇，妩媚妖艳，风韵动人。他们的演出拙朴外露，令人嬉笑。

以前，匡嘎云飞并未接触过这种玩意，但当小丑和小旦一出场，他便有一种莫名的兴奋，甚至跃跃欲试。当唱《十二月采茶》或《盘花》等曲目时，他竟然也能朗朗上口，一字不落地哼唱，很是专业。其实，他连基本的乐谱都不懂。陪他一起来看戏的那些兄弟们也觉得奇怪,他们一直认为他是一个五音不全的粗坯人,除了耍刀弄枪逞强称雄什么也不懂。

匪嘎云飞自己也为骨子里所存的那种温软的部分所感动。有人说,有些东西纯粹是遗传,打从娘胎里带来的。这以后,匪嘎云飞经常到这里来看戏,有一次还到后台去试穿了一下戏服,一个男人亲自给他披装系带。这戏服上身的熟悉感觉让他相信那份爱好就是从娘胎里带来的。有些日子,他一语不发,似乎为自己的出生感到难过。但他并不知道,当年他的父亲正是跳着《十二月采茶》和《盘花》茶灯玩年时,带着一脸的油脂彩粉跑到中营衙门去报了名,开始了军旅生涯,并演绎了自己辉煌而悲凉的一生。

匪嘎云飞给那个会馆里的戏班捐赠了一大笔款银,之后,就再也没有去看戏了。

这时,他的赌场和包送商客的生意如日中天,他的周围云集的人马也与日俱增。但他并不觉得自己像是一个正经的有作为的人,相反,孤独的天性使他成了毫无前途可言的多愁善感者。

一个星期之后,一个叫唐嘎力均的人进到了匪嘎云飞的叭固寨。他自称是一个商人。匪嘎云飞一眼就发现他就是江西会馆里戏班的组织者,那次在后台正是他拿来的戏服的。此人身上有一种浪迹天涯、意气激昂的江湖气质,他一进门就引起了人的注目。而他赌博时的大方出手,更让人不可小看。匪嘎云飞注意到他第一次下的赌注是一船桐油,第二次的赌注是数匹家织布,之后又陆陆续续有朱砂、药材等。几乎无一例外的是,他总是输,输了也毫不心疼,一副心安理得的样子。这倒引起匡嘎云飞的警觉。一天下午,匡嘎云飞有心要自己也输一把,他破天荒把一副点点红骨牌藏在衣衫里,让手下监视着唐嘎力均。他以前从未动过手脚。从两点到五点,唐嘎力均的心思似乎并不在骨牌上,却是一再地增加自己的筹码并让匡嘎云飞跟进。这使匡嘎云飞先前准备要输的计划又要落空,因为他实在不想让自己多年经营起来的家业一败而空。

但唐嘎力均声称并不要他的家业,他赌的是匡嘎云飞那些人马。

匡嘎云飞嘲笑起来:"请不要心血来潮,趁早改变主意吧。"

"不,"唐嘎力均坚决地说,"就这样定了,包括你。"他指着匡嘎云飞又补充说:"你们将毫无理由地由我支配。"

至此,匡嘎云飞仍不能明白他的用意,但他想如果跟唐嘎力均这种人能成为朋友应该是件不错的事情。事情的发展果然如匡嘎云飞所料,他以三比四的结果输给了唐嘎力均。匡嘎云飞愿赌服输,说话算话,他当即拍了拍自己的胸脯,说有什么要求尽管开口。但唐嘎力均说现在还不是开口的时候。

"当然,自有开口的时间。"唐嘎力均说。

十月份,革命党人在武昌起义。全国响应。湖南还成立了军政府,不仅占领了长沙,其他大部分地区也和平光复,宣布独立。但在镇箪城,作为统治者和道台的朱一斤却对外面的形势和对现实的看法充耳不闻,反而指责革命者的鲁莽和无知,还加派亲信掌握军队,厚集兵力,扼守厅城,并封锁消息,严查革命党人的秘密活动,企图顽抗到底。

其实,镇筸的革命潮流已不可阻挡,三个月前就有人开始活动了。主要的发起人就是那位从日本留学归来的同盟会会员田嘎应全。田嘎应全以前谋职在外,漫游大江南北,从事很多联络活动,这次回乡镇筸的主要目的就是密谋义举。当时,他已团结了镇筸厅很多的进步绅士,包括沈嘎宗祠,甚至联络了一些帮会,并与周边帮会头目成了莫逆之交。唐嘎力均便是哥弟会颇有威信的首领之一。田嘎应全曾躬往结识,推诚相与,各布心腹意愿,之后饮血誓盟,结为兄弟,共力所事。不仅如此,田嘎应全还是当时的镇筸总兵兼巡防营统领的亲侄女婿,由于这层关系让他得以了解到城内布兵情况,同时有机会做守城的官兵的工作,争取他们转向革命,以做内应。他在得到一部分官兵的附议以后,心里也有了底,便和哥弟会的首领唐嘎力均、龙嘎胜斌、龙嘎福二等人商议,决定在一个月后的十一月二十八那天攻城。这一消息除了他们几位当事人,连自己的家人都没告诉。

离二十八日还有一个多月,唐嘎力均找到了匡嘎云飞。"我要拿回我的战利品了。"

"当然,愿赌服输,我还能反悔吗?"匡嘎云飞说。

匡嘎云飞果然没有食言,他在得到唐嘎力均的口风后,连夜派结巴老二去通知新寨的龙凤三、龙角洞的龙庭贵、鸭堡寨的龙义成、牛岩的吴正明、得架的唐世国、乌头的杨春元、满家坨的龙光福等头人。匡嘎云飞亲自去贵州松桃请了当地哥老会的首领,也是生死之交的兄弟张嘎尚轩。说起来他和张嘎尚轩之间的情谊纯属偶然。有一年,叭固的哥老会的几个兄弟做盐生意路过松桃,未去拜访,按当时的规矩,凡任何帮会组织路经当地会址,必通报拜望,否则扣押其物品。盐被扣留后,几位兄弟无计可施,便找到了权威并重的匡嘎云飞,要他出面帮忙处理。匡嘎云飞立即飞片子给张嘎尚轩,叫他前往叭固会晤。张嘎尚轩得到片子,次日就来了。两人一见面就为对方的气质和武艺折服,情投意合,相见恨晚。他们都觉得如果两人联合起来一定会所向无敌,势不可挡。第二天,匡嘎云飞便以还愿为名,召集了很多朋友,杀猪宰羊,当众与张嘎尚轩结为兄弟。

张嘎尚轩在七天之内很快召集了两千多人,星夜开到了叭固。

唐嘎力均因为得到匡嘎云飞的支持,迅速地组织了以果雄·乜为主的五千多人的队伍。几千人一时间聚集到叭固安营扎寨,这时离约定的起义时间还有一个多月。唐嘎力均每天看着他们,觉得会泄露风声,于是便决定提前到十月二十八日凌晨奇袭镇筸城。

他们兵分三路,一路由张嘎尚轩率领的松桃义军一千六百多人攻克西门,一路由龙凤三、龙庭贵、龙义成和吴正明率领的两千多人直袭北门,一路由匡嘎云飞、唐世国、杨春元、龙光福率领的两千余人进攻东门,其余则分头策应。

之前,由田嘎应全事先策反的内应是道标守备西门哨弁杨在春、守南门哨弁向总如、守东门领旗陈学斌、守北门额外江斐全，以及镇标代理中营游击马子林等。

生性多疑的道台朱一斤为加强军队防范，在二十七日凌晨将守城官兵做了调换。他将由南门到东门的防务改由道标左营一、二、三、四队替换防守；由北门至七步卡、笔架城的防务，改由道标右营一、二、三、四队替换防守。笔架城以下，从山神庙到小西门防务，改由道标哨弁杨再春防守，并从几百里之外的龙山调回哨弁藤景龙，令其驻东门外大教场，又调枪兵一班驻守擂草坡碉堡内。东门外小教场，则由田应松驻守，并与藤景龙取得联系。刚从洪江解运枪弹回城的哨弁方振鹏、副哨藤文显，分别在白杨岭、池塘坪警戒。考虑到杨在春兵力单薄和不可靠，又加调郑能文助守，制约杨在春，并令警员袁星德率枪警数十名日夜巡逻。城防守备兵力一下大增，近一千多人。

城内防守情况的变化始料不及，内应全被替换，田嘎应全一时难以与唐嘎力均接头，而唐等人提前起事，事前也没有通知，内外失去联系，给攻城造成极其不利的局面。二十八日凌晨攻城开始，以张嘎尚轩率领的松桃义军进攻西门，一路过老官祖到达池塘坪时，有一个士兵去叫门，不见回应。另一个士兵被白杨岭守军发觉，开枪射击。幸好左营守备和右营千总事前叮嘱过，不准伤人，枪都朝天开，但守小西门的一帮家伙听到枪声后，不断地朝他们开火，张嘎尚轩迫于前后无掩体，下令一面还击，一面强攻。他们组成梯队，利用竹竿云梯强行爬城,清兵则依托城墙拼命堵击。义军爬至墙垛口,遭密集火力。登城义军一部分坠城而死,其余全部中弹身亡。

以龙凤三、龙庭贵、吴正明率领的一路约两千人攻北门,进至金家园公安殿时,不见城上接应,又闻各处枪声密集,不明情况,深恐受到包围,只好撤退,待时再进。

匡嘎云飞、唐世国、杨春元、龙义成率领的一路进攻东门,队伍经擂草坡哨卡时,碉堡内一班清军士兵到河边碾坊烧火取暖,毫无戒备,一经包围,全部缴枪。义军进抵小教场,又夺屯军步枪五十余支,士气大增。他们直攻到厅城西门大桥,与桥头伏兵接触,展开争夺战。匡嘎云飞见铁门紧闭,他冒着枪林弹雨,第一个纵身爬上了石头城。城内部分官兵起而响应,打开城门。龙义成率部分队伍首先冲进城内,但不久敌军援兵赶到,又将城门关闭。入城的义军反被包围。

结巴老二的一只脚被夹到了门外,大半边身体却在城里了。他发出嘶哑的号叫声。匡嘎云飞为了救人,于是冒着枪林弹雨,继续爬城而上。后面的人也源源不断地跟着他,同城内的队伍会合,他们提刀持矛与城防军展开了激烈厮杀。旋即很多人被削掉了脑袋,尸横一地,终因寡不敌众,跳城突围。

匡嘎云飞在离开时还不忘看了结巴老二一眼,那只被夹住的脚已慢慢地缩进去了。他最终成了道台的俘虏。匡嘎云飞侥幸逃了出来,长长舒了口气。但那些可恶的清廷守备,在各路义军撤退时,他们等在途中,拦路截拿,以解城报功邀赏,这样又伤亡不少人,匡嘎云飞还差点殇了命。张嘎尚轩在向新寨方向撤退时,清军紧紧追击。为掩护主力军,他率领二十余人断后,那些士兵全部战死,他本人腿部中弹,跌入水田中,被新寨的苗守备俘获,之后解押到镇筸城。

这次攻城牺牲了一百七十多人,有三百多人还在城里没有逃出来,估计被捕。唐嘎力均为保存实力,以待再起,暂时退至黔边。匡嘎云飞回到叭固去。两人在分手的时候,唐嘎力均苦笑着对匡嘎云飞说:"这下输惨了吧,兄弟!"

"绝对不是!"匡嘎云飞说,"这是必要的战争,如果下次还有仗打,我们可以再赌一把!"

这次攻城的失败,也给镇筸城带来了极大的恐怖和惨绝人寰的灾难。从十月二十八日后的一个多月里,道台朱一斤有些丧心病狂,大肆搜捕屠杀。他的城防军不敢抓城里的绅士,就到乡下苗寨去,见人就抓,有的不经任何审判就枪决了。一开始,每天必杀一百人左右,捉来后就牵到城外去砍掉。行刑兵只有二十人左右,有时根本忙不过来。混乱中有的人趁乱逃脱。还有些果雄•乜不懂汉语,一直到河滩上被人打倒在地时,才明白要去见阎王了。尸体摆在河滩上,常常摆有四五百个,天气已经寒冷,尸体僵硬,被野猫野狗拖去吃掉了。

残酷的大屠杀持续了一个多月,本地一些有名的绅士便联合向道台请求。"杀人得有个限制,要经过一番甄别。"绅士说。

后来，官府把每天捉来的一两百人带到城东南的天王庙里，跪对果雄·乜所畏惧的天王，掷竹入筊决定生死。一仰一覆为顺筊，开释；双仰的为阳筊，开释；双覆的为阴筊，杀头。生死取决于一掷。

这其间，匡嘎云飞前后数次冒险进到镇箪城里，他希望能从逃脱出来的人中找到张嘎尚轩和结巴老二，他确信他们都还活着，即使死了，也希望能找到尸体。但无论怎么找寻，也是活不见人，死不见尸。他曾在四百个悬挂于衙门口云梯的木棍上示众的人头中，在一串人的耳朵中去分辨。就在匡嘎云飞感到没有指望，即将退回叭固的那一天，结巴老二和那被俘的三百多人中的一部分，被牵到北门河滩，公开斩首示众。结巴老二的那只右脚被城门夹伤，肿得连鞋都不能穿，光赤赤地哈着身子走路。城防军将他从衙门的监狱拖出来，绑到河边一棵桂花树上。他显得有点不甘心，哇啦哇啦地叫着。来看热闹的群众布满了整个宽大的河滩，老人牵着孙子，女人抱着孩子，他们从囚犯身边一一走过，捕捉犯人脸上最后的表情。

就在这天中午，当行刑的刽子手举刀要向结巴老二的脑袋砍去时，曾经的匡府丫鬟黛帕突然出现了。

"等下！"她尖叫着喊了一声。

她的声音过于犀利，令行刑人吓了一跳。黛帕趁人不备一把推开了行刑人，一手揪住了结巴老二的衣襟。"你即使烧成了灰，我也认得你！"黛帕说，"你这个坏蛋，卑鄙的杂种，我找你找了二十年，你害得我好苦啊。你这个骗子，活该命该绝！"

结巴老二费了好大劲才认出眼前这位脚穿绣花鞋、身着印花布衣衫、背上斜挎家织布袋的大辫子女人,竟是二十年前和他在南门坨的小长街调情的女人。她的脸上有着岁月的痕迹,但那张生动的嘴唇和迷人的丹凤眼是他做梦都向往的, 当时他真想把她娶回家去。他后来一直为这件事而后悔,同时再也没有找过其他的女人。

　　"对……对不……起……"结巴老二说。

　　"就一声对不起吗?匡家的儿子呢?你把他弄到哪里去了?这些年来,我有家不能回,有脸没处摆,我一直都在找你们。我发誓,一定要找到他,他在哪里？"黛帕有些激动地喊了起来。

　　"他……是青……青帕……苗……苗王……"结巴老二回答。

　　"他在哪？"

　　"在……在叭……叭……"

　　结巴老二并没有说出究竟,刽子手的刀就落了下来。黛帕看见一颗人头在地上滚动,脖颈上的血柱直往天空喷,身体还在一下一下抽搐。她不怎么害怕。过一会行刑人把目标转向下一个,她就捡起地上人头,放回到脖颈上。"他连结巴都不会了。"黛帕想,有一种遗憾窝在心里,说不清是因为他的死,还是因为他带走的秘密。她又看了看,觉得这男人的脖子和原来一样结实,女人似的脸盘依然漂亮,只是嘴角边多了些纹路。离开前,她脱下身上那件印花布上衣,盖住了那一张很快就会变质的脸。

26
死亡之旅

　　自从匡嘎云飞丢失之后,黛帕就一直过着东躲西藏的日子。她当过乞丐,进过尼姑庵,但无论如何,到头来发现自己的良心都无法安宁。她在外漂泊了将近五年,精神崩溃,几乎到了发疯的地步。她在一个秋凉的日子里回到父母的家,父母对她一顿痛打,并责令她立即回到匡府,说明情况,求得主人的原谅。黛帕去到匡府之后才知道匡府早已今非昔比。那残破的大门,墙头上疯长的野草,一切都那么让人揪心。这使黛帕更加觉得自己罪孽深重,她想这一切一定与主人丢失儿子有着必然的联系。她在匡府的门前逗留了很久,无意中发现一朵探出墙头的金黄灿灿的菊花,那菊花漂亮,像主人莫歌的脸。那一刻,她认定自己以后生活的唯一目标就是要找到匡嘎云飞。她几乎走遍方圆几百里的每一个地方。

　　突然遭遇结巴老二,令她大喜过望。但她并没有得到更多的确凿的信息,他就一命呜呼了。

　　刽子手还在杀人,血染红了沱江,人头排列如一个个流着瓤汁的西瓜。黛帕坐在沱江河上游的码头上,为自己的无望嘤嘤而泣。她想,要继续等下去,一定会有一个什么人来替结巴老二收尸,那人也许会知道一点什么。

几天后,收尸的人来了,但他声色不露,只是默默地搬运尸体,不加选择地将这个人的脑袋放入那个人的身体之上。黛帕实在有点看不过去了。"你不能这样,要对号入座。"她气愤地说。

"都一样,妹崽,还有人能长出三条腿?"那人说。

事后,黛帕见他仅收走七十二具遗骸,分葬于镇筸城郊的擂草坡、金家园、豹子弯三处。黛帕感到有点绝望,但她生活中那点唯一目标却愈发坚定和清晰起来。自此,黛帕寻找匡嘎云飞的旅程又开始了。

道台朱一斤的屠杀,不过是为渊驱鱼,为林驱雀,杀人越多,民愤越大。很多群众自发地组织起来,投靠到唐嘎力均的队伍。唐在黔边的势力越来越大,他扬言再次进攻镇筸城,誓斩朱一斤。镇筸城里风声鹤唳,一夕数惊。此时,其他省市光复的消息不断传来,民心振奋,城防军已军心涣散。田嘎应全和沈嘎宗祠趁此之际,用火砖镌刻湖南军政府的印信,深夜上街张贴,通令各处响应革命,连道台衙门的照壁墙上也贴满了告示。一些当地的绅士学子由省城回到镇筸,策动光复之事。朱一斤有点拿捏不住,困守孤城,不敢轻举妄动。

半个月后,田嘎应全和沈嘎宗祠等人在天王庙召集地方父老开大会,并执笔写信给朱一斤,让他表明态度,是缴械投降,还是顽固待毙。朱一斤见人心所向,大势已去,在城楼上挂出白旗,写个"汉"字,并复函说,愿洁身隐退,但要求保全身家,护送出境。大家衡量了一下,也不予为难,半夜时留出一个出口,于是,他在提心吊胆中偷偷溜出了镇筸。

第二天,镇筸宣布光复。人们在城门挂出了筸旗,并建立了新的政府。

革命成功后,田嘎应全被推为外交部长,以首义有功授予"四等文虎章",旋任巡防军管带,处理镇筸事务。唐嘎力均以功升任镇筸营都司兼镇标巡防军第八队管带及右营游击,守备湘黔边防。沈嘎宗祠和一个姓吴的去长沙竞选会议代表,不过很快失败,事后他赌气去了北方,再也没有回来。

唐嘎力均自然没有忘记匡嘎云飞,他一直想将匡嘎云飞收入卵翼之下,作为一种亦正亦邪的军事力量转战东西。遗憾的是,匡嘎云飞成了土匪。

镇筸的光复其实也预示着一切将推倒重来,新长官的确立是必须的,而担当此任的,就是田嘎应诏。田嘎应诏在日本陆军士官学校留学了四年,回来之后被分配到了南京的第九镇某部三十四标第三营当管带。这年十月,当武昌的新军发动起义之后,南京的同盟会积极响应。田嘎应诏率部组成敢死队,配合义军进攻清军据守的雨花台。在战斗中,他率领敢死队冒死强攻,立下了汗马功劳。南京光复后,他被提升为第二十混成旅旅长。但不久,他的旅又被解散,原因是革命成功后已就任临时大总统的孙中山先生又辞去了总统职位,改由袁世凯担任。袁世凯担心自己管束不住这支自己一点都不熟悉的南方军队,有了排斥之心,于是干脆解散以了心腹之患。

队伍被解散后,田嘎应诏由南京回到长沙。在经过一段时期的迷茫后他准备回到自己的家乡镇篁去,那是他熟悉和想念的地方。湖南的一位督军听说了他的事,将他邀请到了府上。督军说镇篁是湘西的中心所在,军事地理位置十分重要,自辛亥革命后,道台朱一斤被赶跑,其他湘西各县也都宣告光复,但还没有一个能担当统领大任的人,如果愿意,希望他去主持湘西军务。田嘎应诏对于督军的话感到突然,他看着对方的眼睛,说:"这是督军的意思吗?"

"当然,你有什么顾虑吗?"督军说。

"没有,承蒙都督看得起,我当尽力效劳任好此职!"田嘎应诏的回答是斩钉截铁的,没有什么比这样的事更称心如意了。

过了数日,这位都督果然将一纸委任状送到了田嘎应诏手中,任命他为镇篁总镇湘西镇守使,并兼辰沅道尹。一个月后,他带着胜利的神情回到了久违的镇篁。在通往镇篁城的官道上,站满了许多前来迎接的文武官员,他们如获至宝一般的模样令田嘎应诏十分感动,那一刻他决定要在较短的时间内整军经武,罗织人才,以图大举。

田嘎应全是田嘎应诏的兄弟,是镇篁起义发起者之一,他一直为自己策划的失误而导致太多义军遇难而自责不已。唐嘎力均亦为自己的鲁莽行事而深感内疚不安。当新的镇守使田嘎应诏找到他们问询治理良才时,他们经过一番商议,一致建议希望能将那些死去的义军的遗骸收集在一处埋葬,再立个纪念碑,以光照日月,英名留世。

"好，这也是我应该做的。"田嘎应诏说。

田嘎应诏在镇筸做的第一件事情就是召集乡绅出资，将原分散葬在擂草坡、金家园、豹子弯等地方的义军遗骸重新合葬，在擂草坡修了一座墓园。他们清点的遗骸共一百七十二具，其中有名有姓的才七十二具，其余全是无名英雄。

田嘎应诏为此感动良久，在刚立起的长条石碑上亲笔写下了一段墓志铭，言辞恳切地描述了他们的功绩，以及英魂浩荡，蔚起青葱，虽死犹生。

他所要做的第二件事，便是招揽人才，因为鼎革以来，百废待举，正是用人之秋。但这样的事情并不像修座墓园、立个字碑那么简单。

等到匡嘎一琼出现时，已是一年之后了。

匡嘎一琼携爱妻阿原错辞别父母亲后，周遭的形势要比他们的想象复杂得多。首先是许多官兵纷纷响应武昌起义，主张易帜参加革命，而哥老会的人虽然也打着响应革命的旗帜，目的却有千差万别。那时，联豫正从四川领回三十万军饷，在乌苏里江边驻足静观。钟颖得到消息，暗中指使一些士兵在乌苏里江进行拦劫，并顺利得手。凭借这笔巨款，钟颖便为扩充自己的势力在哥老会中进行活动。哥老会的人认为他待人宽厚，大权在握，有巨款，很多就投靠了他。这让匡嘎一琼到了三难境地。首先是，真正主张革命、拥护自己的官兵力量远不及哥老会，而自己本身也无力量与钟颖争高下；再则是大臣联豫怀疑自己与钟颖同流,而钟颖又怀疑自己是革命党。这真是让他觉得自己三面不是人,势单力孤,显然在西藏已无立锥之地了。他再三寻思,决定走出昌都离开西藏。

军中叛变的消息传得沸沸扬扬,上面已派出三个营的兵力来这里防堵,假如此时公然出走,务必招来更大的误会。在反复地思量后,匡嘎一琼决定先出青海,转甘肃,再进入内地。他清点了一下人数,全部加起来共一百一十五人,其中包括一名汉父藏母所生的马夫和一名藏娃。他们每人准备了一匹马,牦牛一百二十余头,分驮粮食行李,第二天很早就出发了。他们计划一两个月走出西藏。那可是一条真正的死亡之路。其间,他们躲过哈喇乌苏一千余名藏兵的追杀;走过康藏高原的顶部,海拔达四千多米的荒漠,终日狂风怒号,既无人烟,又无水草鸟兽,渴了就敲冰饮雪,饿了就杀牦牛充饥。沿途全是冰雪,晚上没有帐篷,睡在荒漠上,许多士兵躺下去,早晨再也没有起来。匡嘎一琼的大部分人马被这荒漠吞噬了。等到了西藏与青海交界的通天河,剩下的就三十多人。一个喇嘛向导也无法忍受这种饥寒,在一个早晨偷偷逃走了。没有了向导,行程更加混乱不堪,他们一边打猎,一边摸索着继续前行。通天河的前面仍然是一片冰天雪地。有一天,匡嘎一琼患了雪盲症,眼前什么都看不见了,每前进一步都很困难。他饥饿难忍,便去叫士兵去搞些深山的野物,这时发现他们正在抢着烧吃一个死去士兵的一只脚两只手,并为分赃不公而相互詈骂。

实在太饿了,匡嘎一琼还有一小块所储的干肉,他咬一半给阿原错吃,阿原错坚决不肯要,一再强迫她吃,她就哭了,说自己能耐饥饿,可以好多天不吃东西。

"你不可一天不吃。万里从军,可以没有我,却不可以没有你,若你饿死,我还能活吗?"阿原错又说。

匡嘎一琼听了,心疼泪下,那小快肉干也咽不下去了。

第一百三十天后,匡嘎一琼和阿原错饿得实在走不动,掉在了队伍后面。到了夜里,四顾苍茫,他们就在一沟中歇下。狂风乍起,无数野狼呼啸嚎啕,时远时近。阿原错浑身战栗,哭着说避开才好。匡嘎一琼心想,这一次是死定了。他极力安慰阿原错,说黑夜迷蒙,看不清道路,我们一行动,狼见人影晃动,会马上扑来,不如安静地躺在沟中,假如真被狼吃了,也是命里皆绝,岂是他们能躲得了的。于是,两人坐在褥垫上,盖一床薄被。阿原错握连枪,匡嘎一琼手持短刀,紧张地等待着。隐约见群狼嚎叫而来,相隔只有一丈多远,但没有发现他们,越过山沟,消失了。

后来,他们赶上了队伍,在一个有点稀疏树林的地方,碰到了从色拉寺回蒙古避难的七个喇嘛。好心的喇嘛送了两只骆驼和一些糌粑、白糖给他们,并指点了路径。但为活命,士兵竟开始了互相残杀,之后又恩将仇报地开枪打死三个喇嘛。那开枪的士兵也没有躲过喇嘛还击的子弹,在痛呼欲绝中被一群野狼吃得仅剩一堆骨头。

第一百八十天后,匡嘎一琼的队伍仅剩下十三人,经过一个多月才到达西藏通往青海的要道柴达木。由柴达木到青海西宁，有五百公里，他们杀光了所有的骆驼，从狼的口中抢食了五具人的尸体，像吃砂糖一样地吃了野羊的粪便。有两个人误饮盐淖咸水，痘疫发作而死；有两个人吃食人鲲鱼，中毒而亡。马夫和藏娃神奇地离队。

从江达出发时还是冬月，原计划一两个月走出西藏，等到了离西宁还有九十里地的丹葛尔厅时，已是来年的六月底。这次征途历时二百二十三天，生存下来的，仅有七个人了。

后来，他们从兰州驱车去了长安，借住在朋友的一所空宅里。在卖掉了阿原错母亲所赠送的那座珊瑚山和匡嘎一琼的一个军事望远镜，他们已是一贫如洗。

有一天晚上，阿原错做梦回到家中，母亲端给她一杯糖水喝，按藏人习俗，这是死亡之兆。阿原错把此梦说给匡嘎一琼听，他才发现妻子身上繁星点点的天花。

当晚，阿原错身上的天花突然隐去，现出黑痘。匡嘎一琼知道，妻子无药可救了。不过，他希望奇迹能出现。深夜四点左右，他被阿原错唤醒。阿原错哽咽着和他道别："我万里从君，只希望能白头偕老，岂知自己病入膏肓，命薄而中道永诀，所幸你已渡过难关，但愿以后多加珍重，我死也瞑目了。"阿原错说完，就不再睁开眼睛。匡嘎一琼为阿原错的离去痛彻肺腑，扶尸号哭。天快亮时，他强令自己振作起来，检视囊中，发现自己所有的家当只存一千五百文票钱而已。他真不知如何安葬阿原错，想了想，决定去找在此地认识的一老乡董嘎禹麓。

董嘎禹麓是湘西永顺人,在此地已久,任某中学校长,又兼督署一等副官,学贯中西,为人慷爽好义。董嘎禹麓将他族弟寄存在他这里的三十七两银给匡嘎一琼做了丧葬费。在购来衣棺,又雇一女仆为阿原错沐浴更衣后,匡嘎一琼便请来僧人念经超度。中午后装殓完毕,他将阿原错葬在城外的雁塔寺。此时,一别成永诀,匡嘎一琼不禁泪尽声嘶,这伤心之地,他觉得一刻也待不下去了。一个多月后,他回到了阔别四年的镇筸老家。

这时,离镇筸已光复一年有余,人易事非,很多的陈年旧事渐离渐远,如做梦一般。匡嘎一琼依然沉浸在自己的忧伤里。一天上午,他在路过原道台衙门时,看见大门内的小坪置了一张八仙桌,桌子上叠放着一件长衫、一把蒜和一碗饭。有一个兵弁在大门边贴了一张告示:"华堂八仙桌,朱颜闪烁烁。靠前置辛蒜,稍后衣食着。过尽纨绔子,首晃足舌缩。读遍兵家书,孰见此阵脚?"诗的末尾加了小注,说谁解其中意,就可进镇守使幕府当参谋。

围观的人交头接耳,议论纷纷。匡嘎一琼读罢那首诗,又对内里的八仙桌望了一眼,几乎想都没想就走了进去。他将那蒜摆正,伸出右手一掌劈去,蒜顷刻被捣得稀烂。接着,他抖开那件叠着的长衫穿上,俨然主人一般大模大样地端起碗吃起饭来。匡嘎一琼用着自己的身体语言诠释了这首诗的内涵:按当地人的习俗,穿衣吃饭先打算(蒜)。守阵的兵弁跑进了内屋报告给了镇守使。田嘎应诏出来,看了匡嘎一琼好一会,然后上前拍了拍他的肩膀。"我等的就是你啊!"田嘎应诏说。匡嘎一琼慢慢地吃完饭,放下碗,回过头时才发现是多年以前的同乡校友田嘎应诏。那一刻,他知道自己身体里的某种东西复活了。

匡嘎一琼叙说了自己入藏的经历。在田嘎应诏看来,每一段故事都是一笔不可多得的财富,他坚信大苦大难之后必将有大的作为。他委任匡嘎一琼为湘西镇守使署中校参谋。

那些日子,他们天天聚在一起,就当前时局和军队建设问题进行探讨。他们一致认为,当今革命虽然胜利,然时局动荡,豪强四起,鹿死谁手尚未可卜,湘西之地,毗连贵州四川,又与湖北以西犬牙交错,举足轻重,如果想要安全,必须有一支坚固的有战斗力的军队,否则不能巩固自己的地盘。自古将在谋而不在勇,兵在精而不在多,但当今之下,用武之秋,宜将既谋且勇,兵既精且多。简而言之,就是要培养新的军事人才,重振筸军雄风。

在以后的一段时间里,他们所做的就是两件事,第一是筹办一个湘西军官团,招募大量的军事人才,第二就是笼络各路豪杰义士,扩充队伍。作为这个团的教官,匡嘎一琼以补充兵的名义开始招兵买马。在短短的几天时间里,就有一百一十多人通过测试被录取。有的还是从邻近的麻阳、乾城等地方来的。

27
黑十字

经过这么多年，匡府大宅的野草仍在疯长，厚重而考究的腰子岩围墙牵满了青藤杂草，爬山虎的叶将每一处边角覆盖得天衣无缝。挂着风铃的翘角屋檐布满着翠绿的鹅莲草，就连盖着青瓦的屋顶也让粗壮的芒草给埋葬了。

介银在最初的几年还带着匡嘎惹巴回来过，大门的木栓在风雨中腐朽，他们得以进到宅里每个房间。但介银却再也没有见到女主人莫歌的影子。那些家什被灰尘和蛛网修饰得暗淡和褪色。

匡嘎惹巴一直保留着对母亲莫歌的深刻印象，同时也记得父亲出殡那天的情景。当时他就在匡府的宅院里，穿梭于那些棺椁之间，不停地数来数去，到抬出去为止，他也没有数清究竟是十三副还是十二副。那些棺材有一段时间曾令他的天空一片漆黑，尽管他懵懵懂懂不太明白是怎么回事，但他知道他们家的生活及母亲的改变与之有着必然的联系。

"我妈妈死了吗？"在没有见到莫歌的影子后，匡嘎惹巴曾这样问过介银。

"当然没有，她一定是去了某个地方。"介银对他笑了笑，肯定地说。在离开匡府时，她特意在大门上加了一把破旧的锁，她想如果夫人有一天回来，就会动这把锁的。但过了许多年后，这锁依原样挂在那里，锈痕斑斑，丝毫不见动过的迹象。"她不会死在里面、烂在里面了吧。"介银有些绝望地想。有一年秋天，她在路过匡府时，无意中发现院墙的一端开出了一朵雏菊，那朵菊花生机盎然，金黄灿灿。她激动无比，直觉告诉她，夫人还活着，只不过在一处地方。

介银依然以卖锉花为业，含辛茹苦抚育匡嘎惹巴。她显得那样无怨无悔，并不觉得是自己付出，相反匡嘎惹巴给了她许多人生的快乐和安慰。他犹如夏日袭来秋风、冬天薄出春阳一般。如果没有匡嘎惹巴，她真不知道自己的生活会是什么样子。

匡嘎惹巴聪敏过人，他在经历家庭这么大的变故后，也没有显示出性格的变异，而是长成了一副倔强钢刃、玉树临风的样子。介银在某个星期一的早晨将他送到镇箅城里读私塾。她把自己多年卖锉花赚来的积蓄如数交给了一位姓王的名师，她希望这位先生善待匡嘎惹巴，不要体罚他。"响鼓不用重锤敲，"她对王先生说，"他的眼睛会看清楚事理，他的心会明辨是非。"王先生摘下架在鼻梁上的眼镜，在匡嘎惹巴的脸上逡巡了许久，他实在看不出匡嘎惹巴身上有任何瑕疵。

日子艰难地过着，介银靠那些不稳定的收入维持生计，虽然贫寒却从来没有悲观。匡嘎惹巴果然没有辜负她，几年之后就考入了常德一所公费的学校，省立第二师范学校。

匡嘎惹巴毕业的那一年，他已胸有大志，豪情满怀。国家的衰败,人心的慌乱,他看在眼里。于是,他毅然投笔从戎。

一开始,他在老兵藤伯所办的一个军事训练班学习。镇筸城里有很多这样的军事训练班,担任教官的全是老兵,他们曾身为筸军的一员跟随匡嘎恩其或其他的军门将领南征北战、出生入死,之后因为种种原因退役回家,颐养天年,但他们积习难改,镇筸镇的光荣传统时时在温暖着一颗寂寞难耐的心,于是就做一点有益于身体和心灵的事来打发日子。他们中大多不收任何费用,纯粹是传授本事,乐善育人。藤伯所教的东西很多,翻跟斗、打藤牌、舞长毛大刀、耍齐眉棍。他发给学员的有描花皮类的方盾牌和藤类编成的圆盾牌,有弓箭标枪、方天画戟,还有各种悦目华丽的武器。学员们或单独学习,或成对厮打,可照自己的意愿选择。常常是,一人手持盾牌军刀,一人挥使关刀戈矛,照规矩练厮杀,嘴里发出豹子一样的吼叫。这一个翻跟头时,另一个就以敏捷的姿势退回一步,让出小小空地。藤伯在身旁指点,稍有错误或章法不对就亲自示范。除了教学员们打拳,如何摆阵,还鼓励他们打架。他总是随时随地教课,有时是河里,教他们如何泅水,像鱼一样地沉浮自如;有时在山上,他教学员们如何辨别动物足迹,学会怎样与野猪、蛇等争斗。他并不担心他们受伤,要是谁伤着脚手,随手采几样路边草药,捣碎敷上,立马就好了。

匡嘎惹巴在藤伯那里学了整整一年,他觉得藤伯的那套老式的教育方式似乎显得有点吊儿郎当,所学的本领虽然很实际很管用但总缺乏一点严肃性。第二年的春天,匡嘎一琼的湘西军官团来镇上招兵。这个军官团是最新式的军事训练,有一个很明确的目标,就是要打造一支新的强有力的篁军队伍。匡嘎惹巴前去报名了。

那天早晨,他推开招生室的门,看见教官匡嘎一琼一脸严肃、一副与年龄不相等的老成持重,而他的额头上,非常醒目也显现了一个黑黑的十字。这让匡嘎惹巴眼前一黑,随之而来是让一种对于枪口的恐惧。他几乎没敢进屋,退缩在屋门口打转,一会儿见有其他的人进去,又很从容地走了出来,并没有什么异样。匡嘎惹巴想一定是自己看错了,于是打定主意,踏进了那扇门。

“你叫什么?”匡嘎一琼问。

“我叫匡嘎惹巴,教官。”

“是镇篁人吗?”

“是,我住镇篁乡下。”

“说说报名进军官团的理由。”

“我没什么理由,教官,我只是想参军,把军人作为自己的职业。”

匡嘎一琼打量了他一会儿,他觉得再也找不出第二个像匡嘎惹巴那样具有军人气质和体魄的人了。他的心里甚至有了一种莫名其妙的妒忌。

“好吧,你可以来参加训练了。”匡嘎一琼说。

湘西军官团设在镇篁城隍殿,学员有一百二十名,分三个班,采用的全是仿照北洋武备学堂的教学模式,近乎武断专行,独裁气使,学员的姿势稍有不当就是当胸一拳,服装稍有疏忽就是一巴掌。盘杠杆,跳木马,一不小心掼倒在地,哼也不准哼一声;野外演习,地上不管是水是泥,喊卧下就得卧下。他们所学的课目有兵法、地利、军器、炮台、测算等,操演的课程为炮队、步队、工队、分阵法,另加夜战游击等科目。有时也会结合实际,进行实战演习。匡嘎惹巴对那种新式的训练有着天生的适应能力,觉得只有那样才能把自己变得自重刚毅。他敬畏老师,一见教官就有了严肃和拘束,但他最敬重的非匡嘎一琼莫属。

半年之后,匡嘎惹巴作为这一期军官中最最出色的一个,被分配到湘西巡防军中担任了连长一职。

就像田嘎应诏和匡嘎一琼曾经预料的那样,新旧交替时期,政局动荡。被推上总统位置的袁项城突然翻脸,不顾全国人民的反对,一意孤行地要复辟帝制,并于这一年的十二月十三日登上了皇帝宝座,接受百官朝贺。在云南,身为都督的蔡锷、唐继尧、李烈钧等立即通电全省,宣布独立,并设立了护国军总司令部,他们联名发表讨袁檄文,历数了袁的二十条罪状,开始了对袁项城的讨伐。他们从昆明出发,不断向四川和贵州进军。湖南的政局也动荡不安,督军汤芗茗属亲皇派,遭到驱逐。接着,贵州也宣布独立,组成了护国黔军,与云南的护国军一起,挥师北上。戴戡为第一军右翼总司令、护国黔军总司令,出攻四川。王文华为东路司令,出攻湖南。袁项城闻风而动,旋即派出了北方陆军第六师中将马继增率部前往湘西堵截。大战一触即发。

田嘎应诏在整军修武之后，也有了数千人的地方武装。不管是南方护国黔军司令王文华，还是北方反护国军的中将马继增，他们都与田嘎应诏是同学故交，私谊颇厚。出于各种不同的目的，两人都派出了代表来联络田嘎应诏，请求出兵援助。

对于他们的来访，田嘎应诏一律给予了最优厚的接待，甚至还拨出银两，分别请他们到匡嘎云飞的赌场过了一把赌瘾。那时候，匡嘎云飞仍然潜心经营自己的赌场。因为与田嘎应全和唐嘎力均的关系，田嘎应诏和匡嘎一琼曾想将他的军事力量为己所用，但遭到了拒绝。"我是我自己的王。"匡嘎云飞说。

对于代表们的接待全在匡嘎一琼的迎往与周旋之中，田嘎应诏本人从来都未曾露面。他每天在自家的卧室里，衔一竿银质烟枪，像他的父亲一样，在烟雾缭绕中陷入深深的思考。匡嘎一琼作为田嘎应诏的智囊参谋，非常明白他的意思，所以在接待客人时只字不提出兵援助之事。

代表前脚刚走，匡嘎一琼便跨进了田嘎应诏的卧室。

"军门何去何从？"匡嘎一琼问。

"这事难啊，为军之道，当为正义而战，但为正义却难顾私交也！"田嘎应诏说。

"军门的意思是要支援护国军吗？"匡嘎一琼问。

"得道多助，失道寡助。现在全国上下，无不口诛笔伐。云南首义反袁,黔省军民风从,旌旗所指,名正言顺,不然我们还能怎样？"

"也许我的想法有些不同,"匡嘎一琼打断了他,"有道是,羽毛不丰者不可以高飞,文章不成者不可以诛罚。现在的情形,袁氏当伐,黔军当助,无奈湘西历为边陲,民贫地瘠,若我们出兵,镇筸及周边各处都将成为南北战场,胜则数载难医,败则一蹶不振。湘西,我军之家也,房屋倾颓,人财两空,我军会有如丧家之犬,无论谁胜谁负,亦难复存。兵家有云,知己知彼,百战不殆。知己而不只彼,鲁也;知彼而不知己者,愚也。既愚且鲁者,必败也。依我之见,目前南北战争胜负未定,不如暂守中立,坐观成败,待大局稍定,再决去从。守中立以应变,方为当今之上策。"

匡嘎一琼的建议让田嘎应诏信服。为了使自己立于不败之地,他们一方面向北方办事处屡电告急,虚伪地表示忠诚不渝,并誓言要以身相拼,请求拨发若干枪支和子弹以备攻守之用;一方面又与黔军暗通款曲,表示同情支持。

很快,南北双方宣告停战了。最后以北军首领马继增惨败自杀而告终。这样,田嘎应诏他们相安无事,且大发洋财,不仅得到了上面所拨的一千余杆枪和二十万发子弹,而溃败的北方军队留下大量的枪支和子弹也落入了这支筸军之手。

湖南在靖县公开组织反袁,召开护国军讨袁大会,正式宣告了独立。田嘎应诏和匡嘎一琼在经过一番审时度势之后,不再保守中立,宣布湘西独立,并向全国各省市的护国军发出了通电,成立湘西护国军,田嘎应诏就任湘西护国军总司令,匡嘎一琼被擢升为湘西护国军参谋长。

袁项城在不到一百天的时间里就将皇帝梦做到了头,一命呜呼了。但之后,总统府内不断上演着一幕一幕争权夺利的闹剧。先是黎元洪就任大总统,与实权派的国务总理段祺瑞矛盾尖锐,黎元洪下令免除段的本兼各职,段则暗中怂恿安徽督军张勋以调停为名带兵入京,迫黎改善国会,拥戴先朝皇帝复辟,随后段又乘机驱逐张勋,撵黎下台,自己入北京任国务总理,最后总统一职又落入到冯国璋的手中。段祺瑞依靠日本人支持,向日本大量借款购买军火,编练参战北洋军,废弃原法律,推行武力统一政策,并策划新的国会。在南方,以孙中山为代表,组织了护法军政府,领导滇、粤军及部分桂军、黔军、湘军、川军等,反对段祺瑞的倒行逆施。自此,南北双方又开战。

田嘎应诏在宣布湘西独立后,拥兵自重。有一段时间他为鸦片所迷,继而沉迷酒色,每天只管和幕僚饮酒取乐,疏于军政。来自全国各地护法运动的消息似乎也不能令其震动,炮声和烈焰都从湘北、湘南进而来到了湘西。湘西辰沅道尹张学济早已派人去了广州与孙中山取得联系,表示愿在湘西响应护法,这位人枪不过三四千的道尹被委任为湘西护法军总司令。

匡嘎一琼对于田嘎应诏的无意进取感到失望,恨不能取而代之。有一天,他把这一想法跟镇守使的一位姓藤的秘书做了吐露。他试探地征求意见，说："眼下军门耽于享乐，无意远图，我们当另举人代之，你看如何？"秘书是个有着深谋远虑的人，他说："能带军门者，唯足下耳。足下常引《战国策》苏秦所言'毛羽不丰满者，不可以高飞；道德不厚者，不可以使民'。此乃至理名言。军门经营湘西多年，部下多为他的亲属旧友，根深蒂固，且肇造民国，殊有功勋，如贸然取代，恐军心民心不服，别人若乘间图之，局面将更难收拾。欲益反损，切不可为。"匡嘎一琼沉默不语。藤秘书又说："当今之计，足下只可对其取顺从主义，投其所好，用其疏庸，待羽毛丰满之时，水到渠成，田必自让。如此既不负篡逆之名，而军政大权有唾手可得。愿足下不必操之过急。"

匡嘎一琼决定放弃原来的想法，全力辅佐，并因势利导，劝其早做出兵准备。一天，匡嘎一琼去见田嘎应诏，田正在书房挥毫画兰。匡嘎一琼看了一会，说："军门写兰，真是妙笔。"

田嘎应诏说："何以见得？"

匡嘎一琼说："这株兰花，疏花简叶，秀逸自然，柔美清新，生动有姿，显出一种清雅馥郁的气质，经久不凋的活力，而且，叶叶飞动，刚柔相济，苍润挺拔。新画甫就，我都闻到满屋飘香了。"

田嘎应诏搁下笔，说："想不到你对画兰还颇有研究啊。"

"也是受军门熏陶，略知一二，不会培兰爱赏兰，不会画兰喜论兰。"

田说："你看题个什么字句好？"

匡嘎一琼说:"军门题了,我再助兴吧。"

田说:"我仿郑板桥题兰草两句'此是山中一种花,不求闻达自烟霞'。你再添两句好了。"

匡嘎一琼说:"军门所题,实为绝妙佳句,不过,只是道出了香兰那种独茂隐逸的风格和幽芳高洁的情操,但对其豁达大度、浩然之气尚感体现不足。"

田说:"你说的在理,那么请再添两句气魄足的吧。"

匡嘎一琼思索了一下,吟道:"旭日冉冉东风至,王者之香飘天涯。"

"好个王者之香飘天涯!"田嘎应诏说。

"兰为王者之香,军门爱兰画兰,有兰花的气质情操,气势不凡,将要飘天涯矣。"匡嘎一琼说。

"你是在夸奖我吗?"田嘎应诏敏感地说。

"军门文意并重,我只是表达军门画中之意。军门当为王者之香,不与众草为伍。今日虽是幽谷独茂,他日香气必飘天涯。文字虽俗,意在宏远。"匡嘎一琼看着对方。

"你究竟想说什么?"田嘎应诏问。

匡嘎一琼向他行了一个军礼。"请军门宽恕,"他说,"今日接到张学济来信,说要借兵两千剿匪,以绥靖地方。来信言辞恳切,借与不借,实难定夺。"

"那就派一部给他又何妨。"

"我与军门的意见略有相左之处。张借我兵力去剿匪，绥靖地方，即是以我的兵力去邀功。而与其将兵力让别人立功，不如向上级报告请求清剿土匪，自己去立功。你看如何？"

"唔，那是当然的。"田嗄应诏恍然大悟，"那就给他写一封信婉言回绝吧，就说近来湘西各地土匪猖獗，本部同样急需派兵清剿，绥靖地方。"

28

护国之战

匡嗄一琼又乘机进言，镇算兵也应当独立护法，打出湘西。这一次，田嗄应诏不再犹豫，果断派人与驻省湘粤桂联军总司令谭浩明取得联系，加入到了护法军的行列。田嗄应诏被委任为湘西护国军第二路总司令，该部编有四个梯团，一个卫队营。匡嗄一琼任参谋长兼第一梯团团长，安定超任第二梯团团长，唐嗄力均任第三梯团团长，郑乃文任第四梯团团长，匡嗄惹巴则被升至卫队营营长。

没隔多久，北军来犯湘西的消息频频传来。十二月，寒潮初袭，张学济挥师常德,与北军陈复初部作战。他致电田嘎应诏,要求配合进攻。匡嘎一琼认为这是发展实力、扩大自己地盘的大好时机,积极主张东下。他们和另一路由湘西镇守副使周则范率领的护法军一起,共一万六七千人枪,按照联军的部署,担负左翼作战。

北军陈复初部与张学济部相拒于桃源。其时,北军多为湘中子弟,他们受中华革命党的影响较深,提出"湖南人不打湖南人"的口号,全部哗变。陈复初不战而败,落荒而逃。张复初收编了周崇岳、毛树骏两个团。在湖北,北京政府派出了重兵三万余人马围攻荆州、襄阳。敌众我寡,湖北陆军第一师师长、靖国联军第一军军长石星川、襄阳镇守使、湖北陆军第九师师长、湖北靖国军总司令黎天才不几日就战败。他们向湖南联军求援。联军总司令谭浩明即命令张学济为援鄂军总司令,率部援粤。张部进军到了湖北的江陵、松滋后,因北军势力雄强,澧州镇守使畏惧投敌,被收编的周崇岳、毛树骏两个团又被招降,结果张部又大败,由石门、慈利往辰州退回。联军见势不妙,方想到田嘎应诏的箅军,旋即任田为援粤军总司令,进军澧、津、抵御北军,夺回失地。"北军算个卵!"田嘎应诏说,当面决定由匡嘎一琼统帅全局。

匡嘎一琼率部为兵分四路直攻安福。他的第一梯团和匡嘎惹巴的警卫营攻东、南二门,第三梯团和第四梯团攻西、北二门。第二梯团在敌人的必经之路埋伏下来。正如田嘎应诏所揶揄的那样,北军一触即垮。几天以来安福城内充满着紧张的平静,突然被声嘶力竭的军号声打破了,接着是震天动地的一声炮响,城楼的门被炸毁。匡嘎惹巴带着他的队伍,冒着炮火烈焰,蜂拥而入。沉睡中的北军,听到炮声惊慌失措,一片混乱。一位长官喊:"他妈的,还不快撤!"兵士们衣衫不整地集结到一起,仓皇地向城外逃去。

在澧州,已投敌的镇守使王正雅闻报安福失陷,一面急电北京政府求援,一面亲自率部增援。行至七重堰等地,遭到了安定超的伏兵,他们被打得落花流水,王正雅险遭生俘。

安福一战,匡嘎一琼缴获辎重枪弹不少,接着又利用北军士气不振的弱点,乘胜向澧州、津市等地进军,并击溃北军,节节胜利。匡嘎一琼几乎每天都在向田嘎应诏、谭浩明传送捷报,他也因此受到联军司令的嘉奖。田嘎应诏称赞他是勇谋兼具的帅才。

匡嘎惹巴在这次援粤战斗中取得的战绩并没有得到上报,除了田嘎应诏给了他一些奖励,联军总司令部并不知道他的功绩。

因为左翼进攻所取得的胜利,护国联军很快将北军全部赶出了湘境。这一年二月,北方军队又卷土重来,派出五十万兵力南下。他们乘着火车、轮船,气焰嚣张地杀到湖南,不费吹灰之力就占领了长沙、衡阳等地,湘西亦无完卵。坐镇湘西的田嘎应诏只得将匡嘎一琼及唐嘎力均等部从津澧撤回,并实施反攻。他们连夜赶到常德,一刻不休就开枪猛射。北军一夜之间又被击溃,死伤惨重。常德收复。

北军对湘西的筸军似乎有些心有余悸,不久,第十六旅旅长冯玉祥主动给田嘎应诏写了一封言辞恳切的信,希望双方商订互不侵犯条约。"如果你们湘西护法军能让出常桃,作为缓冲地带,我们将互不侵犯。"冯玉祥在信中写道。田嘎应诏对于无休止的战争,已有了厌战情绪,冯的来信正中下怀,但他仍拿不定主意,他去征求匡嘎一琼的意见。"眼下北军势力强大,他能主动和解,也是求之不得的好事,就照他的提议办吧。"匡嘎一琼说。

过了数日,湘西护法军退到桃源的张家湾以上,张家湾以下则由北洋军冯部接防。田嘎应诏将他的部队撤离,驻扎到了辰溪。

北方军队与湘西议和停战,使得湘西出现了短暂的安定局面。田嘎应诏松了一口气,希望能享受宁静的生活,但匡嘎一琼却认为树欲静而风不止,想不打仗是不可能的,当下更重要的应该是加紧扩充部队,积极训练,以应付随时可变的时局。田嘎应诏实在倦于操劳了,索性就把一切事物交给了匡嘎一琼。"请善为我谋,代我而行吧。"

此时,匡嘎一琼确信这位上司已无心经营自己的事业了。他不作言语,悄悄把湘西军官团的学生和亲朋故旧安插到各团、营部担任要职,之后又从各团、营中抽调大批骨干,由他亲自授课训练。这些人成了他的心腹骨干。他还采取了一系列的措施,做到人事公平,唯才是用,赏罚分明,得到了全体官兵的拥护。实际上,他控制了一切军队权力。

南北和解的鼾声未灭,湖南内部各派势力的明争暗斗又开。在孙中山辞去总统的职务后,谭延闿便通过冯国璋的护送,准备就任湖南督军兼省长之职。程潜一派,坚决反对。双方争夺激烈。湘西方面,自护法军撤离常德后,周则范部开回溆浦、洪江。回到辰州的田嗄应诏,与张学济、胡瑛、谢重光、林德轩等相结合,又向滇黔川的靖国军靠拢,并与驻辰州的靖国军旅长挂钩,把所属部队一律改编为湘西靖国军,报请联军总司令唐继尧、副总司令刘显世。田嗄应诏被任命为第一军军长,张学济为第二军军长,胡瑛任第三军军长,谢重光为第四军军长,林德轩为第五军军长。他们还划分了自己的势力范围:辰州上游及辰溪归张学济负责,麻阳、黔阳、镇筸、乾城归田嗄应诏负责,芷江、会同、靖县、溆浦、绥宁归周则范负责,永绥、保靖、龙山、桑植归林德轩负责。对于谭延闿的到来,田嗄应诏和胡瑛表示出一种不明朗的态度,驻洪江的周则范则抢先与谭延闿暗通声息,并通电拥护其督湘。不过,这正好给了周则范的部属廖湘芸以口实,廖因以往的过节,以周则范破坏护法大局为名,在烟溪起事,把他杀了。但第二年春天,谭延闿三次督湘,派人联合周则范的旧部,又将廖湘芸击败,并向辰州推进。湘西的局势紧张起来。张学济和田嗄应诏向靖国军的司令求援,但此时的唐继尧和刘显世因在政治上另有所图,不愿得罪谭延闿,不仅让他们化除成见,拥护谭督,还将张学济部调离洪江,离湘援川。事已至此,田嗄应诏势单力薄,不得不数次派人到省府向谭延闿表示拥护了。谭督军允许他保留镇守使原职,但条件是他必须将镇守使署迁到长沙,而且人和牌子俱在。

军政界之间变化莫测,残酷无情的倾轧,让田嗄应诏意志消沉低迷。"一切看起来也没多大意思啊。"他对匡嘎一琼说。这时,匡嘎一琼正站在他身边,一语不发,因为他刚刚得到的消息,田嘎应全不幸因病去世了。"也许吧,"匡嘎一琼说,"而更糟糕不过人生苦短……"

将兄长安葬之后,田嘎应诏更加无意远图,甚至只想过一种安乐快活的日子。他在经过一番思量后就决定带家眷一起到长沙去,而湘西的一切事务便悉数交给了匡嘎一琼,并任命匡嘎一琼代理湘西靖国军第一路军总司令一职。

田嘎应诏的离去意味着匡嘎一琼的崛起不可阻挡。他一方面将驻辰州的部队撤回到与镇筸一衣带水的麻阳,坐镇其间,并借剿匪的名义,赶走了湘西其他所有的势力,包括曾和田嘎应诏同为联军部属的第四路军长谢重光和第五路军长林德轩。另一方面,他又笼络和收编了一些得力干将。林德轩的护法军第三梯团团长贺胡子就在他的游说下在大庸教字垭接受了整编,并被委任为湘西巡防军第二队队长。他的才能也得到了省里的赏识。对湘西鞭长莫及的谭延闿为了稳定政局,统一湘西,先后任命他为湘西剿匪总指挥、湖南省十三区青乡司令、湘西巡防各军统领兼永、保、龙、桑、绥、古、乾、泸、凤、麻十县剿匪指挥等职。

这年冬天,黔川省内发生激烈的军阀混战,张学济率部入川援助黔军,以失败告终。他的残部退回至鄂西的鹤峰、来凤一带,又遭到了匡嘎一琼的暗算,被逼入一个无法突围的绝境中。在那个名叫中堡垅的死角,张学济深感气数已尽,长叹一声,说:"此地中堡垅,应叫中堡笼,我叫张学济,应是张学鸡,如今正像鸡进笼,气数已尽了。"说罢拔枪自杀而亡。张死后,早有图谋的匪嘎一琼收编了他的残部。至此,湘西的军事势力实际上全部归到了匪嘎一琼的手中,他取代了田嘎应诏在湘西的统领地位,并初步实现了独占湘西的局面。

但自护国护法军兴以来,军阀的连年混战,群雄纷争,战事频繁,湘西也饱受蹂躏,匪患丛生。先是军队变乱,川军过境时湘西出现了很多散兵游勇,逐渐流为土匪;有一些被打散的部队因一时群龙无首,无处投靠,也窜入山林,占山为王;更有一些流离失所、无以为生的灾民,被逼上梁山,成了绿林之辈,聚啸作乱。纷纭复杂的境况,昭示着社会的动荡不安。有一次,匪嘎一琼的公馆也遭到打劫,一来自苗地的女匪乘他们没有设防时抢劫了仓库,带走了许多军用物资,还打伤了一个军官。匪嘎一琼觉得匪患已到了非治理不可地步了。"简直是在老子的后院烧火。"他气冲冲地说。

他借此机会,召集十个县的县长,开了一次有关集中精力剿匪的工作会议,研究了如何治理匪患的问题。他给县长们全布置了剿匪任务,并将他培养出来的幕僚亲信分别委以防务总监、防务指挥官、清剿指挥、司令部参军、统带、游击司令等职,派往各县剿匪。他所确立的剿匪方针是"招大股,灭小股;招老股,灭新股"。"有一点是大家必须谨记的,"匪嘎一琼最后补充说,"对待土匪,千万要因地因人因事制宜,凡愿意招安的,来者不拒,怙恶不悛之徒,斩杀勿论。"

匡嘎惹巴被委任镇箄和麻阳两地的总监兼剿匪司令。接任到第一天,他就带了几百人枪,来到了地属高寒山区的两头羊。这里的一伙土匪,打劫过匡嘎一琼的公馆。他们的头目是个女人,叫龙嘎妹金,外号"五三八",原为土匪杨嘎光清掳来做压寨夫人。杨嘎光清一身武艺,却头脑简单,一根肠子到底,为博取龙嘎妹金的芳心,他不断地与人武斗以显示自己的强大。他曾帮助匡嘎云飞而与另一伙土匪打斗,被对方的刀刺进了内脏,刺破了膀胱,接着又一刀,扎进了脊椎骨,然后死掉了。龙嘎妹金一颗泪都没有掉。青帕苗王带着愧疚的心情帮着处理完了后事,并给了龙嘎妹金很多银两让她回家。她后来干脆自己当起了匪王,领着几百号人,依靠着这一带到处悬崖峭壁、三面临水的险要之地,为祸作乱。

　　匡嘎惹巴的进剿并没有他当初所设想的那样顺利,那地方真是一夫当关,万夫莫开。他攻打了三天三夜,没有动到一根毫毛,反而牺牲了几个兄弟。他最后挑选了一批矫健强壮且熟悉地形的果雄·乜士兵,加以特别训练,之后许以重赏,让他们佩带大刀短枪,兵分八路,在猛烈的火力掩护下,附藤攀崖而上,这才攻了进去。他们生擒了两百多名土匪。"五三八"带着两名亲信乘混乱逃跑,走到离叭固仅一公里路程时,被匡嘎惹巴活捉。她开始一点都不老实,一会说要喝水,一会说要上厕所。匡嘎惹巴对着她的脑袋放了一枪,打掉了一束头发。她蹲了下来,牙齿咬得咯吱咯吱响。"等着吧,到时会有人让你的脑袋搬家。"她对匡嘎惹巴说。匡嘎惹巴看着眼前美得不能再美的压寨夫人，并不打算要她的命。"也许我现在就让人剔光你的头发。"他说。"五三八"沉默下来。

被俘的那两百多名土匪在解回镇筸城后被全部处决，这使得其他的土匪和一些游杂武装害怕起来，纷纷投诚，接受改编。匡嘎一琼按照既定政策，凡属首领，一律量才录用，委以官职，有的还当上了团长。匡嘎惹巴对此表现出一些忧虑："如此不加区别，良莠一律收揽重用，恐有不妥吧。"

"有人有世界，无人江山败，"匡嘎一琼说，"如今天下纷争，人才四溢，只要能为我所用，愿为桑梓效力，又何妨？何况人非圣贤，孰能无过，过而能改，善莫大焉。"

"弯木还可以做犁。"匡嘎一琼继续说。

匡嘎惹巴总觉得匡嘎一琼在对待土匪的问题上过于自信，于是将"五三八"交给他，看他怎样去处理。但当他打开关押"五三八"的屋子的门时，发现她早已逃之夭夭了。他在她睡过的被子上捡到了一封署名青帕苗王的信："完全没必要跟女人比高下，有本事就冲着我来。"这简直是一种挑衅，匡嘎惹巴气得脸色铁青，当时就请示带人前去攻打。但时任湘黔边境游击司令，负责清剿游散于黔湘边境间土匪的唐嘎力均回到总部汇报进度时说出了另一种情况，那就是青帕苗王曾在光复镇筸的密谋举事中作战勇敢，功劳不菲，对他的攻击似乎还需考虑。

"也许我们应该将他争取过来。橘生淮南则为橘，生于淮北则为枳啊,想不到他那次回去后竟然当了土匪。"唐嘎力均说。

匡嘎一琼认为对待青帕苗王那样的人应该是剿抚兼施,且先抚后剿。他让唐嘎力均先给他写一封信,试试深浅。唐嘎力均铺开笔墨纸砚,写了整整五页,大意为:你以前随我举事,颇称勇健,本想擢用,你却说自己是自己的王,不肯与人共事,不料后来与匪为友,养匪纵匪,走入歧途,危害地方,也让自己名声不好,希望能弃暗投明,当既往不咎,并量才重用。

当有人将信送到青帕苗王手中时,龙嘎妹金正在他的房间里向他诉苦。"我的王啊,你兄弟多年来经营的队伍就这样让我给毁掉了,"她流着眼泪说,"我心有不甘,这个仇不报还算人吗?"

青帕苗王把信藏到了屉子里,同时递给了龙嘎妹金一块手帕。是顺从唐嘎力均,还是替兄弟的情人报仇?他宁愿选择后者。

没有得到青帕苗王的答复,唐嘎力均深感遗憾和惋惜。对于青帕苗王的清剿已在所难免,唐嘎力均回到湘黔边境后还不断地请求总司令,如果有一天活捉了青帕苗王,请一定手下留情。其时,青帕苗王已做好了随时应战的准备,他依照自己坚不可摧的堡垒和旺盛的人脉关系,东出西伏,使得清剿如履薄冰,异常艰难。匡嘎惹巴用了整整一年的时间才肃清了他所辖区域的一部分土匪,又过了半年,才有机会抓住了龙嘎妹金。正当他们决定要处决她时,青帕苗王自投罗网,来到镇筸剿匪指挥总部,要求拿自己换回那个女人。这时,匡嘎一琼和匡嘎惹巴才得以见到青帕苗王的真面目——敦实的身材,俊朗的外貌,双目炯炯有神。双方对视良久。匡嘎惹巴在征剿中因为吃尽了苦头,恨不能扒了他的皮啃了他的骨头,但匡嘎一琼却将他和龙嘎妹金放了回去。"我们不打笼中的鸟,特别是束羽就擒的鸟,"匡嘎一琼说,"这不算本事,我们会让你输得心服口服。"

青帕苗王回到叭固后心情没来由的变得急躁起来,他对匡嘎一琼放虎归山的不寻常举动感到吃惊,并深深鄙视自己起来。

"你也清楚,"他对龙嘎妹金说,"他们不过是在演一出戏,实际上是打压我的气势。下次,我们将不惜一切代价去赢他们。"

龙嘎妹金欠起身来,用她的手指轻轻揉着自己的额头。"或许是这样,"她承认,"但是从他们的表情看,他们并没有憎恶你,对于像我们这样的人,同他们打了这么多的仗,我觉得他们的收编是很有诚意的。"

"他们那么肯定我吗?"

"唐嘎力均是你的朋友,至少他们不会杀你,如果又出现像这次的状况,你又能怎样?"龙嘎妹金说。

"这样的状况是不会再有的。"青帕苗王说。

"不管怎样,我很感谢你。"龙嘎妹金说。

"谢我什么?"

"你救了我一命。"

青帕苗王并没有看她。事实上他也很少看她,尽管她是那么的漂亮。他所做的一切只不过是在报答朋友,但有时候他希望自己的房间并非只他一个人，他甚至希望她能坐在那儿，背对窗户，冰冷之中多出一点儿暖柔的气息。

29
阿原错骨骸

这个时期，青帕苗王遭到了匡嘎惹巴不断的袭击和侵扰。那些子弹排山倒海一般消散在城堡后面，弟兄们惊慌失措的眼睛，对他是深深的刺激。他终于按捺不住，提枪冲了出来，一边骂娘一边拼杀，但仅仅一个早晨，他就被打回了老巢。他的人死了不少，崩出的血溅到了他的白家织布衬衣上。他为此而觉得很不舒服，换了件衬衣，又冲了出来，但他越急躁越打不好仗。结果，他被匡嘎惹巴活捉了。青帕苗王并没有为自己的命运悲哀和担忧，觉得就算被砍了头也不过剃大个疤。但匡嘎惹巴却又将他放了回去。之后再战，再败。这使青帕苗王憎恨起这样的交手，并非是他怕失败，而是忌惮于匡嘎惹巴放虎归山的惯常做法。他终于不再有足够的耐心，拖着他的队伍在天不亮的时候出发，投奔到匡嘎一琼的门下。

"这可以如你的愿了，"青帕苗王说，"但愿我会听从你，让你高枕无忧起来。"

匡嘎一琼看出了他脸上的诚意，并确信他不会言而无信。他当下摆了一席接风宴。

收编青帕苗王，大显了匡嘎一琼的声威，也使得其他各路土匪和一些游杂武装害怕起来，纷纷投诚，接受改编，先后有永顺的向子云、田义卿，辰溪的张贤乐、张玉昆，泸溪的杨善福，麻阳的张先齐，永绥的麻佩钦，芷江的陈方前等。但神溪的张嘎疤子和张嘎一刀父子却因为负隅顽抗而遭到了枪杀。张嘎一刀的儿子张嘎玉林躲在废草垛，目睹了他们被枪毙的过程，他发誓要报仇。

剩下的零星散匪散落在偏僻荒野，不敢作乱，四境平静起来。匡嘎一琼的实力也日益壮大，由原来的几千猛增到近两万人。

对于这样一支队伍，想重振算军的威望，匡嘎一琼不得不进行一番经营。他虽然还年轻，却有一颗冷静的头脑和缜密的思维，而且他对于自己管理的才能从来就深信不疑。他将部队分为两种：一种是地方常备军，设总监、统带、指挥、大队长，负责管理部队和监督行政；一种是包括收编和招安来的尚不足以信赖的直属机动作战部队。但这支招安部队开始并不怎么规矩，其中的一个营企图叛变，匡嘎一琼以三倍的兵力将其包围，斩了头目首级，以儆效尤。之后，匡嘎一琼在肃清匪患、安定民心的基础之上，即着手进行了政治、文化、经济、教育及军事方面的改革。他给自己确立了一个方向，那就是保境息民，致力于本地的自治，各项事业蒸蒸日上。他花了三个月的时间，先后拟出了有十一章七十五条七十三项内容的《自治条例》以及《教育案》、《实业案》、《慈善案》、《团务案》等，在保境息民、民主自治、兴办教育、广辟财源等方面确立了若干细则和制度。

青帕苗王在匡嘎一琼日后的惨淡经营中帮了大忙。他在湘西各县主抓鸦片种植，这是困难时期主要的财政收入。匡嘎一琼深知这样做不妥，但没有钱办什么事都不过一纸空谈。他规定的种植鸦片的时间仅限三年，三年一过就开始禁烟。青帕苗王在领受任务后就深入到地方去了。他在龙山和大庸号召了三万多户人家种植了三万六千多亩鸦片，保靖县的比耳、隆头、拔矛等乡，有半数以上的良田肥土改种了鸦片，永顺、镇算境内种植鸦片的人也占了三分之一以上。匡嘎一琼还专门设了一个禁烟局，实际上也是种烟局、烟税局，凡运往常德、长沙、武汉、南京、上海等地销售的烟土，必须先在禁烟局办理手续，缴纳烟税。另一方面，凡由常德或桃源等地运货进湘西的商船，须向保商局交实物税。这样，每月可收大米两三万担之多，解决了士兵和家属的粮饷，以便稳定局势，争取民心。

正当匡嘎一琼为他的自治忙里忙外的时候，他曾在西安蒙难时遇到的恩人董嘎禹麓看他来了。那时已是下午五点钟光景，匡嘎一琼正在伏案看书。门缝里挤进来了一位个子较高却异常瘦弱的男人，用疲惫的声音向匡嘎一琼打招呼："你好，师长！"这时几乎全湘西的人都称匡嘎一琼为师长。

"你好！"匡嘎一琼抬起头来，仔细看着眼前这个人：野羊似的颈脖上吊着一条看起来十分结实的丝带，胸前抱着一个洁白哈达包裹着的漆黑的像棺材一样的条形木盒子。他穿着一件很旧的沾满灰尘的长布衫，脚上裹着绑腿，一双钉了铁钉的布鞋踩得快见了底。当看清是来人的面目时，他大吃一惊："是董先生啊，快请进，快请进！"

来人走上前，缓慢地把那漆黑的长木盒放到了书桌上。

"你这是从哪儿来的啊，我的先生。"匡嘎一琼问。

"从那边。"他说完，头栽倒在一把椅子上睡着了。

匡嘎一琼吩咐伙房煮了两斤米，炖了一只鸡，炒了二十个鸡蛋。待客人醒来，吃光了所有的食物后，匡嘎一琼才认真地问及到董嘎禹麓的情况以及他这次远道归来的目的。

"我给你带你的亡姬阿原错的遗骸来了，"董嘎禹麓说，"我想你需要她。"

自那次葬阿原错于雁塔寺后，他一直对此事念念不忘，做梦都想带她回家。但这么多年来，因为战乱，他都没有能够成行。想不到这位老乡却想他所想，给他带来了阿原错的遗骸。难怪，他刚才将那个木盒子放到书案上时有一种奇怪的莫名的忧伤。

董嘎禹麓接着又说了自己一路而来的经过以及外面的一些局势。他说北方还为着护法战争而不停地打仗，山西的阎锡山秉承北洋政府旨意，派商震率部来湖南参战，结果被打得落花流水，全军覆灭。此后，阎锡山便藏头掖尾，在自己的王国里潜心自治以保境安民为旨意,集中省内经营。董嘎禹麓不愧为才学兼备的有心人,他连阎锡山自治内容的哪条哪款都背得滚瓜烂熟。

"搞自治好得很啊,如果你感兴趣,我可以请我留学日本的同学翟方书来帮助你。"董嘎禹麓说。

"当然,这是必要的。"匡嘎一琼说。他在心里认真分析了阎锡山的治理政策,觉得并不全面,虽然注意到了地方管理和振兴实业,但兴学设教和慈善事业尚不足。他觉得自己在治理湘西这一块更加有底和更加有信心了。

董嘎禹麓走后,匡嘎一琼将装有阿原错遗骸的盒子放在书案上,当做一种陪伴,如果不是外出,他几乎都待在书房里。他甚至还在书房置了张小床。有一次,他伸手抚摸了那个木盒。当他的手触到那条洁白的哈达时,耳边忽然清晰地听到里面响起吱吱嘎嘎的声音,仿佛有一种东西呼之欲出。他说不上这是个什么样的奇迹,但他确信是阿原错感受到他了。有一天深夜,他在睡梦中被一阵有如搬动桌椅的声音惊醒,睁开眼睛后,还感觉那张桌子在动。他起身,划亮一根火柴,响声停止下来,但装着墨水的瓶盖开着,书桌上滴了几点墨汁,那支毛笔生了脚似的从笔架上跑到了桌面。一连好个晚上都是如此,或者是书架上的书被翻得浙浙哗哗,如风吹落叶,或是厨房碗柜里的碗嘟当嘟当地乱响一通,锅铲落地有声,甚至还明显地感到有人在隔壁的房间点灯。他平时是个不信迷信的人,却被这一系列的奇特现象弄得龙神不安。他的一名副官建议他去请城中有名男仙藤老叫。

一个小时后，藤老叫来了。他在堂屋置了一升米，插几炷香，又在旁边放了一碗水。在烧过一阵纸钱之后，他就开始登仙。他诡异疯狂的举止，有如鬼魂附体一般，所言闽语，如见故人，神情哀伤，捶胸顿足，殴打自己，哭笑无常。之后，他双腿抖动，以头帕遮脸，天上地下，且歌且舞。一个像极阿原错的声音，从这位男仙的口中传了出来，柔声细嗓，如哭如诉。

藤老叫大字不识，对主人亦不胜了解，但他的话令匡嘎一琼伤心欲绝。

匡嘎一琼问："你是何人，来自哪里，为何这般如此？"

藤老叫："姬阿原错，西藏人也。藏俗无姓氏，汝称以其名。姬生于凯浪，来归于德摩，殡于陕西西安。藏俗尚骑射，阿原错能驰怒马，俯拔卓地尺箄之球，又尝去百步射不失鹄。清宣统二年，汝从军入藏，阿原错来侍闺中有礼意。越年，汝以编师战八浪登，战纳衣当葛，两赖阿原错之力，脱汝于险。其后，武昌革命军起，汝谋以兵遥应之，卒不利，遂于十一月率从士一百一十五人，携二月粮入青海，失道戈壁中，弥望黄沙猎猎，盛风雪豺虎，士皆气威慑，谓必死。阿原错独持藏语相慰藉。其后粮尽杀马焯装。寻，火亦绝，乃猎野牛野羊生啖之。士沾寒，死亡日众，阿原错独肩襁被温余，一日间行失从，野卧砂渍中，饥惫濒濒，阿原错搜囊中馀脯以进，汝擘啗之则泣曰：妾思万里从君，君而荸，妾子子安所归！且世固不可无君。卒不食，汝亦为之呜咽，哎噎泣数行下。明年,六月达兰州,从士死亡殆尽,生还者仅七人而已。九月行至长安,阿原错以积劳病发,卒年十九,临命,犹执汝手泣曰:君获济,妾死无憾矣。鸣呼?阿原错茹万苦日艰,曾获携归家园,同享一日之安宁,无奈命薄气短,复何言哉。穷途无力扶归,权厝于长安城外雁塔寺,多年来魂游魄荡,无以为寄,今阿原错万里至此,望埋骨于镇算,入土为安,必然娱宁于幽宫,虽可悲,亦可喜……"

藤老叫涕泪滂沱,靠在那张座椅上,如坠云雾,又像昏死的病人一般,半个时辰才缓过神来。他要一碗凉水喝。匡嘎一琼发现这位师长的脸庞被什么毁损了一样,痛苦而饱受煎熬。房子里一片安静,藤老叫知道该走了。

"她以后不会再打扰你了,择个吉日将她入土吧。"藤老叫说。

看着藤老叫离去的背影,匡嘎一琼有些后悔自己没有利用这样的机会,把这些年来一直言不尽意的话说出来,也许她真的会听到。

做了一个星期的道场之后,匡嘎一琼将遗骸埋到了大坡脑梁子弯一处向阳的地方,他亲手给立了一块石碑,颂扬了她的美丽和德操。

在以后的一段日子里,匡嘎一琼过得很平静。他潜心于湘西的自治之中。而当时,争夺四川的战争打得十分激烈。

一日,广东军政府任命的川东边防军总司令石青阳前来拜访。石青阳此次奉命入川组建军队,路过湘西。

匡嘎一琼本想在家中好好设宴款待,不料那位总司令反客为主,早在城里的一家酒楼设了宴席。席间,为了显示自己的真诚,石青阳先端酒盅，豪饮三杯。之后，他开始敬匡嘎一琼酒。"我滴酒不沾。"匡嘎一琼说。

石青阳感到有点意外。他顿了一下，接着又豪饮三杯下肚，然后再敬。

"我真的不会喝酒。"匡嘎一琼又说。

尴尬很快出现在石青阳的脸上，就在他为自己找台阶的时候，匡嘎一琼一把抓住了他的手。"请直截了当一点，"他看着对方的眼睛，"你想要什么？"

"我想，跟你借兵。"石青阳清醒地说。

"你喝醉了。"匡嘎一琼说。

"师长，"第二支队队长贺胡子说，"袁项城虽已死，国家依旧纷乱如麻，也许，吾辈当拥护孙先生实现理想，拯国家于危难，解人民于水火……"

匡嘎一琼看了他一眼："那么，你跟着他去就是了。"

"可是，师长……"

"多谢陈师长了，我石青阳至死不忘。"石青阳立即打断了他，干完了杯子里的酒。

当晚，石青阳就将贺胡子及其所率部队带离了镇筸。他生怕匡嘎一琼反悔，临走时在一要塞的哨卡留下了一封告别的信。信一开始被转送到唐嘎力均的手上，转到匡嘎一琼的手上时已是第二天凌晨了。

"贺胡子勇谋兼备,能征善战,也许你应该把他留下来。"唐嘎力均说。

"我比你更想,"匡嘎一琼说,"难道你看不出来吗,此人气宇轩昂,拔类超群,自非久居人下,亦终非池中之物,兵荒马乱之际,我们还是不要耽误他的前程,让他远走高飞吧。"

至此,唐嘎力均才发现匡嘎一琼是假装愚蠢。

30
城门失火

贺胡子入川后,石青阳即委任他为川东边防军警卫旅旅长、四川陆军第九混成旅旅长,可谓鹏飞于天,龙游于渊。匡嘎一琼一直都记得他离去的那个场景:那是一个淫雨连绵的下午,贺胡子一脚踩在勉为其难的犹豫里,一脚踩在被雨水洗得明晃晃的石板上。"我走了,师长,请多保重了。"他说。

贺胡子一走,匡嘎一琼还没有从若有所失的情绪中缓过神来,他手下的一位团长田义叛乱了。田义系永绥人，曾在绥靖镇台某要人的手下当过营长，后投奔匡嘎一琼。在一次剿匪中，因生擒匪首田少卿有功，被委任为保靖营参谋兼保靖巡防司令、统带部管带，后又升为团长。田少卿被俘后决议自新，田义见他心诚，又系同宗，便将其留用，并与他结为兄弟。势力日大，又自以为剿匪有功，田义萌发了取代匡嘎一琼的统领地位的野心。他第一次设局杀害匡嘎一琼是在他自己父亲去世的那天。那时，匡嘎一琼和匡嘎惹巴等人前去吊唁，他蓄谋在其亡父灵前趁其不备将匡嘎一琼置于死地。但这次匡嘎惹巴却多长了一个心眼，他要卫队营带领武装，以军事演习为名，预先埋伏在田宅周围，以防不测。田义的妻子在出门解手的时候无意发现了这一情况，便告诉了她的婆婆，也就是田义的母亲王氏。生命攸关，王氏将田义叫到跟前。"匡嘎一琼曾救过我们田家的性命，你这是恩将仇报，"她说，"况且你将他杀死，他的部下也不会善罢甘休，你不但夺不到统领权位，还会引来灭门夷族之祸。"

"可是……"

"没有可是，你这个猪脑壳！"王氏狠狠地骂道。

田义的行为被匡嘎一琼看穿。匡嘎一琼认定田是一个反叛无常的虎狼之徒。不久，他有意调虎离山，削弱其力量，于是任命田义为辰沅剿匪总指挥，让他率部东下去攻打驻在沅陵的蔡巨献。但田义却把攻打蔡巨献看做是割据称雄的极好机会，他不仅挤走了蔡巨献，还进驻到沅陵，到处私设关卡，对过往的商船、烟客征收重税，骄横跋扈，为所欲为。有一次，他公然截留了匡嘎一琼增拨给川湘边防联合清乡督办公署的几挺机枪。匡嘎一琼亲自出面交涉，田义不肯放手。匡嘎一琼对他的横蛮行径十分不满，不久命令他仍回永绥驻防，将张子青调往沅陵接替他任辰沅剿匪总指挥。张子青带着他的一营营长曾宏、二营营长余斌诚、三营营长匡嘎惹巴来到沅陵。田义假惺惺为张子青接风洗尘，命自己的儿子带领短枪队埋伏在大厅两侧。张子青一点都没有设防，赴宴时只带了两名警卫。他和他的两位卫士吃到的是十余颗子弹。他们的尸体被扔到了厕所边的阴沟里。匡嘎惹巴和一、二营营长得到消息后前往作战，陈运带一连便衣队驰援。他们打败了田义。田部将沅陵县城掠劫一空后，经永顺、保靖边境，窜回到了永绥。匡嘎惹巴率一营兵力一路狂奔至永绥，占领五老棺图坡的制高点，直逼永绥南门。陈运也及时赶来，抢占了七屯坎，进逼西门。田义两面受敌，抵挡不住，弃城溃退。

匡嘎惹巴在此次战斗中得到了匡嘎一琼的嘉奖，他接替了张子青的位置，被升为辰沅剿匪总指挥。

由于贺胡子的入川，张子青的被害，田义的叛逃，匡嘎一琼的武装力量已大为削弱。为整军兴武，匡嘎一琼又办了一个军官讲习所，具体由黄光范负责，教官由戴嘎季韬、李承业担任。这次参加的人数并不是很多，匡嘎一琼带着几个幕僚去看部队出操训练时，总感觉缺少点什么，于是问身边的人。

"人少了，自然就冷清。"一个随从说。

"低迷的士气让人不太舒服,师长。"秘书说。

匡嘎一琼沉思了片刻。"编一首军歌怎么样?"他说,"歌会让人振奋,让军营更显生气。"

那位秘书连夜写出了歌词,第二天拿给匡嘎一琼看。匡嘎一琼在与其他一些军官商议后,确定了一首《湘西巡防军军歌》,其歌词为:"湘西西上五筸好河山,论疆域,连黔带蜀,级级有雄关。澧兰沅芷,纵横直荡,地势本天然。三军忠勇,十县团结,千里靖烽烟。"

士兵们唱着这样的歌整队出列,歌声响彻云霄。这居然震撼了白神兵的神兵队。那时候,他正在为训练他的队伍忙得不可开交。他的士兵们一个个头缠红布,腰捆红带,脚穿草鞋,武器却五花八门,有的持枪持刀,有的拿杈子梭镖。行进的步伐几近癫狂,边走边跳,踏出莲花瓣一样的步伐。一路撒着以稻谷、玉米掺拌一些茶叶的马粮,那是阴兵阴马的粮草。白神兵为着组建这样的一支队伍费了九牛二虎之力,几乎花去了自己半生的时间。在那些较为灰暗的日子里,白神兵一直都记得父亲白瞎子的一句话:"还会有更大的战争。"

当军歌响彻他的耳鼓,他神经的末屑被牵动。他一路狂奔过去,默念着:"打不进,杀不进,五子钢枪化灰尘。"他带着自己的士兵来到教官戴嘎季韬的面前。"我只为学唱这支歌。"他接着说。

戴嘎季韬一巴掌拍到了他的肩膀上,哈哈大笑起来:"你想入伙当兵?"

"是的,长官。"白神兵说。

戴嘎季韬说:"你为的什么？"

"是你的歌让我红了眼睛,"白神兵振振有词地说,"还有荣誉和功勋。"

戴嘎季韬让人去给白神兵的人马体检,又故意找出理由证明不能过关。第二天,有五人听说体检不合格不能当兵而自杀了。这下玩笑开大了,戴嘎季韬只得将白神兵收进了这次的军官讲习所,并让他担任排长,负责管理他那一伙人马。

九月里,西南的四川、云南、贵州三省发出通电,拥护广东革命政府的北伐主张,组成联军参加讨贼。这支讨贼联军被孙中山先生改称为建国联军,号称雄兵十万,假道湘西出师北伐。而正当联军挥师北伐之际,大总统先生却不幸去世,举国悲哀,北伐因而中止。这样,联军的去向就成了问题。被任命为建国联军前敌各军总司令的熊克武及其军长汤子模等主张经过黔、桂入粤,以壮革命声势,而滇、黔、湘各部又不愿南去,想自寻出路。湘军总司令兼省长赵恒惕此时命令川军出湘,熊克武不得不率部退出湘西。于是熊给匡嘎一琼写信说明假道过境入粤,请给予方便。匡嘎一琼也准备给予支持。当川军一部进入永绥,快到保靖时,那位省长突然命令匡嘎一琼堵剿川军。事变突起,巡防军一时难以集中,匡嘎一琼只好急令匡嘎惹巴扼守保靖下游的百鸡关。但川军出其不意,展关直上,并以一部绕道古丈,抄袭其后。浩浩荡荡的联军长驱直入,匡嘎一琼有点大惊失色,慌忙下令向镇筸撤退。保靖城顿显一片混乱,所设的统领部也被付之一炬。撤退至花垣,路经花桥时,一驻军团长叛变,教练营营长阵亡。好不容易行至尖岩,正庆幸脱险,突闻枪声,川军又已追来,相距不过两百公尺。众人皆惊,一副官长正患疟疾,浑身发汗,由四个人扶着走。一英文教员听到枪声即仆倒沟中,大呼:"死了死了,老子死了!"随行将他扶起,一点伤都没有。枪声再响,他又跌入沟里,大呼如前。国语传播团团长一看追兵赶来,害怕得直奔厕所,跌入粪坑,爬起来后赤足奔逃。此时,匡嘎一琼还在后面五里许的地方。川军已占领阵地,居高临下,匡嘎一琼命手枪连还击。相持片刻,敌后续部队蜂拥而至,霎时天降大雨,兵无斗志,众多逃散。匡嘎惹巴自告奋勇,率队冲锋,终因寡不敌众,伤亡很大,被迫退回。看看四周,兵寡将寡,竟将奈何。幸而,这时有一部分兵士散在四处鸣枪,敌人不知虚实,未敢紧逼。快到卫城时,他们又被川军困在山坡上一处破庙里。雷鸣电闪,大雨滂沱,枪声、雨声,噼噼啪啪响个不停,随军眷属老的老,小的小,哭成一团。匡嘎一琼忧愁满怀。匡嘎惹巴却忽地站了起来。"要死也是时候了,"他说着,把胸脯一拍,"不怕死的跟我来!"一百多名士兵跟着他冲向了后头坡,密集的火力终于把川军压住。之后,青帕苗王率领两千多兄弟从腊尔山方向赶来接应,还带了很多炒好的苞谷和黄豆。大家饥饿难当,一顿饱嚼,一路不停地放着响屁。匡嘎一琼却颗粒不食,带着人马在叭固稍作休息后,立即回到了镇筸。

匡嘎一琼还没有在自己的椅子上坐稳,就有乾城驻军来告,说川军已经逼近，危在旦夕，请速增援。匡嘎一琼呼出一口冷气，正想派谁去固守为好，就听见外面有齐声在喊："誓与乾城共存亡！誓与乾城共存亡！"匡嘎一琼还不明白是怎么回事，就见白神兵神经兮兮地走了过来。"我主动向你请缨，师长。"他说。匡嘎一琼盯着他有两分钟之久，不置可否。

"天降神兵，必有所用。"白神兵又说。

"你那么有把握守住乾城？"匡嘎一琼蹙了一下眉头。

"我保证，师长，川军四十八小时后将弃城而逃。"白神兵掐算着说。

白神兵果然没有食言，川军的一个师向乾城发动多次进攻均未突破。他们想办法从城的东南部挨河挖了一个地道，用棺材装上火药，炸垮了一截城墙。他们刚想进去，却不料白神兵的队伍散发图面，鬼一样地冲了出来，高喊着："刀枪不入！打不死！"他们高举大刀长矛，先是往自己的身上猛刺猛砍，果真滴血不流，等敌人看得目瞪口呆时，突然向对方一阵攻击，而砍在别人身上却是血流如注。敌人哪见过这等场面，枪都被吓掉了，抱头鼠窜。此时，军民合力，用棺材、门板、石臼等堵住城墙缺口，同时从城墙往下泼开水、倒粥汤和粪水。四十八小时过去，那位川军师长望城兴叹，也只好放弃攻城计划，下令往其他地方南撤。走的时候，他们十分气恼，作为一种发泄，沿途焚烧了四十八座祠堂，焚化了四千八百册书籍，毁坏了四十八件西汉至唐宋时的文物。

匡嘎一琼为那些被毁的书和文物心痛了许久。"那些土匪！"他骂道。

这次的兵祸将匡嘎一琼推到一个极为难堪的境地，他本来只想好好地推行地方自治，强调保境息民，并不想过多涉足外界的事，但一切都不由他。他的领地一时间被鸠占鹊巢，任人为非作歹，他耿耿于怀，不能自已。乾城的川军刚走，他便积极组建统领部，重新整编部队，准备赶走永绥、保靖及永顺那里的川军。他将仅有的万余人枪编为三个团、两个营。第一团团长戴嘎斗垣，第二团团长陈运，第三团团长匡嘎惹巴，炮兵营营长左芳卿。他将统领部移驻乾城。匡嘎一琼连续召开会议，就如何赶走川军、收复失地等问题进行研究讨论，并进行部署。

这时，有信使来报，说永绥、保靖、永顺的川军已经走光了。匡嘎一琼感到纳闷。信使说让川军乖乖离去的是一个叫贺胡子的人。果然，过了两天，贺胡子带着一个名叫朱嘎丹浓的镇筸人来见匡嘎一琼，此时，他的身份是澧州镇守使。他似乎什么也没说，只是主动将永绥、保靖及永顺各县的防地移交到了匡嘎一琼的手中。"它是你的心头肉，"贺胡子说，"请拿回去吧，好好经营它。"匡嘎一琼有了一种难言的感动："贺卿不忘旧情，顾我于艰难之中。"他特别盛情款待，还拿出四百元光洋的赌本，留他打一夜麻将。但贺胡子坚决不受，自己拿出一只金镯子作抵。那夜他手气特别好，竟赢了五百多光洋。散场时，他把赢的这些钱全部送给了朱嘎丹浓。天麻麻亮，他就走了。

"后会有期。"贺胡子临别的时候握着匡嘎一琼的手说,还意味深长地看一眼朱嘎丹浓。

几个月之后,正如贺胡子所言,他们又在永顺相遇。但这时的双方已不是同属旧友的身份,匡嘎一琼所接到命令,调集各部追击讨伐即将入川的贺胡子。

担任澧州镇守使以来,羽翼渐丰的贺胡子不听从他的上司,反而支持正在蓬勃兴起的农民运动,他亲自剔除繁捐,惩办土豪劣绅,打富济贫,并与共产党有了联系,无疑成了上司急于拔掉的一颗眼中钉。接到电令后,匡嘎一琼自然不愿对不起贺胡子,但又不能抗拒上司,于是使用了一种阳奉阴违的手腕。他将陈运调往永顺驻扎,摆出一副"剿贺"的架势,并发表"讨贺通电",暗中则在永顺、保靖地界闪开一条大路,让贺胡子顺利入川脱险。陈运按照匡嘎一琼的嘱咐,看着贺胡子的队伍完全离境后,对空放肆开了半天的响枪。从沅陵追击而来的另一部连贺胡子的骚气都没有闻到,他们的师长想去问个究竟,却见匡嘎一琼正汗流满面地指挥着发报员在拍电报:"贺胡子轻装偷袭,猝不及防,经派部追至里耶,发生激战,斩获数众……"

北伐的脚步依然没有停止,大军过境,势如潮涌。匡嘎一琼有了上一次与川军抗衡遭到惨败的教训,只想采取回避观望的态度了。他部署各部着力于维持地方秩序,避免与北伐军冲突,自己则率部属各部及一些军官退避到龙山。但他每天仍会接到来自前方的消息,并为那些消息所困惑烦恼。他刚到龙山待了不到十天,便有绥保防务总监和保靖县长来报,说黔军假道,已逾多日,招待军食达二十万串,民不堪受,已调集精锐乡团数千人作准备抵抗,要求他们改道。接着,驻湘黔边境的游击司令唐嘎力均也写来了信,说此时黔军盘踞镇箪,共有三千余人,索米索饷,啰嗦不已,大家应付维艰,准备联合其他部组织团队据险阻击,并在永绥的茶峒、万溶,镇箪的阿拉营、亭子关、茶田一带做了布防。

匡嘎一琼没打算接受他们的意见。他的答复说,异军入境时,继续注意维护地方治安,要见机行事,不可轻易与其发生冲突。"没有上面的命令,绝对不能妄动。"有一天,一个自称姓袁名祖铭的人来到了匡嘎一琼的府上,说自己的部队已被编为北伐的左翼军,他也被国民政府委任为国民革命军北伐左翼军前敌总指挥。接着,他出示了一张由军委会盖章的委任状:"足下久镇湘西,治军有术,建设有方,施仁政于桑梓,播声威于黔川,久仰盛名,毋任钦佩。今奉国民政府之命,继承总统遗志,誓师北伐,愿与足下共商军机,以求完成统一大业。"

匡嘎一琼看了看他的委任状,又很快递还到袁祖铭的手上。"总座吊民伐罪,实为党国之干城,琼虽不敏,亦稍明国家民族之大义,党国所需,义不容辞。"他说。

袁祖铭没想到匡嘎一琼对于这件事情的态度是这般明朗,实乃天遂人愿。他几乎有点沾沾自喜。"此次挥师东下,披肝沥胆,完全出于救国救民,望足下的箪军也能一起北伐,共挽时艰。"

"当然。"匡嘎一琼看着他说。其实,他并没有摸透这位总指挥的意图,但他想,国民政府举兵北伐,实乃大势所趋,人心所向,如参加北伐,则为义师,理应支持;若反对或破坏北伐,则将失道寡助,必遭失败。到时,自己可乘胜出击,既有捍卫革命之名,又能坐收渔利之利,何乐不为?

匡嘎一琼表示愿意"竭诚效命,以尽绵薄"。之后,袁祖铭又带来了一张任命匡嘎一琼为左翼军前敌副总指挥的委任状。匡嘎一琼自是喜不自禁,他脱下那套一直穿在身上的哗叽长衫,换上北伐军的灰布军装,还很得体地行着军礼。经过磋商,他们决定将总指挥部设在常德,副总指挥部设在沅陵。袁指挥大军作战,匡嘎一琼则负责湘西、黔东一带的通道安全和过路大军的给养。袁祖铭当即给了算军一部分军械子弹,而匡嘎一琼则将他军官团的一百多名学员随了袁祖铭东下常德,充任袁军各部的连、营级军官。不仅如此,他还派了唐嘎力均率一团人去了另一部参加北伐,担任了第十军一个独立旅旅长。在以后的北伐战争中,唐嘎力均作战骁勇,屡立战功。

但袁祖铭参加北伐只是出于一种投机,并非真心实意。他真正的意图是割据湘鄂,争霸中原。到达常德后,他就开始大肆招兵买马,自委官吏,并设立了左翼军军事政治养成所,将他的部队扩充到近三十个师。他狼子野心自然为人所看穿。他的上司令他督军北进,下令移驻鄂西交还湘西防地,而均遭拒绝。之后,上面秘密授意担任左翼警戒的教导师将他击毙,他手下的一个军长也被押回长沙,执行枪决。

袁祖铭的死让匡嘎一琼有如惊弓之鸟。很快,省政府就通电缉拿与袁有关的人员。匡嘎一琼连夜召集戴嘎季韬、匡嘎惹巴等密商。最后的讨论结果是三十六计,走为上策。他决定率部返回镇箪。

就在匡嘎一琼到达镇箪的第二天,省政府即宣布免去他湘西镇守使的职务。

"我真正大祸临头了,"匡嘎一琼对他的手下说,"这不过是一个前兆。"

"并不是这样,"他的一个军官却站出来说,"也许这恰恰是个转机。"

那个军官当场表示,愿意到省府去见省长,婉辞陈述匡嘎一琼的苦衷,求其宽容,甚至到总司令蒋介石那里去斡旋。匡嘎一琼也决定死马当活马医,他派去了那位勇敢的军官,自己则以视察为名,依次到了龙山、桑植、永绥、各地,一方面静观动态,一方面暗地磨刀。恰好这时,蒋介石叛变,宁汉分裂,有消息说省长任武汉国民政府委员、军事委员会委员、军委七人主席团成员、第四方面军总指挥,准备兴兵东下伐蒋,局势剑拔弩张。不日,那位军官带着凯旋的神情回来了,他带来的消息是匡嘎一琼被委以国民革命军第十九独立师师长。

匡嘎一琼对此既不觉得侥幸,也不很满意,他保持着自己一贯冷静的作风:"这只是一种表面现象。他们无非是想利用我来为之卖命,不是为他们守大门,安定湘西,就是想把我调离,好趁机吞掉我的人枪。"他并没有就职,且表现得十分耐性。那位省长对他也似乎奈何不得,又令湘西绥靖处长前来催促。

"如今时势如棋,请不要拒绝,"处长眯缝着眼睛相劝道,"有职比无职好,这些封号官名冠冕堂皇,既可以装潢门面,又可做护身符。"

"还可以利用它来干我湘西的事业!"匡嘎一琼突然加大语气接着说,他知道这时候让他们失望自然是不合适的。

处长睁开了他的眼:"是的,是。"

宣布就职的那天,天空布满了大朵大朵的雪花,仿佛一朵朵雏菊含苞欲放。匡嘎一琼站在雪中,情绪激动,将他的部队重新整编成四个团,第一团团长陈斗南、第二团团长匡嘎惹巴、第三团团长匡嘎云飞,警卫团团长由他兼任,副团长戴嘎季韬、彭达武、王光炎,同时委曾君典为副师长,包轸为参谋长。

他高兴地整编着自己的部队,但他的心里感觉是被人牵制。他的处境也许稍显稳定,而他的职责则不会像以前那样的单纯。果然,冬天一过,他就陷入了一种混乱不堪的政治形势中。

31
逮捕

湘鄂境内的革命党右派势力,在蒋介石的策动下,露出了反革命的本来面目。省长和他手下的三十五军军长何键,密谋策划在两湖地区发动反共军事行动,袭击若干工会、农会、党校、农民运动讲习所等革命机关和团体,大肆捕杀共产党人和革命分子。湖南由此进入了一个反革命的恐怖时期。

匡嘎一琼连续接到省方和何键的命令,让他"严饬所属,缉办共党"。一开始,他将命令藏到床上柜子里。出于对自己独霸湘西的考虑,之前他一直容许共产党和革命党左派的一些活动。那个晚上,他躺在自己的木床上,用被子遮住了整个头部,感到可怕的黑暗正在迫近。他口干舌燥,耳朵呜呜地发响,喉咙烧灼般地热。在他嘴上想说不的时候,他的心里却来了一个一百八十度的大转弯。他翻身下床,光着膀子摸黑在密令上签上了"一切遵照执行,缉办共党",从此将一张白色恐怖的大网撒开。陈运首先在沅陵动手,他在召开农民代表选举大会时,以担任大会的保卫工作为名,预先设防。六十余名代表正在选举时,突然枪声四起,没有一个人跑掉。城外紧急戒严,四百多名革命分子落入罗网,投进监狱,有七人被绑赴一河坪处砍头。匡嘎惹巴在镇筸也执行了命令,他以有事相商为名,将国民党党务党部特派员及执行委员等四人骗到城隍庙的团部。兵弁们等不及口令,就自作主张地将他们拦腰抱住,逮捕起来。这其中就有一名叫朱嘎丹浓的。当天,有三人就被押往池塘坪执行枪决。朱嘎丹浓则在被押途中跑掉了,因为他作为唯一的一名镇算人,且与贺胡子的关系,事先有人做了手脚。朱嘎丹浓离开后,直接去找贺胡子去了,之后音信了无。特派员们就义时,情绪激昂,视死如归,口中不断呼喊"共产党万岁"的口号。泸溪、辰溪、麻阳等地的情况也相差无几,他们的农协主任和党部领导均没有逃脱被杀害的命运。

不到一个星期,匡嘎一琼就反悔了,他确信这是一种危险而愚昧的做法,即使不会引起暴动甚至造成无法控制的局面,于他也没有任何的好处和意义。更重要的是他对于自己为什么要这么听人指挥而感到后悔。这样,他又下了一道立即督饬各县,暂停捕杀的命令。"我们杀人过多,以后总要被人杀掉。"他对军官们说。

不久,拥有重军的何键兼任了湖南省主席,他继续镇压共产党和革命分子,并开展大规模的清乡清党运动。所谓清乡,就是剿共。他成立了清乡督办署,全省划为十一个区,每区有一个师的兵力。何键知道匡嘎一琼在湘西的统领地位,也知道湘西对于安定后方、防共剿共的作用,因此,除了让他以第十九独立师师长兼第八区司令,负责湘西包括镇算和麻阳在内的九县的清乡任务,还任命他为湖南省政府委员。而蒋介石也随即任命他为武长萍铁路警备队第一警备军警备司令,驻湘西防共剿共。匡嘎一琼自然知道这是蒋对何建所存的一种戒心，正是可以借此来扩充自己实力的极好机会。"真是人走运了，砸在头上的石头也变成了金砖。"他开始名正言顺地重新整编、扩充队伍。他毫不犹豫地执行着上级的指示，只不过他利用清乡剿共来搜剿土匪，他将杀掉的匪首的名字换成共产党人的名字。"要有自己的谋略，自己的打算和见解，不可人云亦云，盲从附会。"他在清乡的会议上发表谈话时说。

事实上，他在搜剿土匪的过程中，招安收编的人，远比他所杀的人要多得多。不管什么时候，他仍然觉得无人无世界，有人才有天下。那些过往的前嫌旧恶，都是可以忽略不计的，完全可以为他所用。与他结怨多年的田少卿，这时在他的部下当了团长。他甚至还接纳了一些与他关系特殊而要求避难的"共党分子"和"有识之士"，大有一派广招天下豪杰的气概。有一天，一个名叫周矮子的川军旅长带着他的兵马来投靠。他告诉匡嘎一琼，建国联军已不存在了，那次川军从湘西撤走两个月后，他的顶头上司熊克武等人接到蒋介石的邀请，去东山公寓公谈，结果一去不再复返；汤子模军长则被自己的一名营长从背后射击，连中两弹而毙命，他找了副棺木将其入殓，灵柩送到了常德，汤的兄弟接过后将其送回故乡安葬。几支川军各自分散了。

"陈统领，因为对你远征西藏的经历的钦羡以及对你治政治军的才能佩服，在下打定了主意，愿从此为您效犬马之劳。"周矮子说。

匡嘎一琼看了看他，觉得穿在这矮墩墩的人身上的军服有点刺眼,他对那次川军过境所给他带来的损失是耿耿于怀的。

"好吧,如果我吃一只虱子,会分你一只脚的。"匡嘎一琼仍然平静说道。

这一年的春天,匡嘎一琼上报给何键的人数是两万余人,实际上,他在湘西的部队已远远超出了此数。他有一种感觉,他的上司们一个比一个阴险和狡诈,说不定有一天就会把他吃了,他不可不留一手。事实上,他的感觉一点都没有错。他在湘西坐大称雄,生性多疑的何键自然深感无形的威胁。他嘴上不说,心里的打算却像棋局一样明了。

何键深藏谋略,他先给匡嘎惹巴写了一封信,言辞暧昧,先是对他的军人气质、个性德操做了一番恰到好处的夸奖,然后说让他做别人手下并没有出头之日的一名团长很是可惜,如果愿意,他将调他到自己统辖的第三十五军,担任第一师的师长,并委其为湘西剿共指挥,率四个团的兵力驻防常德。

匡嘎惹巴将信仔细地阅读三遍之后,又将信递到了匡嘎一琼的手上。

匡嘎一琼看了匡嘎惹巴许久,然后说:"你自己的意思呢?你完全可以决定你的选择。我不会勉为其难。"

匡嘎惹巴有些慌乱地一把抓过信,撕碎了,掷到了脚下。"这是釜底抽薪,他用心险恶,"匡嘎惹巴说,"我只知道一条,鹬蚌相争,渔翁得利。"

匡嘎惹巴行过一个军礼后离开了。匡嘎一琼搓着双手,在清晨阴郁的时光里,揣度着匡嘎惹巴实际上想说的是什么,他甚至还猜测匡嘎惹巴如果不是这样回答他又会怎样。"请不要这样自作聪明,请不要这样暗通款曲。"他自言自语地说。

一个夜晚,匡嘎一琼请来藤老叫,并用纸牌让他预测一下自己的前途。藤老叫一手推开纸牌,拿出了自己的钱纸,三次摊开,又三次合拢,最后得出了结论:"你需要当心。"

"什么意思?是朋友吗?"匡嘎一琼问

"不,钱纸上说得很清楚,当心你的敌人。"藤老叫说。

三天后,红军攻克长沙。何键急调驻防常德的戴嘎斗垣率部反攻。戴嘎斗垣原是匡嘎一琼第一团团长,在假意北伐的袁祖铭被杀后脱离了匡嘎一琼,在唐生智的部队第十师担任师长。唐因与蒋介石反目,南京政府以"通敌叛党"罪名对其进行讨伐,唐被迫下野,东渡日本,其部多数归桂系统辖。戴嘎斗垣接着又为何键所用,驻防常德一带。

因为以前的关系,念及旧情,他与匡嘎一琼签订了一个秘密协定:匡嘎一琼不向东扩张,保证全力支持戴的既得利益;戴驻常德,为匡嘎一琼把守湘西大门。

戴嘎斗垣对何键抱着一种不信任的态度,他在接到反攻红军的命令后,唯恐自己的防地被何键夺去,于是派出自己的胞兄去请匡嘎一琼派部前往常德协助。匡嘎一琼立即答应了他,派出戴嘎季韬的警卫团由沅陵开往常德。临走时，他向戴嘎季韬面授机宜："只控制常、桃一带，不可去与红军硬拼，那是何键的事情。当然，他是不能不命令去打红军的。运用之妙，存乎一心，全靠自己掌握了。"老辣狡诈的何键对此自然心知肚明，他借口南县、华容告急，调戴嘎季韬率部开赴津市待命驰援。匡嘎一琼知道后，又加派陈运率第一团开往澧县，以作戴嘎季韬的后盾，同时命令匡嘎惹巴、周燮卿、田少卿等做好准备，相机策应。

红军在很短的时间内攻克了湘北的石首、藕池，向华容和南县进逼。何键电请援湘的川军一部——督同彭位仁部作战，向红军进攻，并令戴嘎季韬、陈运率部急向南县和华容进剿。因为红军正向澧县北进攻，陈运仍留澧县堵剿，戴嘎季韬则率他的警卫团去了南县和华容。他到达安乡，获悉红军已向津市和澧县进攻，于是又率部转回了津市。

整整一个月，红军与何键各部在南县、华容、安乡地区展开迂回战。彭位仁部遭到重大打击。在红军主动向鄂边的石首、松滋撤走时，他正准备退回长沙和常德原防地休整，谁知红军又折向津、澧。此时，已奉令移驻安乡的戴嘎季韬闻讯后令他的团副急电告知驻防澧县的陈运。陈运正在为他母亲的生日而大宴宾朋，他喝了满肚子的酒。"让你们团长不要胆虚，有我陈运在，怕什么！"他傲气十足地说。

当夜，红军向澧县进攻，将主力猛攻大堰垱、王家厂的守地。激战两小时，守军伤亡很大，狼狈溃退，抢渡涔河逃命。但渡口已被红军封锁，机枪黑压压一排扫射。副团长等一百多官兵溺死河中，葬身鱼腹。官兵伤亡三百多人，被俘一百多人，损失枪支近千支。这时，戴嘎季韬感到这次实在是疏于防范，他亲自找到了陈运。

"请你作战时要特别当心，"戴嘎季韬说，"我怀疑何键有意利用红军来消灭我们的算军。而且何键总部的一参议官是四川人，他也曾告诉过驻防安乡的一位川军军长，说何键有意利用红军消灭川军和湘西部队。"

但陈运根本不去理会，反而质问戴嘎季韬："为什么不可以一战？为什么要在何键面前坍镇算人的台？胆小鬼！"两人意见不合，有了分歧，便在津市召开营以上的官佐会议，最后决定分区布防：津市方面，归戴负责，由副团长彭达武率刘文华、白树庭两营一千八百多人布防白洋堤一带，戴则亲率特务连和刘鼎营为总预备队；澧县方面，归陈负责，由副团长六宗鲁率藤传光、张健两个营千余人占领大堰垱、王家厂一线，掩护津、澧侧背。

来势凶猛的红军一点都没给他们喘息的机会，一面向白洋堤的戴嘎季韬部猛攻，一面又将澧县层层包围。戴手下的副团长被击毙，官兵死亡一百多人。如果不是红军主动撤出澧县，陈运的部队也将不堪设想。

消息传来，匡嘎一琼感到自己严重失策，上了大当。他连续电令戴嘎季韬、陈运、田少卿部撤回湘西，退守慈利、大庸。戴嘎季韬冲破何键的阻难,摆脱红军的追击,绕道牛皮滩渡河,直驱桃源,退回沅陵。但陈运完全不理解匡嘎一琼的用意,竟受何键一个心腹的讹诈,仍留澧县。匡嘎一琼怕他刚愎自用,坏了事情,不得不让田少卿协同他留驻澧县。

那一天,戴嘎季韬去镇筸面见匡嘎一琼。匡嘎一琼大发雷霆,在自己的斗室里绕来绕去,指着戴嘎季韬的鼻子说:"我们的目的本是去援助戴嘎斗垣,控制常、桃,让何键自己去与红军拼去,可是你一点都不理会,反而听从何键的命令,由着他牵着鼻子去与红军硬拼,中人毒计,损失惨遭。你还有没有一个军事将领的头脑?"

戴嘎季韬一句话都不敢回应,他低着头听着,唯唯告退。

过了几天,何键致电匡嘎一琼,说戴嘎季韬擅自撤离,有违军令,应予通缉法办。匡嘎一琼将电令掷于地上。"毒如蛇蝎的东西!"他狠狠骂道。

有很长一段时间,匡嘎一琼都还在为自己错误的决策而后悔不已,同时也责怪着他的下级军官们有违旨意,才使部队遭受如此大的牺牲。他在部队完全回到镇筸后,便将部队又作了些调整。戴嘎季韬的团被改编成独立旅。戴嘎季韬赋闲了很长一段时间,后来被派驻沅陵,挂了一个副旅长职,却没有一点实权。陈运则被调去督修长达一百多里的狗爬岩河道,他整日在钢钎与岩缆的碰撞中不知所措,后因忧郁成疾而死去了。就连很有军事才能的匡嘎惹巴,也被弃用,而是让一个从袁祖铭部投奔而来的李可达做了旅长。

有一天,匡嘎一琼手下的一位军官王尚质从南京中央军校学习回来,帮他分析目前的处境:部队没有一块能过硬的中央金字招牌,所以被别人呼来唤去,日后的困难也将更加明显。他向匡嘎一琼提出了一些建议。他说,守在湘西不过坐井观天,要看看外面的形势,要想与人打斗,必须上下活动,展开政治攻势,而要取胜的唯一法宝便是以人制人。匡嘎一琼问他有什么高明的计谋。王尚质很有把握地说,他在中央军校学习时认识了很多高层领导,他可以利用这些关系从蒋介石那里弄来一个正规的新的番号,这样既可以名正言顺地扩充部队,也可以独立自主,不再受人牵制了。那时候,已在南京担任蒋介石侍从室主任并兼革命党军事办公室主任的贺贵严与何键是老对头,一直以来想取代何键主持湘政。匡嘎一琼在王尚质的建议下走出了第一步,给当时国民政府行政院长谭延闿拍去电报,历数何键在湘的种种恶行。谭直接给蒋介石汇报。蒋也认为何键的确是一大隐患,但为了稳定局势,湖南还是需要他支持,其他人一时取代不了。这时贺贵严便出面推荐匡嘎一琼:"你完全可以重用他,让他来与何键互相制约,并一同置于自己的控制之下。"

蒋采纳了贺的建议,委任匡嘎一琼为国民革命军新编陆军三十四师师长,除了给补充部分武器,每月还给匡嘎一琼三万元的光洋。

匡嘎一琼得到蒋介石的直接委任后,迫不及待地将"国民革命军新编三十四师"的牌子在镇筸公开打了出来,大肆招兵买马,扩编部队。他将三十四师扩充到六个旅、十六个团,又将其他七个县的屯务军大队改编为五个独立营。同时，屯务军改为屯务处，匡嘎一琼兼处长。一时间，他的辖地包括四十个县，实际兵力已扩充到了三万五千人枪。匡嘎一琼第一次体会到凭借外力的好处，他干脆在南京设了一个"三十四师办事处"，派沅陵的李次仙为办事处主任，王尚质为副主任，并继续在南京中央军校学习，其目的就是要在上层人物中积极开展活动，争取反何势力。贺贵严对匡嘎一琼的这一措施非常欣赏，并帮助联络了武汉行营主任等重要上层人物。一段时间，南京出现了一股反何浪潮。何键每到南京，都被搞得十分难堪。他后来知道这是匡嘎一琼搞的鬼，心中非常恼恨，但又奈何不得。他也用巨金拉拢一些上层重要人物来维护自己，但得到的答复却是"何苦同室操戈"。他为此伤透了脑筋。不久，他主动派人到镇筸与匡嘎一琼谈判，答应给六万元的经费，作为上次匡嘎一琼在津、澧剿共中惨重损失的补偿，但有一个条件就是必须撤销三十四师驻南京的办事处。匡嘎一琼思索良久，反复权衡利弊，觉得此时南京政权内部斗争很是激烈，依靠谁都怕一损再损，还是靠自己稳当。他想借此缓和一下局势，便于集中精力从事湘西的建设，壮大自己，巩固地盘，于是答应做一些让步，接受何键的条件。但他去征求下级军官们的意见时，却没有一个人同意。"这是何键狡诈的缓兵之计，"周燮卿说，"我们不可相信他，应不让他喘息的机会。"尽管大多数的人都认为撤销南京办事处无疑是斩断自己与上层的联系，使自己成为无援孤军，但匡嘎一琼却固执地坚持了自己的意见。事隔不久，他才发现撤销

南京办事处实在是自己的一着臭棋,因为何键许下的六万元不但不
兑现,连南京方面给三十四师每月三万元的补助也停发了。他吃了
大亏,却又有如哑巴吃黄连,有苦说不出。但他觉得,坚定不移整军
修武,富民强兵,只有这样才可让自己立于不败之地。

32
真假剿共

匡嘎一琼忘记了所有的不愉快,潜心于对古今兵书、庄老哲学、
印度佛学以及宋明理学的阅读和研究,博采经传,融会众说,写成了
一部官兵必读的教科书。他为这部书取名《军人良心论》。他的书是
为军人而写,却阐明身心修养之道。他很强调良心,并以此来衡量、
检查和统帅一切。他的书分为上、中、下三篇,牵涉到知识、心性、行
为方面的内容共一百八十一问。写完的那一天,他对其中的一些问
答又做了一些推敲:

第三十九问:良心是什么?

答：良心是人的至善之心，即是天地之心。所以良心以"善"为体，以"仁"为用。善要动合中道。能动合中道，是良心。仁要利己利人。能利己利人，是良心。人必具此良心，然后此心才能上合于天心，与天地合其德。

第五十四问：军人的良心要如何才能发现出来？

答：首先要晓得军人同人民的地位。

第五十五问：人民是什么地位？

答：人民是我们军人的主人。

第五十八问：军人拿什么来保护人民？

答：就是良心。

第五十九问：军人的武器是枪，何以说是良心？

答：有良心的人拿枪，才是军人。没有良心的人拿枪，便是土匪。因为军人存心是处处求人民利益，不顾自己牺牲的。土匪存心是求自己利益，不顾别人痛苦的。

第六十问：军人保护人民当具何种精神？

答：军人唯一要义就是"杀身成仁"。

第六十二问：军人何以要舍命去救人？

答：普通人的生活，是凭自己劳力所得的。对于人类，只要能尽互助的责任，就可以了事。军人的生活，是民脂民膏来供的，就要抱定牺牲的精神，不顾生死地去救他。

第一百二十三问：修身从哪里做起？

答：修身有六要：一早起，二谨言，三整齐，四有节，五安业，六守分。

第一百三十问：人的行为就是修身这几件事吗？

答：这几件事都做到，才说到应事接物上去。应事接物有九尚、七忌，都做到才算人生正当的行为。

第一百三十一问：九尚是怎样？

答：一尚公，二尚勇，三尚信，四尚让，五尚勤，六尚简，七尚节，八尚耻，九尚恒。

第一百四十一问：七忌是些什么？

答：一忌骄，二忌忿，三忌嫉，四忌躁，五忌贪，六忌怠，七忌吝。

第一百六十一问：军人要任何忍苦？

答：军人生活处处是苦，如训练上的严格，终日勤务的忙碌。到了作战时，枪林弹雨，出生入死，还要受冷受饿。如果不是抱定能忍苦的决心，还有什么事呢？古人说："撼山易撼岳家军难。"这是称扬岳武穆治军之严，训练之精。所以后人尊他为武圣。因为他的军队"宁可冻死，不拆百姓房屋来烧火，宁可饿死，不掠取百姓粮食来救命"。这种忍苦耐劳、坚忍不拔的精神，真是我们军人的模范。

第一百六十四问：军人还有什么乐呢？

答：能忍苦是军人修身的要义，即军人应有的生活。军人必

须如此,才能尽保民之责。但是,要保民必先不扰民。古人说:
"带兵以不扰民为根本性命之图,不是要买人心之具。"可见,保
民要从不扰民起。能本欣然爱人之仁心,以爱人才算军人真正
的乐。

　　匡嘎一琼不仅整军修武,还建了许多的农业试验场,开设了工
厂和商店,创办了许多学校。他甚至还开办了自己的银行,发行面额
为一角、三角、一元的纸币,并规定湘西各县赋税只收他发行的纸
币,其他纸币和硬币一概不收。他的纸币在湘西风行一时。至此,他
俨然一个湘西王的身份。

　　红军来了。队伍浩浩荡荡,为创建湘鄂川黔革命根据地而向湘
西挺进。领导这支军队的,正是匡嘎一琼当年的部下贺胡子。贺胡子
自参加北伐后,与共产党有了较为密切的联系。最初是因为他的秘
书长有一个亲戚是共产党,这位亲戚有一次来走亲时与贺胡子一见
如故,他帮助贺在部队办了政治讲习所,培训了两千余名基层骨干。
后来贺还让他做了自己的政治部主任,任其在他的第一师营以下各
级官兵中秘密发展党员。为此,贺胡子还遭到了另一右翼势力的暗
算。后来,他干脆随共产党参加了南昌起义,并担任了起义军的总指
挥。起义失败后,他也不气馁,转战东西,为主义和真理而战。

　　得到消息的何键怕得要死,那一日连下了十次的电令,让匡嘎
一琼务必对红军实行碉堡主义,严加封锁,切勿疏虞。

吃够了何键苦头的匡嘎一琼高喊着"堵贺"、"剿共"的口号,开始修筑碉堡和编练民团的系统工程。他的碉堡计划为沅陵筑十五个,泸溪筑四个,辰溪筑四个,古丈筑三个,麻阳筑六个,乾城筑六个,保靖筑八个,永绥筑八个,龙山筑二十三个,永顺筑二十二个,镇箪筑八个。编练民团方面,规定凡二十岁以上、四十岁以下身体健康的男子均编为团丁,参加训练,轮流放哨。县设民团总局,区设民团管带,村镇设民团队长。镇内还分段,镇附近设寨,段、寨设民团分队长。寨与段之间的住户,十家为一牌,牌设伍长、什长。每天,匡嘎一琼都带民团操练。当时的民团总团有十三个,成员十多万人。事实上,他所做的这一切都不过是巩固自己的势力。

贺胡子领导的红军一直在洪湖、慈利、桑植一带活动,对于匡嘎一琼所占据的地盘一直小心谨慎,不敢贸然越池。他给周边的大庸、永顺、龙山、保靖等县大大小小的头目送了近百封信函,委婉游说,示意他们参加革命,至少保持中立,不与红军作对,但并没有得到回应,还遭到了匡嘎一琼手下一个名叫陈策勋的团防头目的激烈反抗。陈策勋系桑植人,原与贺胡子有杀叔父之仇而势不两立,他拉着一支数百人的团防拦住了贺的去路。双方在苦竹坪展开了一场激战。陈策勋装备精良,有备而来。贺胡子被打了一个措手不及,溃散而败。

贺胡子给匡嘎一琼写了一封信,但派谁去送是个问题。他后来打听到曾与匡嘎一琼有很深交情的董嘎禹麓留过学,思想开明,乐于助人，便将他请来，希望帮忙送信。

"匡嘎一琼这人很有头脑，你告诉他，我虽然做了共产党，但过去是他的部属，以后仍是他的相交知己。我们举义后，保证不去进攻他，期望他能理解我的苦衷，至少能保持中立。"贺胡子说。

董嘎禹麓果然不是等闲之辈。"这等大事，我当然要学学苏秦，用这三寸不烂之舌去游说。"他高兴地答应了。

经过数日跋涉，董嘎禹麓在乾城原独立十九师的师部拜会了匡嘎一琼。两人相见，匡嘎一琼果然十分热情。寒暄一阵，董嘎禹麓便把贺胡子的亲笔信递了过去。

匡嘎一琼当着客人的面就撕开了信。他很快看完，然后合上信，说："人各有志。贺胡子走上这条路，自有他的追求，他若不侵犯我的地盘，我当然会和他友好相处。"

"贺胡子也正是此种想法。他的对头是革命党蒋介石，矛头绝不是对着你来的。"董嘎禹麓说。

"国共之间打仗，其实与我何干。我当然会睁一只眼闭一只眼，但我这个师长是蒋介石封的，不做点剿共的样子也不好交差。你回去告诉贺胡子，我不会真打他，顶多派点兵应付应付，请他好自为之。"

"好，有你这句话就足够了。我回去一定转告贺胡子，让他们一定不进攻你的地盘。"

游说的成功让董嘎禹麓沾沾自喜，他在镇箪住了几日，又往永绥、保靖、龙山拜访了当地的团防首领,为贺胡子联络了一些关系后,才又回到桑植。

不久,匡嘎一琼闻讯贺胡子在桑植起义,还拉了不少队伍。蒋介石与何键一面调集军队前往桑植清剿,一面下令匡嘎一琼配合作战。匡嘎一琼只派了余承俊的一个团去应付,主力部队却按兵不动。但陈策勋却利用了这次机会发泄着自己的仇恨。他到桑植与石门交界处请来了正在乡下剿匪的贵州四十三军下面的一个旅,旅长是他的同学,他们带领一伙人马几乎击溃了贺的部队。贺胡子只剩下了数百人在东躲西藏,处境非常艰难。匡嘎一琼此时只好借口以整编部队为由,下令将陈策勋调到了镇筸。陈策勋奉命带来了部队,匡嘎一琼毫不客气地让他参加部队"整训"。直到几个月之后,省清乡督署任命陈策勋担任桑鹤剿匪临时指挥之职,匡嘎一琼不得不又将他放了回去。

匡嘎一琼势力不断壮大,而且何键为此忧心忡忡。所谓尾大不掉,后患无边。他寻思再三,也没有找到解决的办法。

在镇筸城中,下河佬仍然在做着生意,且规模越来越大,目光也越来越远了。他们不仅仅做桐油和五倍子之类的药材交易,鸦片生意也做大起来。有一天,下河佬中的一名商人刘一章,在上海红帮头子黄金荣手下做鸦片生意,他大摇大摆地去了省府。他望了望何键一眼,对他头脑里想的事一目了然,就像他肚子里的蛔虫一样。他说,要想扳倒匡嘎一琼,除了先用软的手腕将其笼络而后伺机一统收拾外,别无他法。

"你是有什么用心,图谋不轨？"何键非常警醒。

"请不要误会,"刘一章说,"我只是一个商人,商人重利而已。"

"我的钱不是那么好赚的。"何键说。

"与赚钱无关。"刘一章说。

"说说你的意思。"

刘一章靠近何键,说自己认识匡嘎一琼属下的一名团长匡嘎云飞,匡嘎云飞在湘西各县专抓种植鸦片,靠种烟收税来解决匡嘎一琼的军队给养,同时他们还设立禁烟局,凡运往常德、长沙、武汉、南京、上海等地的大量烟土,都必须在禁烟局办手续缴纳烟税。考虑到湘西的镇筸、辰州等靠近川、黔,是鸦片烟土输出的重要孔道,而匡嘎一琼又很需要在他的辖区内抽收烟税来作为自己军政费用的重要补充,如能诱他在镇筸或辰州设厂制造吗啡,故意让他获利,使其麻痹,也不失为一着妙棋。

何键听从了刘一章的建议,并派他前往促成此事。刘一章回到镇筸,并通过匡嘎云飞向匡嘎一琼转达了何键的意愿。匡嘎一琼一时也搞不清刘一章与何键的关系,深恐上当受骗,但又感到此事明摆着有利可图,于是便把驻沅陵的独立旅副旅长戴嘎季韬召了回来,共同斟酌此事。戴嘎季韬已被冷落了很久,这次得到匡嘎一琼的看重,很是高兴,就直接发表了自己的意见。他说:"如果这桩事能办成,当然对我们壮大实力不无好处。何键既主动与我们言好,我们也可乘此时机，内修军备，外结盟好，休养生息。"

匡嘎一琼也觉得这个意见不错，就答应了下来，但他对何键始终保持戒备，不愿直接和他打交道，将一切事宜交给了戴嘎季韬和匡嘎云飞去处理。

不久，双方代表在沅陵就设吗啡厂征购烟土、安全运输、销售贩运及利益分成等若干问题签订了协议后，决定在镇筸制运吗啡。吗啡厂正式投入生产的那一天，何键到处张贴禁烟的广告，他的代理人大肆生产吗啡，当时每月能生产每担一千两的鸦片烟土一百余担，一年可生产一千几百担。

匡嘎一琼精明狡诈，但为人严谨。有一段时间，他厌恶了这种有如醉生梦死一般的气味，便将吗啡厂迁到了辰州。为了扩大生产，他们又设立了分厂，每月生产的烟土有两百多担了。

那位很讲实效的商人刘一章自己赚足了，他当然不忘回报，有一次他以半卖半送的方式，将三百支步枪卖给了戴嘎季韬，后来又利用关系从南京军政部买得德式"自来得"手枪三十六支，每支配子弹五百发，半送半卖给了匡嘎一琼。匡嘎一琼也猜不出这其中的用意，但他想枪杆子就是命根子，他拿这些武器装备了一个特务营。

何键最终并没有达到他预期的目的，匡嘎一琼羽翼越来越丰满。何键觉得自己是受到了别人天大的愚弄，于是他不再相信那个商人，而是自己在房间里踱来踱去，探求如何把匡嘎一琼打倒的方法。他得出的结论是必须采取武力将其解决。于是他下令关闭吗啡厂,公开要包围湘西,剪除匡嘎一琼这个心腹之患。

匡嘎一琼的一个善于投机的上校副官处长来到长沙,想暗中投靠何键。他向何键献策说,匡嘎一琼不怕前门进虎,就怕后门进狼,若能以重兵从贵州抄其后门,则一举将他击溃。何键重赏了这位副官处长,然后给刚刚当上贵州省主席的王家烈写去了一封长信,说需要他协助解决匡嘎一琼,统一湖南。此时的王家烈正为着内部权力的激烈争夺而苦恼。何键派人送去了刚从衡阳兵工厂制造出来的六挺机关枪和一批步枪加十万发子弹。他真有了自己接过烫山芋的感觉。

匡嘎一琼早知道有一天何键会对自己下手,但怎样下手,他不得而知。他虽然有所准备,但心里总觉没底。于是他干脆有点先知先觉地将他的部队做了部署。他让龚仁杰、周燮卿率部驻防湘西北,应付"剿共",使何键无懈可击;派戴嘎季韬、匡嘎惹巴驻防湘西南,加强戒备,准备策应;再让军法处长陈景尧即赴与自己唇齿相依的黔东铜仁疏通关系,外结联盟。

有一天,匡嘎一琼突然接到驻防黔东铜仁的教导师师长车鸣翼的求援急电。鉴于当时作战形势的严峻,匡嘎一琼问都没问就派两个团组成了援黔纵队,由李可达、张耀卿为正副指挥,开赴铜仁与车鸣翼会师。李可达的团跟随车鸣翼从铜仁、玉屏、镇远、庐山、都匀等地一直打到了贵阳。在贵阳的一次会议上,李可达听到了十八路军总指挥毛光翔宣读王家烈数条大逆不道的罪状,并陈述要讨伐的理由。毛光翔曾被蒋介石任命为贵州省主席兼二十五路军长，后又遭唾弃。毛光翔任命车鸣翼为讨逆军西路军总指挥，李可达为左翼指挥，魏建铭为右翼指挥。第二天，他们的五千人马由庐山出发，继续向都匀八寨行进，另一路的主力则从贵阳进军黔南，配合车、李对敌进行夹击。双方在龙里县城外的观景山接上了火。战斗打了一天一夜，最后因右翼指挥魏建铭的反戈倒水，讨逆军全线溃败，伤亡惨重。李可达率余部突围，由右翼的一条羊肠小道夜渡洗马河，经龙州、牛场撤至旧县，再绕道至庐山，与车鸣翼带领的残部在铜仁会合。这一年的春节之前，李可达部又回到了镇筸。

此次帮忙讨伐王家烈的受挫，让匡嘎一琼有了一种山雨欲来的感觉。果然，春节一过，何键屡次电促王家烈履行前约，夹击湘西，解决匡嘎一琼。他们在贵阳召开军事会议，研究对黔东用兵和进攻湘西的问题，决定先以重兵攻打车鸣翼，待匡嘎一琼出兵援助时，再乘势向湘西进军，给予致命一击。

车鸣翼侦悉何、王密谋的诡计后，再次派人到镇筸向匡嘎一琼求援。匡嘎一琼大惊，觉得这次非同小可，决定二次出兵黔东。李可达说："我若出兵黔东，何键倘以重兵从东进攻，将之如何？"匡嘎一琼说："何王联军，东西夹击，这点我早有料及，但据目前形势来看，绝无可能。现在红军在湘边四周'骚扰'，国军屡战不利，蒋介石寝食难安。何键必以主力进攻红军，无法集中兵力向我进攻，此其一也。王家烈甫主黔政，内部分崩离析，人心未定，若以少数兵力进攻铜仁,则难取胜,若以主力远征,则后方空虚,诸事维艰,不敢恋战,久战必败,此其二也。我军去年虽然受挫,但胜败乃兵家之常事,何况失败的主要原因是有人火线叛变。经过休整,我军元气既复,锐气方胜,装备精良,三军用命,天时、地利、人和,为我所有,此其三也。有此三端,必稳操胜券。"

事情果然如匡嘎一琼所料。王家烈派来了他的少将师长廖怀中、中将参军王天锡,指挥着黄沅生和张之勋两个团向铜仁进发。他们一到铜仁的地盘,便遭到匡嘎一琼所派去的李可达部兵分三路的围攻。双方短兵相接,展开肉搏战。廖部伤亡惨重,士气顿减,退至一个地方宿营,又遭匡嘎一琼另一副总指挥谭文烈半夜兵分六路的包抄。廖部且战且退,溃不成军,他手下的两位部属回到贵阳见王家烈,面陈战况,被王当场枪决。廖怀中曾追随王家烈东征西讨,累有战功,不料王却杀鸡给猴看,想想自己的下场,干脆带着黄沅生团投向了匡嘎一琼。匡嘎一琼喜不自禁,亲自迎接,与廖执手寒暄,设宴犒劳。参军王天锡孤掌难鸣,电请王家烈派兵增援。无奈,王家烈也是捉襟见肘,不得已命王天锡停止进攻,速回贵阳。

这次的失败令王家烈心有不甘,不久,他又派出师长柏章辉率蒋得明的第四团、李维亚的第五团、万式炯的第五团,东伐铜仁,直捣湘西。何键也与他密约,暗派部队从芷江配合行动。

但何键的承诺到头来不过是纸上谈兵,徒具形式。他自己正为湘赣边区的防守而头昏脑涨,进退维谷。他在接到王家烈发来的一份求援急电后就说了一句:"我为此感到遗憾。"

柏章辉孤军远征,连部队的给养都很困难,他只希望速战速决,结果他的团长万式炯侦悉情况后告诉他,如果不迅速撤退,全军覆灭的命运在所难免。这位万团长带着自己的四团和八团连夜撤走了。不信邪的柏章辉果然遭到了李可达他们毫不留情的打击,他在激战一天后就开始担心自己是否会重蹈廖怀中的覆辙了。他向王家烈请求支援。这时,蒋介石派人来黔逼王家烈改组省政府,处境十分困难,他对黔东用兵,一是感到鞭长莫及,二是再无心恋战了。为保存自己的实力,他一改过去的想法,决定要与匡嘎一琼罢兵言和,重修睦邻友好。而他所开出的条件是答应给匡嘎一琼赔偿战争损失二十万,匡嘎一琼则将驻在铜仁一带的部队调回原防,车鸣翼则让出铜仁。

王家烈派柏章辉来镇筸拜会匡嘎一琼,除带来二十万元的赔款外,还带来了大坛的茅台美酒。有一个黔军军官还偷偷给他送了一部电台。匡嘎一琼乐意接受此条件,于是派李可达做代表,将他们请到了自己的公馆,盛筵款待。他破例喝了些茅台酒,端着酒杯,他对来使说:"让我们把以前的事永远忘了吧。对于那些事,就像是槽里无食猪拱猪。"

这次的混战从开始到结束,匡嘎一琼除得到赔款外,还得到黔军包括廖怀中师长在内的共五个师的残部近五千人。这场战争他在政治与军事上是胜利的,但在经济上可以说是惨败,因为战争波及湘西、黔东的十多个县,作为战争后方的镇筸、乾城、麻阳等地,几乎被搞得民穷财尽。他给黔军支付的军粮就达四百多万担,支付的菜金和军费达六十余万元。曾被他得意称为湘西金融之要政的农业银行最后也不得不宣告倒闭。

33
花落去

　　贺胡子领导的红三军先后攻占了鹤峰、桑植。他的仗也打得很艰苦,但他仍信守承诺,不越雷池,这反而令匡嘎一琼感动。"他是一个真正的君子。"匡嘎一琼对人说。有一天,他派出师部的副官陈良佐持亲笔信去向贺胡子致意,并表示愿意出让一些地盘给他。陈良佐辗转于湘西北的一些山林,结果在鹤峰找着了贺的二路军指挥覃甫臣。覃甫臣觉得这是一个有利自己休整和发展的好机会,一面秘密派人前往镇筸与匡嘎一琼会晤,一面找到了在桑植的贺胡子,说明可以采纳的建议。贺胡子认为匡嘎一琼是可以信赖的,覃甫臣也是可以信任的,但红军内部一位极力推行左倾路线的领导人却下了武断的结论:"我们决不和军阀合作,他们是在玩弄手法。"第二天,这位领导人就下了一道命令,让部队向驻永顺桃子溪一带的匡嘎一琼所部周燮卿旅发动了进攻。

事与愿违,红军不仅没占到便宜,反被那位矮墩墩的周燮卿据险阻击。周燮卿一向骄横跋扈,贪功好胜,他等不及向上面请示就自作主张地派出了他的几千人马。激战一天,红军被打得落花流水。周矮子还让人去邀功汇报,结果匡嘎一琼大发脾气:"周矮子愚蠢无匹,骄傲得像个卵!"他第一次骂了粗话,并扣发了周的一批子弹。此事令那位左倾领导人恼羞成怒,他对贺胡子和覃甫臣持宗教主义观点,认为他们和匡嘎一琼是一丘之貉,后来竟以"改组派"的罪名,杀害了贺部的几位将领。覃甫臣也被逼得东奔西走,无栖身之地。贺胡子很担心他的安全,便利用他与匡嘎一琼的旧关系,将他作为红军的联络员,秘密派到了镇筸。匡嘎一琼将覃安置在城外虹桥一户姓蒋的人家住下,并命住在桥头的黑旗大队长田宝生担任警卫,负责他的安全。

覃甫臣危难之中仍不忘使命,他多次策动匡嘎一琼起义投靠红军。匡嘎一琼有时候为他的啰唆而起火:"请当心你的嘴。"但有一次当贺胡子说想弄点东西时,他毫不迟疑地给送去了一些军火和光洋。

想要人不知,除非己莫为。匡嘎一琼的秘密行径很快为一些奸人有所获悉,他的那位已投靠何键的副官处长和陈策勋等人都纷纷给省里写去了控告信,说他通共资共与共勾结。何键觉得他这次逮着了机会,于是派了一个参谋到镇筸侦查覃甫臣的行踪,并电令匡嘎一琼将覃扣押交省。匡嘎一琼顶着舆论压力,矢口否认:"捉贼捉赃,捉奸拿双,他们血口喷人。"他一副理直气壮的样子,拒不执行。覃甫臣并不想嫁祸于匡嘎一琼,他自动赴省面见了何键,以致让一切事情看起来的确是无中生有。这事后来也在何键的无可奈何之中不了了之。

但这事给匡嘎一琼敲了一个警钟,那就是再不能给人以口实。过了一些时日,当何键再次电令他堵剿已向湘西进发并占领了永顺县城的红军时,他便派出了总计有十个团一万多人的部队。龚仁杰为指挥官,周燮卿为副指挥官,二人还同时兼任了第一路和第二路纵队司令,杨其昌任第三路纵队司令,皮德沛为第四路纵队司令。各路剿共部队在开拔之前,匡嘎一琼亲自给他们训话。

"我们一定要把红军赶出去,只因红军进攻我们的地盘,我们不打,人家会说,红军打进了你的屋,你都不打,这是什么意思?追究起来,我们是癞子脑壳脱不了壳。不过,你们要理解我的内衷,要精诚团结,互相照应,要懂得用兵之道。用兵之道,善于舍坚而攻瑕,避锋而挫弊,不可轻挫其锋,亦不可轻用军锋,要引而不发,以养军锋,竭其锐气,彼竭我盈……总之,你们这次既要做个样子造个声势,迫其他去,又要做个保本生意。"

周燮卿听完第一句时就觉得自己领会了上司讲话精神,心想:

"什么红军,泥巴军、豆腐军,老子包打胜仗,即使你再扣发我的子弹。"

部队于午后开拔,四路纵队各分东西挥师前进。但就在周燮卿扬鞭纵马长驱直入永顺县城时,却发现那不过是无一兵一足的一座空城。

贺胡子因为照顾匡嘎一琼的面子而有意避开了他的中心辖区,他还在城西焚毁了一座花桥,显出望风而逃溃败的样子。但这使骄傲自满的周燮卿似乎找到了一清到底的机会,他向匡嘎一琼发了一份红军畏而弃城远遁的电报,带着部队乘胜追击去了。下午,他又让人给匡嘎一琼发了一封,说在梨子坪与红匪接触,一击即溃,贺胡子各部已逃往十万坪。"我们不日可望活捉贺胡子!"

接到电报的匡嘎一琼在一瞬间颜脸失色,他知道此次失败的命运已在所难免了。"轻诺寡信,无知寡谋!"他一整晚地躺倒在太师椅上,毫无办法地等待前线失败的消息。他知道,十万坪是一条长达五六十里的峡谷,中有一条大河,两侧高山耸立,密林荒芜,天生一个理想的伏击圈,而兵不厌诈,红军必定是诱他们深入,再伏而歼之。果然,第二天一早,从前线传来消息,镇筸军中了埋伏,损失惨重。周燮卿等人所幸突围逃生,各自清点人数,一千多人被红军击毙,两千多官兵被俘,损失长短枪支两千两百余支,轻机枪十挺,子弹、马匹及其他物资不计其数。

十万坪的惨败令匡嘎一琼痛心而难堪,他大骂周燮卿不识时务,成事不足败事有余,并思考着如何挽回这一残局。

但接下来得到的消息是,红军并不像他预期的那样直下永绥,再攻乾城,进取镇筸,而是转到沅陵去了。他们在永顺的薄西坪与匡嘎惹巴的旅发生不疼不痒的一些战斗,在大庸、慈利迂回了些时日,抵达了离沅陵五十华里的马尿水。

匡嘎一琼重重地呼出一口气,心想贺胡子又一次照顾了他的面子。很快他又接到何键的电令,要他务必坚守沅陵,堵剿截击那里的红军。匡嘎一琼觉得自己再也不能和红军硬拼死打了,否则他将血本无归。他给驻防沅陵的独立旅旅长戴嘎季韬发去了一份密电。“我们必须保存实力,必要时,你可相机放弃沅陵,向北河撤退。”他在密电中说。

这一消息却很快透露了出去,这引起了当地官绅的极度恐慌,因为担心红军进城后会危及他们的生命财产。有一个老乡绅依仗自己的护法元老的身份给匡嘎一琼打去了电话,要求他的部队死守沅陵。在遭到匡嘎一琼婉言拒绝后,老乡绅在电话里咆哮如雷:“畏惧红匪如虎,任防地与人践踏,有失军人天职,置良心于何地!”老乡绅又联合了当地其他一些巨绅将此事报告给了何键。何键以民情愤极为由,再次电令匡嘎一琼誓与沅陵共存亡。匡嘎一琼迫不得已,命令戴嘎季韬固守沅陵,并调去了周燮卿的残部和王尚质团参加防守。

接到命令的戴嘎季韬开始了积极的备战,他认为最为理想的办法还是守城,于是加派军工和民工,日夜抢修城防工事。他在东城和西城沿城墙脚拆毁了一千余栋民房，在这些废墟上构筑起据点，巧妙地编成上中下几层火力网，布置防御云梯和爆破攻击的坑道，并将沿河停泊的船只集中起来，在中南门至对河驿码头搭成一座浮桥。何键最怕红军占领沅陵，直捣湘中，除了接二连三地电令匡嘎一琼固守城池外，还委令了一名国防督察员到沅陵督察防守。匡嘎一琼只得又调来了周矮子的残部和王尚质团参加防守。

十二月六日，红军抵达离沅陵五十多里的马尿水，并很快击溃了马家铺的警戒部队，向周矮子所在的后山发起进攻。城内的地主、商人甚为恐慌，纷纷抢渡浮桥逃往南岸。戴嘎季韬见势不妙，派人拆断浮桥，表示要与城共存亡。凌晨，红军分三路发起异常猛烈的攻城战斗，炮火枪弹揭了房上的瓦屋。匡嘎一琼知道他们遭到围困，又调来匡嘎惹巴的第三旅火速增援。红军为保存实力，以一部佯攻做掩护，主力则绕过沅陵，东下常桃去了。不久，他们以大庸、永顺等为中心建立了湘鄂川黔革命根据地，开展游击战争。

匡嘎一琼在连续的"剿共"中遭遇惨败，实力几乎消耗殆尽，这使他感到十分懊悔。他越想越觉得不对劲，总觉得自己很快要被人消灭了。果然，上级把"剿共"受挫、丧师失地的责任，完全归咎到了他的头上。上级对他发布了八项命令，归根结底就是让他正规军新编三十四师强行改编。

匡嘎一琼名义上还是师长，实际上三十四师的事，已由匡嘎惹巴代理，他却被指令担任屯务处长一职，在乾城办理屯务，不能再过问部队的事情了。

匡嘎一琼在接受改编后感到无可奈何花落去，虽然情绪纷乱，却没有露出任何怨恨的神色。当匡嘎惹巴一身戎装毕恭毕敬来到他的府上时，他的内心平静了下来。

"这不是我自己的意思，师长，"匡嘎惹巴对他说，"真是挟天子而令诸侯。"

匡嘎一琼用那双镇定自若的眼睛盯着对方，把一杯茶递到了匡嘎惹巴的手上。"古人有言，力尽之民，仁者不用也；功大而息民，用兵之道也。当前民怠财竭，绝不能再把镇箐子弟，当成与人拼搏的炮灰。"他说。

"是，师长，除非我先当炮灰。"匡嘎惹巴说。

其实，不管是匡嘎惹巴还是其他人都无法决定当不当炮灰。军人以服从为天职，军令有所不受。这一年，日本虎视眈眈地要对中国发动一场战争。他们的入侵有如风卷残云。

三十四师先是被整编，匡嘎惹巴被正式任命为师长。此时国民党中央政府对全国军队又进行了一次大整编，三十四师被调赴浙江集训。几个月时间，他们辗转江西、安徽、浙江三省，行程数千里。

八月份，在萧山整编后，匡嘎惹巴的镇箐军番号定为了陆军一二八师，隶属第十集团军。原第一旅改编成三八二旅，旅长谭文烈；所属第一团编为七六三团，团长舒安卿；第二团编为七六四团，团长沈嘎岳荃；原第二旅改编为三八四旅，旅长刘文华；所属第三团编为七六七团,团长陈范,第四团编为七六八团,团长刘嘎耀卿。团以下仍保留每团三个营、每营三个连的建制。至于原直属师部的炮兵营编归各团的炮兵排;工兵营编为工兵营、特务连等。白神兵的神兵队曾一度被漏编,他为着自己多年的训练而到头来却无用武之地感到伤心,于是跟别人吵了一架,之后编入沈嘎岳荃的一个营里。至于由匡嘎一琼一手训练的特种黑旗大队在撤销后,匡嘎惹巴又偷偷地保留下来,编入刘嘎耀卿团的一个营。七千余人的算军官兵,分驻在定海、象山一带海防前线,准备抗击日本侵略军。

在上级下达作战任务之前,一二八师每天所做的是强化军事训练,从战斗意志和战术教练入手,以此来弥补自身武器装备不足的缺陷,再就是替当地修一条由火车站至周边的一条公路。公路修成的那一天,鼓乐齐鸣,当地老百姓给他们送来了一副对联,颂扬他们的功德伟绩。当地政府将匡嘎惹巴和一位副师长的姓氏各取一字,合二为一作了这条路的名字,并举行了落成庆典。最令匡嘎惹巴激动的并不是这件事本身,而是有人带来了照相机,他从此有了一生中最为得意的也是唯一的一张照片。在此之前,他从来不知道自己是如此的英姿勃发,风度翩翩。

九月份,匡嘎惹巴接到上级命令,让他们部队赶到宁波集结。等他们马不停蹄、日夜不停地赶到宁波,才知道真正的目的地是嘉善。一段时间以来充满紧张的平静,突然被这道命令打破了。

"这次要动真的了。"匡嘎惹巴说。

他们坐一辆灰扑扑的老式军用专列货车，在黄昏之前到达嘉善。街上人烟稀少，那些军队和老百姓都不知道到哪里去了。匡嘎惹巴驱车赶到火车站门口，一个魁伟、强壮的黑脸军官出来迎接他。军官穿着一件没戴肩章的、肥长的衬衣，系一条黑色皮带，绛色的裤子掖在高筒的靴子里，嘴上叼着烟斗，一双死鱼样的眼睛看起人来要跳出眼眶，神色忧郁。他抽着烟，望着走过来的匡嘎惹巴。

"您是这里的长官？"

魁伟身形的军官从嘴里吐出一团烟雾，用有点嘶哑的声音说道："不，我是这里的县长。请问您尊姓大名，有何见教？"

"我是匡嘎惹巴，一二八师师长。"

那位县长一下丢掉了烟嘴，向匡嘎惹巴行了个军礼："师长辛苦，敝人在此恭候多时了。"

县长向匡嘎惹巴报告这里的情况。就在几天前，日本侵略者派遣司令官松井石根率五万余众及八十余艘兵舰从上海和浙江交界的金山卫、全公亭等地登陆，企图在结束上海战事后，挥戈西进杭州，形成对南京的战略包围，然后向浙江、福建、江西、湖南等江南开进。国民党军队集中兵力保卫上海，杭州湾防守薄弱。日军以飞机、大炮为先导，狂轰滥炸，骑兵步兵紧随。他们大肆烧杀淫掳，一时间狼烟四起。日军一混成旅在重炮和骑兵的配合下，由金山卫直扑枫泾镇，在东南约一公里的北旺泾遭到一〇五师警戒连的顽强抵抗。但因该连无一援助，且三面受敌，孤军作战，最后弹药耗尽，全部壮烈殉国。接着,日军又像注入了兴奋剂一般向驻守枫泾镇的一〇九师四十一团展开猛烈进攻。阵地被突破,团长负伤,继而接替团长的团副阵亡。坚持到拂晓,大部分官兵壮烈牺牲。一〇九师师长亲率六五四团到达嘉善,由该团黎团长督队去枫泾镇增援。黎团跑步前进刚抵枫泾镇北端,就遭日军优势炮火的猛烈阻击,无法接应四十一团。苦撑待援的四十一团几乎伤亡殆尽。日军侦知四十一团对他们毫无威胁后,便又集中兵力对六五四团猛烈强攻,并以四百余骑兵从左右背侧迂回,企图将六五四团一口吞掉。为保实力,六五四团不得不撤出战斗,枫泾镇为敌所陷。

"枫泾镇为嘉善屏障,不保,则嘉善难守,杭、沪、宁三角地带的整个防御系统亦随之动摇,事关整个战局成败。你们的任务,就是要夺回枫泾镇,并完成守护嘉善阻击日军四天的任务,以保证上海友军顺利撤退,保证南京守军有充分时间完成兵力部署。"县长说着,从裤兜里摸出一串钥匙。他并没有把钥匙递给匡嘎惹巴,随手递给了旁边的沈嘎岳荃团长。"这是地堡的钥匙。"他说,在急匆匆地离开时又突然回过头来,"记住,只是守四天。"

匡嘎惹巴望了望他,他的身躯是那么大,走路却像鸟一样迈着轻捷的步子,高筒靴子的底踏得咯吱咯吱响,像鸟在叫。

当天,他们在县城东郊的南星桥火车站两侧找到了一百余座钢筋水泥地堡。这地堡如砖砌坟墓一样,仅一人多高,却固如磐石,据说还是请德国专家所修,不仅坚不可摧,地堡之内有互为援应的交通沟,之间的火力可交叉,形成强大的火网。

在嘉善饱食一顿晚餐后,三八二旅趁黑赶到枫泾镇。半夜,星光稀疏,狗吠声隐约,在这次静悄悄的行动中,三八二旅七六三团打了前锋,他们的一营三连摸黑包围了一座院落,用从家乡带来的仿汉阳枪及九九凤造枪上磨快的尖刀武装起来,突然攻占了敌营,夺取了武器,把那些还在梦呓的日军少佐和兵士枪毙了。这种战术长期以来一直是箅军的拿手戏,需要胆量大,手脚快,也是一种弥补武器落后的策略。

就在战斗打响的这天夜里,日军同时遭到其他两个营前后左右的夹击。团长舒安卿亲自督战,与敌混战厮杀。敌人感到措手不及,在优势的辎重机枪和炮火还来不及发挥效力之前,不敢恋战,仓皇地向东南方向逃走了。天亮时,枫泾镇又插上了青天白日旗。在一片颂扬声中,士兵们开始打扫战场,他们从一倒塌的废墙边拉出了老兵尚存友的尸体。他的脑袋中了弹,脑浆溢出,但双手还紧紧握着那杆仿凤阳造步枪,刺刀穿入一个日军的左腹。战士费了很大的劲,就是不能将他握枪的手松开,另一名战士喊来了姓刘的连长。刘连长说,把他的裤子脱了。大家面面相觑,以为连长在说癫话。结果连长亲自动手,把他的裤子给扒了下。大家看到,死者裤裆里的那东西让一根带子从根部扎住了。

"昨天夜里,他发大烟瘾,死去活来的,本来不让他去打仗了,他不肯,硬让我帮他那东西扎了,说是能控制烟瘾。"刘连长说着,将那根带子解了下来。一瞬间,那握枪的手果然松开了。

"这简直是胡来,尚存友。"赶来的旅长流着眼泪说。他弯下身子揩净了死者头上的污物,把掉在一旁的军帽给戴上,令士兵在路边挖了一个土坑将其埋了。

战斗其实刚刚开了个头。早饭的时候,就见三架敌机飞到枫泾镇上空来回转悠,有些弟兄架起机枪就要打,但旅长说这是侦察机,根本没有必要。大家沉住气,心想敌人要反攻了。战士们砍掉镇子旁的树木,拦住通往枫泾镇的公路口,将毁坏的房屋梁柱和门板抬来构筑工事,做着必要的战斗准备。果然,侦察机回去没多久,从东南方向传来嗡嗡的轰鸣声,敌人的飞机有如一群讨厌的乌鸦,低低的、黑压压地朝枫泾镇的上空扑来。它们把炸弹扔到树尖和房屋顶上,化成血肉横飞的黄尘和烧焦的浓烟。三八二旅几近迷失在烟尘中,他们方明白自己仿汉阳枪的力量对抗日军无异于以卵击石。

枫泾镇危在旦夕,自己的部队有可能被敌人通吃,匡嘎惹巴在得到函报后,下定决心放弃枫泾镇,一来保全实力,二来嘉善的防务才是整个战局的重中之重,是决定他们能否完成任务的关键。匡嘎惹巴命令旅长谭文烈留下一个连在枫泾镇坚守,其余全部返回嘉善布防。留守枫泾镇的那个连,在刘连长的带领下,以一当百,半天时间打退了敌人的五六次冲锋。

34
钥匙

　　七六四团团长沈嘎岳荃带着从嘉善县长手里取来那串金色钥匙，穿梭于一片密密麻麻的地堡群中，按牌号次第打开了那些紧锁的铁门。在部队进入工事后，发现工事之间用于连通的交通沟窄而浅，出入时容易暴露目标，于是命令部分兄弟警戒敌人，一面又令其余的弟兄赶修交通沟工事。下午三点，日军的一个飞机大队向嘉善飞来，在前沿阵地和县城投下了数百枚炸弹，六百多间房屋被炸毁，平坦的田野瞬间千疮百孔。随后而来的，便是敌人整齐的步兵，他们在飞机大炮的掩护下，向阵地发起了集团进攻。

　　布阵于七六四团前方的东北军一〇九师葛团纷纷向后方溃退了，他们的团长默声不语，在路过沈嘎岳荃团长的身边时也只点了一下头。

　　一〇九师六五四团刚刚退出沈团防线，追击之敌就气势汹汹地席卷而来了。他们约有八百余人排成方队，沿公路和铁路两旁行进。在离沈嘎岳荃团约二三十米远的一个营地，几近遭到了灭顶之灾。据守这里的正好是白神兵的那个神兵队，他们像鬼一样满脸涂血地从地下冒出来，从天上掉下来。"打不死！打不死！"他们咦咦哇哇横刀就砍，人头落地、身首分离就像风吹蒲公英那样简单。日军被这种架势吓蒙了,哇哇啦啦地乱叫起来,但他们的大刀在神兵队的身上并没有发挥效应。

"八嘎——"一个日军联队长在丢掉了一只眼睛后疯狂地嚎叫起来。

"妈个巴子——"白神兵以着同样的口吻回应他们。

午后四点左右,日军又派出了他们的有制空优势的飞机,对白神兵的阵地进行了狂轰滥炸,一小时内有三百余枚炸弹在不到一华里的土地上开花,土地被翻犁一次。白神兵和他的士兵被埋于地下。"先天大神,至善至灵,呼风化火,唤雨行云,丑丁助我,六甲护身,五雷五虎,紫薇降临。天兵天将,千呼千应,万叫万应,不叫自应,阴兵神将,大显威灵,大刀向前指,万物化灰尘……"白神兵气息奄奄,已经没有了指天化地的气力。

有士兵把这一情况告诉了沈嘎岳荃。"完了,白神兵这次神不起来了,但愿菩萨保佑,他不是在地底下长蛆而是再发一次芽。"那个士兵流着眼泪说。

但不久,沈嘎岳荃在擦拭他的枪时,耳边清晰地听到了"打不死,打不死!"的声音。"是白神兵!"他突然跳了起来,奔到战士们跟前,急于把这消息告诉大家。"我不知道这是怎样的奇迹,但他确实还活着,我们很快会找到他的。"他把这个感觉完全当成了事实,还派出了七六三团吴嘎光烈营向白神兵的阵地靠近。吴嘎光烈率队进入阵地时,果然看到白神兵的弟兄们在和日军扭成一团。他当机命令大家上好刺刀。他们凭着旺盛精力和英勇善战的气势,迫使敌人一次又一次罢战收兵,向后溃退。在尸横遍野中,吴嘎光烈清点了一下人马,白神兵的队伍仅剩二十余人,连长白云胜、藤传道和全营所有排长全部阵亡。他来不及悲伤,吩咐把那些残腿断臂的士兵抬出阵地抢救治疗。这时沈团长也带来了一排人赶来救护,他从一摊污泥中拉出的一个人,证实了他的预感。

白神兵还活着,但却成了一个血人,叫花子一样衣服被弄得得条不成条,片不成片,赤着双脚,虽然不省人事,一只手还不在意地握着那把大刀。

沈团长弯下腰,用手试探他的鼻息,发现他还在呼吸,忙喊来卫生员包扎伤口。在翻动中白神兵醒了过来,他喉咙里发出轻微的嗳嚅声:"打不死,打不死!"

"算了吧,你已经死过一次了。"沈团长说着,脱下自己身上的一件干净衣服盖到了白神兵的身上。

由于七六四团的顽强抵抗,日军一直不能打开西进的通道,他们当然不晓得这支黔军的历史和信念,不愿意把失利的原因归咎于钢铁铸成一样的黔军意志,而是归咎于坚固的钢筋水泥地堡。他们在经过几小时的商量论证后,决定避实就虚,攻其不备。他们为此列出了计划:首先拿下不远处的一座南星桥,然后包抄铁道、公路和国防工事后侧;留出一部兵力对两条大道阵地进行佯攻,造成假象。他们对这一计划的成功,深信不疑。

第二天清晨五点钟,日军的一个少将放出一匹东洋大马,亲自率一千多人马向南星桥直奔而来。他似乎决心要在此地与中国军队决一雌雄。南星桥是一座横跨在河流之上的石砌圆拱桥,长二十多米,是除铁路和公路以外连接南星港的重要通道,桥头偏西和偏北各有地堡一座,当初是设计人员为护卫石桥而设置的。驻扎这里的是三八二旅的一个营,他们仅有一挺轻机枪和数支步枪。桥上尚不能构筑简易工事掩体。在飞机轮番轰炸后,日军在机枪的掩护下,蜂拥而上了。尽管谭旅长非常果断地调来兵力增援,但也渐渐不支。他给匡嘎惹巴打了电话。

　　"我恐怕难以支撑两小时了。"他报告说。

　　"屁话,如果支撑不到两小时,丢失阵地,提你的脑袋来见我!"匡嘎惹巴吼道。他下意识地看了一下怀表,那时离完成守护嘉善的任务正好还差两小时。

　　事实上,到了第七天,匡嘎惹巴也没有接到撤离的通知。战斗进入到白热化的程度,战士们也报定了一颗死了卵朝天的决心,匡嘎惹巴亲自上了战场。他无法知道以后的结局,但一想起离开家乡镇算时原师长匡嘎一琼那句话——"不要拿镇算的子弟当炮灰",心里不由得火烧火燎似的难受。那时,匡嘎惹巴甚至带去了匡嘎一琼最器重的黑旗大队。被称为"黑杀队"的士兵打着黑旗,一律着了黑便服、黑头帕、黑腰带、黑绑腿,连看人的眼神都是黑的。平时所练就的跨越深沟、过独木桥、攀岩飞越及过硬的武功本领在这里依然发挥了作用。有一个姓侯名汉清的战士居然飞身而上,摞倒了那个少将的东洋大马。跌倒的少将脸无血色,在咆哮与怒骂中让人搀扶着。"真是丢脸,"少将怨气不消地说,"中国的《孙子兵法》上说,知己知彼,百战不殆。但自嘉善战斗打响,我们对中方在此投入多少兵力,如何部署,部队番号,指挥官是谁,属哪派哪系都知之不详,难怪行动艰难,处处碰壁!"

少将派出了敌工情报人员,并让他们务必在很短的时间内搞清底细。很快,那些被派出的人回来了。

"那是一群来自支那南部湘西镇筸的土匪,"敌工人员说,"他们最喜欢的是打家劫舍,最擅长打架斗殴。"

日本少将咬了咬牙,有种恨铁不成钢的感觉。消息传到黑旗队那儿,团长刘嘎耀卿笑得饭都喷到了地上。"老子就是土匪,日你奶奶的!"他说。

南星桥战役后,匡嘎惹巴的一二八师又击退了日军往左翼西塘和南北方向的无数次进攻。敌人恼羞成怒,派出了强大兵力进攻了城北一二八师的师部。敌强我弱的状况下,七六三团、七六四团的士兵损失过半,七六八团也有一定损失。包括沈团长在内的三位团长受伤,团副两人死亡。受伤及死亡的营、连、排长则是更多了。士兵的尸体就像地堡沟壕边一堆一堆的子弹壳,收尸的人将他们集合起来,堆得和南星桥一样高……

在经过六天六夜的苦战后,十五日上午,匡嘎惹巴终于接到了上级下达的撤退命令。

当匡嘎惹巴把这一消息告诉给战士们时,大家有了从未有过的轻松。他们开始捡拾行装。匡嘎惹巴走了过来。他把自己的军用背包往旁边一扔,抖动了披风,严肃地说:"从现在起,我希望我们的算军弟兄,不要再丢失一兵一卒了!"

事情就是这样,越是担心的事情就越有可能发生。撤退一直是悄悄地有组织、有秩序地进行着,先是伤病员先行,各旅、团、营、连等按规定顺序善后,以保证安全到达预定地点。当行进到六十七号铁桥时,却遭到了敌人的突然袭击。

当地一个做绸布生意的商人,先是为日本疯狂入侵和灭绝人性的屠杀吓破了胆,之后又觉得做日本人的生意要比绸布生意划算得多,便开始认贼作父,成了汉奸。绸布商装成逃难者,从一个通信兵那儿获取了一二八师的动向,然后以数个铜板的价卖给了那位日本少将。

"六十七号铁桥是他们的必经之路,"绸布商又告诉日本佬说,"那是身体的喉咙。"

匡嘎惹巴早也有所防范,他在部队开拔之前即命令七六七团开赴到了六十七号桥的附近,构筑工事,严阵以待。长期以来,七六七团一直是他最珍惜一枚的棋子,除非生死攸关,不轻易动用。团长陈范思想活跃,胆谋兼具,他深谙每一个士兵的内心。他认为武器的拙劣与否并不要紧,关键是军心一致才能发挥最强的战斗力,给敌人以致命打击。他所带的六百多名壮士曾在很多次的战役中给这支算军挣足了面子。

"请你们一定记住，我们这颗脑袋不是我们自己的，它是父母的，是妻子儿女的，"陈范在战前的动员会上说，"所以，我们什么都可以不要，但一定要带回去这颗脑袋！"

他在铁桥一带的房子里堆满了子弹和手榴弹，集中兵力在西桥头和铁路两侧的村子修筑了可以遥相呼应的工事。匡嘎惹巴还派了特务连、辎重连及军官队在桥头布防。一切看起来是那么万无一失。午后七点钟左右，工兵连的一位连长带着全连兄弟在桥头用木板铺设桥面，因为那座桥在日军无数次地轰炸中早已面目全非了，桥面裸露的只是几根桥梁的钢筋。这时，敌人出现了。他们从北面的七星桥、干窑镇等地气势汹汹地直奔桥头而来。东面也有一线日军开了猛烈的炮火，以牵制三八二旅和七六八团，企图对一二八师进行夹击。

这一晚的宁静被打破了，六十七号桥上乱哄哄的一片，成群结队的日本兵挤满了桥面，与算军们展开了木板的争夺战。仗打到第二天拂晓，用作铺陈桥梁的木板，全换成了日本兵的尸体，满地的狼藉，这些人中有的被捅了刀子，但更多的被木板砸碎了头。

"你们看看，这完全是他们自己找来的麻烦，"陈范团长当着大家的面这样说，"我们不过是要过一下桥而已，又不是他们家的桥，何必与我们酣战。"

一向沉稳的匡嘎惹巴却忐忑不安，战局的走向没有达到预期。除了七六七团还保留一个建制团外，其余各团伤亡过半，七六八团几失去了两个营，团长刘嘎耀卿也牺牲了。

　　匡嘎惹巴是最后一个撤离的，他似乎并不打算活着回去，他不顾一切地找到了那个日本少将。他们拼杀了许久，直到用尖刀频频刺穿了少将的心脏。到达临平时，在一个路口的收容站，别人几乎将他当成了要收容的散兵和伤病员。

　　"我是匡嘎惹巴。"他自我介绍道，踉踉跄跄地拿着从日军少将手里缴获的一把宝剑，剑柄上镶着玛瑙石。

　　损失如此惨重让匡嘎惹巴彻夜难眠，他将失去建制的官兵重新编成两个营，组成了七六八团，并任命原三八四旅旅部中校参谋主任田仁林为代理团长。

　　匡嘎惹巴脑子里仍是狂乱的炮火，纷飞的战士血肉。有一天夜里，他翻来覆去地睡不着，却又像是做梦，迷糊中看见刘嘎耀卿满脸血迹地来到他床前，说："我以前因为一些原因当过土匪，打家劫舍，杀人放火，也东躲西藏、终日惶惶，向师长投诚后，才决定金盆洗手。师长不计前嫌，信任与提携，我一路做到了团长。今日得以杀鬼子数百，也算是报效国家，荣耀乡里，死而瞑目了。师长他日有空，请到杭州的灵隐寺帮忙燃一炷香，烧点纸钱，一来告诉我祖宗，没有给他们丢脸，二来告慰兄弟的英灵……"

　　匡嘎惹巴被惊醒，他揉揉眼睛，四周空空的，什么人也没有。

"你是我们的骄傲。"匡嘎惹巴闭上眼睛说。

第二天上午,他将部队的军务交给陈范和田仁林等人,在唐嘎力均和几个卫士的陪同下往灵隐寺去了。他身着便装,头发丝毫未乱。这时有人闻到了他的身上散发出菊花的香味,以为他特意在头上洒了香水,甚至还和他开起了不合适的玩笑。但匡嘎惹巴却正经地说自己从来就不搞那一套,自己身上的菊香自生下来起就有的,只不过在战场上让火药、硫黄或是汗水给浸染了,根本闻不到。

"我可以证明。"赵嘎季平说,"有时候那香味简直令人神志清醒。"

灵隐寺是一座千年古刹,在杭州郊外。匡嘎惹巴上完香,想趁机在这佛门净地好好梳理一下自己的思绪。

匡嘎惹巴没有见过比这更残破的寺庙了。霉成粉屑的窗户,厚实的蜘蛛网粘住了大门,白蚁窝蛀满的横梁,被雨水浸泡得变了形的踏枋以及让狗尾巴草和地地菜穿成千疮百孔的地面,而在那些缝罅里趴着小四脚蛇和各种各样的爬虫,证实了这里的确没人居住了。

匡嘎惹巴一肩膀撞开了大门,那腐朽的木头门板在弥漫的灰尘中寂然塌了下来。他用手拨开那些散开的板子,在灰雾散尽之后,他看见屋子的中央一位鹤发老者在那里禅坐。老者眼凹鼻尖,脸盘嶙峋如削,脸上的皮肤透露出久不见阳光的苍白和鱼鳞一样的斑点。匡嘎惹巴几乎为这另一世界的景象吓了一跳。

"您好,希望我没有打搅您。"匡嘎惹巴窃窃而语。

老者在屋子的中央纹丝不动,但他嘴里却发出了一声莫名其妙的叹息。

匡嘎惹巴不由走上前去,双手合在胸前,小心地问道:"请问师父,我可以帮什么忙吗?"

老者仍闭目养神,良久,才缓缓地说:"天堂杭州遭罹难,月旬之后,中华半壁江山,尔等军人,任重道远,好自为之……"

匡嘎惹巴为他能在瞬间洞悉自己的身份而惊诧不已,在老者的似明白非明白的话里确实还有一种非常清醒的东西。

"师父,"匡嘎惹巴毕恭毕敬地又上前一步,"请问我部今后如何?"

"一部乃一人,一人乃一命,一部系一命,一命何以轻。"老者像自言自语。

"此话怎讲?"

"此乃天机,日后自明。"老者站了起来,似乎不打算回到座位上去了。

"请师父指点,我部何去何从,我又何去何从啊。"匡嘎惹巴激动起来,他突然想起那些死去的兄弟,用一只手指了指自己的胸口。

"阿弥陀佛,牯陷泥塘冤折翅,驴棚勿躁方为安,弓长不可非长手,连寨不避鹤归路。"老者说,飘然而去。

匡嘎惹巴在回来的路上把这事说给了唐嘎力均听。唐笑了一阵，认为那人是在说胡话。匡嘎惹巴却坚信那是一个智者。

部队由嘉善转到临平不久，国人抗战节节败退，首府南京也失陷了。日军在疯狂地屠城之后，又沿着京杭公路南犯。他们刺刀上挂着太阳旗，如入无人之地。一二八师奉命又由临平转到吴兴及富阳县一带，或构筑工事，或执行江防任务，一方面等待在后方伤愈归来的士兵，准备迎敌。

这期间，七六七团二营营长吴嘎光烈忍不住，挑选了一些勇敢善战的士兵，组成了小股游击队主动出击，到敌占区去扰乱敌人。有一天，吴嘎光烈得到情报，日军将有三艘机帆船从南运河往石门附近的一个小巷经过。他随即调来三个游击组，一组在运河拐弯处用火力封锁江面，担任主攻，另一组封锁下游，防止日寇逃窜，第三组则登上对岸路口伏击，把敌人聚歼于河巷。结果在十几分钟的时间里，三艘机帆船全被击沉，有二十个日军倒在了他们的刺刀之下。陈范团长对于他们打游击睁只眼闭只眼，暗地里还许诺他们说如果活捉一个日本兵，奖十块大洋，缴获一支枪，奖五块，凡有战功，都论功行赏。

一二八师在富阳等地待了两个月后，那些在嘉善战役中负伤的官兵不断地由后方返回前线，沈嘎岳荃团长也康复归队，部队又恢复了七六四团。第十集团军又从司令部调来了一个团，作为七六三团补充进一二八师，团长由醴陵人唐标标担任。这样，一二八师又完全恢复到嘉善战役前的建制了。四月，在初夏和煦的微风中，他们被编入到七十军,加入到陈诚为总司令的武汉卫戍司令部序列,赶到江西九江和武汉一带去了。自南京沦陷后,国民党的军政机关大多已迁到那里,武汉也成了全国抗战的中心。此时,日军也召开了御前会议,决定把战争推进到汉口、广州,并妄想着攻占武汉,控制中原,支配整个中国。武汉保卫战提上了日程。

走的那天夜晚,装载士兵的那列火车在一声沉闷的长啸之后突然出现了故障。两个小时后,机械师在忙乱中把火车头里的灯给弄熄了。

匡嘎惹巴站在站台上一言不发,坚毅的脸上毫无表情。过了一会,有一个人鬼头鬼脑地说要来拜访他。匡嘎惹巴辨认出了前来拜访的人是白神兵。白神兵在经过上次死里逃生之后,脸色黄里泛青,眼睛乌黑而忧郁,恍惚的神情让人相信他真是从鬼门关过来的人。他穿着一件很旧的军装,被截肢的那只手杂乱地缠着一条白布,另一只手里拿着一顶新帽子。他一改平时啰唆的作风,直截了当地说出了自己想说的话。

"我知道列车为什么开不动了,师长。"他对匡嘎惹巴说,语气是那样的肯定。

匡嘎惹巴对于白神兵神经兮兮的做派并不感到意外,他仍然一动不动地站着,仿佛沉浸在自己的思绪里。不一会儿,白神兵嘴里发出令人肝肠寸断的哭泣。四周一片安静,匡嘎惹巴被这声音震慑了。

"快向刘嘎耀卿团长他们告个别吧,师长,"白神兵请求道,"一分钟后你们就永世不再相见了，做梦也不会梦到他了。"

"你在胡说八道什么！"旁边的副官唐嘎力均对白神兵叫喊着，"你不会是脑袋坏了吧？"

"我快死了，"白神兵说，"我见到了鬼，见到鬼的人是活不长的。"

白神兵毫不理会别人的感觉，他倚靠在火车的车厢上，好像突然病了。他手中的帽子，在擦拭了眼泪后也掉到了地上，他试着捡了几次也没有捡起来。沈嘎岳荃帮他捡起，递到他手上。白神兵看了他一眼。"不管你们信不信，"他依然说着骇人听闻的话，"这趟列车抓满了曾经死去的篳军兄弟们的手，他们对即将离开此地活着的兄弟们恋恋不舍，神情哀伤，为首的刘嘎耀卿团长和几位团副正立在道边，期望最后的诀别。"

"我们上车去吧，师座。"唐嘎力均走到匡嘎惹巴跟前，轻声地说。

"警卫——"匡嘎惹巴如梦初醒，突然大呼。

十二名卫士枪不离手，威武地站到了面前。

"鸣枪——向死难的弟兄们告别！"

"砰——砰——砰——"告别的枪声响彻云霄，很多战士因为想起战友而泪流满面。有人在匡嘎惹巴的耳边，说火车可以开动了。枪声戛然而止，匡嘎惹巴上了火车。当匡嘎惹巴在位置上坐好，想从人群中找出白神兵时，而白神兵这次真的死去了。他依着火车的长厢，样子显得有点丑陋。一个战士解开他缠在断臂上的白布,遮盖他的脸。匡嘎惹巴却给换了一条洁白的手绢,这是他只有在接见很重要的人物时才会拿出来用的,或多或少地还沾染了一些他的体香。

35
炸开的土地

午夜以后下起了暴雨,匡嘎惹巴不知道什么时候可以下车,但他知道,只要火车一直行走就会到达目的地。事实上,军人并没有真正意义上的目的地。有那么一刻,他突然觉得选择军人作为自己的职业是一种错误。但很快,他又为这一想法感到羞耻,国难当头,任何的自私畏惧的想法都是不合时宜的。周围的士兵已经睡去。漫长的旅途让他们开始思念自己的父母妻儿,幻想着他们也许正立在村头,盼望他们的归期。

某个早晨,他们在一个车站下了车。因为战争的阴云笼罩,江汉平原到处是拥挤不堪的难民。部队在刘公庙暂住。匡嘎惹巴赶到七十军军部请命。在那里,他见到了军长李觉。李觉是长沙人,与匡嘎惹巴一见如故。军务繁忙,他们的闲聊没有超过半小时。匡嘎惹巴在与军长分手后,即奉命星夜开抵九江、德安一线。

战斗的打响也是瞬间的事。就在一二八师进入集结地后不久,日军的飞机遮天蔽日,水上炮艇密如渔网,炮弹封锁江面。那情景不像是侵略,倒像在表演。我军用镐铲筑起的临时工事,在重磅炸弹的摧残下危如累卵。快到上午十点钟光景,一二八师突然接到第九集团军司令部总指挥李汉魂的来电,命令他们于下午两点务必赶到鄱阳湖防线的牯塘接防赵鼎昌部的预三师。匡嘎惹巴正在纳闷为什么不是第十集团军司令部的命令时,有人又立即打来电话说七十军现在划归第九集团军了。

“临战易帅,简直是胡扯!”匡嘎惹巴生起气来。他正想报告日军正向我阵地不停轰炸,能否等天黑后行动,借夜色掩护以减少伤亡,那边已将电话挂断了。

“好吧,传我的命令,七六七团作为先锋,立即跑步到牯塘增援;七六三团居中前进;七六八团做后卫,全部轻装前进。”

在这一马平川的原野上,一二八师就像是一群活蹦乱跳的兔子,无疑地成了日军扫射的活靶子。他们的飞机差不多挨着士兵们的头皮,尖利的呼啸穿透空气,令人窒息。有些士兵的头发都着了火,满地是被炮弹击中的士兵的尸体。匡嘎惹巴一面向军部报告一二八师面临的险境,一面冒死前进。

事实上,赵鼎昌的预三师早已经不住日军海空部队的联合攻击,在上午十一点左右完全溃败下来。日军撕开了我军鄱阳湖防线,如潮水般涌来,很快就与一二八师的先头部队接上了火。为阻击敌人,战斗一直打到第二天入夜。日军因失去了飞机、舰艇的炮火支援,受到重创,才停止了进攻,拉着满车的尸体回去了。当然,一二八师也是得少失多,他们有近千名的官兵阵亡了。处于战斗前沿的七六八团二连、三连几乎全体阵亡。子夜时分,军长李觉派出了他另外的也是唯一的一个师从侧翼掩护,让一二八师乘夜撤出牯塘,到德安南约二十里的白槎休整。

匡嘎惹巴撤出牯塘到德安后,他开始想为什么这种战事总落到自己的头上,他突然想起了灵隐寺里老僧所说的话。不久,他接到了由武汉军事法庭送来的传票,让他接受军法执行总监的审判。原因是他的上司——第九集团军指挥李汉魂越过七十军司令部,直接电告陈诚控告他。"一二八师作战不力,他们一经接触,即溃不成军,匡嘎惹巴难辞其咎。"李汉魂在电告中说。

匡嘎惹巴在看到电令后,如同肚中吞下了一头牛还打不出饱嗝一样难受。当时他正和副师长戴嘎季韬以及几位团长在一起,那些军官怒火冲天,骂起娘来,但骂过之后就觉得这件事有点不对劲,显然遭遇了别人设的一个圈套。颇有头脑的陈范下了结论,他分析说是某些人欺负他们是地方杂牌军,没有后台。

"我敢肯定,"陈范又说,"有人在垂涎我们的师了。"

"师座,你此去凶多吉少。"陈范又分析道。

大家一阵纷纷议论，莫衷一是。匡嘎惹巴对于这样胡乱的猜测厌烦了，决定抛开所有猜疑和个人名利得失，带上他的参谋长赵嘎季平、副官侯汉清及包括班长藤占清在内的警卫等十人由瑞昌出发到武汉去了。

　　下午约四点，匡嘎惹巴和赵嘎季平一行刚刚在武汉露面，就被带到军法总监办公室隔离起来。副官侯汉清和警卫在传达室则被命令先交出武器。本来就憋气窝火的警卫们一下被激将起来了，他们把枪口对准了那位要卸他们枪的值勤副官。"缴枪吗？老子的脑壳里还没有这个词，我日你妈！"侯汉清骂着粗话，牙巴骨都歪了。"把那狗日的先解决了再说！"警卫也吼道。

　　眼看就要酿成一场血腥内战。那位值勤副官似乎从未见过这样一脸杀气满、嘴粗话的蛮子，心想，人说湘西人野蛮，是天生的土匪，杀人不眨眼，惹不得，果真枪响起来，自己的小命就完了。这时，值勤副官摆出了一副摇头摆尾的笑脸："各位，各位，不要动气吗，这是上面的交代，我只是服从，有意见，我可以向上禀报，不要急躁嘛。"

　　他们最后请出了匡嘎惹巴，态度也异常得好，说不过是为社会治安起见，让警卫人员把随身武器暂时地交给保管。

　　匡嘎惹巴一出现，警卫们绷紧的脸松弛下来，眼圈红了，万般的言语也无法表达自己心里的难过。但他们与师长的心灵相通，师长的每一个眼神他们都懂，那是在战火洗礼中锻炼形成的。师长说放下枪，他们就放下了；师长说卸出子弹，他们就卸出了；师长说不要惹祸,要好好地生活,于是他们就回去了。

走的时候,他们给匡嘎惹巴行了一个军礼。

法庭审讯是秘密进行的,除了一位两鬓霜染的军事执行总监中将,一位面容清瘦、眼神诡谲的颜检察官,一位是戴上校领章的书记官,再就是第九集团军司令部的一位上校参谋和七十军军部的上校政治部主任。他们的年龄皆在五十多岁,却对于审讯的这件事情表现出旺盛的精力。台下孤零零地坐着匡嘎惹巴和赵嘎季平。书记官宣布开庭后,颜检察官便宣读了公诉书:"……九江、牯塘打响之后,预三师赵鼎昌部遭到敌人陆海空三军强大的联合攻势,赵部伤亡惨重,情况危急……一二八师在接获集团军总指挥李汉魂将军的电令后,增援不力,延误军机,致使战线全部崩溃,牯塘、九江陷敌,南昌吃紧……影响保卫大武汉的整个军事部署,一二八师难辞其咎……"

第九集团军司令部参谋接着做了补充发言:"……李司令官七月二十三日上午九点电令一二八师驰援赵部,限令在下午两点以前到达前沿阵地,但一二八师至下午六点还未达到,且一经与日军接触,即溃不成军……"

"活见鬼!"匡嘎惹巴愤怒地叫了起来,"欲加之罪,何患无辞!你们不讲证据,也要讲良心,一个军人的良心!"

"好吧,那么请一二八师师长匡嘎惹巴陈述。"书记官说。

匡嘎惹巴强压下满腔怒火,并告诫自己要沉着冷静。"总监督官、检察官,本人不才,拙于辞令,但仅就事实真相,有必要陈清,以正视听。我一二八师去年十一月嘉善血战七昼夜,减员百分之四十,经过几个月休整补充,到今年五月,才基本定员,武器弹药也陆续得到供应。七月中旬,我师由湖北移放九江,此时日军正猛攻马当、湖口,两地旋即陷敌。由于我七六七团防守严密,敌人一连队兵力进攻受挫,于是分兵沿鄱阳湖滩头向牯塘进犯。当时,预三师赵部驻防牯塘,敌人掌握了制空权,加上炮艇进入鄱阳湖,向牯塘发炮,以配合步兵巩固滩头阵地,赵部阵地分段陷落。至二十三日上午九点三十八分,总部电令我师增援牯塘,限令下午两点前到达赵部前沿阵地接防。我当即于九点四十分命令七六七团为前锋,跑步前进,向牯塘增援,命令七六三团居中,七六八团做后卫,轻装前进,留下七六四团固守九江阵地,阻敌进攻。各团即按部署,立即行动。我师防线,原在九江郊区至湖滨一线,距离牯塘约七十华里,一马平川,河港水泊不少,部队运动困难,易于暴露目标。敌机低空侦查后,发现我军行动,立即俯冲投弹扫射。但我军士兵仍充分利用地形,跑步前进。正午十二点,七六七团团长陈范向我报告,赵部已经溃败下来,不可阻挡,敌人前锋部队已经进入牯塘。我当即又命令七六七团不管任何情况仍跑步前进,向赵师指挥部靠拢。同时七六三、七六八团就地选择地形,迅速挖掘简易工事,接应七六七团,并防守左右两翼,阻挡敌人迂回。此时,敌机临空,频频俯冲扫射,阻我增援七六七团。下午五点多,经浴血奋战,到达赵师阵地,即与敌人展开激烈战斗。敌人组织集体式冲锋四次,均被我军打退下去。直至天黑,敌人停止攻击。二十四日,天刚亮,敌机九架便分批轮番轰炸,并多次低空扫射。我阵地工事在硝烟弥漫中荡然无存,而敌人大军又在舰艇炮火的支援下,向我阵地猛扑,我部损失惨重,但全体官兵仍抱着人在枪在之决心,固守阵地。下午四点,接到军长下达的电令,始撤到德安两公里外的白槎休整。现在说我部未能按指定时间到达牯塘前沿,贻误战机,溃不成军,是未查明事实真相,这点我是不能接受的,请总监和检察官明察。"

"但是,"那位执行总监中将说,"你适才所陈述的没有举出可信的证据,而军法是重证据的。"

一直忍气吞声坐在匡嘎惹巴旁边的赵嘎季平嚯地站了起来,语气急促:"请总监先生允许我补充。"

总监看了赵嘎季平一眼,皱了皱额头,说:"那好吧,你可以坐下来讲。"

"刚才匡嘎惹巴师长的陈词,只说明了战役的经过,我现在以有力的证据加以佐证。一、总部电令我师驰援预三师的时间,是二十三日上午九点三十八分。匡嘎惹巴师长电令七六七团增援的时间是九点四十分,七六七团团长陈范当即布置,十点就已行动。二、预三师开始溃退的时间是正午十一点多,也就是说总部指令我们到达赵部前沿阵地的时限前两小时。赵部已经放弃了阵地,为我七六七团的到达增加了困难。我们是在经过一番苦战,踏着血肉直到下午五点才到达前沿阵地的。三、前面所说的具体时间,我这里都有电话记录和战斗详报可以为证。"

赵嘎季平说着,将装有电话记录、战斗详报和其他证据的文件袋准备递呈上去。但在递呈之前,他觉得还有满腹的话语憋在胸口,他觉得有必要一吐为快。于是,他话锋一转,慷慨陈词:"我一二八师,从千里之湘西后方,日夜兼程,奔赴抗日前线,尽管部队缺乏训练,武器粗劣,且未能得到上级的补充,然七千兄弟凭着一腔热血,嘉善一役,毙敌两千余。虽上司指示阻敌四天,而我部以一当十,以百当千,与敌反复肉搏,为固我阵地,在强敌面前血战七昼夜,尸积如山,血流成河,我辈岂是畏敌之师乎?嘉善战役,我死伤官兵两千八百余众,连以上军官伤亡过半,今却有人诬我战斗不力,岂能对得起我师死亡官兵?

"牯塘战役赵部溃败,我部却迎敌上前,就地为壕,各自为战,迅速将尾追之敌阻住。而面对日军海陆空三军的联合攻击,我们仍能以粗劣的步枪、大刀拒敌。我师拼死浴血奋战了两昼夜,两千多官兵伤亡,阵地一片焦土,尸横遍野。子夜时分,奉命撤回。何来一经接触,即溃不成军之说?

"我部虽属杂牌之伍,亦懂国家重任,既已戎马,就当马革裹尸,无悔无憾。我军战况本应由七十军或赣北集团上报,焉用粤军越权上告?其中原因何在。我军荣辱事小,抗战事大,望军法总监慎思。天理昭昭,还我公道!"

赵嘎季平一吐为快之后将资料递呈了上去,他在经过七十军政治部主任身边时,眼睛狠狠地盯着他。这位主任其实很明白中央军欲吞并这支夷军的意图,此时也想为他们做点什么,于是站了起来,说了一句简练的证言:"一二八师归我军所管,向德安后撤是军长李觉在观察敌我军态势后亲自签发的命令,时间是二十四日下午四点,他们并非溃逃。"

这一证言令这次的法庭审讯来了一个逆转。刚才还盛气凌人的检察官和上校参谋面面相觑。军法总监见状,心中也明白几分,转身对检察官轻言了几句后,作了最后的宣布:"法庭审查,暂告结束,各方陈述,尚须查证,方能做出判决。鉴于前线战斗危急,赵嘎季平即可返回部队,做好休整工作。匡嘎惹巴在牯塘负伤,给假二十天,以资疗养。结案之日,另行通知。"

在疗伤的日子里,匡嘎惹巴觉得心灵的伤在加重。他方明白自己在别人的眼里不过是一支让人排挤的杂牌军,当他们浴血奋战时,嫡系军却在保存实力,他们以生命换来的卓著功勋却反遭歹人污蔑。事实上,他个人名节事小,而保存这支夷军才是最重要也是最有意义的。

直到八月底,武汉行辕军事执行总监发来电报,要匡嘎惹巴速赴武汉听候判决。匡嘎惹巴带上他的副官侯汉清直奔而去。他们在办公室再一次见到了那位军法执行总监。总监一扫上次在法庭上的淡漠阴霾,显得热情过余。

"今天请你们来，是了结上次的公案，"他说着，递上一杯极品毛尖，献上香烟，"经过我们查阅了一二八师的战斗详报、电话记录等有关资料，又向李觉军长询问，当时一二八师处境艰难，战斗惨烈，阁下的指挥是得当的，至于结局，那是不可逆转的，任何人都无能为力。现在判阁下的失职之罪不成立，阁下即可回去继续任职，我为此深表歉意。"

"可是，我实在不明白，他们的用意……"匡嘎惹巴说。

"问题已解决，我看你也不必太介意了，"总监慌忙打断了他，并以一种独特的声调说，"现在我奉命通知阁下，下午三点，何应钦部长有要事约见你。"

这让匡嘎惹巴吃惊，他有了一种不祥的预感。他立即结束了与军法总监的对话，急忙带着副官奔何应钦的驻地而去。何应钦是个老辣而奸猾的人，一脸微笑却官腔很浓。他在见到匡嘎惹巴后似乎还带着宽厚，说："匡嘎惹巴师长辛苦了。九江之战，我军不敌日寇，胜败乃兵家常事，不必介意，不必介意。须知抗日战争尚处初期，其长久性、艰巨性，我们早已有所预见，希望你展望未来，重振军威……"

匡嘎惹巴没有听懂他的意思。"您找我来是想告诉我这些吗？"他直截了当地说。这令何部长有点不快，他喝了一杯浓浓的咖啡，挥手招来了他的秘书。秘书很快将一纸文书展开在他们面前。"今奉委座指令，"秘书宣读道，"匡嘎惹巴调任第七十军副军长之职，望即日赴任，为保卫大武汉再立新功。"匡嘎惹巴一时间有些不明就里地僵在那里。"匡嘎惹巴师长荣升,此乃可喜可贺,我表示祝贺了。"何应钦接着说。

这时,匡嘎惹巴才明白过来,但他对这种明升暗降的官场伎俩立即做出了反应:"可是,何部长,恐怕我才疏学浅,能力有限,难以胜任,请仍……"

"既是委座的命令,也就是上级的信任,我看就不必多言了。"何应钦冷漠地说。

事已至此,匡嘎惹巴也不好再说什么。他带着副官走出何府的时候,毛毛雨下个不停,他注意到地平线上正透出一个阴霾的白天,他的怨气被埋进慢慢散佚的雾气里,留下的是另一种担忧。

"完了,这次真的完了!"他突然想起了什么似地对副官说,"我的师没了,我的箪军弟兄们!"

"他们这些混蛋,小人,小人也!"

果然,他的预感得到了证实。回到住地,一二八师上尉副官唐嘎力均等人风尘仆仆地赶到武汉,众人一见师座就潸然泪下,不能自禁。原来,就在匡嘎惹巴被隔离审查后,一二八师就被暗地取消番号,英勇善战的主力团七六八团首先被撤去,整编成七六三、七六四、七六七三个团。七六三团由团长唐名标率领,该团在牯塘战斗中,与七十军的一〇九团三营互相支援,结下友谊,编散时要求编入七十军的十九师;七六四团由于团长负伤,便由第三营营长也是镇箪人的张剑代理团长,编入了粤军的一五八师;七六七团由第三营营长吴嘎光烈代理团长,编入了一五五师。

一二八师全部被编散,实际上是被吞并了。

吴嘎光烈率部到达一五五师后,一点都不能适应,他咬破手指写下血书,请缨赴抗日前线,为战友报仇雪恨。但三天后,七六七团即被分编,凡是连以上的军官一律不用,每人发了一个月的薪资做遣散费。

"他们是在担心我们日后结伙拉帮,又会组成强大的力量。"吴嘎光烈说。

"国家危亡之时,他们却在搞派系倾轧,争权夺势,排除异己,国家岂能不亡乎?"唐嘎力均说。

很快,被编入一五八师的七六四团也遭到了同样的命运,连以上军官全部被遣散。上面还发布了一项正式公告,如有不服而发起叛乱者,当毫不留情地惩处。

这种意想不到的举动令匡嘎惹巴有如万箭穿心,他怒发冲冠,率赵嘎季平赶到卫戍司令部,求见陈诚。他在门口等了整整五个小时,但陈诚并不想见他。他在极度失望中仰天长叹:"相煎何太急,国家危急,民族危亡,余率子弟七千出山,原指望为国出力,如今报国无门,反遭剪除异己之厄运。日寇不能之事,却让一些小人做到了,奈何,奈何?!"

匡嘎惹巴誓不就任副军长一职,他于当晚与众人不辞而别,星夜离汉返湘。就在这时,战争中跟随他的弟兄们因战争折磨,食不饱肚,肠胃出血,病之过半。七千多湘西优秀男儿组成的一二八师,在蒋军的派系倾轧之中,结束了短暂的历史。匡嘎惹巴在长沙的办事处见到了那些被遣散后的军官们。他们心痛交织,一起喝酒,借酒消愁。他头一次让自己喝倒。"兄弟们啊,是我无能,害了你们,"他有点失态地潸然泪下,"你们随我离乡背井,抛妻离子,本想精忠报国,杀敌立功,驱除倭寇,卫我家园。现在,兄弟们死的死,伤的伤,其余的又被强权编散,你们被解职,对不起啊!"

"这不是你的错,师座。"吴嘎光烈和陈范将他扶了起来。在喧闹的人群中,有人喊道:"留得青山在,不怕没柴烧,我们回湘西去,回镇筸去,再招个万把八千的兵易如反掌。"有人借着酒意还大胆嚷叫要去找共产党,既打日本鬼子,又打老蒋,出这口气。匡嘎惹巴摇晃着挣脱了自己的双臂,一道严峻的目光盯着军官们的眼睛。

"不可妄语!自古兵家有天时、地利、人和,尽管我等占尽地利、人和,但天时未到,不可轻举妄动,招来祸害,"他说,"请大家记住,'他年若遂凌云志,敢笑黄巢不丈夫'。回去之后,大家各寻出路,国难当头,自有让诸位一展才华的时机。"

大家看了看匡嘎惹巴,默默无语地站到他身后两步远的地方。匡嘎惹巴冲着他们微微一笑,说:"若是回乡谋生,家人团聚,清明时节上山扫墓,别忘了洒碗白酒,遍祭为国捐躯的忠魂,慰藉我辈英灵……"

两天之后,这群被解职的小队军官,带着失意的神情回到了湘西镇筸。匡嘎惹巴自觉无颜见家乡父老,空怀报国之心,辗转于常德、长沙等地,深居简出,静观国事变化。吴嘎光烈和陈范等人见师长不肯回乡,也不忍撇下他一个人,只好暂住沅陵,想给予一些照应。当然,他们更多的则是希望有一天会跟着匡嘎惹巴东山再起。

36
金条

自从匡嘎惹巴被正式任命为筸军三十四师师长并带部队离开镇筸后,匡嘎一琼就心里明白,这支部队不可能再回到他的手中了。有那么一阵子,他表面平静,内心却失落得很。满腹的怨恨,却又不知道到哪里去发泄。三十四师被改编后,编余还有一万多支枪,他将一部分埋藏于地下,另一部分全转给了所辖区内的保安团队和自己的旧部匡嘎云飞,或廉价卖给乡下的富户士绅。

"等有了机会,我会再收回来的。"他对匡嘎云飞说。

"是,师长,我随时等候你的吩咐。"匡嘎云飞说。

匡嘎一琼应声诺诺,心里知道自己只不过屯务处长,唯一可指挥的是一支屯务军,有两千一百六十多人,分散在周围十九个县,为屯租之事而忙碌。

他在经过一番调查之后，很快写出了一个相关的《改革屯务草案》。《草案》中，他拟增设屯务委员会，于教养之外，改进屯政，发展文化，调剂农村经济，兴办农田水利，藉以维持民之生计，化除苗汉之界线等。同时，拟将镇筸、永绥、乾城、古丈原有屯务军改编，委所在区统带指挥，麻阳、泸溪由屯务军直接指挥。至于各县治安，既屯务处负责维持，保安队形同蛇足，为减轻负担，他明令撤销了。

"我不过是以地方之田，养地方之兵，平地方之乱。"他解释说。

那位对匡嘎一琼一直心存芥蒂的省长大人，对他的良苦用心自然有所警惕，但既已削掉了他的兵权，也就没什么担忧的，于是予以正式批复。为监督，他又从省里派来了一位名叫余传范的专员担任屯务副处长，驻在乾城。屯务委员会很快成立了，匡嘎一琼召各县长和乡绅及苗守备们开会，他在会上通过了屯务委员会简章，布置整训屯务部队、筹划治安保卫以及经济、教育、交通的各项事宜。但会议中，他突然脑袋发热，临场提出改革弁兵编制，将那些吃干饭、游干船的土千总、把总、外委和懒散有余的兵痞全裁减了，部分保安队也被撤销。同时他又非常麻利地将屯务军原来的二十四个大队缩编为三个营、三个直属大队、十一个县大队，并分别委任了一些得力的人为营长队长。

屯务军的改编，预示着匡嘎一琼东山再起的愿望出现了新的生机。匡嘎一琼曾经靠剿匪起家，收络人才，这次他又玩起了他惯常的做法。他利用屯务军,开展了治安剿匪的工作。

　　那一天,他亲自去了一趟叭固,他不仅给匤嘎云飞带去了刚刚收来的一万担屯租,还带去了一个剿匪指挥官的头衔。自从匤嘎一琼失掉兵权后,匤嘎云飞也回到了叭固。但这一次匤嘎一琼并没有见到匤嘎云飞,一位部下告诉他,匤嘎云飞带一名姓麻的秘书到一个朋友家吃酒去了。

　　匤嘎一琼感到有点吃惊,因为平时匤嘎云飞并不太喜欢出门。他问那位部下是否生意上的朋友,部下缄口不言。匤嘎一琼无意中看到了桌子上的一个似乎很秘密的会议通知。

　　三天之后,匤嘎云飞回来了。他在吃晚饭的时候吃到了刚刚收割而来的新谷大米,似乎闻到了饭粒上灌浆的甘甜和稻花的清香。他正想开口问这是谁送来的东西,匤嘎一琼一脚跨进门来。

　　"你也知道,现在唯一能帮助我的人只有你了。"他真诚地对匤嘎云飞说,也不给对方思考的余地,一股脑儿地将自己的想法说了出来。

　　匤嘎云飞沉默有十分钟之久,但并不意外,可以说,他是唯一看出匤嘎一琼难处的人。源于他一贯的重义气、讲豪杰的做派,他决定将任何天大的事都收敛起来。他的秘书会偶尔眨一下眼睛,但这样的暗示没有起到任何的效果。

　　"我知道,"匤嘎云飞说,"请给我一点时间。"

　　匤嘎云飞出任剿匪指挥官的决定似乎使姓麻的秘书感到失望

和难过,在一番苦口婆心却收效甚微后,他背起包裹,与匡嘎云飞分道扬镳了。

匡嘎云飞的剿匪前前后后只花去了不到三个月的时间。起初,他带去的不过三百人马,他先在古丈消灭了田五哥、李老四老五等股匪,后又在保靖马耳冲驱走了田子文匪部,并深入匪穴生擒了匪首,收编了几百匪徒,缴获了不少的枪支。周边的一些土匪大多是他赌场的常客,了解他的侠肝义胆,所以他们更愿意以朋友的身份出现,而不是与他为敌。他的势力很快扩大起来。

但他在此地的所有作为,让省长派来的专员余传范一字不漏地向上做了汇报。"他们私自屯兵,通匪窝匪。"专员说。

省长感到有些恐慌,很快就派来了一个旅。他们勾结了当地一位县长,于当日包围了匡嘎一琼的公馆,继而又深入到叭固,迫使匡嘎云飞交出了六百多支存枪。匡嘎云飞思忖着事已至此,若无应对,必将束手就擒。他趁混乱逃了出来,天黑后在进入匡嘎一琼的住地。他对两个企图阻拦他的警察开了杀戒,以致身上染了血。

"我给你惹出祸来了,"他有点抱歉地对匡嘎一琼说,"因为我的愚莽行为,你的意愿被毁了。"

"当然不是,这是必然的。"匡嘎一琼故作冷静地说。

他让匡嘎云飞在一只巨大的木盆里泡澡,洗尽血污,稳定他有些慌乱的情绪。

"反戈一击吧,"匡嘎云飞突然说,"我们至少得为自己谋条生路。"

匡嘎一琼没有回答。事情毫无把握,他不想拿自己的身家性命去做无谓的冒险。匡嘎一琼拿了套干净的衣服给他。匡嘎云飞在穿上后才发现,荷包里塞满了金条,还有一支手枪和一粒子弹。

"趁现在还没有掉脑袋,赶快走吧,兄弟,"匡嘎一琼说,"那些金条足够你过好下半生。"

匡嘎云飞看了匡嘎一琼很久:"请给我倒杯水喝。"这时,匡嘎一琼发现自己其实也正渴得要命,他给匡嘎云飞倒水的同时也给自己倒了一杯。匡嘎云飞用右手拿杯耳,用左手拿杯盖拂开还没散开的茶叶。匡嘎一琼用左手拿杯耳,用右手拿杯盖拂开还未散开的茶叶。他们俩的动作是那么协调、一致,看起来不像是一个坐在另一个对面,而是一个人在湖水中的倒影。喝完水之后,匡嘎云飞慢慢地把金条放到了面前的茶几上,但带走了那把枪和子弹。

"对不起,我要与你为敌了。"他在走的时候冷漠地对匡嘎一琼说。

事情突然出现转机,匡嘎一琼做梦都不会想到的。几天后,匡嘎云飞找到了他的姓麻的秘书。原来,那次匡嘎云飞名义上是去朋友家吃酒,实则去了武汉参加一个秘密会议。此时,麻秘书正为落实会议的内容而忙得不亦乐乎。召开那次会议完全皆因国民党内部的内部争斗。抗战爆发后,国民党内重要派系之一的cc集团企图控制全国,大肆发展势力,而何省长割据的湖南,则是他们针插不进的独立王国。省长本人与cc集团的头目水火不容。政敌之间的争斗向来都是残酷的。cc集团思考了很久,发现拆台的最好办法就是让他们之间搞内部事变,后院失火。他们想在湘西发起一场以革屯、抗租为主题的运动。这似乎也很合理,因为那些屯租屯政遗存了一百多年。当初,清政府把果雄·乜的田土多半没收,归为公有。这些公田就是所谓的屯田或官田。在被掠夺过来后,再分给果雄·乜耕种,不管是丰年还是歉年,所收屯田佃租都要交足规定的数,而那些数字有些纯粹是信口开河,足以到吸髓敲骨。这种不合理的制度使得当地人生活在万劫不复的地狱之中。cc集团发现这一契机,他们略施了一些手腕,串通了当地包括永绥、保靖、秀山、龙山等地一些举足轻重的人物,武汉会议其实就是一次倒何的秘密会议。当然,那还只是一个开始。

匡嘎云飞因为匡嘎一琼而迟迟没有迈出行动的一步,但他的秘书却坚信时势造英雄,有心要在湘西发难。麻秘书并没有大张旗鼓召集队伍,唯一所带的人就是布妹寨那个叫麻嘎龙中的老歌师。

麻嘎龙中自从几十年前的那堂祈雨巫事失败后,就结束了自己巫师职业,改当歌师了。他发现当歌师更讨人欢心,而歌也总让人活着很有激情。他一直没有忘却自己要显赫声名的抱负。麻秘书原是布妹寨的人,和麻嘎龙中属同族本家。

麻嘎龙中唯一的本事就是编唱苗歌,他不仅对盘古歌老歌、生活歌、劳动歌、爱情歌熟记于心,对所有新生事物也能出口成章。针对屯租盘剥之事,他编出了一首歌:"朝耕土,夕耕土,年年岁岁欠屯租;男耕田,女耕田,子子孙孙欠粮钱。一年四季替人锄,苗家没有一块土;一年四季替人耕,苗家没有地安身。"这歌除通俗之外,并没有什么特别感人之处,但他像唱巫歌一样,用一种怪怪的调子把它唱着极为高亢而伤怀。他们花了三个月时间唱遍了果雄·乜的村村寨寨,坡坡岭岭。有一天,麻秘书发现在他唱歌时,身后潮水般涌来了许多背枪持刀并杂以木棍扁担的果雄·乜。秘书略为估算了一下,有二十二路人马,两千余人。他们分别从腊尔山来,从箟子坪来,从上打郎来,从得胜营来,从叭固来,从黄泥江及木里等地来。他们说明来意:"没有活路了,我们要抗屯!"

很明显,他们中缺一个可举倒枪旗的首领。

匡嘎云飞就像上天突然派来的一位使者。他很乐意地去坐那把交椅。一切是那样的顺理成章。他先打出的是"抗租革屯倒何义勇军"的旗号。麻秘书则说,当前日寇侵华,国难当头,他们举事也要符合当今之潮流,适合人群之需要,于是改为"抗日革屯倒何义勇军"。

他们攻打的第一站是乾城,那里正好是督察专员余传范的公署。很巧的是,他们与另一伙参加了cc集团秘密会议的永绥革屯军不谋而合,他们约有三百人,在石维珍等人的率领下,到达了离乾城几里之遥的箟子坪。两军会合后,合力向乾城挺进。匡嘎云飞早已派出一个亲信乔装进城,与同他们有关系的保安暂编三团三营八连连长和二排排长接头,做好内应准备。革屯军一到,城门马上敞开。天拂晓,革屯军顺利进驻了专员公署,缴获了八挺机枪、两百多支步枪及其他弹械。那位专员的亲信有十六人被砍了头,专员本人赴省未归幸免于难,县长化装潜逃了。

何省长获悉后,惊恐万状,派出了两个保安团,并恳请东下抗日路过乾城的川军一个旅围攻匡嘎云飞部。但那两个团系匡嘎一琼的旧部,对乾城围而不攻。川军的旅长又恐贻误抗日大事,不敢久留,他们在毫无结果地吵嚷一阵后,将队伍拉走了。

就像击了一个连环掌,在临近的麻阳,龙杰诈称省府密令,召集了各乡中队共两百人入城,编成了义勇军第一支队。在与保安团激战一天,歼灭十余名敌人,之后向匡嘎云飞的驻地靠近。而保靖、秀山、松涛、龙山等地二十股游杂队伍共计三千多人枪,分五路攻打了保靖县城;匡嘎云飞还应永绥名叫吴恒良、梁明元的首领之邀,派遣龙杰、龙嘎恩普等人率精锐一千余众攻打永绥县城,杀伤敌人官兵三十五名,缴获机枪两挺、步枪三十多支。

这个时候,匡嘎一琼所住的镇筸一点都没有受到惊扰。匡嘎一琼并不明白匡嘎云飞的用心,还为匡嘎云飞的举止深感忧虑。他坐立不安,将匡嘎云飞骂了个狗血淋头。

不久,匡嘎云飞迅速地攻进了镇筸城,他朝匡嘎一琼的公馆轰了一炮,公馆立即塌下去半边,匡嘎一琼本人也被埋在废墟之中。匡嘎一琼一边埋怨,暗地却高兴得要死。他给省里发去了求助电报。两天后,省府不得不派来了省军,而匡嘎云飞却在省军到来前撤回到叭固去了。

革屯驱何的洪流不仅席卷湘西,还蔓延到湘黔川鄂边境,这让国民党当局大为头疼。国民党首脑一面电令何省长让往前线抗日的军队停止开拔，与黔东川东的有关部队参加协剿，一面派人分化革屯首领匡嘎云飞，让他不要再搞了。

匡嘎云飞答应了。"这当然可以，"他说，"但有个条件，那就是除非那位何省长下台。"

此时，cc集团的头目立即做出了反应。"何某人治湘无方，私营有术，根本无力控制湘局。"那头目说，并向首脑进言，毛遂自荐取而代之。首脑征求了各方意见，最后以抗战期间需要军人为辞，选派了有军事才能的张文白来担当此任。张的到来宣告了何在湖南统治的结束。何省长在临走时大发了一阵牢骚，还不失时机地发布了一道通令，缉拿以匡嘎云飞为首的三十八名革屯领军人物。

张省长对于从政并没有太多经验，特别是湘西自乾城事变后，又是革屯军义勇军，又是游击队保安团，他们混成一团，弄得烽烟四起，要治理这些沉疴真是无从着手。他感到有些惶然。在临任前他请教了一位对湘西甚是了解的前辈。前辈毫不讳言地告诉他，治理湘西一点都不难，只要抓住一个关键人物——匡嘎一琼就行了。

"只要他愿意合作，可以兵不血刃，收拾湘西。"前辈肯定地说。

张省长仰着一张迷茫的脸，似乎没有听懂他的话。

"因为那些闹事的人，大多是他的旧部。"前辈又进一步点明他说。

张省长一边想着老前辈的话，一边召见了匡嘎一琼。没想到他们一见如故,甚至有相见恨晚之感,在闲谈不到三十分钟的时间里,张省长居然答应取消了由何省长发布的缉拿三十八名革屯分子的通令。

匡嘎一琼在回到镇箪后,重修自己的公馆。在宣布取消通缉令之前,他杀了两头牛,在家里摆起了全牛宴席。最后,他不费一枪一弹、不伤一兵一卒,让两百多大小不同的武装集团恭恭敬敬来到了他的公馆门前,放下屠刀,接受了他的收编。

37
礼物

吴嘎光烈和陈范一直在等待匡嘎惹巴的东山再起,可是不久他们就发现自己空怀了一颗希望之心。匡嘎惹巴在辞去副军长的日子里,让失眠症折磨了长达半年之久。他身体消瘦,精神不振,更糟糕的是他的意志。万不得已,陈范有一次在与他喝茶时,往他的杯子里投进了几粒药丸。这样,匡嘎惹巴在昏睡中和陈范一起坐车回到了家乡镇箪。

匡嘎惹巴回来后的第一件的事就是去见匡嘎一琼。那时候，匡嘎一琼正为治里霉烂的地方而忙着，他几乎将匡嘎惹巴给忘记了。但匡嘎惹巴却一直认为是自己夺走了匡嘎一琼三十四师的兵权，并为自己败家子的行为而愧疚不安。他先派人送去了那把从日本少佐手里缴获的镶玛瑙石的宝剑。匡嘎一琼端详良久，然后敏感地问："这是谁的剑？"

　　"我是专门来看看师长的，请原谅我不请自来。"匡嘎惹巴随即走了进来，他穿起了自己的便服，用谦卑的鞠躬代替了军礼。

　　匡嘎一琼一点都没有感到吃惊，似乎一切事情皆在他预料之中。他把剑挂到了墙上。"这是你的战利品？"他说。

　　"我自食其言，没有先当炮灰，请老师长另当处置吧！"匡嘎惹巴低声道。

　　"我说过要你去当日本佬的炮灰吗？"匡嘎云飞突然地一反常态，咆哮起来，"请把你的头抬起来看着我！"

　　匡嘎惹巴抬起头来，但目光飘散。这个时候，他突然感觉眼前发黑，仿佛又面对了那个带十字架的枪口。他很奇怪这样的一种影像，但却没有一丝恐惧。

　　"你把我们的家当败尽了，"匡嘎一琼语气又缓和起来，"我听说，嘉善之战只要求坚守四天，你们却打了七夜七天，难道你忘了，最重要的一条是首先要保存自己才能更好地消灭敌人？"

　　"我没有忘记，师长。"

“但好好的一个师化为了乌有。”

匡嘎惹巴默然。

“我，从来都不愿舍弃自己的一兵一足，”匡嘎一琼说，“那是割自己的肉。”

匡嘎惹巴不语。

“事已至此，我现在能说什么呢，还望你吸取教训，好自为之。”匡嘎一琼恨恨地语气。

匡嘎惹巴很想做一些解释，但这位老上司只重结果，而对过程并不感兴趣。他发现他们之间有了芥蒂。他们的谈话不欢而散。匡嘎惹巴最后谢绝了匡嘎一琼留他吃午饭的好意，有些落魄地走了出来。在下台阶时，他正好与匡嘎云飞擦肩而过。他们一时都没有认出对方，但匡嘎云飞却为一种莫名的东西而驻足，似乎是一种久违的熟悉的菊花馨香。他确信是从刚才那人身上散发出来的，当他扭头来一看，惊奇地喊出了匡嘎惹巴的名字。

与匡嘎一琼正好相反，匡嘎云飞对结果不感兴趣，却对过程充满关心和好奇。他热情地邀请匡嘎惹巴去喝酒。

“我知道，一二八师在嘉善打得很激烈，后来牯塘一仗又败了，你们还吃了官司。”匡嘎云飞说。

“请不要提起战争。”匡嘎惹巴说。

“想起战争就像回忆过去的一场噩梦，你在想这辈子恐怕别想再抬起头来了，”匡嘎云飞说，“而且，损兵折将四千多人，真不知怎么向家乡父老交代,他们都日夜盼着子弟归来呐,怎样交代？"

"请你住嘴！"匡嘎惹巴几乎吼了起来。

"交代个屁！"匡嘎云飞自顾着说,"打仗本来就是把脑袋摆到屁股上的,光荣了就算球了,谁能负这个责,要怪自己找阎王去！何况还没有一个人怪你,人家打进家门了,不还手是死卵,打不赢也要打,剩一兵一卒又怎样,剩一只手一只脚又如何！"

匡嘎惹巴第一次听到有人说出这样的话来,而且出自匡嘎云飞的口中,他吃惊不少。一直以来他都把匡嘎云飞视作自己手下的一员败将,是个头脑简单,没有正统观念和信念,无原则可讲的暴乱分子,狂热的好斗者。这时,匡嘎惹巴才发现他之所以能在众多的不简单的人面前建立自己的威信,完全有他自己的特立独行的为人准则。

匡嘎惹巴完全为自己紧绷的神经松了弦,他喝醉了,因为醉,他显示出少有的失态,说话断断续续,语无伦次。

"全城人都走空了,一位县长,把一串古怪杂乱的钥匙交给了接防的我们,也走了。刚刚得到位置,大队敌机就来轰炸。炸了整整七天,有些同乡为对付敌人,七昼夜不吃不睡。血战的结果,四个团长死去一个、伤三个,四个团副死去三个、伤一个,十二个营长死去七个、伤五个,连、排长死去的就更多了,兵士更难计。关键时刻,他们越打就越不愿意撤。他们为的什么,还不是为家乡争气,为国家争气。这是他们的脾性。后来我们的受伤官兵好了,部队得到些补充,又编入七十军,参加武汉保卫战。牯塘一役,我们奉命去增援预三师,谁知尚在途中,预三师就溃败下来了。我们正面与敌交火,打得天昏地暗。某些指挥官纯粹为推卸责任,不仅不念我们火速增援之劳,反而恶人先告状,说我们一经接触,即溃不成军……"

"扯卵淡!"匡嘎云飞突然生起气来,但他又似乎沉到了自己的思维里,"很可惜。"

"可惜什么?"匡嘎惹巴问。

"可惜我没有参战。砍日本鬼子脑袋,不用顾惜,逮到就横刀下去。那才叫痛快的仗火。"

匡嘎惹巴不愿再开口了。匡嘎云飞将他送回了家。一间简易的木房子里,介银在锉着花,她好奇地看了匡嘎云飞一眼,想留他坐下来喝茶,但匡嘎云飞说还有事走了。

尽管时光流逝,介银的心中郁积了太多的牵挂和悲伤,她还是不显老,一副干净利索的模样。经过半辈子的辛勤劳苦之后,她的内心已感到自己像到了人生的暮年,甚至感觉自己就要死了,有好几次她都明显地感到了死神的触摸。死神告诉她,那一年的七月半鬼节,巫师在天王庙为镇江一役的将士招魂,其他人全部回到了家,唯独自己的丈夫乃贵的魂魄没有回来,因为他是自戕而亡,属于自愿,而这一类的魂魄是回不来的。起初,介银并不相信。她相信一种至死不渝的爱情会穿越千山万水。"他觉得自己无颜见你,因为没有实现诺言,连一只玉手镯也没给你。"死神说。这一下介银完全相信了,因为丈夫的承诺，除了自己，并没有第二个人知道。此后她一点都不畏惧死了，她希望自己早一点见到丈夫，告诉他她并不稀罕什么玉手镯，只要俩人能在一起就心满意足了。她计划花一年的时间，亲自去将丈夫的魂魄带回，如果不能，她要跟他死到一起。一直以来，她始终都没有忘记一件事，那就是她曾答应莫歌，要将匡嘎惹巴好好地交还给她，甚少要交还给匡府。

回到家，匡嘎惹巴的身体和精力以令人吃惊的速度恢复了。这不单是因为他本身的身体素质，还有久违的沱江水的滋润和适宜的空气。但失眠仍挥之不去，每到夜晚他总是越发的清醒，目光有如萤火虫一般发亮。他经常无法忍受空躺木床的痛苦，不停地在屋子里荡来荡去。一天晚上，他在半睡半醒之间感到了一丝星光的存在。那些星光在他毫无意识的思想漫游中，突然清晰地影映出他小时候那次家里出殡的景况，其实是十三口棺材而并非十二口。他记得自己穿着白色的拖地麻布孝衣，在那些棺材间绕来绕去绕了一个通宵，第二天天刚麻麻亮，他就被抬棺的人挤到了一个角落。抬棺人密密麻麻地站满了院子，就像院子里一下长满了竹笋。他们八人一组，各负其责地用巨蟒一样的粗绳将棺木绑到了一副抬杠上，在道士辞灵的最后一道程序里，喊着吆呵起驾，走了出去。他靠在院墙的腰子岩上，反复体味着一种似乎是热闹也不能弥补的空虚痛苦。他想哭却流不出眼泪，他穿过晃动的抬棺人群，走出大门，看到外面站了许多人。"天哪，十二口啊！"他听到别人数着的棺椁数目，这似乎与自己数的结果不相吻合。

那么，应该还有一口是没有抬出去的，匡嘎惹巴在那个失眠的夜晚想。他借着天上的星光急匆匆地朝匡府大宅走去。他掀开了匡府的大门，在走过宽阔的大院时，有一种荒废杂草的气味和一种菊花的暗香让他有点不知所措。他不顾一切地往前走，并在疯狂中掀开每一间关闭的房门。这时，他在以前母亲睡过的卧室里看见一道绿光，从厚层的土地下射出来，仿佛地下有一个月亮把卧室的地面变成了透明玻璃。他在母亲摆放床的中央，也是光线最强的地方掘开了一些泥土，企图找到通往地下的缺口，他确信那里藏有一个不为人知的秘密。但他翻得筋疲力尽，除了许多沙石，并没有缺口或地窖。他又费了些力气将泥土填好，这时那些晶莹的绿光也随即消失了。

几乎每隔两天，他都要往那里跑一次，有时是白天，有时是晚上，他对整个屋子越来越熟悉，那些回忆也越发清晰。在另一间摆有古旧衣橱的房间，一杆木制梭镖引起了他的注意。他隐约记得，自己曾不胜其力地挥动过它，并因此碰到了某个东西。他想了想，是一个银首饰盒。那件什物在匡家再平常不过，却如此牵动人心，令曾祖母瞑目。他走过去挥动了一下，梭镖抖落下无数木粉灰尘，有一处快折断了。他很想知道那个银首饰盒的下落，应该在衣橱的某个地方。衣橱上面积满了灰垢，他在摆放梭镖的时候感觉到了橱门上两个大大的铜鱼拉柄仿佛在动。这让他好奇而激动。他连续几个小时盯着铜鱼拉柄,试图从那儿找到什么关于秘密的破绽。但是他什么也没看到。他并没因此失去耐心,到了晚上,他干脆搬来了枕头被子,在有衣橱的房间睡了下来,一直到天亮,他都睁着眼睛。

莫歌正是在这时遇见自己的儿子的。她首先闻到了属于匡嘎惹巴身上的菊花的香味,这种特有的气味让她沉寂了二十五年的"离梦"症得以治愈。她的感觉是自己冬眠了一个世纪,然后在这个温暖的早晨里复苏了。她感到惊喜万分,但同时也为自己身上的变化而悲哀不已,觉得见儿子还不是时候。"我可怜的儿子啊,一定是上天在眷顾他。"她双手合在胸前,闭目喃喃自语。

这一天,介银做出了决定,要亲自带匡嘎惹巴回到匡家大院去归宗认祖。她觉得是必要的,就算是走走过场也会令自己死而瞑目了。她在天不亮的时候就开始对镜梳妆,一会儿将头发做成发髻盘到头顶,一会又梳成发辫垂至腰际。她感到了一丝莫名的紧张,就像当年去匡府打听消息时一样忐忑不安。三个小时后,她将那个刻着匡嘎惹巴生辰八字的精致铜镜项饰挂到了他的脖子上。这块项饰还是匡嘎惹巴外出读书时从脖子上取下来交给介银保管的。

"我得把你交还给你母亲,我想是时候了。"介银说。

匡嘎惹巴浑身一颤,他很担心地摸了摸她的额头,看看她是不是病了。自从走出匡家大院的那一天,匡嘎惹巴就与她情同母子。介银的善良和温柔是他这辈子都无法忘记的,那些不着边际的话从她嘴里冒出来,他感到十分吃惊。"你忘了吗,那一次我来镇篁城卖锉花时带走了你，我当着你母亲的面说，要将你好好地送回去。"介银又说。

匡嘎惹巴当然没有忘记，就像是孩童时的一帘幽梦，梦境依稀而回忆清晰。那时候，介银提了一个放满锉花的竹篮，她给了自己一副老鼠嫁女图案的锉花，而他自己却选了一副菊花图案的。那一天，他最后一次见母亲。

"母亲已不在那里了，即使你带我到那里去也没有用，我想她能明白你的心。"匡嘎惹巴说。

"我不管，心是看不到的，但愿菩萨保佑，她今天会在家里。"介银说，"也许我以后再也见不到她了。"

匡嘎惹巴跟介银生活这些年来，她任何想做的事情，他都没有忤逆过。他帮她抹了抹鬓角有点蓬松的头发，无意中看到她的眸子里的光彩咄咄逼人。这使他不由得为之感染，并在出发前整了整自己的衣冠。

匡府大院宽阔空旷，莫歌就像旧时的一个影子。她穿着普通的印花布上衣，没有佩戴任何首饰。脚上是一双绣花的布鞋，没有任何的泥土和污迹。她坐在一张古旧的四方木椅上，安静端详，仿佛对所有的一切一无所知。跟以前相比，她显得苍白，却美丽不减，一袭从未剪过的长发，瀑布一样拖曳至脚跟，青郁葱茏，抵御了她的衰老。她的额角没有一点皱纹。

"我的天哪！"介银暗自说道，她并不是因为这样的出乎意料吃惊，而是为在她的意料之中感到万分激动。

"我把你的儿子送回来了，夫人。"介银说，深深地朝着莫歌鞠躬，"这是我最初的承诺。"

莫歌把自己的手从木椅的把柄上移开，温情而轻柔地在匡嘎惹巴的脸上、身上抚摸，眼泪大颗大颗地滚落下来。只有这时，匡嘎惹巴感到了母亲由于衰老才会有的迟缓和优柔。他抱着母亲，觉得自己的肝肠都快断了。

当天，莫歌就带着他来到了摆有衣橱的那个房间。匡嘎惹巴这次没有任何犹豫，抓住了鱼形拉环，打开了衣橱的门。里面并没有什么衣服，只有一个通往地下的道口。莫歌领着他顺着道口深入下去，似乎绕了一个九曲回龙。在一较为宽敞的地方，摆放着父亲匡嘎恩其那口漆黑的棺椁。棺椁的位置，正好在原来母亲卧室的下方。"一直以来，我都跟你们的父亲在一起，我甚至从未当他已经死了。"母亲冷静地说。

揭开棺盖，匡嘎惹巴看到了父亲匡嘎恩其完好无损的遗体，他不仅没有任何腐烂的迹象，脸上完全是一副睡着的神态。母亲把这一切归功于那颗衔在嘴里的夜明珠。"那是你们的父亲带给我的礼物，太珍贵了，我一直舍不得取下来，我要让他像活着一样，一直想着我们。既然我们活着，他也不例外。"母亲又说，"好好看看你的父亲吧，他是匡嘎家的光荣和骄傲，他为国家献出了生命。"

匡嘎惹巴怎么也想不到自己不仅见到了母亲，还见到了父亲，母亲述说着父亲的英雄业绩和不幸遭遇,似乎也没有什么遗憾。"匡嘎家的人从来就是为战争而生的。"母亲最后说道,之后将那本族谱递到了匡嘎惹巴面前。那些所有的记载一时间将他的脑子塞满了。

介银在找到莫歌的三天后,便到巫师那里讨要了一块系魂布,并从此踏上了寻找丈夫乃贵亡魂的不归路。

38
殇

割不断的母子连心让匡嘎惹巴和莫歌都深感自己得到了天大的幸福,虽然这幸福迟来了很多年。莫歌用院子里风干的菊花熬制冰糖花茶医治匡嘎惹巴的失眠症,匡嘎惹巴则不断地讲着自离开母亲后的故事,似乎要连贯起母亲空白的日子和苍白的记忆。他还带来了他的军用水壶、他的怀表,还有他唯一的一张在嘉善那条公路落成典礼时的合影照片。母亲则将它们一一放到了他儿时所住的房间里。

匡嘎惹巴有一天告诉了母亲自己当前的处境。他说他的箅军师被强权编散了,而自己却又擢升了副军长一职。"岂有此理!"他愤愤地说,"玩这种官场伎俩。我岂是一个副军长头衔就能让我鬼迷心窍之辈?国家危急,民族危亡,我率七千镇箪子弟出山,指望为国出力,而他们却在剪除异己,令我辈报国无门!"那天晚上,他竟然在母亲的怀里睡着了。

莫歌任匡嘎惹巴在自己怀里躺了很久。到了半夜,趁匡嘎惹巴熟睡之时,她来到了丈夫匡嘎恩其的棺椁旁,注视良久,之后打开了棺椁。"恩其,"她最后一次把自己的脸贴到了丈夫的脸上,眼泪如潮水般涌了出来,"我现在需要你的礼物了。"她几乎是毫不犹豫地从丈夫的嘴里取出了那颗夜明珠。

匡嘎惹巴一觉睡了整整三天,醒来时为一强烈的绿光所照射,睁开眼,他看到了那一颗价值连城的宝贝。"妈妈现在送给你,你知道它的用场,请拿去吧,卖掉它,重组你的部队。"莫歌对匡嘎惹巴说。

"妈妈。"匡嘎惹巴惊呼道,并本能地起身去看父亲。但遭到了母亲的阻止。"不用去了,"莫歌说,"你父亲瞑目了,让他好好安息吧,他太累了。"

事实上,匡嘎恩其在夜明珠被取出两小时后即迅速腐烂了。莫歌最先闻到了一种难闻的尸体臭味,她在棺椁的旁边摆满了栀子花和薰衣草,那时她心底开放出一朵新的希望之花。她不仅用最坚硬的蚂蟥钉钉死了棺盖,还请巫师画了一张神州符。巫师念了一堂封臭经,将漫弥的尸体的味道永远封存在里面了。

"卖掉它,"母亲在重整了一下思绪后,又果断地说,"组建你的部队吧!"

"可是妈妈,要是我现在有权这样做的话,我一定去办,"匡嘎惹巴说,"可是它是爸爸送给您的礼物。"

"你爸常说好钢要用在刀刃上,我敢肯定他是第一个举手投赞成票的人!"

卖掉夜明珠,匡嘎惹巴很快有了一笔资金。那些出卖战争武器的下河佬商人拉来了一车一车新式枪支炮弹,其中有捷克式机枪和俄式轻机枪若干挺,有八二迫击炮数门。为了表明自己也是支持抗日的,商人还答应附带送一车青霉素药品。很多青年前来报名,领到了那些新式武器。一二八师归来的官兵也很快归到了他的门下,他们都强烈要求参加新的战斗,为死去的弟兄报仇。匡嘎惹巴意识到了自己拥有新老同乡们的众多支持,也显得更加振奋激动,他在想只要找一个借口就可以行动起来。

实际上,上天也给他提供了这样的借口。张省长在执政不到一年的时间里,就因一场足以毁掉长沙城的火灾而引咎辞职了。接替他省主席位置的是一位姓薛的,也是第九战区的司令长官。那时候武汉已沦陷了,薛司令刚从武汉战役失利中归来,他为敌人嚣张的气焰和自己的受辱而恼羞成怒,一心要挽回面子。他深知筸军的英勇顽强和不怕死精神,一到湖南,就立即在湘西招募军队。天遂人愿,他毫不费力地就在湘西组建了一个军。湘西人并没有看上这位矮个子的司令,包括匡嘎惹巴在内,纯粹是因为被一种抗日报国的情绪冲昏了头。薛司令将这个军整编为新编第六军。他早知道匡嘎一琼可以将一省长弄下台的厉害,打算让匡嘎一琼来担任军长。但匡嘎一琼在与他简短地交谈后,觉得与此人道不同不相为谋,拒不受职。

"宜为庶民,也不丧失人格去钻别人的狗洞,折腰为官。"他对劝他的来使说。薛司令被惹得很是恼火,他自任了军长,并调来了他的一位心腹沈就成担任了副军长。

第六军辖暂编第五、第六两个师。插入暂五师的几乎是一二八师的原班人马,师长和副师长由匡嘎惹巴和戴嘎季韬充任,辖两旅四团,第一旅旅长是贵州人秦光远,第二旅旅长是原一二八师七六七团团长陈范,三团团长吴嘎光烈,四团团长沈嘎岳荃。至于第六师,则大部分是那些刚刚被收编过来的果雄·乜革屯乂勇军。匡嘎云飞一直耿耿于怀没有参加上次的嘉善抗战,对这次的机会把握得很准,他成了该师的师长,那些曾经的革屯首领则成了下属的旅长和团长。

走的前一天晚上,匡嘎一琼为匡嘎云飞送行。匡嘎云飞用左手接过匡嘎一琼右手递来的酒杯,内心充满了分离难舍之情。匡嘎一琼却闷闷不语,整个晚上就说了一句话:"请一定保存自己。"

暂五师和暂六师被带到异地整训,不久,有些盲目地开到了敌占区。

暂五师和暂六师都没有辜负那位矮个子司令的期望,他们发动了两次"襄西攻势",参加了三次长沙会战,以及百余次的江北湘北湘南战役。他们的捷报有如点燃的烽火,他们的墙上挂满了最高司令长官颁发的"如钢如铁"等内容的军旗。在常德德山召开的一次有最高层人物参加的会议上,薛司令毫不谦虚地展览了大量从日军手里缴获而来的军械物资,他站立在比任何人都高出一个头的台位上,唾沫横飞地将发言稿念了整整一个上午。这支以镇筸兵为主的军队为他挣足了面子。

但这位矮个子司令最后还是没能克服自卑的弱点,他担心功高震主。就在他头上的光环还没有完全散尽之时,他自作主张,把新编第六军给撤掉了。他先是把暂六师拨归了七十九军,掌管七十九军的原是第六战区司令长官和武汉戍卫总司令的湖北省主席。一直以来,他对这支以果雄·乜为主的地方筸军野心勃勃,为充实自己的战斗力,一直想觊觎第六师。这次正中下怀。主席一边用好酒款待了薛司令,一边却想用武力款待暂六师师长匡嘎云飞。

那时候暂六师刚刚与敌人进行完一场肉搏战,尽管他们的武器不好,但他们会很多的苗拳武功,令自己立于不败之地。一位苏联顾问为他们吃苦耐劳和英勇善战的精神感动,给予嘉奖。奖章奖品带到驻地,才知道暂六师被突然调往黔江休整去了。

暂六师奉命进入到四面环山的四川黔江。匡嘎云飞接到先头部队旅长的报告，说八十二师莫名其妙地构筑工事阻挡军队前进，之后又有通信兵气喘吁吁地赶来说九十八师从后面将他们包围了。而唯一的一个路口，又让五十三军的一个师堵得水泄不通。匡嘎云飞正为这种捉摸不定的情形感到困惑，就听得电台传来七十九军的夏军长要他们就地休整，匡嘎云飞即日调军事委员会参议，其他旅长团长分别调离或改任附员和步兵指挥。总之，是让匡嘎云飞移交部队的命令。

这一突然的变故让匡嘎云飞觉得有人在向他开刀，他火冒三丈，不停地骂娘。一个旅长建议他们趁其不备向对方开火，并确信对方一定搞不过自己。但匡嘎云飞说在情况尚不明白之前不要轻举妄动，荷枪实弹，做好以防万一的准备。

时间悄悄流逝，战火一触即发。对方派出了监交大员，是九十八师的一位副师长。这位副师长披一袭黑色披风，整个身子和手全裹在披风里。他以前是匡嘎云飞圈子里的朋友，嗜赌如命的一个家伙，长了一双令人羡慕的强劲有力的手，而且跟匡嘎云飞一样，也是个左撇子。别人戏说他们是天生的搭档又是天生的对手时，匡嘎云飞说如果有机会一定会亲自砍了他的左手。

副师长原打算先礼后兵，如果匡嘎云飞拒绝签字，就实施武力。但他在见到棋逢对手的匡嘎云飞时，又突然改变了主意，因为他的赌瘾一下上来了。他竟迫不及待地要跟匡嘎云飞赌一把。

"我们开始吧，兄弟，"副师长对匡嘎云飞说，"如果我输了，你可以不交出你的部队。"

匡嘎云飞深深地看了对方一眼，不明白对方在玩什么伎俩，但也很想试一试。"好吧，我们一言为定。"他说。

副师长让匡嘎云飞猜他的手。他问匡嘎云飞，是左手断了，还是右手断了。"我还可以让你猜三次。"副师长说。

这时，匡嘎云飞才注意到对方所穿的披风。他原以为是对方故意彰显副师的派头，没料他有着不可告人的隐衷。他立即想起了那一双曾经令人羡慕的手。"你在开什么玩笑？"他对副师长说。

"我是认真的。"副师长说。

"如果事实证明你在撒谎，我也可以带走部队。"匡嘎云飞说。

"当然，"副师长说，"老规矩。"

匡嘎云飞几乎不假思索地就去猜副师长的左手。"确定了吗？"副师长问。

"当然。"匡嘎云飞说，"你的左手没了。"

副师长肩膀耸动了一下，他首先抖开了他右边的披风，并将他的右手伸了出来。这是一只什么样的手啊，根本就不能叫手了，整个手掌齐腕断掉，支棱的如一根由人皮包裹的棒槌，缝合处还结着痂痕。匡嘎云飞瞠目结舌，他为眼前不能接受的事实吓倒了。紧接着，副师长又抖了一下他左边的披风，并将他的左手袒露在匡嘎云飞的面前。和右手一样，除了一根骨头，没有哪怕半根多出的指头。

"要不要再跟我交一次手，比试一把腕力。"副师长对匡嘎云飞说。匡嘎云飞这时已说不出一句话来,他知道自己这次输了,而且非常狼狈。"很遗憾是吧,"副师长又说,"但对于我来说,也值了,这双手换取了日军的一座碉楼,并将几十个鬼子送上了西天。"

"不,遗憾的是我的左撇子没有了对手。"匡嘎云飞说。

匡嘎云飞在仰天长叹一声之后,决定交出部队。他似乎再也无意于争权夺利,而是以大局为重,以大义为重,满腔热血地进入了抗击日军的战斗。

这次之后,他们从赣东打到桂西,从常德打到衡阳,甚至开赴缅甸远征抗日。几年后,原所属暂六师的所有箅军,因战火累累,死伤过半,在一次又一次的整编中,只剩下了一个团,而这个团最后被并入了川军。

暂六师结束了自己光荣而短暂的历史,匡嘎一琼的心在滴血,他发誓不管付出多大代价,都要找回有如火种一样的他爱之如命的箅军兄弟。他为此还派出了有五人组成的别动队。某些日子里,乌鸦在镇箅城的上空不停地叫,歇斯底里,他莫名地觉得非常想念匡嘎云飞。喜鹊报喜,乌鸦报丧,他想匡嘎云飞肯定死了。但不久却传来别动队五人全部身亡的消息,他们在艰难寻找的路上遭到了敌人的连环轰炸。匡嘎一琼想都没想,又立即派出了六人。出去的六人最终回来了两人,匡嘎云飞也回来了。

"我只是不愿因为我再牺牲更多的人了,"匡嘎云飞说,神情非常沮丧,"这是一件毫无意义的事。"

"也许是吧，"匡嘎一琼说，"但都不是我们此时能说清楚的事。"

暂五师拨归七十三军。七十三军的彭军长心胸狭窄，鼠肚鸡肠，他对暂五师的到来充满敌意。他不仅对暂五师的赫赫战功视而不见，还撤销了二旅旅长陈范和有"虎将"称号的三团团长吴嘎光烈、副团长田嘎兴超之职。他为此找了一些很好的借口，就是将陈范保荐任第六战区少将高参，将吴嘎光烈和田嘎兴超调去重庆中央党校高级班受训，而这位军长的亲信们正好趁机接任了这些职务，一位叫彭士亮的担任了该师的代师长。

天性耿直的匡嘎惹巴在自己的权力被架空后还一直以为是上级对自己的器重和扶持。那时候，日寇以数以万计的重兵，海、陆、空几方配合，向七十三军发起进攻。战斗一开始就打得非常激烈。暂五师是全军主力，他的一门心思全放在了和日军的较量中。不久，匡嘎惹巴也接到命令，被调到另一战区任行政督察专员兼保安司令去了。

暂五师全被换了主心骨。从那以后，下级官兵处处受到歧视排挤，受到虐待，每个月有一半的军饷让人想方设法克扣掉了，有一些军械也被克扣。谁也不知道这是谁干出的事，但他们认为自己已成了后娘养的崽，是别人砧板上的菜，任人宰割了。有些人开始思忖着要逃跑。

吴嘎光烈和田嘎兴超在进入中央高级班受训后并没有得到应有的重视，他们连上级拨的那份薪水都没有得到。连年战争，他们也没有积蓄，时常在饥肠辘辘中度日。一天，在第六战区任少将高参（其实也是无职无权的）的陈范在一小摊前闲逛时碰到了他俩。陈范拿出了将近一月的薪水，请他俩到附近的馆子吃了一顿麻辣火锅。他们喝了很多的酒，失落的心情不言自明。他们很长时间都没有离开酒馆，实际上都在想着要另谋出路的事，只是谁都不好开口。当他们都必须离开时，吴嘎光烈问有没有来自湘西的消息。

"真是有点想他了。"吴嘎光烈说。他心里想的是匡嘎一琼，他曾经是那样的亲如手足，爱护备至。陈范说并没有关于湘西的消息，但他最近接到两封由国民党内部一个军官转来的信，写信的人是远在延安的朱嘎丹浓。

朱嘎丹浓在那次大肆捕杀共产党人和革命分子的行动中虎口脱险后，就一直为着自己的理想和信念奔走。他到过很多地方，但即使走到天涯，他总能准确地找到陈范。因为正是陈范暗中帮他逃脱了那次捕杀。

"他在信中说什么？"吴嘎光烈问。

"他说他为箅军惋惜。"

陈范告诉他们，朱嘎丹浓已是一个纯粹的共产党人，希望他们不要盲目与奸人为伍，寄人篱下，空耗光阴，要认清形势，另找出路。箅军要图谋自立，见机行事，有可能的话，他愿意帮忙设法将部队拉到那边去，那才是光明前途的开始。

吴嘎光烈和田嘎兴超都感到惊讶，他们都装作没有听见，其实把陈范的话全记在了心里。等到下一次见面时,吴嘎光烈便问能否找到那个带信的国民党内部军官见一面。

"当然可以。"陈范说。

军官来的那天晚上,着一身便装,但谈吐不凡,很有抱负。他们一见如故,相见恨晚。时光在不知不觉中渐渐遁去,在最后的离别中,他们明白了那军官就是朱嘎丹浓的一个影子。

吴嘎光烈和田嘎兴超在结束受训后回到了部队。华容、滨湖之战结束,七十三军受到重挫,被日军围在了北景巷三仙湖内,师长在内的军官们全先跑了,士兵们作散兵游勇状落荒而逃。暂五师这次被丢在最后,伤亡也是可想而知的。但由于唐嘎力均的营是以建制撤退,临场有卫前断后,救了暂五师。部队往石门设防。吴嘎光烈见到了二旅十五团二营营长吴浩、三营营长王嘎吉全、十四团二营营长唐嘎力均以及一位军械室主任,他们士气萎靡,好像患上了一打仗就必定失败的后遗症。大家都很心酸,所以当吴嘎光烈提出把部队拉到五峰、鹤峰一带大山区,向共产党靠拢,去打抗日游击战争时,大家全表示赞成。

"行,部队起义吧。"他们最后做了决定。

有一次机会是大部队正参加长沙第四次会战,吃败仗是肯定的,于是做好了往四川撤退的准备。若举事成功,暂五师可以顺理成章地将部队拉到湖北五峰一带大山区。陈范在与朱嘎丹浓各方取得联系后,秘密潜回镇筸,准备在镇筸、乾城、麻阳及铜仁松桃各地组建抗日游击纵队，以便今后两方会合。他对即将取得的成功深怀信心。吴嘎光烈则连夜写好了行动决定：一、定于双十节晚上八点同时行动，十四团一营由副营长田嘎应和统率，三连连长田丹带一个班监视营长刘嘎宗雄，尽量不伤害其性命，二营一连占领地垭要道，掩护田嘎应和一营和宋嘎益兴三营通过，唐嘎国均断后。目标是磨求隘。二、十五团二营在白槎占领阵地，掩护王嘎吉全全营通过。三、吴嘎光烈在双十节晚十点前，到达松林唐嘎力均部，负责起义指挥。四、田牧在双十节前离开七十九军，秘密赶到镇筸，协助陈范在镇筸发动武装暴动，成功后把势力扩充到麻阳、铜仁、松桃一带，接应吴嘎光烈起义。五、双十节前各负其责，少通电话，各营备好五峰、鹤峰一带的地图，作上山打游击用。特殊情况，由吴嘎光烈派包中联系。

一切似乎都在悄悄地、有条不紊地进行着，暂五师的官兵们期待着那个光明到来的夜晚，在失眠中回想自己曾遭遇到的歧视和冷落，心底似有岩浆在涌动。

但事情最终坏在了三营营长王嘎吉全的手上，他那晚喝醉了酒，当吴嘎光烈的密信送来时，他顺手放在枕边，打着有如响雷一样的鼾声睡去了。他的鼾声让别人侧身难眠，无所适从。一位新派来的书记本想起来给他提个醒，结果却看到了那封密信。书记为信中的内容吓倒了，越级向军部做了告发。当晚，吴嘎光烈就被军部扣押了。

兵变的结果超出了人的预料，信中所有提及的军官全部被逮捕了,并被宣布他们叛党叛军,解送军部严刑审讯。一个月后,吴嘎光烈、吴皓、王嘎吉全三人被拉到石门县城外的澧水河边一座宝塔之下枪毙了。唐嘎力均和其他十五人最后以知情不报之罪,判有期徒刑一年两个月,由石门递解原籍镇箪执行。

陈范作为这次起事的主谋,一直在积极地做兵变策应的准备,但双十节过后数天,却传来事情败露的坏消息。他当即觉得时局不妙,便在乡下待了两天。他的感觉是对的,此地的县长早已接到省里将其缉拿就地处决的密电,但考虑到他在乡民中素有声望,怕处理后引起地皮风,决定假意放走,暗中派特务跟踪,等走出镇箪后予以杀害。

县长故意向上级说陈范已离开镇箪了。那时陈范正接到一封来自重庆的来信,他的第六战区的司令长官说有要事要见他。这给了他一个逃离此地的很好的借口。他换了套便装,决定往重庆方向潜逃。他以着高度的机警,谨慎摆脱了特务的跟踪。到了贵州的贵定县,他以为逃出了险境而放松了警惕。

在车站,一个似乎只有一条腿的男人向他借火,此后那人一直坐在他的身边。他为那人身上一种屎尿和檀香混合在一起的气味感到窒息。车行至荒郊野外,那男人的另一条腿不知突然从哪里长了出来,双脚而立,朝他后脑勺开了一枪。车内一片慌乱,那举枪之人却示意大家安静。他将陈范的尸体扔了出来,制造成车祸的假象。

39

叛乱

　　暂五师开到石门后,驻防在城北的新关、锦鸡关一线构筑工事,由于七十三军在华容滨湖战役中元气大伤,全军主力就靠暂五师的十四团。但吴嘎光烈等人被枪毙、陈范被暗害,暂五师已人心波动,军无斗志了。十一月,日军又开始调集重兵向七十三军发起进攻,他们的大部分在郊外正面激战,另一部由两百余骑兵偷渡澧水,企图占领新街口。军长派去了一个特务连,但几次冲锋都被打退。连长本人也几处负伤,在别人的搀扶下回到军部请求增援,而军长则骄横地拔出佩枪将他枪决了。新街口失守。

　　七十三军在石门受到了敌人的包围,形势危如累卵,军长情急中带着七十七师和十五师向桃源方向撤退,却给暂五师下了一道死守石门的命令。为了跳出包围圈,暂五师只好与敌人打游击。数次的战斗与斡旋,双方都有些晕头转向。一天夜晚在篝火边烤火,暂五师的一个士兵想讨支烟抽,却一手拍到了已睡在篝火边的日军的脊背上。两人骂起娘来,并扭打一团,刹那间枪声大作,双方开始了夜战。黎明时分,团长们带领士兵突围出来,发现不见了彭代师长。他们返身而回,想拼死相救,却发现龟缩在山上哭泣的彭代师长的警卫。警卫这次勇敢地站出来讲了真话。他说彭代师长趁他们冲开敌人防线时,采用华容滨湖一役撤退时逃跑的经验,避开部队,泅渡澧水,不料泅渡中后胸中弹,死在河中的一个小洲上。团长们最后抬回去的是一具尸体。

石门战役由于长官的指挥失当,暂五师失去了两个团的兵力,不得已,上级将那些残部编为十四团,并入了七十七师。

暂五师和暂六师的命运一样,有如一个早熟蒂落的瓜,结束了自己的使命。

石门兵变未遂,落下了偷鸡不成反蚀一把米的结局。噩耗传到匡嘎一琼耳朵里,他整个地木呆了。无以言表的悲伤令他的喉结不停地颤动,有如在吞咽泪水。但这种神经性的吞咽取代了他对于爱将一个个离世的唉声叹惋,他的悲伤也不那么明显了。

有一次,他手下的一名谭副官端一杯水给他喝,走近时看到他在桌子上涂鸦,是一张人的头像,额头上黑黑的有如枪口准心的一个十字。因为那头像就是匡嘎惹巴,谭副官内心茫然,但不免窘迫得抽身而退。匡嘎一琼扭头看了他一眼:"有什么事吗?"

"是,在我们屋子的周围,晃动着一些来路不明的影子。"谭副官说。

"他们来了。"匡嘎一琼一点都没有惊慌,将那副画卷起来顺手扔到了炉火里。

"要燃冲天大火了。"匡嘎一琼又说。

在匡嘎一琼看来,事情并不突然,但比他想象的要严重得多。国民党最高层在湘鄂川黔边区设立了清剿总指挥部，任命了总指挥。总指挥又将整个边区四十二县划为七个清剿区，任命了七个清剿区司令，调动了三十个团的正规部队分驻各区。在湖南，矮个子的薛司令重新制定了计划，将湘西、湘南划为五个清剿区，抽调了五十四军、八十七军、八十五军、七十五军、第二军以及保安司令部的军队合力进剿，其目的有两个，一是彻底清除共产党在湘鄂川黔边区的活动，二是彻底肃清匡嘎一琼在湘西的残余势力。

"匡嘎一琼是湘西后患无穷的一大祸根。"矮个子在向上级汇报时说。

但是他们搜不出任何证据的，杀掉匡嘎一琼的理由还很不足够。这时，高层里有人出于对匡嘎一琼军事才能的重视，有心救他一命，于是给蒋总统提了一个较好的建议，就是将匡嘎一琼放逐异地，永远不准回到湘西，而且还做了担保。

"好极了，"矮个子司令知道后不耐烦地叫道，"颁布禁令，叫他马上离开！"

匡嘎一琼被命令三日内离开镇筸。矮个子司令对他清剿区内的部下交代，三日后任何人都可不经任何司法程序将他击毙。匡嘎一琼为形势所迫，加上对于当前派系倾轧的官场心灰意冷，决定不再过问军政了。两天后，他把所有的携带物藏进一口皮箱里，离开了镇筸。

在通往四川的布满荆棘的小路上，匡嘎云飞一直抱着他痛哭。

"我还可以再帮你，"匡嘎云飞说，"我一夜之间便可拖出队伍，还有,我原来在各县所种植的鸦片还在疯长。"

匡嘎一琼抱着匡嘎云飞。此时他的喉结突然不再颤动了,神经性的吞咽戛然而止,他不知道这是怎么回事,仿佛是有人帮郁积的水冲破了障碍,一泻千里了。匡嘎一琼轻松了许多,他拍了拍匡嘎云飞的肩膀:"如今小人当道,黄钟毁弃,瓦釜雷鸣,生机已绝,国家已难挽救,我只想抽身而退,无求而自足,无愧而自适矣。"

"这不是你的志向,师长。"匡嘎云飞说。

"做人要有志气,你也一样,请好自为之吧。"匡嘎一琼说。

匡嘎云飞在匡嘎一琼走后觉得自己的主心骨有一半丢失了,他有很长一段时间魂不守舍,若有所失。他又开始重操旧业,经营起自己的赌场,那似乎也成了他余下日子的寄托。

一天,一个大腹便便和一个瘦如烟杆的两个人同时来到了叭固。他们中的一个自我介绍是大庸保安团团长,一个是永顺警察局局长。俩人的突然来访并没有让匡嘎云飞感到震惊,他取出了一对大如牛眼的骰子放到他们眼前。"说吧,想要什么?"他的直言不讳和底气十足反而让他们退却起来。保安团长嗫嚅了半天,匡嘎云飞才听出他们其实是想管理原来在大庸永顺种植的那些鸦片。匡嘎云飞大笑一声,将骰子收了回来。

"我早就不管了,你们根本不用问就可以随便拿去。"匡嘎云飞说。

匡嘎一琼离开镇筸后,一直过着有家不能回的日子。他的日子和他行走的路线一样,没有任何目的和方向。有时他想朝着某地进发，到头来发现自己正往相反的方向行走。他衣食不济，穷困潦倒。起初，还不时有便衣监视他，之后发现他不仅没有军政方面的野心，连路边的乞丐都不如，就不再注意他了。有一次，他实在饿得不行了，就摸了摸身上有无可当的东西，结果除了脖颈上那块铜镜项饰光可鉴人，已别无他物。他拿着去了当铺。当铺的先生儒雅陈迂，精通算命，他没有为项饰的工艺吸引，却被上面的生庚八字惊得目瞪口呆。他在匡嘎一琼的脸上逡巡许久，慨然自言自语："老朽年近古稀，行将就木，却没看到过如此可贵的属相，此命大难不死，必有发达之日。"当铺先生慎重地将项饰挂回到匡嘎一琼的脖子上，同时在他手心里放了几千现钱。

先生并不是施舍他，只不过和他签了个借钱协议，其内容是：一是某年某月某日还钱，只收成本不收利息；二是如果某年某月还不了，签过缓还的协议即可，如果有需要而且他有能力，还可以再借。匡嘎一琼把协议揣到了身上，觉得死不是那么容易。

用完了当铺先生的欠款，匡嘎一琼真的囊空如洗。无计可施的时候，他突然想起自己还有一部黔军军官所送的私人电台，被矮个子司令拿走了。他豁出去了，斗胆给蒋总统写了一封信，要求归还他。简直有点时来运转，他居然得到了七万元的现金偿还。他在还清了自己的债务后，便潜心于纺纱机、弹花机、灌田机等机械的钻研设计上来，如痴如醉。他造出的一种纺纱机，一次能纺出十多根纱，比人工纺纱的功效要高十多倍。

匡嘎一琼在外漂泊了整整七年。那年八月，抗战取得了全面胜利，日本的一架专用飞机降落在离镇算不过百十里的芷江机场，武夫在降书上画押签字，日寇宣布投降。随后，那位矮个子司令走了，湖南换了新的主席。匡嘎一琼得到消息，他已被解除禁令，准予返回湘西。但他已是一副不问政治、归隐泉林的姿态，以致匡嘎云飞来看他，他依然沉醉于对于那些机器的钻研之中。他变卖了房产，在北门外安装了四部水力轧弹花机，办了几家小型的棉花混合纺纱厂、织布厂和牛毛帽子厂。

"要打内战了。"匡嘎云飞说。匡嘎一琼眉毛都没蹙一下，不停地把这台机器放到那个位置，又把那台机器放到这个位置。"你的厂开不了多久的。"匡嘎云飞又说。

果然，厂子没有维持半年就一个个垮掉了。匡嘎一琼总结了一下，水灾旱灾虫灾及瘟疫是其中一个原因，而蒋总统发起的要企图消灭共产党的内战则使城乡的经济陷入崩溃的深渊，物价有时一天可以涨十几次。更可悲的是湘西剿共并没有取得实质性进展，反而引发了空前绝后的湘西内乱。那些地方的实力派人物为多年来的进剿所厌，而进驻的国民党清剿部队也没有捞到任何好处，搞来搞去大家头角相犄，眼红了起来，并开始争权夺利、你死我活。

四月份，大庸和永顺清剿区司令李门安下了一道命令，要求务必铲除那些鸦片，并责令永顺警察局交出一个连的人枪，组建戡建大队，戡建救国，还派来了一个少校队副。

"这是上级的部署安排。"李门安说。

这等于是骑在别人头上拉屎。警察局长被惹火了,当晚集结了三个中队的警察和县自卫队的士兵。一个分队长牵来了一匹骡子,局长坐了上去,宣布要执行紧急任务。队伍打着火把出发了。半路顺便掳走了八个鱼贩子,因为那些鲜活的鱼儿正好可以做他们美味无比的早餐。局长打算哗变后到一个山高密林的地方去当山大王,到了大庸的地盘,突然想起那位保安团团长的好友来,想拉他入伙。其时,保安团团长也因为别人眼红他的鸦片,与人相持不下,他刚接到省里的一封电报,内容是让他去邵阳整训,实际是想解除他的兵权。他既不想离开湘西,又不敢违抗命令,举棋不定。警察局长的来访让他大喜过望,他当下问警察局长还可带多少人马。

"三四千不成问题。"局长说。

"那好吧,我这里还有一千多正规军。"保安团团长说。

原打算进山落草的队伍却突然雄心壮志起来。保安团团长胃口大了,觉得他们完全可以打到常德去。"要干,干脆大干一场,"他说,"那样才过瘾!"

那天下午,他们就为此找好了一个名目,就是组织成立一个湘西人民反压迫委员会,提出"湘西人治湘西"的口号。他们打出的旗号是湘西北人民反压迫自卫军。保安团长担任自卫军总司令,警察局长担任副总司令。

自卫军四个武装纵队,约五千余人,在一个大雨滂沱的早晨出发了。到了一个三岔路口，部队兵分两路，一路由警察局长带两千多人，浩浩荡荡向沅陵奔去，一路由保安团团长等人率领，取道古丈、泸溪向神溪开拔，目标是神溪的一个兵工厂。

沅陵的防守一点准备都没有，县长闻到风声，生怕自己陷入那些乌合之众之手，备好轿子就逃跑了。自卫军冲进沅陵城，当夜，他们开始了烧杀淫掳、无恶不作的勾当。到第二天凌晨，有一百五十多栋房屋化为灰烬，被奸淫掳去者一百多人，打死打伤者不计其数。直到当地的一些绅士愿意每日供给自卫军五十担白米、十万元金圆券，自卫军才停止抢劫奸淫行为。

在神溪，驻守兵工厂的营长张嘎玉林命令该厂三个自卫中队放下武器，打开仓库，拿走库存的包括九百多挺轻重机枪在内的各种枪共两万多支，得到"八二""六零"炮五百多门及各种弹药三万多发。其余全分发了出去。辰溪、泸溪、永顺、麻阳、沅陵的一些武装头目全分到了一杯羹。古丈的一个头目张平来迟了一步，不甘心自己两手空空，跑去张嘎玉林家拜码头。那时，辰溪住着没有离去的各路人马，张嘎玉林担心如果他们火并于己不利，给了他八百支新枪。

张平在离开辰溪到达泸溪的浦市时，突然匪性大发，他打开了一个管理处的粮库，要当地的大户送来肥猪和米酒。泸溪的武装头目因为怕他占领自己的地盘，则拱手送上此次劫枪中分得的两千多支步枪和近七十挺轻重机枪。于是，张平自封了"军长"。

在来浦市的路上，当地的武装头目先写了封信给张平。"如果蛇能吞象,褪了毛的肥猪也能行走了。"

张平接信后大惊,带着部队回去了。

沅陵和辰溪的纷乱只不过开了一个头,紧接着乾城、保靖、永绥、武冈、溆浦、怀化等全骚动起来。黔阳的一个屠夫竟跑去跟张嘎玉林借人马。张嘎玉林拨给他一个连的人枪。那屠夫一个早晨就把黔阳县城拿下了,又得了一千三百多人枪,扬言要去芷江抢夺飞机场的武器,到了那里才发现当地的一伙首领已抢先下了手。

湘西内乱,事态的不断扩大,使国民党高层惊骇不已。省府派来了一个旅的围剿部队,但受到了湘西各路武装一致的抵抗。这个旅在古丈的一个山坡上,损兵折将,有去无回将是最后的命运。

事情还在僵持之中,解放军来了。他们解放了武汉三镇,节节胜利的消息有如天上飘过的朵朵白云。对于混乱的湘西,新上任的主席突然变得清醒起来,他改变了主意,改"围剿"为"招抚"了。

主席派了一个高参前去谈判,结果是意想不到地顺利。省方不仅不再追究破坏兵工厂的责任,还答应若总统追究起来,将由主席出面承担。同时,各地武装头目全被封了官。特别是张嘎玉林,他的两个纵队被扩编成暂二军,下辖三个师九个团,他被封为了副军长。

但清剿区内的司令李门安根本不同意谈判的协议,他派出了两路人马,直接进入湘西清剿,并声称一定毫不容情地惩处这场叛乱的发起者,血洗湘西。

匡嘎一琼在一团稀泥中格外如水清澈,因为他无事可做。不过,有一天,镇箪县长突然来访了。县长因为害怕城门失火殃及池鱼,而自己又无力撑起这样的场面,恳请他出挽狂澜。"吾以衰朽之躯,而处此穷乡僻壤中,赤手空拳,奈何心有余而力不足,仅徒以奔走呼号,以求吾民免遭蹂躏,还望复出问政,不负同乡之雅望矣。"县长涕泪而下。

匡嘎一琼一点都不为所动。他站在离县长两步远的地方,冲着他微微一笑:"您实在是多虑了。"

果然,清剿计划最后因为湘西的群力抵抗而未能实现,到头来只好收兵。从此,省府更加失去了对湘西的控制,湘西群雄割据的混乱局面越演越烈了。

鸦片收割的那一天,张嘎玉林差人给匡嘎一琼带去了一筐烟土和一封信。张嘎玉林一直都没有忘记父亲和哥哥被枪杀的情景,现在志得意满,他觉得给父兄报仇的机会来了。

"我拟到镇箪请安。"他在信中说。

匡嘎一琼为信中阴阳怪气的话所激怒了,他随即回了一封:"我随时恭候。"

县长也得到了张嘎玉林即将来犯的消息,显得比任何人更加担忧。他又去恳请匡嘎一琼替他做主,保境安民。这时候,匡嘎一琼不再拒绝县长的请求,立即成立了镇箪防剿委员会,他自任主任委员,县长为副主任委员。匡嘎一琼为壮大实力又开始到处招募兵丁,收罗旧部。虽然为时已晚,他仍然觉得自己会拥有老战友们的众多支持。果然，他的一些心腹旧部得到他复出的消息后很快聚集到了他的门下，拥他自立。他们即刻打出了牌子，并相继成立了湘鄂川黔四省边区自卫军。

匡嘎云飞是第一个到来的人，他不仅带来了两千人马，还从叭固挑选了两百名精锐组织了一个手枪队，专门负责匡嘎一琼个人的警卫。从此看来，镇箪的一切军政大权不仅掌握在匡嘎一琼的手里，名下更是人才济济。这又激起了匡嘎一琼对于东山再起、割居湘西的想法，甚至是激动振奋。但在集合白卫军队时，匡嘎一琼发现唯独没有匡嘎惹巴。

匡嘎一琼尽管表面疏离，其实一直都没有忘记匡嘎惹巴。有一段时间，匡嘎一琼有了一种想杀了他的切齿之恨，但仍然觉得他是一个最优秀的军人。在成立防剿委员会的时候，他曾不计前嫌，派去了与之联络的人，邀请他一道出山，展一臂之力。但回来的人说匡嘎惹巴并不想卷入此事，因为打来打去的都是湘西人，为来为去都是一些扯烂污的事。匡嘎一琼一直认为那不过是匡嘎惹巴一时的托词，关键时刻还会念及旧情。于是，在成立自卫军时又给他写去了一封恳切的信。"你来担任我的自卫军总指挥吧。"信中说。

匡嘎一琼在等待匡嘎惹巴的同时，也在等待张嘎玉林的到来。他将队伍编成前敌指挥部和四个纵队司令部，在见不到匡嘎惹巴后，一改初衷任命了谭副官为总指挥。但时局紧张，解放军已逼近湖南，张嘎玉林自食其言，抢先一步逃到台湾去了。

40
截杀

没有了敌人,匡嘎一琼反倒显得有些寂寞。一天下午,他在书房里看书时,耳边清晰地听到了匡嘎惹巴的声音。

"我是匡嘎惹巴。"来人自我通报。

门卫并没有挡住他的去路。"麻烦你先去报告一声。"匡嘎惹巴依然有着军人风范。

匡嘎一琼为这熟悉的声音激动,似乎为此等待了许久。他一手拉开书房的门,一只脚跨出门槛。外面有几个士兵正在擦枪。着一身正规军服的总指挥谭副官向士兵打了个手势,叫他们离开。谭来到匡嘎一琼的面前,脸部的表情甚是庄重。"让他也尝尝等待的滋味吧,"他对匡嘎一琼说,"我听人说,他曾向某要人许诺,只要带三个团就可以收拾湘西所有游杂武装,带一个团就能收拾镇筸捣乱的自卫军了。好家伙,湘西就他有能耐吗……"

"胡说!"匡嘎一琼制止着说,不过他的恼怒已出现在逐渐变红的脸上。

匡嘎一琼让匡嘎惹巴足足等了两个小时。当然,他没有睡觉,也看不进书,纯粹是出于某种奇怪的心理。就这样,盼了那么久的相见,成了拿腔作势的一种对抗。

匡嘎惹巴告诉匡嘎一琼,他接到了长沙绥靖公署主任兼省主席的热情邀请,让他担任省政府委员。接着他让匡嘎一琼看了任命书。而他这次回来的主要目的,就是看望母亲。

"恕在下不能相帮了,"匡嘎惹巴说,"但或许我能利用省府委员之职,为家乡做更多公益之事。"

匡嘎一琼装模作样地在任命书上浏览了一阵。事实上,他一个字都没有看进去。当他把任命书还给匡嘎惹巴的时候,嘴上说"好啊",心里却不知所想。从匡嘎惹巴踏进屋子的那刻起,匡嘎一琼觉得,比起当年带兵去嘉善时,匡嘎惹巴更加成熟了——不露声色的持重老练、善于自制的气度威严。

匡嘎惹巴的身影刚离去,谭副官就立即关紧了大门。

"他决意要下长沙来了,"他对匡嘎一琼说,"听见了吗?这个擅长捧热卵坨的人,要去任省府委员了。你难道还没有主意吗?他到了长沙就没有你的戏唱了。"

"请你少挑拨离间。"匡嘎一琼语气重了起来。

"你生气了?你心里清楚,他将阻碍你的发展,破坏你重新出山割据湘西的整个计划。"谭副官紧跟不舍。

匡嘎一琼良久不语。

"我说到点子上了吧?"

"请你走开。"

谭副官似乎已经打定了要敲掉匡嘎惹巴的主意。晚上,他装着散步的样子，在花园里碰到了匡嘎一琼。

"他要去长沙了，我们该怎么办呢？"谭副官又问。

匡嘎一琼突然火冒三丈起来。"这事该怎么办就怎么办，还来问我！"他吼了起来。

"是，老师长。"谭副官长长地呼出一口气。他想自己和匡嘎惹巴的恩怨就要一笔勾销了。

要走的前天晚上，匡嘎惹巴仍然去跟匡嘎一琼辞行。他们在一个屋子里待了将近一个小时。走的时候，匡嘎一琼和他的警卫营长一直将匡嘎惹巴送出公馆门口，还吩咐两班带轻机枪的枪兵和自己的四个卫士第二天护送他到乾城的渡口，直到他上车。想到匡嘎惹巴即将到来的命运，匡嘎一琼的眼泪不由得落了下来。不过他也不知道自己为什么会哭，只觉得心里堵得慌，而身体分离似的难受。

匡嘎惹巴在跟母亲辞行时没有表现出特别的样子，但莫歌一定要给儿子做一件贴身的内衣穿上。她想在内衣的领子里缝进一点可辟邪的朱砂，结果很久才记起朱砂放在一个墙角，使匡嘎惹巴的出发的时间比预定的时间迟了一个小时。就在这点时间里，永绥一个姓杨的县长急匆匆地走了过来。杨县长因为公事一直在匡嘎一琼的公馆小住，听说匡嘎惹巴将赴长沙，便要与他同去常德，亲自去送一封给绥靖司令的复信。匡嘎一琼一再劝他逗留几日，但他认为眼下道路不清，不很太平，与匡嘎惹巴结伴是最安全的。杨县长一心要走，匡嘎一琼又不好道破天机，便一再拖延时间。不料，杨还是赶上了。匡嘎一琼只好交代手下,切记不要打死他。

在镇筸镇所有的军官中,要数匡嘎惹巴最能打仗。对于谭副官来说,截杀匡嘎惹巴就像是打老虎。谭副官为此至少制定了四套方案。拂晓,他便派出人枪装成土匪模样埋伏在离镇筸城北六里路的"倒挂猪头"峡谷两边,截住可能由镇筸大道去乾城的那一条路;第二套方案是从镇筸去乾城的另一条平行小路直趋吉信的勾田垅截杀。

善于用脑的匡嘎惹巴早就有了提防。他沿沱江河上至潭江,过奇梁桥,避开了"倒挂猪头"。在吉信的勾田垅,因参加行动的人走小路耽误了时间,护送匡嘎惹巴的人马抢先占据了制高点,而使第二套方案落空。这使谭副官能不得不继续第三套方案。他让从乡公所特意抽来的强悍枪兵及其他参加行动的共十多人全部穿上便衣,并让负责的侯连长带去了一封信,请中途竿子坪的田儒礼协助,直接在乾城的张排寨截杀。但等他们到达竿子坪时,才知道田儒礼因攻打山寨时所受的枪伤发作,死了。侯连长把信交给了田的儿子。田的儿子邀集了几个人商量,觉得杀匡嘎惹巴真是件棘手的事。若张排寨失手,为确保成功,他们又立即派人与泸溪的杨某联系,计划请杨某派人在能滩吊桥下头再次截杀,若又失败,便在三角坪再干一场。杀匡嘎惹巴能否成功,其实他们都没有底。侯连长甚至到田儒礼的灵堂前烧纸许愿。"请保佑我们此次成功吧,"他说,"往后我一定给你多多烧纸烧香。"

下午，护送匡嘎惹巴的部分枪兵七八个人已转回镇篝去了，那时候匡嘎惹巴已上了车。这让行刺者们松了口气，也看到了成功的希望。他们中的大多数人按计划埋伏在张排寨渡口下面的公路两侧，用树干横挡公路，由两个匡嘎惹巴认识的人拦车，谎说例行检查。如果匡嘎惹巴不在，就放行，如果在，就把杨县长先叫下来再下手。

被拦的车停了，司机觉得事情有点不妙，先跳了下来，这时看见一伙人将汽车围住了。一个人高喊："哪个是杨县长，请下来。"

县长反被这种少见的氛围吓坏了，越发缩在车里不敢下来。这时，匡嘎惹巴的贴身保镖跳下了车，他看到是一些镇篝人，其中的一个曾是他认识的一位匪首的干将，凶狠手辣。保镖觉得和他们是没有什么道理可讲的，此时只能硬拼了。他伸手就去抽枪，但枪未到手就被对方的一梭子弹打死了。紧接着，他们用二十响快慢机把汽车挡风玻璃打得稀烂。他们围着汽车开火，汽车里已经没有响动了。有人还钻到汽车里面去打。

匡嘎惹巴并不是没有还手之力，但此时他脑袋一片空蒙，从他幼年时期就曾在他面前出现的那个黑黑的十字又一次在他眼前不断晃动，他这时忽然明白了那其实就是一个枪口的准心。

"这是命中注定。"他叹了口气。

匡嘎惹巴被打死在司机的座位边。那天，他穿一件黑呢的中山装，佩一支左轮手枪。车上的九人全部罹难，县长也被打死。他到死都不知道，自己是唯一被匡嘎一琼叮嘱切记不要打死的人。

"你们看看，他简直是一个最笨的笨蛋。"刺杀者说。

"人背时了，是没有生路的。"另一个说。

事情就这样做了，尽管在匡嘎一琼的预料中，但噩耗传来，他还是很悲伤。他下令将匡嘎惹巴的尸体拉回来厚葬。但派去的杀手在干完该干的事情后同样没有幸免于难，他们遭到了来路不明的冷枪。匡嘎一琼一点都不奇怪，只是谭副官被吓坏了，他深居简出，因匡嘎一琼召见或必要外出时，必先令便衣先行开道，在卫士的簇拥下前去。他在自己住宅四周布下日夜巡哨，在奇峰寺山上架设机枪，戒备森严。

匡嘎惹巴毙命后，湘西更加混乱不堪。提拔匡嘎惹巴的那位省主席权衡利弊得失，深感收拾湘西残局，非匡嘎一琼莫属，于是起用匡嘎一琼。他给匡嘎一琼写了一封信。"湘西一切善后，我公老谋深算，成竹在胸，务祈直言无讳，弟当敬议接受施行。"省主席表示愿意让他再任省府委员、沅陵行署主任，共图匡济。

匡嘎一琼还没确定是否答应，国民党华中地区的一位军政长官又正式任命匡嘎一琼为湘鄂边区绥靖司令部副司令官，并促其迅速就职，统领湘西。匡嘎一琼简直浑身有点发麻，却又不得不照单全收了。宣布就职的那天，他同时挂出了三块牌子，并开了三天的湘西善后会议。参加这次会议的有行政专区的专员、县长、参议会正副议长、各地军政首脑、社会贤达、知名人士等一百多人。他以湘鄂边区绥靖司令部副司令官、湖南省府委员和沅陵行署主任的身份主持会议,却以湘西兄长自居,希望小兄弟们帮助他收拾残局,使这个劫后的破烂家庭,焕然一新。会议进入正题,在军事问题上,有人主张将湘西土匪部队编成一个师,下设旅、团;有的则主张编成几旅的纵队。匡嘎一琼采取了综合的决策,将湘西八、九两个专区的部队编成"中国人民革命军湘鄂边区湘西自卫队",下设若干指挥部,任命谭副官为镇箪、麻阳、泸溪三县边区清剿指挥部指挥,张平为沅陵、古丈、辰溪三县边区清剿指挥部指挥,其他各县一并设了指挥部,任命了指挥。他不仅亲自任命了镇箪的县长,各县所有的武装头头们也都有了官职。

匡嘎一琼很快恢复了威望,湘西紊乱的局面渐趋稳缓和下来。

但不过一个月光景,整个局势发生了重大变化。湘鄂川黔边区绥靖司令长官被解放军击溃了,十多万残兵想往西南逃窜。与此同时,那位华中国民党军政长官也带着几十万败兵,欲逃回广西。解放军迅速解放了岳阳、石门、桃源、常德等十五个县。省主席看到大势已去,审时度势,串通一位将军,在长沙宣布和平起义了。

那时候,匡嘎一琼正带着几个保镖在芷江参加"军政联席会议"。会议在一个中学礼堂召开,整个会场森严紧张。第二天的内容却变成了绥靖司令长官介绍当前战况,严厉指责省主席和将军背叛党国的可耻行为。"我们大西南还有二百万的兵力,只要上下一致,精诚团结,同舟共济,最后胜利一定属于我们!"匡嘎一琼听到司令长官最后说。

这边会议刚散,那边军政长官的通知又来了。之后,似乎有很多势力都在企图依靠湘西作为自己的屏障,而匡嘎一琼也成了各种势力争取的目标。有人劝其合作反共;有人力劝他组织西南防共阵线;一些军统特务也希望利用他做保护伞,在湘西建立反共堡垒;还有人来电表示已推荐他代理湖南省主席。他甚至接到蒋总统的来信,勉励他戡乱救国,共图中兴。

匡嘎一琼处在一种纷纭复杂的形势中,进退维谷,一方面他为国民党的鼓噪而心神不定,一方面又为解放军的所向披靡而震撼,他有点发蒙了。出于对共产党解放军存有的疑惧,有一天,他将一切事宜交给了一个手下代理,带领一个警卫营,到匡嘎云飞的叭固去了。

"现在的局势,可谓暴风骤雨,你看如何是好?"他问匡嘎云飞。

"暴风不终朝,暴雨不终日,据险抵抗,背水一战。"匡嘎云飞说。

匡嘎一琼摇了摇头,说:"你也许不知道,国民党自淮海惨败,长江不守,现已无兵可战,无险可守。共产党雄狮百万。你虽重义,岂不知螳臂当车的道理?"

匡嘎云飞皱着眉头:"我听人说,蒋总统正同美国商量,决定把东北划为原子弹轰炸区,把华东南划为反攻区,把华中划为歼灭区。上帝掌握人类命运的时代已被原子武器所代替,这是不可否认的现实。"

"谁跟你说这些？"匡嘎一琼问。

"要打第三次世界大战了，"匡嘎云飞说，有点被迷惑一般，"原子弹会轰炸东北，一切都变简单了。"

"不管怎样，我们还是先等等再说。现在为君之计，不如转移阵地，保全实力。"匡嘎一琼说。

他们商量了一阵。匡嘎云飞说离叭固不远的布妹寨，三面环水，悬崖峭壁，堪称天险，那里的果雄·乜与他关系甚好，他还有一个很好的歌师朋友麻嘎龙中可以提供方便。更难得的是那里有一溶洞，叫豹子洞，天大地大，可住兵马，储粮食。"现在，让我带特务大队前去，备足三年粮食，固守两年，以待时机。"匡嘎云飞说。

"好，就这样，但最后该如何出手，是顺是反，你一定要等我的消息，到时我会通知你。"匡嘎一琼说。

在匡嘎云飞的翘首盼望中，十月份，解放军四十七军的三个师分别突破了几道战地防线，将大庸城包围。在猛烈的炮火攻击下，城内的守军惊慌失措，满街逃窜。军长连连去电向绥靖司令告急，得到的回电是让他往永顺方向逃跑。傍晚，解放军四一七团一营营长带一个尖兵排突然摸进城去，途中捕获了一个副官。这副官领着闯了几道岗哨，出其不意地将军长俘虏了。军长在无可奈何之下，命令守军五千余人向解放军缴枪投降。解放军乘胜向桑植和永顺进军。当地的头头们望风而逃，解放军一枪未放，就将两个县城解放了。紧接着，龙山、保靖、永绥等也纷纷效仿，除了一个师长开枪自尽，其他的全部缴械投诚。自此,湘西永顺专区所属几个县城全部宣告解放。

没有隆隆炮声,反而危机四伏,匡嘎一琼在叭固住过几日,又有些不安地回到镇筸。那时,他的老部下王尚质正坐在他的书房里。王尚质自那次随一二八师出去抗战后,就再也没有消息,听说左臂受了伤。这次突然而至,匡嘎一琼万分高兴。"这些年你到哪里去了啊,为何一点音讯都没有?"匡嘎一琼说。

王尚质告诉他,自从嘉善负伤后,就转到交通界做事了。长沙解放前夕,偶然的机会接触到共产党地下组织,他觉得只有跟共产党才有出路,所以弃暗投明了。

"这么说来,你是来当说客了。"匡嘎一琼说。

"我一向对老师长尊崇备至,岂敢冒犯,"王尚质说,"这次奉命而来,不过带来一封信,是共产党第二野战军司令员亲自写的。"

"解放区的情况,人言人殊,不能不令人害怕。信,我就不看了吧。"匡嘎一琼警觉起来。

"那些谣言不足为信。解放军宽大为怀,思想开明,不咎既往,对于我们反压迫的运动,反而给予了很大的谅解和同情……"

"你究竟想让我做什么?"匡嘎一琼打断了他。

"和平起义吧,至少在解放军进军西南时,不抵抗他们过境。"

"看在你的面子上,我可以闭一只眼。"匡嘎一琼说。

"具体事宜……"

"我可以闭一只右眼,"匡嘎一琼坚决地说,"再绑一只右手。"

王尚质走后,匡嘎一琼又去了趟叭固。那时匡嘎云飞已到豹子洞去了,他不辞辛劳,赶了过去。"解放军真的势如破竹了。"匡嘎一琼说。

"下令吧,时局还没有最后分出胜负。听说总统要派飞机从芷江运来枪弹军费,向长沙进攻。"

"弹丸之地,岂能以卵击石?"

匡嘎云飞说:"依你看,现在怎么办?"

匡嘎一琼说:"共产党要打倒地主、土匪和官僚,这几条我俩都有份,跑不掉。现在有个办法,就是到北京去找贺胡子,听说他在共产党里面当大官了,或许他会给我们指一条路。"

"我和你一起去,说起来贺胡子和我还有一场赌局未分胜负。"匡嘎云飞说。

"你不要去,你要在家守住,不要出事。"

"家里有谭副官、龙嘎妹金,他们可以管好。"

"妹金是个女流之辈,而且气躁,容易出事。谭副官个性强,也不好。还是你在家撑得住,我放心。我去了会给你写信的。"

"那就依你的吧。"

"不管怎样,好歹你要等我的信。"匡嘎一琼最后说。

"我知道,得不到你回信,我任何人都不信。"匡嘎云飞最后说。

匡嘎一琼从豹子洞离开,就直接去了乾城。一位解放军战士早已做好了接他的准备,并为此带来了一个排的战士护卫,还有两部卡车和一辆吉普。车行至张排寨，在那个渡口，匡嘎一琼突然有了些莫名的紧张，心跳加快起来。他不知这荒凉野外空气里弥漫着的紧张气氛从何而来，但他知道这正是匡嘎惹巴丧命的地方。他第一次有了害怕的感觉，几乎不敢贸然前往了。他让人扶着下了车，默站了一会。战士为了防止可能发生的变故，马上散开，分成小组，占领制高点。这时，迎面开来了第二野战区的一个汽车团。干事向河渡口的车团说明自己的车上坐的是和平起义的高级人员，请他们让路。那个车团轮子一打，歪到一边去了。匡嘎一琼上了车，渡过了河。

匡嘎一琼在离开后，几乎每隔两天都要写一封详细的信给匡嘎云飞，告诉他所受到的热情款待和良好的政治氛围，告诉他起义投诚好像没有问题，共产党宽大为怀，伸手不打笑脸人。连他的发报员收到一则关于中华人民共和国成立的消息也写了进去。有一天，他感觉自己不需到北京找到贺胡子了。他又给匡嘎云飞写了封信，说已谈妥，让他先出来参加政协，然后一起到贺胡子那儿去，并让匡嘎云飞起义迎解。匡嘎一琼甚至在信中连各项迎接措施都拟好了。

他将信交给了解放军的一个联络员发出去。但那天有一个土匪头目，是解放军的争取对象，因脑袋转不过弯而吞噬鸦片自杀了。这则消息同样交到了联络员手里，联络员在一时疏忽中，把两份东西搞混了。

噩耗让匡嘎云飞悲愤不已。"简直是阳奉阴违。"他说。当下就把手下头目召集起来。他们在布妹寨麻嘎龙中家杀猪宰羊，宣布成立湘鄂川黔边区人民反共救国自卫军，又称中国边民讨共救国军，号称人枪三千。他就像一只等待搏击的斗鸡，一身羽毛亮起，雄赳赳地鼓胀，身体的气息四处飘荡。

41
尘土的味道

就在这天，黛帕惊奇地发现自己闻到了一种似曾熟悉的尘土的味道，她把自己关在房间里，尽可能地不让任何事情干扰，重新搜索起自己的记忆。那是她最早的记忆，也是她唯一的记忆，因为她几乎用了一生的时间来找寻自己要找的人，所以哪怕是一点点的迹象都十分敏感。但是，那种气味又很快消失了。"我简直昏头了。"她仍用鼻子嗅了嗅，觉得自己疯了。

结巴被砍头后，黛帕又走了许多地方，她找到过许多被称为"苗王"的人，但没有一个是"青帕苗王"。她的身体在日复一日的日晒雨淋中变得干枯了，不得以才回到了家，以后几乎闭门不出。

当晚，吃过猪肉羊杂，酒过三巡后，匡嘎云飞任命了副总司令、前敌总指挥、副总指挥和参谋长等,并确定把总司令部设在豹子洞,还拟出了作战计划:兵分两路,一路队伍攻打得胜营,一路占领阿拉营,之后合攻县城。但不幸的是他们一出动就被解放军轻而易举地击破了,他们的行动最后变成了一场气焰嚣张的暴乱。有一些乌合之众沿途砍掉电杆、割电线、抢公粮,张贴反动标语,还打死了几个老百姓。事情变得严重了,他们的行径一下为万民所指,他们也成了十恶不赦的土匪。政府依然很想争取匡嘎云飞,为此还制定了一些策略,但骑虎是不能下背的,特别是他手下的几位主要干将都被击溃后,匡嘎云飞更觉得不能苟且偷生,死也要死在山上了。

匡嘎云飞依傍这里十分险要的沟壑岩洞、宜于潜伏的复杂地形,常常神出鬼没,打一枪换一个地方。往往刚有人告知他的行踪,等派人去找,他又走了,想和他见面几乎是不可能的事。

唯一和匡嘎云飞保有联系的只有麻嘎龙中,他在匡嘎云飞如丧家之犬四处躲匿的日子,时常会给送去一些大米和腊肉。有一次,他因为老迈而实在走不动了,便叫来了女儿黛帕。"你去给他送一次早饭吧。"他交代。

"给谁?"黛帕问。

"也许这是最后一次了,"麻嘎龙中自言自语说,"不管别人怎样看他,他都是青帕苗王。"

黛帕瞪大眼睛看着父亲,但马上装出毫不在意的样子:"说吧,我要送到哪里?"

黛帕来到了豹子洞。她捡一块石头在洞壁上击三下后，看见一个人从洞廊里走过来。此人长得结实、敦厚，穿一身家织布衣服，头上包着有如巨大粽子一样的青色丝帕，目光闪烁游离。而正是那点不安分的神情让黛帕捕捉到了童年的匡嘎云飞的影子。这时，她又敏感地闻到了一种尘土的气味，那可是她内心唯一保存的东西。"我的天哪！"黛帕心里想，"千真万确，这就是匡嘎云飞。"

　　"我父亲不会来了，他让我带东西给你。"黛帕说，一动不动地站着。

　　匡嘎云飞看着黛帕足足有两分钟之久，大概觉得她有点古怪，但黛帕一点羞怯都没有，甚至异想天开地指望他会认出她来。"唔，放到那里吧。"匡嘎云飞说。

　　此后的几天里，黛帕自告奋勇去给匡嘎云飞送饭，有时是一些玉米和红薯。有一次，她有意将几个小铜钱夹放在红薯间，趁匡嘎云飞吃饭的时候自己玩起了板三的赌钱游戏，并暗暗观察他的反应。匡嘎云飞果然不陌生，还兴趣十足地跟她玩起来，但玩过之后他在铜钱上搁了一颗子弹。

　　"说，是谁让你来的，你这个间谍。"匡嘎云飞脸突然匪气十足起来，"否则我会让你吃下这颗子弹。"

　　黛帕一下跪了下去，她并不是害怕，而是为对方没有一点反应而难过。"难道你一点都记不得什么了吗，小主人？"黛帕说，声泪俱下，"我是服侍过你的丫鬟黛帕啊。那天，我带着你去南门坨的小长街,我们玩了几次板三,看傀儡戏,结果我把你弄丢了。多少年来,我为找你走瘸了腿脚,熬白了头发,我发誓一定要把你带回匡府……"

黛帕停了一下,她确信对方在认真地听,才继续自己不尽的话:"你的母亲叫莫歌,父亲叫匡嘎恩其,是一位提督大人。你叫匡嘎云飞。我一点都不知道你后来是怎样成为青帕苗王的,那个骗我们的结巴男人被枪毙了。"

"等等,"匡嘎云飞打断了她,"是有那么一个结巴,他是被枪毙了,你像在说梦,如果你能圆梦,可以继续完整,我可以放你一条牛路。"

"不!"黛帕说,"我不是讲故事,我的梦做到头了!我要把你带回匡府,我曾暗地发过誓!"

接下来的时间,黛帕在为此做一些准备。她忙着梳理自己长长的发辫,把要穿的衣服洗干净叠好,并从自己的衣柜里找出了匡嘎云飞当年穿着带有匡府标志的绳线毛衣——那是她为自己的过错所留的纪念品,她一直抱着忏悔和自责的心情保存着。"现在,所有的一切都要物归原主了。"她轻松地叹了口气。

决定走的那天清晨,天气湿润,下着雨。黛帕不等鸡叫就来到厨房,想做一次丰盛的早餐,吃饱了好赶路。但她做梦也没想到,有人却因紧张,步枪走了火。"砰——"在黎明前的山谷格外刺耳,她手上一只鸡汤碗给打破了,鸡肉和汤汁泼了一地。这时,她为划破宁静的解放军部队的整队声、军官们的号令声,为村民们的起哄声而分散了注意力。这种声音让她有了不祥的预兆,她两膝发软,全身颤抖。

她隐隐地感到,她终究不能履行诺言,送匡嘎云飞到莫歌身边。

万人搜山正是从这天清晨开始。政府发布了布告,不仅确定了拉网式的搜山办法,还明确规定了缉拿匪首的奖励措施,这使得群情高昂,斗志鼓舞。黛帕想去给匡嘎云飞报信,为防跟踪,她什么都没有带,只背了个装猪草的背篓。她在行走的路上,看到雨还在下个不停,就摘了几张桐叶顶在头上。但在小路的拐弯处,她听到了一些喊声。两个青年在一丘田坎旁发现了一个陷洞,陷洞边有被砍倒的野刺,起初还以为是猎人在此套野兽故意挖的陷阱,就随意地用刀拨了一下,不料看到了一个枪口。"是枪!"一个青年喊道。

搜山的群众如倾巢而出的蚂蚁,手持火枪、梭镖、柴刀和长矛,一起朝这边跑来。一个解放军正挥着小旗,让大家不要惊慌。另一个则代表政府喊话,让交出武器,缴枪不杀。

漫山遍野的人群让黛帕神经质地尖叫。但枪声响了,先是从洞里射出了一排顽抗的子弹,龙嘎妹金和几个亡命之徒随即冲了出来。但回报他们的是更多的子弹,他们活像一群水鸭子,被弹雨打得到处飞舞。

被射杀的人群里并没有匡嘎云飞。黛帕在尖叫过后抬起泪眼,一知半解地自己卜了一卦。其结果是匡嘎云飞死了。"他自己把自己杀了。"她自言自语地说。

下午,雨停了,人们找到了匡嘎云飞。他身子端正地靠着一稻草堆,圆睁着双眼,而子弹却准确无误地穿透了他的喉咙。他为自己无法挽回的命运吞枪自杀了。同时,看到的还有黛帕,她拿着那件绳衣,坐在匡嘎云飞身边,不断地念着一首奇怪的童谣:"蚂蚁仔,快报信,报你家公舅爷过来抬板凳,抬到半路上,闻到嘎嘎香……"

那时候,她的头发正在以极快的速度变白,根根竖直着。

"我找到你的儿子了,夫人。"她喃喃着说,微微笑了。

匡嘎惹巴被截杀后,莫歌开始觉得自己有多么地想念他,并本能地感到非常孤单。她天天早晨三点钟起床,摸黑待在房里,透过半开的窗户盯着墓地的围墙,有时真感觉匡嘎惹巴回来了,他不露声色地、执拗地在寻找什么,后来发现是墙角的那包朱砂。还是她帮着扔掉的,因为那朱砂让他看起来很害怕。有了这样的幻觉,莫歌以为自己也将很快离开人世了,但到了秋天,菊花茂盛地开放之时,她又显得精力旺盛起来。房子里摆放着儿子匡嘎惹巴的一张照片,是他嘉善抗战期间所照的合影。匡嘎惹巴站在主席台靠右的第四个位置,衣冠端庄,仪表俊朗,英姿勃发。只是她并不愿意在那里滞留,每次她来到那里,立刻就像被烫了一下似的,又从屋子里跳出来,那里的每一样东西都还在显示着匡嘎惹巴在那里住过,每一样东西上都还保留着他的气味:忘记带走的怀表、军官的军用背包、不锈钢水杯……后来她明白了,是那种失子之痛让她忘记了身体的病痛和死亡。"一定是上天还要惩罚我,因我的罪过再让我受罪。"她想。在回顾自己的一生中,她发现自己是有很多罪过的,比如,当孩子们出生和长大成人之时,她都没有很好地照料过或教育过他们,让他们健康快乐地生活，以致后来的结局人是孰非。为了稳住自己的情绪，让自己不再烦躁，有一天，她坐在桌子前奋笔疾书，漂亮的蝇头小楷跳到了那本泛黄的带有霉味的族谱上。

夜晚，她想来想去，觉得活着不再有什么意思了。她吃了一种叫鸭屎木籽的一种植物。这种植物非常甜腻可口，但过量饮食会昏迷而殁。她换好了衣服，预先躺到了棺材里。可三天之后，她又莫名地活了过来。她的身边爬满了成群结队的蚂蚁，它们衔来了泥土，那些泥土多得几乎可以将她埋葬。她突然闻到了一种沙质味道的尘土气味。她说不上是一种什么样的感觉了，但她知道这气味像空气一样可以让她一直活着，并去寻找这气味的源头。于是她又把似乎是上天有意惩罚的痛苦当作生活的一部分承受下来，并相信上天让她活着，一定有什么理由。

这一天，一个女人来到了她的家中。女人年龄应该不比她大，却是一头的白发，一根长长的辫子干净利索地垂在身后。女人似乎等不及主人的问话，就站在地上呱嗒呱嗒地像背诵书本一样逐字逐句地说起匡嘎恩其家族过往生活的细枝末节。其中她提到了匡嘎云飞。她把匡嘎云飞如何在一个冬日的黄昏让丫鬟带出来玩耍而后被绑票失踪的事说得头头是道。最关键处是，匡嘎云飞一直都没有死，而是凭着自己的能耐和胆略做到了青帕苗王的位置。

莫歌先是吃惊，但这女人浓重苗音以及那双似汪着一汪泪的美丽而哀伤的眼睛让她毫不费力地认出了对方。

431

"你是黛帕!"她大声叫了起来。

"是的,夫人,我是你的丫鬟黛帕。"黛帕猛地跪了下去,泪水汹涌而下。她开始陈述丢失匡嘎云飞的经过以及为寻找他的种种辛酸。她的心枯萎了,仿佛因为一生倾心于对匡嘎云飞的寻找而竭尽了生命。最后,她拿出了那件绣有匡府字样的衣服,擦干了眼泪,并以带着痉挛的一声叹息结束了她仿佛内心无力承受的重压。

莫歌认真地打量了她——身体孱弱,气喘不匀,那一头与她年龄不相称的白发颤动,昭示着上天已对她做出的惩罚。莫歌有些怜悯地扶她起来。"那么,请告诉我,我的儿子匡嘎云飞现在在哪里。"莫歌急于知道匡嘎云飞现在的情况。

"是,夫人,我找到了匡嘎云飞。"黛帕说。

黛帕带着莫歌穿过镇篁城那条长长的东正街,在街端头侧临沱江的东门城楼上,悬挂着一颗人的脑袋。十余米高的城楼飞檐翘角,气势磅礴,对外一面开有两层,每层四个的枪眼,有一颗脑袋就挂在半月拱形城门的上方,仿佛伸手可及。有一些人在那儿指指点点,发些议论:"真是想不到啊,当年攻打镇篁城,正是他冒着枪林弹雨,头一个从这里爬城而上,竟也成了土匪。"

"那就是匡嘎云飞,夫人。"黛帕说。

莫歌虽然一眼看出了那一张沾有血迹的脸谱,跟匡嘎恩其家族十分相像,但无法将它与儿时的匡嘎云飞联系起来。她让黛帕去捡几块火砖,想借此站得更高一点。黛帕沿着东正街往回,到西门的方向一路地走,懵懵懂懂的,没有找到一砖半瓦。她又从西门绕到南门,在南门坨的那条小长街,她漫无目的地游荡了许久,竟把找砖头的事忘了。她突然想要找到那个过去上演傀儡戏的小戏台。她已经多年没去过那里了。结果,她看到的却是一家小药铺。石嘎欢勾手拿一根细针,很有耐心地介绍着她那一套可以断除病根的针挑治病法。她已经老得不能再老了,听到黛帕的胡言乱语,觉得她挺可怜,便告诉她从来就没有什么小戏台,也从未见有戏班在这里演过傀儡戏。黛帕走到过去大人小孩玩板三赌钱的地方,头倚着城墙痛哭起来。对于她来说,寻找有如长途跋涉,在没有到达目的地之前,她还顾不了享受。痛快淋漓地发泄未必不是一种享受,她把它推迟到了现在。卖药的石嘎欢勾用一种惊奇的神态注视着她,还想主动诉说自己的失子之痛和不明的抱怨,以及多年来最寂寞的哀愁,本以为这么做会给她一些安慰,后来又觉得大可不必,觉得她实在是个会享受的人。

黛帕又走回到了东门,将额头不断地磕到城墙上,把头磕破了。她最后用一只布袜将自己吊死在了东门外沱江河边的一棵柳树下。那儿距离莫歌还不到十米。"我给你找回儿子了,夫人,我实在累得想休息一下,请不要以为我是以死谢罪。"她对不远处的莫歌说,心里却想着从此一笔勾销了所欠的良心债。

莫歌闻到了那只属于匡嘎云飞身上特有的沙质气味,那种气味扑面而来,依然带着他性格中的固执强横和不明是非。一直以来,她都没有找到这种气味的源头，现在终于找到了。她的第一个反应是一阵突然的喜悦，她以为匡嘎云飞早在几十年前就已经不在人世，没想到他一直那么招摇地活着，即使现在，他也显得那样的不可一世。虽然他的身份是一个土匪，但一定有着不同寻常的经历。

"离开妈妈，你是怎么过来的啊，我的儿子。"莫歌说。

那颗头颅在城墙上挂了三天后，匡嘎一琼才知道此事。他自那次与匡嘎云飞告别后驱车到了乾城，再到了省府，受到了新任省长和书记的接见，还邀请他参加很多会议，接受解放军的洗礼。各军区和行署特为他举行了各种各样的欢迎大会，他乐开心怀。解放军对他的热情招待和不计前嫌的态度常使得他抚今追昔，感慨万千。他心情激动地表态道："我在湘西几十年，毫无建树可言，回首往事，惭愧万分。今后，我一定尽最大的努力，协助军区为安定地方贡献个人力量。"

青帕苗王的死令匡嘎一琼痛心疾首，也让他真正觉得自己大势已去。他在悲叹中惋惜："我给他写过两封信，要他等待观望，覩识时务，不要螳臂当车，也不要轻易再让湘西遭受战争蹂躏，搞烂地方。他一向对我唯命是从，这次怎么不听了啊！"

"他并没有接到你的什么信，师长。"一个手下告诉他。

"怎么可能呢，我的信亲自交给一联络员去发的，让他一定办好。我还说以后要带他一起到贺胡子那儿去。"匡嘎一琼说。

"没有人见到只言片语，师长。把他的首级割下的时候，除了几个小铜钱，没有从他身上找到任何别的什么。"手下又肯定地说。

"这真是意外,我万万没有想到啊!"匡嘎一琼说。

这一天,匡嘎一琼亲自起草了镇箪和平起义的决定和镇箪和平解放通电,准备对外发送,正式宣布和平起义,但他唯一的条件便是允许他从城楼上取下那颗头颅,复原青帕苗王的身体。"他是我终身的遗憾,"他对解放军的第二野战军第三军团第十军二十八师先遣队的一个首长说,"我不想他身首异处。"

"好吧,我答应你。"那位首长说。

首长为了履行自己的承诺,还当场给写了一个纸条。

42
自己的英雄

十一月九日,匡嘎一琼将他的自卫部队和警察调离了主要交通要道,并命令他们不得做任何抵抗。所有的印信、文件档案、通信设备及武器等移交工作全交代给了手下谭副官处理。解放军的先遣部队胜利到达了镇箪。这一天,镇箪得到了全面的解放。学校师生及各界人士都来到了东门外的接官亭迎接。沿途群众挥舞红旗,鸣放鞭炮,夹道欢迎。到处是高悬的彩灯,齐声的欢呼声填街塞巷。

在这热烈景象中,匡嘎一琼来到了东门城楼。他对周围的一切充耳不闻,唯一的希望是能坦然取下那颗脑袋。但惊奇的是,早在几个小时前,在迎接准备工作中,已有人趁乱取走了青帕苗王的头颅。有一个可怜的乞丐样的醉鬼站出来说他知道那颗脑袋的下落,因为正是他帮忙取下来拿走的,他为此得到了不少赏钱,并刚刚拿着赏钱打了一斤苞谷烧酒。

醉鬼把匡嘎一琼直接带到了莫歌所居住的匡府大院。在那里,莫歌不仅找来了青帕苗王的头,还找来了他的身体。她刚刚请了一位郎中将他的全体复原如初,并请来一异姓人扯来菖蒲放于水中熬水浴身,梳发换装。在堂屋中央,青帕苗王仰面躺在柳床上,双目微闭,嘴唇开启,仿佛还有许多未尽的言语。而在他的胸前,戴着莫歌亲手给挂上去的那枚铜镜项饰。这块铜镜上清晰地刻着:匡嘎云飞,生于某年某月丑时。

匡嘎一琼在见到那块铜镜的那一刻,一阵晕眩,如果没有记错,这块小铜镜应同自己藏在箱子底的那块同出一辙。他仍很有耐心地听完道士所念的长篇超度经。莫歌没有理睬他,仿佛对他的到来视而不见,只沉醉于对匡嘎云飞的深深怀想与哀悼中。那恼人的经书念了整整一天,到吃晚饭的时候才停歇下来。匡嘎一琼一直低着头,这时才有机会抬起头来,好好面对莫歌,而且她的哀伤也不是那样的明显,像完全消掉了。当他想找到答案的时候,他的喉咙突然剧烈地疼痛起来,喉结上有一种东西在长大,他感觉到自己被什么噎住了。莫歌问他是否留在这里吃晚饭。按这里的习俗,凡来参加丧葬活动的,都会一起吃饭,叫"吃亡人饭"。匡嘎一琼虽然不断地试着张开嘴,却再也没有说出话来。

起初,他被诊断为一般的喉疾,吃了几副草药却没有收到应有的效果。事实上他患的是喉癌。他忍着病痛,将部队和地方武装合编成五个常备大队,接受了人民政府的领导。但他的内心并没有显出多一点的安宁和释然。他毫无来由地总闻到一种没有硝烟的战争气味。那硝烟时隐时现就在不远处飘荡。而这时,朝鲜战争爆发了。

这一天,他亲自找到了这一届政府的县长,主动要求将常备队与解放军的一三九师四一七团合编。

"请说说你的理由吧!"县长看了他良久。

匡嘎一琼用手捏住自己的喉咙,仿佛要用尽一生气力将一个个字挤出来。县长好不容易才明白他的意思:如果合编,就可以顺理成章跟随四十一师到战场上去了。

"那么,请再说说你的理由。"县长又说。

匡嘎一琼闭上了眼睛。在他断断续续的嘶哑声中,县长听到了有如一只狼的长啸与呜咽:"这是他们最好的结局了。"

县长懵懂地看着他,摇了摇头,但仍回答着说:"好吧,这一点肯定可以做到的。"

接下来,匡嘎一琼为自己的部队参加抗美援朝做准备。他其实唯一能做的不过是为出发看一个日子。有将近十个算匠都把日子定在了十二月八日，有大约五人定在了十六日。他们无一例外地赞美着那一天天气如何的好，大吉大利，甚至还能见到雨后的彩虹。"那是一道象征胜利的凯旋门。"一个算匠进一步阐明道。

匡嘎一琼将头摇了三十次。

傍晚，藤老叫来了，一袭黑衣，像一只老乌鸦。这次，他一改过去的做派，既没有装神弄鬼，也没有假充阴阳。"就定在十二月十八日吧，"他直截了当地说，"那天雨会下得天昏地暗。"

匡嘎一琼为他洞悉一切的能力所震撼，他很想留他下来，展开无需言说的对话。因为他的病痛，他很久没打开心扉了。这一刻他觉得很需要他。但此时藤老叫无法看到他内心，也许不愿意再与他纠结，转身走了。

"这是我最后一次替人算了，总让人算准的事真是没意思。"藤老叫跨出门槛的当儿又突然回过头来说。

离别的那一天，滂沱大雨铺天而来，这是匡嘎一琼多希望的，因为他实在不愿意让别人看到他为告别而哭，那些悲泪可以流得水满沱江。

士兵们看起来都像在笑。

几个月后，不知是有意还是无意，这支算军全部殒命朝鲜，回来的，是一枚枚无人认领的勋章。

匡嘎一琼既不感到突然，也不悲伤，他宁愿相信这是这支篁军不战则死、不死则战的终极宿命。

在一个晴和的日子里，匡嘎一琼又来到了匡府大院。他差不多已经皮包骨头，脖子上戴着他的铜镜项饰。但这时的主人莫歌已经亡故了，府院内凋零着和她年龄一样的一百零五朵菊花。那个怀揣针挑治病法的老女人原打算来推销她的秘方，结果却赶上为女主人穿丧服，忙着收拾遗物。她大概也找不到一个可以商量的人，见了匡嘎一琼，就从柜子里取出了那个银质盒子来。她请求他帮忙看看装在里面的东西有没有用。匡嘎一琼打开后，一眼便看到了那本族谱。

尽管他的身体已极度衰弱，但他的眼睛却异常明敏，思维活跃清醒。他端坐在堂屋的那张太师椅上，读完了整个族谱，熟记了里面的内容，而且还从简单明了的文字中发现这一本族谱中所体现的是家族史，其实也是一本很好的篁军兴衰史。他看到匡嘎恩其是这个家族中的第八代曾孙，他所率领的篁军被称为"常胜威虎营"，之后是散兵游勇所组成的湘西巡防军，再后来演变为国民革命军独立第十九师，又变为三十四师，最后就是由匡嘎惹巴率领的抗战部队一二八师、暂五师暂六师……

匡嘎一琼从族谱的最后一页看到：匡嘎一琼与匡嘎云飞、匡嘎惹巴同为匡嘎家族的第九代玄孙。族谱上，"匡嘎一琼"和"匡嘎云飞"的后面是一片空白，没有任何内容，但在"匡嘎惹巴"的后面，却详细地记录了他一生的几个重要的阶段:"在常德师范以优异成绩毕业,投笔从戎后历任巡防军排、连、营长、统带等职,又以文采洋溢、武略超群和治军有方擢任陆军三十四师师长。民国二十五年改番号为陆军第一二八师,愤列强觊觎日急,忧生民涂炭,由湘移驻宁国及浙江宁波扼守海疆,并受命全师由宁波昼夜兼程奔赴嘉善,与日军精锐作战,令强敌丧胆,扬我军魂。后转战九江,多有战绩。又被上级委以中将高参,襄赞戎机,颇多建树,旋又任湖南第四区、八区、九区保安司令兼专员等。湖南和平解放前夕,深居简出,省政府授予省府委员之职,公然应命,专车晋省,共谋迎接解放大计,途中遭人暗害,贤哲俱殒。壮志未申,呜呼哀哉!……"

这些内容匡嘎一琼再熟悉不过了,因为这也是他所亲历和目睹。他一面读,一面回想起过去的那些情景,就像看由自己一手摄录的一场电影。"是我害死了他,我处心积虑杀害的竟是自己的亲弟弟。"匡嘎一琼在喉咙里叽咕着说。这时,外面起风了,风中充满着一种粗粝的尘土的味道,宅院中菊花低低絮语,还有人们在感到最深切的怀念之前所发出的叹息。

匡嘎一琼觉得自己的手在冷风的吹拂下渐渐变凉,并有些发抖,他抓起一支毛笔,想在匡嘎云飞的空白处填一些必要的补充,但是,他很快就明白了,族谱上没有着笔的地方,他同样无能为力。因为匡嘎云飞本身的多面和不可确定。他曾是豪杰,是英雄,是败寇,但他最可能留在人们记忆中的,将是一个不折不扣的土匪。

他又将笔触放到了自己名字后面的空白处,他很想记下一点什么,作为自己戎马一生的总结。但这时,他的喉咙开始剧烈疼痛,以致浑身痉挛,颤抖不止。他明白自己不能去做些什么了。他最后留在族谱上的是一行歪歪斜斜的字:匡嘎一琼,最后一个算军。他的笔因为他的不能坚持而掉到了地上。

"先生,要我帮忙吗?"穿黑色丧服的石嘎欢勾朝他大声地喊道。

匡嘎一琼再也没有起来。他头倚靠在那张太师椅的靠背上,身体四平八稳地坐着,好像睡着了,又好像死神让他应该摆出那样的姿势。石嘎欢勾走过去认真看了看他的脸。她惊讶地发现这张被岁月的刀剑剥蚀和病痛的苦难毁损了的脸庞,同她脑海中的一个形象有多么相似。她端来了一盆水,想给他擦擦脸上的风尘。当她解开他上衣的一颗纽扣,一块刻着他生辰的铜镜项饰露出来,终于证实了她的猜疑。

她深深地吸了一口气,好像她的心里松去了一副岁久年深的重担,忽然间她觉得自己再也没有什么要抱怨的了。"一切都是命。"她跪下去,抓住了匡嘎一琼的手,用压得低低的声音想对他说一些话。这时,风更大了,在日落黄昏中,一群归鸦在镇算城上空盘旋,刺喉穿肠一般地叫着,穿透冷冷的空气,如泣如诉。

镇算城人全都听得见。

归鸦说,这不是传说,镇算城将被历史记住,因为我们需要英雄。——不管他们是什么,都是自己的英雄。